二見文庫

この恋が運命なら

ジェイン・アン・クレンツ／寺尾まち子＝訳

River Road
by
Jayne Ann Krentz

本書を執筆するにあたり、予備知識を授けてくれたすばらしい義姉ウェンディ・ボーンに感謝をこめて本書を捧げます。

もう、グラベンシュタイン・アップルを以前と同じ目では見られないでしょう。

この恋が運命なら

登　場　人　物　紹　介

ルーシー・シェリダン	調査会社の調査係
メイソン・フレッチャー	セキュリティコンサルタント会社の経営者
セイラ・シェリダン	ルーシーのおば。 アンティークショップの経営者
メアリー・コルファクス	セイラの親友。 アンティークショップの共同経営者。
ウォーナー・コルファクス	ヘッジファンドの創業者。メアリーの弟
クイン・コルファクス	ウォーナーの息子
ジリアン・コルファクス	クインの妻
アシュリー・コルファクス	ウォーナーの二番目の妻
セシル・ディロン	コルファクス社のCEO
ベス・クロスビー	コルファクス社のワイナリーに勤務する ワイン醸造家
ジェフリー・ブリンカー	ヘッジファンドの創業者
トリスタン・ブリンカー	ジェフリーの息子
ノーラン・ケリー	不動産業者
ディーク・フレッチャー	メイソンのおじ
アーロン・フレッチャー	メイソンの弟
レベッカ・フレッチャー	メイソンの母親
エレン・シェリダン	ルーシーの母親

1

「誰がわたしの守護天使《ガーディアン・エンジェル》になってくれって言った？」ルーシー・シェリダンはひどく腹が立っていた――本当に、かんかんだった。でも、そのいっぽうでわくわくもしていた。メイソン・フレッチャーとふたりきりで、月の光に照らされた細道を車で走っているのだから。生涯でいちばんロマンティックな夜になってもおかしくなかった――何といっても、十代の若者が夢見る要素がそろっているのだ。それなのに、メイソンに右も左もわからない子どものように扱われて、何もかもが台なしになった。

ルーシーはスニーカーをはいた片方の脚をダッシュボードに伸ばし、おなかのまえで腕をきつく組んで、トラックの助手席でだらしなくすわっていた。

「誰かの守護天使になった覚えはない」メイソンは道路から視線をそらさずに答えた。「今夜は少しばかり親切にしているだけだ」

「こっちが望もうが望むまいがおかまいなくね。わたしが感謝するとでも思った？」

「ブリンカーのパーティに行っても、何もいいことはない。酒に、ドラッグに、大勢の未成年。警官たちが踏みこんできたときに居あわせたくないだろう」

メイソンの落ち着きはらった、冷静で自信たっぷりな態度が、なおさら癪《しゃく》にさわった。これが自分よりたった三歳上なだけの十九歳だとは誰も思わないにちがいない。もちろん、この埋められない隔たりを生んでいるのは、十代の人間が生きている現実だ。メイソンから見れば、自分はセイラおばさんが言うところの性的同意年齢に達していない女の子なのだろう。

でも、最悪なのはそれだけではないことだ。メイソンはたんに十九歳というだけではなく――もうすぐ三十歳になりそうな十九歳なのだ。セイラおばさん曰《いわ》く、メイソンは古い魂を持っているひとの目をしているらしい。

そう、おばのセイラはよく妙な言い方でひとを表現する。共同経営者のメアリー・コルファクスとともに、瞑想《めいそう》とか悟りとか〝いまこの瞬間に存在する〟といった思想にどっぷりはまっているのだ。それでもメイソンに対するおばの見方には、一理あると認めざるを得ない。今夜のパーティにきていた男の子たちとちがって、メイソンはあらゆる点でもう大人の男なのだ。メイソンと比べたら、パーティにきていた男の子たちなど小学生にしか見えなくなる。

いや、両親も含めて、自分が知っている実際の大人たちより、メイソンはずっと大人かもしれない。両親が三年前に離婚したとき、みんなは洗練された離婚だとふたりをほめたたえた。でも、そんなのは誰ひとり、ルーシーの立場に立っていないから言えることだ。ふたりのいわゆる大人が骨まで切りつけるような皮肉や非難をこめた言葉の手榴弾《しゅりゅう》を投げあって戦っているあいだ、自分の部屋に隠れていた十三歳の子どもの立場に。もしも、その挙句の離婚が洗練されたふるまいの手本であるならば、〝洗練〟という言葉を新しく定義し直したほうがいい。

いっぽう、メイソンはいつだって本物の大人に見えた――もしかしたら、大人すぎるほどに。彼がおじと弟とともにサマーリヴァーに引っ越してきたのは二年前だった。メイソンは近くの工具店で働き、副業で古家の修繕をしている。そしてこの夏はおじさんがどこかの戦争に行っているせいで、ひとりで弟を養っている。ひとつ、とても明らかなことがある。メイソンは人生をすごく真剣に受け止めているということだ。というより、メイソンが〝楽しみ〟という言葉の意味をきちんと理解しているとすれば、彼が〝楽しみ〟でやっていることなどあるのだろうか。

メイソンは運転まで大人みたいだった。とりあえず、大人だったらこう運転すべきという感じで運転していると、ルーシーは不機嫌な面持ちで認めた。おじさんの古い小型トラックを運転している様を見ていればわかる。滑らかで巧みなギアチェンジ。直線道路で急に加速することもなければ、スピードが出すぎて曲がり角に突っこむこともないし、もちろんスピード違反を犯すこともない。そんなメイソンといるのは退屈なはずだった。それなのに、退屈ではなかった。安心できる手でしっかり守られている気がしてならないのだ。

「別に助けてくれなくてもよかったのに」ルーシーは言った。「自分の面倒くらい、自分で見られるわ」

まったく、最高だわ。これでは本当に子どもだ。

「今夜のパーティはきみの手に負える集まりじゃない」メイソンは言った。

「いいかげんにして。別に平気だったんだから。たとえ警官たちがあの古ぼけた〈ハーパー・ランチ〉に踏みこんできたとしても、誰も逮捕されないのは、あなたもわたしもよくわかっていることでしょう。ホッブズ署長はトリスタン・ブリンカーやクイン・コルファクスみたいな子たちを留置場に放りこんだりしないわ。ホッブズ署長はふたりの父親を怒らせるような真似はぜったいにしないと、セイラおばさんが言っていたもの」

「ああ、ホッブズ署長もろくでなしの市会議員たちも、みんなブリンカーとコルファクスの言いなりだと、うちのおじも言っていた。でも、だからといって、ホッブズがきちんと仕事をしているふりをするために、今夜のパーティにきていたほかのやつらを何人か捕まえないとはかぎらない」

「だから？　注意をするだけでしょ？　最悪のシナリオになったとしても、おばに連絡して、わたしを迎えにこさせるだけだわ」

「本気で、それが最悪のシナリオだと思っているのか？」

「そうよ」ルーシーは歯ぎしりしそうになりながら答えた。

「ルーシー、この件についてはおれを信用してくれ」メイソンは言った。「今夜のブリンカーのパーティは、きみが行くようなものじゃないんだ」

「明日の朝になったら、今夜のハーパー・ランチにきていた全員がわたしのことを陰で笑うでしょうね」

メイソンは答えなかった。ルーシーは彼をちらりと見た。ダッシュボードのライトに照らされたメイソンのあごは、まるで石を彫ったみたいだった。そのとき初めて、好奇心がざわついた。

「まだ何か、わたしが聞かされていないことがあるの？」ルーシーは訊《き》いた。

「気にするな」メイソンは答えた。

「そうするしかないものね。今夜、わたしがブリンカーのパーティに行っているってことを、どうやって知ったの？」

「それが問題か？」

「ええ」ルーシーは言った。「問題よ」

「きみがあそこに行っているかもしれないって話を聞いたんだ。それで、きみのおばさんに電話してみた。でも、おばさんは留守だった」

「メアリーとサンフランシスコに行っているの。骨董市《こっとういち》で買いつけをするためにね。おばさんの留守番電話にはメッセージを残しておいたわよ。別にあなたには何の関わりもないことだけど」

メイソンはその言葉を無視して続けた。「おばさんは家にいないとわかったんで、ハーパー・ランチに行ってきみがいるかどうか確かめることにした。きみの手に負えない状況になっているだろうと思ったからね」

「わたしがパーティに呼ばれるような人気者じゃないから？」

「ブリンカーやコルファクスと付きあうには若すぎるからだ」

「ジリアン・ベンソンだって、わたしよりひとつ年上なだけよ。あなたが何をしようと勝手だけど、友だちみんながしていることで、危ないとか何とか、わたしにお説教をするのはよして」

「ジリアンはきみの友だちじゃない」

「だって、パーティに誘ってくれたのはジリアンなんだから」

「そうなのか？」メイソンは考えこんでいるようだった。「いよいよ、怪しくなってきたな」

「夕方にジリアンから電話がかかってきて、ブリンカーのパーティに行く予定だから、一緒に行かないかと誘われたの。この町では、あまりすることがないでしょう」

「それで、その機会に飛びついたというわけか」

「正確にはそうじゃないわ。最初は断ったんだから。わたしは夏休みにここにきているだけでしょ。この町で知っている子は数人しかいないんだもの。そうしたらジリアンが、たくさんのひとと知りあえるいい機会だって。でも、車がないから行けないと言ったら、おばの家まで車で迎えにきてくれると言ったのよ」

「ずいぶん親切だな」メイソンは言った。

「いったい、何が言いたいの？」

「おれが行くまでに、何か飲んだか？」

「自分で持っていった水だけよ。ちなみに、あなたに説明しなきゃいけない義理はないけど」

「クーラーボックスのなかのラベルがない瓶に入っていたものは飲んでいないな？」

「栄養ドリンクのようなものだとジリアンが言っていたわ。ハーパー・ランチのパーティでいつも出しているものだとブリンカーが保証しているって。何か特別なものが入っているそうよ」

「でも、きみは口にしなかった？」

「酔っ払う気も、ハイになる気もなかっただけ。わかった？」

あの妙な色をした飲み物を口にするのを想像しただけで、卒倒しそうになるほど怖くなったことを認めるつもりはなかった。悲しいが、メイソンがやってくるずっとまえから、パーティにきたのは失敗だったと気づいていたのだ。わたしは無茶をやったり、限界に挑戦したり、危険な道を歩んだりするタイプではない。分別があって信頼できる子だと、みんなに言われる——厄介事に巻きこまれるような子ではないと。でも、それはつまり退屈な怖がりだという意味だ。自分はガラス張りでなかが見える家の外にいて、ちょっとした危険を冒して本物の人生を生きている人々をじっと見つめるだけで終わる運命にあるのではないかと、ルーシー自身も思いはじめていた。

「酔っ払うつもりも、ハイになるつもりもなかったのに、どうしてブリンカーのパーティなんかに行ったんだ？」メイソンは訊いた。

ルーシーは座席で体を丸めた。「踊りたかっただけよ。楽しみたかっただけ。悪い？」

「でも、おれが着いたとき、きみは踊っていなかった」

ルーシーはため息をついた。「誰からも踊ろうと誘われなかったからよ。やっとブリンカーのパーティに誘われたっていうのに、着いてみたら、わたしと一緒にいたいひとなんて誰もいなかったってわけ。あなたの言うとおりよ。わたしは自分とはちがう世界だか何だかに入ってお手あげ状態で、あなたがきてくれて助かった。ほら、これで満足？」

メイソンは答えなかった。おそらく、セイラの居心地のよい家に通じる、古くからあるリンゴ園を突っ切る細長い道に、トラックが入ったからだろう。平屋の小さな家には明かりがついていた。私道のいつもの場所に、〈サマーリヴァー骨董店〉と大きく書かれた古いバンが停《と》まっている。

「おばさんが帰っているみたいだ」メイソンはそう言ってトラックを停めた。

「ずいぶん早いのね」ルーシーはシートベルトをはずしてドアを開けた。「買いつけのときは、いつも深夜まで帰ってこないんだけど」

メイソンは正面のドアをじっと見つめた。「それなら、よかった」

ルーシーは助手席から降りかけたところで動きを止めた。「何がよかったの?」

「今夜、きみがひとりにならなくてすむ」

「やめてよ、メイソン。わたしにはベビーシッターなんていらないんだから。それどころか、わたしはほかのひとの子どものベビーシッターをしているのよ。分別があって信頼できるから、ベビーシッターとしてすごく人気があるの」

「知っているよ」メイソンは言った。「悪かった」

「もう、あやまらないでよ。あなたらしくもない」

ルーシーはトラックから飛びおりてドアを閉めようとした。

「今夜のことも悪かった」メイソンはかすれた声で付け加えた。「恥をかかせるつもりじゃなかった」

「へえ」ルーシーはまだ開いたままのドアからメイソンを見た。「ねえ、何年かたってわたしが大人になったら、今夜いらぬお節介で助けてくれたことに感謝するよう言ってよ。わたしも三十か四十歳くらいになったら、あなたのご立派な意図に感謝できるようになっているかもしれない……けど、なっていないかもしれない。善行は報われずってよく言われるでしょう」

「ああ、聞いたことがある」

まったく、もう。最後まで言わないと通じないらしい。

「今夜、あなたが時間を割いてくれたのは、無駄ではなかったってこと」ルーシーは言った。

「あなたがハーパー・ランチにきたとき、わたしはもう歩いて帰るつもりになっていたから」

「いい考えとは言えないな。歩くには遠い」

「別に平気よ。携帯電話を持っているんだから。それに、ここはサマーリヴァーで、大都市じゃないわ。ここでは殺人事件なんか永遠に起こらないって、おばさんも言っているもの」

「だが、小さい町でも、ほかの場所と同じことは起こる」メイソンは言った。

「ああ、いやだ。今度は日が暮れてからひとりで歩いて帰ろうとしたことでお説教するつもり？」

ルーシーの息が一瞬止まった。メイソンの表情から、まさにそうするつもりだったことがわかったからだ。ルーシーは微笑んだ。

「そうせずにはいられないわけ？」メイソンに言った。「ひとを守り、ひとに尽くすために生まれてきたのね。もしかしたら、警察官になることを考えてみるべきかも」

「不動産業のほうが儲《もう》かると聞いた」メイソンは少しも動じずに言った。

「わたしは本気よ」

メイソンは無視して訊いた。「どうして歩いて帰るつもりだったんだ?」

「ありのままの話を聞きたいなら言うけど、ジリアンが酔っ払っていたからよ。ジリアンはブリンカーのことを格好いいと思っているの。女の子たちはみんなそう思っているし、男の子の一部もそう思っている。とにかく、わたしはジリアンの運転で帰るのが怖かったってこと。さあ、これで羽目をはずした夜の話はおしまい。あなたの言うとおりよ。たとえ、このあたりの若い子の半分が行っているにしても、ハーパー・ランチには行くべきじゃなかった。あなたは善行を施してくれたわけ。もうあやまったりしないで」

家のドアが開き、セイラが出てきた。ポーチの明かりで、白くなりつつある茶色い髪が輝いている。シェリダン家のほかの女性たちと同じように、おばは大女ではないが、百六十二センチの身長とほっそりした体型に騙《だま》されてはいけない。何十年もヨガを続け、古い家の巨大な暖炉にくべるために木を引っぱってきたせいで、背筋がぴんと伸びた、とても力強い引き締まった体になったのだ。

セイラが手すりのところまで出てきて手をふった。

「こんばんは、メイソン」セイラは言った。「ルーシーを送ってきてくれてありがとう。車で迎えにいったほうがいいかどうか、ルーシーの携帯に電話して訊こうとしていたところだったの」

「たいした手間じゃありませんよ」メイソンは答えた。「通り道ですから」

ルーシーはふふんと笑った。「何が、通り道よ」トラックのドアを閉めようとしたが、何となくためらった。「その守護天使みたいな態度のことだけど」

「さっきも言っただろう。おれは守護天使じゃない」

メイソンの口調に初めて感情らしきものが表れた。いら立っているのだ。

「セイラおばさんはカルマっていうやつに夢中になっているの」ルーシーは言った。「ほら、自分がしたことは、すべて自分に返ってくるっていうやつ」

「カルマの意味は知っている」メイソンの声はやけに平坦だった。

ルーシーは、言葉の意味を知らないのではないかとほのめかしたせいで、メイソンを馬鹿にしてしまったことに気がついた。たとえパーティから引きずりだされて恥をかかされたとしても、これには気がとがめた。メイソンが高校を卒業したあとずっと働きづめなのは誰もが知っていることなのだから。教育を受けられる機会がいくらでもあったのに、そうなったわけではない。セイラによれば、それは弟のアーロンを大学にやるためだったらしい。アーロンは学費の高い名門大学に合格したのだ。アーロンが借金を抱えないで卒業できるよう、メイソンとおじはできることを何でもしているらしい。

「話を進められるように、カルマに関しては、おばさんの言うことは正しいと言っておくわね」ルーシーは言った。「もしもカルマというものが本当にあるならば、遅かれ早かれあなたが助けを必要とする日も訪れるわけよ」

「だから？」

「根っからの守護天使が厄介な目にあったら、誰が助けるのかしらね」

ルーシーはメイソンが答えられないうちにトラックのドアを閉め、おばが待っているポーチへ急いだ。生涯でいちばんロマンティックな夜なんてこんなものだ。

2

メイソンはルーシーがおばに挨拶をして古びた家に入っていくのを見守っていた。そしてドアが閉まるのを見届けてから、トラックのギアを入れて、リンゴ園の道を戻っていった。

〝根っからの守護天使が厄介な目にあったら、誰が助けるのかしらね〟

ルーシーは勘ちがいをしている。自分は守護天使などではない。今夜ブリンカーのパーティからルーシーを引きずりだしたのは、そうしなければならなかったからだ。ルーシーのおばが町の外に出かけているのであれば、彼女を見守る人間は誰もいない。ルーシーは世間知らずで騙《だま》されやすく、正体を偽っている悪魔を見破れない。もし噂《うわさ》が本当ならば、ブリンカーは間違いなく地獄からまっすぐやってきた悪魔なのだ。

メイソンは、朝になったらセイラ・シェリダンと話をしなければならないと頭にたたきこんでおいた。今夜、起きそうになっていたことを知らせなければ。

おじのディークが町にいればよかったのだが。ディークだったら、セイラにうまく説明できただろう。ディークだったら、セイラも耳を貸すだろうから。彼の言うことであれば、人々はいつも耳を傾けた。だが、おじはまた戦場に赴き、数カ月は戻ってこない。ということは、自分がセイラに話さなければならないということだ。ふたりでともに、何もわかっていないルーシーを守るために。

メイソンは大きな道に出ると、パーティが開かれている場所に戻っていった。古ぼけたハーパー・ランチはずっと以前に放棄された農場だった。かつて牛たちが草をはんでいた牧草地はすでに自然の状態に戻っている。荒れ果てた家にはもう何十年も誰も住んでいない。だが、この夏に入ってから、トリスタン・ブリンカーが勝手に納屋を使ってパーティを開きはじめた。この町の若者たちは蛾《が》がロウソクの明かりに引きつけられるように、ブリンカーに引き寄せられている。そしてブリンカーの隣には、いつもクイン・コルファクスがいた。ふたりでサマーリヴァーの十代の若者たちの頂点に君臨しているのだ。

パーティはまだ続いていたが、納屋のまわりに並んだ車のなかに、ブリンカーの高級スポーツカーはなかった。クイン・コルファクスの真新しいSUVもない。ふたりともハーパー・ランチを通りかかったひとからよく見える場所に、自分たちのものだとすぐにわかる車を置いておくほど馬鹿ではない。もちろん、ふたりが逮捕されたとしても、裕福な父親たちが保釈金を積んですぐに出してくれるだろう。だが、息子たちが捕まるような愚かな真似をしたら、ウォーナー・コルファクスもジェフリー・ブリンカーもひどく腹を立てるにちがいない。

トリスタンとクインはまだ町にきてまもなかったが、まるでロックスターのように扱われていた。ふたりの父親はヘッジファンドの共同経営者だった。ヘッジファンドの本社はシリコンバレーにあったが、サンフランシスコ湾岸地域の多くの成功した起業家と同じく、彼らも週末をワインの生産地で過ごすことを好んだ。そして抜け目ない実業家であるふたりは、サマーリヴァーがブドウ園を擁する町として次に大きく発展する場所だと狙いをつけたのだ。

とどまることのないワイン事業の波は北カリフォルニアで百年以上うねりつづけていた。それがここ数十年で速度をあげ、その進路にあった古くからの梨園やリンゴ園や牧草地や酪農場を押し流すようになったのだ。そして、次がサマーリヴァーの番だった。まもなく、サマーリヴァーのあちらこちらにワイナリーができることだろう。

あと数年もすれば、ヒールスバーグやセバストポルやナパなど北カリフォルニアにある昔ながらの農場があった町が変わったように、眠っているような小さな町サマーリヴァーも、上流階級向けの町に変わるだろう。実際に不動産の価値はすでに上昇していた。メイソンはそのことを見越して、アーロンが入る有名大学の目玉が飛びでるような学費の足しにできるように、ディークを説得して廃屋を買わせたのだ。修繕が終われば、支払った金の二倍の価格で売れるだろう。

メイソンは納屋に通じる横道のまえを通りすぎた。そして川沿いの舗装されていない名なしのわき道に入った。

まもなく、ふたりの車が見つかった。車は木々のあいだに停まっていた。ブリンカーとコルファクスが戻ってくるまでしばらく時間がかかるかもしれないが、メイソンは必要なだけ待つつもりだった。

そしてスポーツカーとSUVのうしろにトラックを停めて、道路に出る道をふさいだ。それからトラックを降りて、川のそばまで歩いた。立っているところから納屋は見えないが、大音量で流している音楽のくぐもった音は聞こえてくる。

メイソンはしばらく川面《かわも》で躍る月を眺めていた。川の水面はゆっくり動いているように見えるが、弱々しく見える波紋は見せかけでしかなかった。この川――サマーリヴァーはところどころが深く、流れも急なのだ。毎年、歩いて渡ろうとして流されたという報道がある。数カ月まえも、リヴァーロードで車の事故があったと報道されていた。車が展望台の崖《がけ》から落ちて、流れの速い川で流されたのだ。運転手は助からなかった。

〝もしかしたら、警察官になることを考えてみるべきかも〟

メイソンはそのことについて考えてみた。正直に言えば、自分の将来についてはじっくりと考えたことがなかった。両親が亡くなってからというもの、一歩ずつまえに進んでいくだけで精一杯だったのだ。父が死ぬまえに遺《のこ》した言葉に従って。〝アーロンの面倒を見てやってくれ。ふたりで一緒に生きていくんだぞ〟

だが、まもなくアーロンは大学に入り、輝かしい未来に歩みだしていく。そうなれば、もう面倒を見る相手はいない。そろそろ自分が本当はどんなふうに生きていきたいのか、考えるべきなのかもしれない。

だが、まずはルーシーの面倒を見るのが先だ。

音楽が突然やんで、トリスタン・ブリンカーのパーティが早々と終わったことを告げた。きっとハーパー・ランチのまえを通った誰かが、警察に苦情を言ったのだろう。それでホッブズ署長もふたり組の警察官を送って、パーティをやめさせざるを得なかったにちがいない。ルーシーの言ったとおり、おそらく誰も逮捕されないだろう。若者たちは散り散りに消え、逃げ足の遅いカップルが報告書に記録されたとしても、それでおしまいだ。

騒がしい足音がして、メイソンは考えごとを中断した。ふり返ると、懐中電灯の光がふたつ揺れている。その直後にトリスタン・ブリンカーとクイン・コルファクスが木々のあいだから空き地に出てきた。

ふたりは荒い息で笑い声を抑えながら、車に向かって走ってきた。大きな発泡スチロールのクーラーボックスの取っ手をひとつずつ握って、ふたりで持っている。

「あのまぬけなブロンドがヤクの瓶を渡したときのおまわりの顔を見たか?」ブリンカーは笑った。「いまにも破裂しそうだったぜ」

「あいつ、おれたちのことを見たかな」クインが不安そうに言った。

「かまうもんか。おれたちのことを見ていても、ドラッグがあったことは証明できないんだから」ブリンカーは走るのをやめて歩きはじめると、ポケットからキーを出した。「それに、証明しようとなんかしないさ。あいつの仕事は終わったんだ。パーティを終わらせたんだから。それにしても、今回は誰が文句を言ったんだろうな?」

「たまたま通りかかった農家の男か何かだろう」クインは言った。

「おれが本当に知りたいのは、今夜のパーティにルーシー・シェリダンがきていたことを、どうしてメイソン・フレッチャーが知ったのかってことだ」

「そんなに気になるのか?」クインが訊いた。

「ああ」ブリンカーは言った。「気になる。あの野郎がおれのやることをじゃましたのが気に食わない」

「放っておけよ」クインは言った。「フレッチャーと関わりたくないだろう」

「何でだよ。ただの工具屋じゃないか」

「なあ、パーティは終わったんだ。家に帰って、フレッチャーのことは忘れたほうがいい」

メイソンはサングラスをかけて、物陰から出た。そして流線形のスポーツカーの前輪のフェンダーに寄りかかった。

「そのまえに、ルーシーについて話そうじゃないか」メイソンは言った。

クインはぴたりと足を止めた。「フレッチャーか? こんなところで何をしているんだ?」

ブリンカーも足を止め、懐中電灯の光をメイソンに向けた。サングラスはきちんと役目を果たしてくれた。光から守ってくれたのだ。

「おれの車から離れろ」ブリンカーがうなるように言った。「その色は特別に塗らせたんだぞ。傷がつく」

メイソンはブリンカーを無視した。「もう一度ルーシーを狙ったら、秋の新学期になっても大学に戻れなくなるぞ」

「何の話かわからないな」ブリンカーは言った。「いいから、俺の車から離れろ」

クインは見るからに怯《おび》えている。「おれたちを脅しているのか？」

「そんなところだ」メイソンは答えた。

「誰に聞いた？」ブリンカーの声は怒りでかすれている。

「そんなことはどうでもいい」メイソンは言った。「おまえが計画していたことはすべてわかっているというのだけ知っていればいいんだ」

クインの顔が次第にとまどいの表情になった。「いったい、何の話だ？」

「誰に聞いた？」ブリンカーが怒鳴った。明らかに必死に自らを抑えているようだった。

「いや、答えなくていい。突き止めてみせるから。もしも、誰だかわかったら——」

「ほう？」メイソンは言った。「どうするつもりだ？」

「おれのじゃまをするな」ブリンカーの声は、激しい怒りで引きつっている。「今夜ここにきたことを後悔させてやるからな。わかったか」

「ちゃんと聞こえているさ」メイソンは静かに答えた。「今度はおまえが聞く番だ。ルーシー・シェリダンには二度と近づくな。ルーシーに何かあったら、おまえの仕業だと思うからな。わかったか、ブリンカー？」

ブリンカーがとつぜん怒りを爆発させた。発泡スチロールのクーラーボックスの取っ手を放し、手近な鈍器——石だ——をひろって、頭を低くして突進した。

「おい」クインが叫んだ。「やめろよ。トリスタン、気でもちがったのか？」

メイソンはじっと動かず、最後の瞬間になってすばやく身をかわした。ブリンカーはスポーツカーに突っこんでいった。石が鋭い金属音をたてながら、特別注文の塗装にぎざぎざの傷をつけた。ブリンカーはうろたえて、よろよろと二、三歩さがった。

メイソンはその横を通りすぎてからふり返った。

「ルーシー・シェリダンには近づくな」

メイソンはブリンカーとクインに背中を向けたまま歩きつづけた。だが、残念ながら、ふたりのうちのどちらも罠《わな》にかからなかった。

メイソンはトラックに着くとドアを開け、なかに乗りこんでエンジンをかけ、川の近くにある古びた家に帰った。

アーロンはソファで寝ていた。ディークとふたりで誕生日に買ってやった新しい高価なパソコンの電源が入ったままだ。画面には難しいコンピュータコードが数行並んでいる。

メイソンは玄関の鍵をかけて、窓を点検した。それは夜の儀式で、警察官から両親は車の事故で死んだと聞かされた夜以来、ずっと忠実に守っている。

メイソンはアーロンにブランケットをかけてから、階段をのぼって自室に入った。そして自分のパソコンを立ちあげた。インターネットのオークションサイトで見つけた中古品だ。

メイソンはもうひとつの夜の儀式として、家族の銀行口座が貸し越しになっていないのと、未払いの新しい請求書がないのを確かめた。そして翌月も電気と電話が止まらないことに安心すると、この夜の出来事を短くまとめておじにeメールを送った。事態はうまく収められると思うと。

メイソンはブリーフだけになり、携帯電話をナイトテーブルに置いて、明かりを消してベッドに入った。そして頭の下で腕を組んで、窓の外の月明かりに照らされた夜の景色を眺めた。

ディークには事態はうまく収められると思うと書いたが、まだ具体的な方法は思いついていなかった。だが、今夜、何らかの方法をとることが必要だと明らかになった。トリスタン・ブリンカーはただの甘やかされた金持ちの馬鹿息子じゃない。あれは正真正銘の社会病質者《ソシオパス》だ。遅かれ早かれ、いずれは爆発するだろう。メイソンは心理学には詳しくないが、人間を食い物にするやつらは、会えばすぐにわかった。それに、当面の標的からブリンカーの気をそらすことが重要なのも直感で理解していた。とりあえず一時的にそれが成功したのは間違いないが、だからといってルーシーやサマーリヴァーのほかの娘たちが安全なわけではない。

翌朝いちばんにルーシーのおばと話し、危険な状況であるのを説明しなければ。ルーシーを町から——ブリンカーの手の届かないところへ——できるだけ早く逃がすことが肝心だと、直感が告げている。

そのあと、ブリンカーを退治する方法を考えよう。あの男は決して自分を止められないから。

翌朝、ブリンカーは父親に与えられた輝くばかりの新しいスポーツカーで町を出ていったところを目撃された。だが、そのあと姿を見た者はいない。そして数日後には、ドラッグの取引に失敗して殺されたという噂が広まった。

ブリンカーの死体は見つからなかった。

3

十三年後、カリフォルニア州ヴァンテージ・ハーバー

飲みたくてたまらなかった白ワインにルーシーが口をつけようとしたそのとき、〝悲嘆に暮れる未亡人《グリーヴィング・ウィドー》〟が自分たちの席に向かってくるのが目に入った。

アリシア・ガトリーは、人気が高いバーのハッピーアワー（飲食店などのサービスタイム）に集まってきた騒がしい会社員たちのあいだを難なくすり抜けている。彼女は部屋に入ったとたんに、誰もが——男も、女も——ふり向く類《たぐ》いの女性だった。ぴったりとしたデザイナーズ・スーツと天まで届きそうなハイヒールから、マニキュアを塗った爪や艶《つや》やかな髪を結ったシニヨンまで、いかにもアルフレッド・ヒッチコックの映画に出てきそうな古典的なブロンド美女だ。それに、高額な手術費用がかかった豊かな胸もそのイメージを損ねていない。でも、今夜はその輝くばかりの外見に隠れた貪欲《どんよく》さが前面に出ている。

「あーあ」ハンナ・カーターが小声で言った。「いやな予感がするわ」

「何から何までお粗末だった一日をとっとと終わらせるしかないわね」エラ・メリックが付け加えた。

「ルーシー、彼女の目的はあなたよ」ハンナが警告した。「法廷で起きたことは、すべてあなたのせいだと思っているから」

「冗談でしょ」ルーシーは言った。

エラは同情するような目で見つめた。「あなたはただ事実を伝えただけなのにね」

「事実を伝えた者がどんなふうに扱われるか、わたしたち三人ともわかっているはずよ」

ルーシーはワインをすばやく飲みこんで、覚悟を決めた。「彼女はきっと厄介なことになるって、ボスに言っていたんだから」

「当たっていたみたいね」ハンナが言った。

「彼女を大損させたのがわたしだってわかるまえに、町を出たいと思っていたんだけど」

ルーシーはぼやいた。

朝はサマーリヴァーに行くのを楽しみにしていたわけではないが、いまは――選べるものなら――どこにも逃げられずにこの席で追いつめられるより、サマーリヴァーにいたかった。でも、とりあえずひとりじゃない。ハンナとエラは親友だ。ふたりはわたしを見捨てたりしないだろう。

ハンナは考えこんでいるような顔で、アリシアをじっと見つめた。「亡くなったご主人にはカナダに別の家族が存在したってことを見つけた調査員があなただって、どうしてわかったのかしら」

「知るもんですか」ルーシーは言った。「社内の誰かが口を滑らせたんでしょ。ブルックハウス・リサーチ社でやっていることは極秘事項じゃないもの」

「男性調査員の誰かがGWに偽物のまつ毛をぱちぱちやられて、訊かれたことを何でもぺらぺら話したにちがいないわ」エラは言った。

「ありそうな話ね」ルーシーはうなずいた。

ミスター・ガトリーの二番目の奥さんに、GW、すなわち〝悲嘆に暮れる未亡人《グリーヴィング・ウィドー》〟と名付けたのはルーシーだった。アリシアのあからさまな演技に対する賛辞であり、その名前は定着した。いまやブルックハウス・リサーチ社の法学的家系調査部の全員がアリシアをGWと呼んでいる。

アリシアはあっという間に近づいてきている。念入りに化粧した顔が怒っているせいで台なしだ。そびえるようなハイヒールがコツコツと矢つぎばやに木の床を蹴る音があまりにも鋭くて、火花が散っていないのが不思議なくらいだった。

「さあ、気を引き締めて」ルーシーは言った。「忘れないでね。わたしたちはプロなんだから」

「それはつまり、GWがあなたを罵《ののし》ってワインを顔に引っかけてきても、相手になったらだめだという意味？」ハンナは尋ねた。「ちょっとした好奇心で訊いているだけだけど」

「ええ、そのとおり」ルーシーは答えた。「わたしたちはブルックハウス・リサーチを代表しているのよ。わたしたちの対応次第で会社の印象が変わるんだから」

「そうね。今夜のお楽しみはすべて台なしになってしまうでしょうけど」エラが言った。

「きっと、そこまでひどくはならないわよ」ルーシーは言った。「腹を立てているから、わたしのことをいくらか罵《ののし》るかもしれないけど、ワインを顔にかけたりはしないわ。そんな真似をしたら、これまで守ってきた冷静なグレース・ケリーのイメージが壊れてしまうでしょ」

「いいことを教えてあげる」エラがGWから目を離さずに言った。「もうグレース・ケリーは乗りうつっていないみたいよ。どっちかというと、映画の『大アマゾンの半魚人』のほうが近いわ。彼女がここにくるまえに、ちょっとした賭《か》けをさせて。GWが激怒してルーシーにビンタを食らわせるに五ドル」

「わたしはワインを引っかけると思うわ」ハンナが言った。「そのほうが劇的だし」

「言えてる」エラが同意した。

「やめてよ、ふたりとも」ルーシーは言った。「こんな大勢のまえで、GWが馬鹿な真似をするはずないでしょう」

アリシアが席にたどり着き、ルーシーを悪魔のような目でにらみつけた。

「何もかもめちゃくちゃになったのは、あんたのせいよ」アリシアは罵った。「あんたにはわたしの人生をじゃまする権利なんてないんだから。何様だと思っているのよ」

「ミセス・ガトリー、わたしは自分の仕事をしただけです」ルーシーは言った。「ご承知と思いますが、ブルックハウス・リサーチはご主人の遺産を管理している代理人の依頼で仕事をしています。信託財産はご主人のお子さんたちに遺されたものとして規定されていますので」

「バーニーは子どもがいるなんて、ひと言も言ってなかったわ。わたしはいまでも子どもはいなかったって信じているんだから。あんたがカナダでどこかの怠け者を捕まえて、ずっと昔に別れたバーニーの子どものふりをするよう買収したに決まっているわ。白状しなさいよ」

「ミセス・ガトリー、お気持ちはお察しいたします。でも、バーナード・ガトリー氏はほかの女性とのあいだに三人のお子さんをもうけています。娘さんがおふたり、息子さんがおひとり。その三名が第一順位の相続人です」

「とても信じられない話だけど、いわゆる相続人がいたとしても、正式な結婚をしていたわけじゃないでしょ」

「法律において、その区別はありません」ルーシーは辛抱強く説明した。「母親である女性と結婚したか否かにかかわらず、その男性の子どもであることに変わりはないんです。といっても、今回の件ではそれが問題になることはありませんが。三人の相続人はいまはもう成人して、それぞれお子さんがいらっしゃいますが、その母親である女性と、ミスター・ガトリーは結婚していましたので」

「そんな証拠はどこにもないわ」アリシアは引きつった声で言った。

「そこなんです、ミセス・ガトリー。ブルックハウス・リサーチはご主人のお子さんたちがお父さまの遺産の一部を相続する権利を有していることを証明する多くの証拠を提出しました」

「遺産の一部？」アリシアの声が一オクターブあがって金切り声になった。「三人が遺産のいちばんいいところを取って、株も債券も全部さらっていくのよ」

「遺産を管理している弁護士と判事の話をお聞きになったでしょう。ミスター・ガトリーのほかの家族には遺産の相応分を受け取る権利があります」

エラは穏やかに微笑んだ。「あなたは何ももらえないというわけではないんですよ」

アリシアはエラに食ってかかった。「受け取るはずだった遺産のほんの一部しかもらえないのよ。バーニーは全部わたしに遺してくれると約束していたのに。わたしが何のために彼と結婚したと思っているの？」

短く、緊張した間があいた。ルーシーは店内が静まり返っていることに気がついた。

「この手の個人的な問題をここで話すのは避けたほうがよろしいのでは？」ルーシーはささ

やいた。

「わたしに黙れと言うつもり？」アリシアはかん高い声で言った。「本当にバーニーの子どもなら、どうして葬儀に出なかったのよ」

「わたしがカナダで見つけた三人の方々は、ご両親が離婚したとき、まだ幼くて」ルーシーは説明した。「何年もまえから、お父さまの消息をご存じなかったんです。あるとき家族のまえから去って、二度と戻ってこなかったというのが実際のようです。お父さまは亡くなったと思っていたと」

「いまは、そうなったわけだけれど」エラが補足した。

「わたしはあのじじいと結婚して、人生を二年間も捧げてきたのよ。それで、やっと手に入ったものは？　たったの数千ドル？　それもこれも、あんたのせいで」

どうやらルーシーとエラとハンナの三人ともがワイングラスの脚をしっかりつかんだことに気づいたらしく、アリシアはくるりとうしろを向いた。そして近くのテーブルからビールが並々と注《つ》がれたグラスをさっと取ると、中身をルーシーの顔にそのままぶちまけた。そして誰も何も反応できないうちに、すっかり魅入られたハッピーアワーの大勢の客たちのあいだを憤然と歩いていくと、ガラスの扉を開けて夕日のなかに出ていった。

ルーシーはため息をついて、テーブルに置かれた三枚の小さなカクテルナプキンのうち、一枚を手に取った。そして顔のビールをぬぐった。エラとハンナは自分たちのナプキンを差しだした。

劇的な場面に使われたビールを飲んでいた男が申し訳なさそうな顔でルーシーを見た。

「悪かったね」男は言った。「最後まで、彼女が何をするつもりなのかわからなくて」

「あなたが悪いんじゃないわ」ルーシーは言った。

「機嫌を損ねたお客さん？」彼は訊いた。「ああ、ぼくはカールというんだけど」

「彼女はお客じゃないの」エラが答えた。

「負けて腹を立てているだけのひと」ハンナが説明した。

「きみたち三人がどんな仕事をしているのか、具体的に訊いてもいいかい？」

「わたしたちは探偵社で働いているの」ルーシーが説明した。「ブルックハウス・リサーチという会社よ」

「かっこいいな。女探偵？」カールはいまやすっかり興味津々というふうだった。「銃を持っているの？」

「いいえ」ルーシーはきっぱりと言った。「会社で探偵の免許を持っているのは、経営者のブルックハウス夫妻だけ。わたしたち三人は法学的家系調査部で働いているの」

カールは明らかに落胆していたが、それを顔に出さないようにしていた。「法学的家系調査っていうのは、どんなことを調べるんだい？」

「おおざっぱに言えば、わたしたちの仕事の大部分は遺産を管理する代理人から依頼されるものなの」ハンナは言った。「行方がわからなかったり、いるかどうかもわからなかったりする相続人を探しだして、相続財産があることを伝える仕事よ」

「ときには、その逆もあるわ」エラが付け加えた。「自分は遺産の相続人だと考えるひとたちの依頼で、証拠を探す場合もあるの」

「わかった」カールは指を鳴らした。「きみたちは相続人ハンターなんだな」

「この仕事にはいろいろな分野が含まれるから」ルーシーは言った。

ルーシーはカールの反応にうんざりしながらも、プロらしい冷静な口調を保っていた。消息がわからない相続人の捜索が仕事になっていることさえ、知らないひとが多いのだ。いっぽう、この手の仕事が存在するのを知っている人々は、それが探偵業のなかで怪しい部類の仕事に入ると考えていることが多い。

この業界に、うさん臭い人間がいるのは否定できない。まれにいる、自分の幸運に気づいていない数百万ドルの遺産の相続人を探しだして大成功を収めることを狙って、かなり際どい仕事をするのだ。そうした相続人ハンターの目的は、遺産についての情報を明かすのと引きかえに、相続した遺産の一定の割合を調査員に支払うことに同意する契約書に署名させることなのだ。だが、ブルックハウス・リサーチは信頼できる探偵社であることに誇りを抱いている。

「わたしが賭けに勝ったみたいね」ハンナが言った。

「どうして、そうなるわけ？」エラが反論した。「GWはわたしの予想どおり、ルーシーを攻撃したじゃない」

「そうよ。でも、ビンタは食らわせなかった」ハンナは言った。

「ワインだって顔にぶちまけなかったわよ」エラは言った。「かけたのは隣のテーブルのビール」

「そんなのは些細《ささい》なちがいじゃない」ハンナは言った。

エラは勝ち誇って微笑んだ。「法学的家系調査に携わっているわたしたちには、些細なちがいで、状況がまったくちがってくるとわかっているでしょう」手のひらを上に向けて、片手を差しだした。「五ドルいただきます」

「ちょっと待って」ルーシーが割って入った。「あなたたちが賭けで言い争っているあいだに、わたしは家に帰って荷づくりを終わらせるわ」

ウエイターがきれいなカウンター用のタオルを持ってすばやく現れた。

「ワイン三杯のお代はけっこうですと、店長が言っています」

「ありがとう」ルーシーはタオルを受け取り、ビジネススーツの上着に引っかかったビールをふいた。「ドライクリーニング代を経費として会社に請求するわ」

「そうすべきだわ」エラが言った。

ハンナもうなずいた。「ぜったいに」

ウエイターが顔を近づけて声をひそめた。「あの女性をあんなに怒らせるなんて、いったい何をしたのかうかがっても？」

「残念ながら、秘密なの」ルーシーは答えた。

ウエイターはわけ知り顔でうなずいた。「あなたが自分の恋人とデートしていると思いこんだんでしょう？」

ルーシーは驚いて、上着の袖《そで》をタオルで叩いていた手を止めた。「馬鹿なことを言わないで。賢い女ふたりがどうして男ひとりのことで争わないといけないの？」

「そんなのは前世紀の話よ」ハンナも言った。

「数分前に起こったのは、もっと真剣な問題なの」エラが説明した。

「なるほど」ウエイターの顔が晴れやかになった。「お金のことですね」

「多額のお金のことよ」

カールは笑った。「当ててもいいかな？　あなたたち三人はロマンティックなタイプではないでしょう」

「わたしたちみたいな仕事をしていると、少し疲れてしまうのよ」ルーシーは弁解した。

「この仕事に就いてしばらくすると、人間にはそれぞれが大切にしている考え方があるんだって気づくの。でもほとんどのひとが何よりも優先している事柄は、たいていふたつのうちのどちらか」

「へえ？」カールは期待して待っている。「そのふたつというのは？」

「お金か復讐よ」ルーシーは答えた。「両方が重なることも、驚くほど多いの」

「へえ」カールはその観察に感心したようだった。「ずいぶん重い話だな。じつに重い」

「そんなことないわ」ルーシーは言った。「それが人間の本質なのよ」テーブルからするりと立った。「悪いけど、もう帰るわ」

「また行方不明の相続人が見つかったのかい？」カールが訊いた。

「じつを言うと、そうなの」ルーシーはショルダーバッグの肩ひもをかけると、ドアに向かって歩きだした。「この、わたしよ」

4

メイソン・フレッチャーはカウンターに寄りかかり、ぴかぴかのスパナを片手で軽く握りしめていた。そして大いなる関心に、冷ややかな非難がほんの少し混じった目で見つめている。ルーシーはそれが腹立たしくもあり、落ち着かなくもあった。

だが、本当に問題なのは、メイソンが熱病に浮かされていた十代のルーシーの想像のなかで強烈に輝いていた十三年まえより、さらにすてきになっていたことだった。フレッチャー工具店の戸口を入ったルーシーの最初の反応はたいそう原始的で、こんなふうにして息を呑んだのだ。〝あなたをずっと探していたの〟

オオカミほどもある大きな犬がカウンターのうしろから出てきてルーシーを探ったが、その表情は驚くほどメイソンに似ていた。オオカミに似ているのは大きさだけではなかった——姿もそっくりなのだ。年を取ったオオカミにちがいない。鼻面のまわりが灰色になっている。ただし目はオオカミから連想する標準的な焦げ茶色ではなかった。どきどきするような金色がかった薄茶色で、メイソンの目の色にかなり近い。

「ジョーだ」メイソンはあごで犬のほうを示した。

ルーシーはジョーを見おろして、片手を出した。「こんにちは、ジョー」

ジョーは目をそらすことなく、じっとルーシーを見つめた。どうやらルーシーは敵でも獲物でもないと結論づけたらしく、手のにおいを嗅《か》ぎはじめる。そして満足すると、おすわりをした。ルーシーはおそるおそるジョーの耳のうしろをかいた。ジョーは小さく鼻を鳴らして、ルーシーの手をなめた。

「きみを気に入ったらしい」メイソンは言った。「たいていの人間のことは無視するから」

「喉《のど》を食いちぎる気がないと知って感激したわ」ルーシーは言った。

「少なくとも一週間は誰の喉も食いちぎっていない」メイソンはぴかぴかのスパナを放りあげ、手首をほとんどひねることなく、いとも簡単そうに受け止めた。「おばさんの家をきれいにして売りに出すために、町に帰ってきたと聞いたが」

「その予定よ」ルーシーはジョーの耳のうしろをかくのをやめて身体《からだ》を起こした。

メイソンに対しては冷静にふるまうことに決めていた。でも、それはたやすくはなかった。いまも彼と出くわしたことで動揺している心を必死に抑えようとしているのだから。工具店へ入ったときには、カウンターの向こうにメイソンのおじがいるものと思いこんでいたのだ。

サマーリヴァーにいるあいだにメイソンに出くわすかもしれないと思ってはいたものの、まずあり得ないだろうと打ち消していた。半年ほどまえにセイラから聞いた話では、メイソンはワシントンDCにいて、とても高額な費用がかかるものの堅実で、とても進んだ民間警備コンサルティング会社を弟と一緒に経営しているということだったからだ。

「どのくらいいる予定だい？」メイソンは訊いた。

ルーシーは微笑んだ。がまんできなかったのだ。そして、わざとらしく腕時計に目をやった。「話しはじめて三分もたっていないのに、もう尋問。いまになって思えば、ずっとまえに警察官になるべきだと助言したのは間違いだったかも」

「確かに、きみは勧めてくれた。でも、決めたのはおれだ」

いったい、どういう意味？ そのとき、ルーシーのなかで何かに気づいたときのピンというかすかな音がした。消息不明の相続人に近づいたときに覚える感覚と同じだ。何かよくないことがメイソン・フレッチャーに起こったのだ。それがいま彼がしている仕事とつながっているのは間違いなく、相応の金を賭けてもいい。そしてメイソン・フレッチャーだからこそ、自分をいまの状況に追いこんだ決定に対して、すべての責任を負っているのだ。メイソンは変わっていない。彼はいつだって、すべての責任を背負《しょ》いこむひとなのだ——厳密に言えば、彼自身には責任のないことでさえも。

ルーシーはあたりさわりのない話題を選んだ。

「このお店が残っていてよかったわ」ルーシーは言った。「おじさんはいつこの店を買ったんだっけ？」

「退役した二、三カ月後だ」

「わたしがセイラおばさんの家にきていた頃にあったお店で残っているのは、ここだけだわ。この町はすっかり変わったわね」

大通りにあった古い昔ながらの店の多くは高級品店か流行《はや》りの飲食店に変わっていた。フレッチャー工具店は——ワインショップと画廊にはさまれ——しぶとくて時代遅れな店なのだ。

驚いたことに、メイソンは皮肉っぽく微笑んだ。「新しく発展したワインカントリー、サマーリヴァーにようこそ。だが、もし訊きたいのであれば言っておくが、昔ながらのサマーリヴァーもまだ水面下に残っている」

「どういう意味？」

「いまだに小さい町だという意味だ。噂はあっという間に広まる」

ルーシーはうなずいた。「それで、わたしがきていることを知ったのね」

「ルーシー、きみがきていることは大勢の人間が知っている」

ルーシーは眉を吊りあげて礼儀正しく訊いた。「それは警告？」

「かもしれない。きみがセイラの唯一の相続人だという事実が、海の底をかき乱している」

「知っているわ」

相続した財産をどうすべきか考えていたあいだ、ひと月以上も弁護士や不動産仲介業者からの電話を無視していたのだ。

「それで、どのくらいいるつもりなのか訊いたのさ」メイソンは言った。

「答えは、わたしにもいつまでいるのかわからない」メイソンのまえでびくびくしないと決めたのだ。「たぶん二週間くらいだと思うけど。おばの遺品を荷づくりしたり移動させたりする手配をしたあと、家を売りに出さなければならないから」

「家ならすぐに買い手がつくだろう」メイソンは言った。「いかにもクラフツマン様式らしい、とても感じのいい小さな家だし、サマーリヴァーが上流階級の町になったことで、不動産の価値が高騰しているからね。ワインカントリーで週末を過ごす家を探しているひとたちは、ああいう建物を好むだろう。だが、本当の価値は地所にある」

「あの昔からあるリンゴ園？」

「あそこは最高のブドウ畑になる。売りだせば、大金が入るだろう。シリコンバレーの億万長者みんなが自分のワイナリーを開いて、自分の名前のラベルを貼りたがっている。とても大きなステータスシンボルだから」

「果樹園や畑のほとんどがなくなったようね」

「もう何年もまえからだ。きみが知らなかったことにびっくりした。だが、きみは十三年まえに帰ったあと、一度もセイラを訪ねてこなかったんだってね？」

手厳しい非難がこめられた言葉に、ルーシーは冷や水を浴びせられた。怒りが込みあげてくる。

「これで、ひとつ答えが出たわ」ルーシーは言った。

「何だって？」

「町が変わったことはわかっていたけど、ここに入ってきたときに、あなたは変わったのかしらと考えていたの。でも、答えは明らかにノーね。あなたはいまでも結論に飛びついて、最悪のことを想像して、お説教をする癖がある」

メイソンは言われたことについてしばらく考えたあと、頭をほんの少し傾けた。「なあ、きみの言うことは正しい。確かに、おれは結論に飛びついてしまったのかもしれない。だが、それならこの十三年、きみはどうしておばさんを訪ねてこなかった？」

「わたしが一度もここにこなかったって、どうしてわかるの？」

「おじがそう言っていた」

「あなたのおじさんは、わたしが十何年もおばを放ってきたと？」

「おじは、きみは一度も戻ってこなかったと言っていた。それだけだ」メイソンはもう一度スパナをさりげなく放り、流れるような動きで受け止めた。「現在のハーパー・ランチ・パークの場所でやっていたパーティから引きずりだして怒らせた夏以来、きみは一度も戻ってきていないとね」

ルーシーはとまどった。「あのおんぼろのハーパー・ランチがいまは公園になっているの？」

「二年まえに町のものになったんだ。芝生に、ピクニック用のテーブルに、野球場、公園、犬の散歩エリアと、ひととおりの設備がそろっている。見ちがえるはずだ」

「なるほどね。残念だけど、あなたのおじさんの言ったことは正しいわ。わたしがサマーリヴァーに戻ってきたのは、あの夏以来だから」

「どうして？」

ルーシーは落ち着いた様子で、地獄へ落ちろと言いたげに微笑んだ。「あなたには何の関係もないはずよ」

「ああ、確かに。たんに興味があるだけだ」

十三年まえ、誰もがメイソン・フレッチャーには手を出すなと言っていた。それはいまも変わらないが、メイソンはルーシーが想像していたとおりの、いやそれ以上の男になっていた。まるで古い剣の刃が火のなかで鍛えられたかのように。メイソンのすべてがよりたくましく、強く、厳しくなっていた。もともと鋭かった顔はすべてがさらに険しくなっている。そしてこの年月のあいだに、滑らかでしっかりとした筋肉がつき、自らが欲するものや、許容できる範囲や、一線を引くべきところを知っている男だけが持つ自信にあふれた雰囲気が身についたのだ。

この十三年で身についたものはほかにもあった——完璧な自制心を持つ男の証《あか》しである秘

めた内なる力が発する、とても稀有《けう》で、目には見えないオーラだ。

　そのいっぽうで、メイソンはひどく疲れているように見えた。おそらく根っからの守護天使なら誰でも学ばなければならないことを――全員を助けることはできないという事実を――辛い思いをして学んだのだろう。メイソンのような、決意が揺らぐことがない断固とした男には、さぞ残酷な教訓だったにちがいない。

　ルーシーはいら立っていたにもかかわらず、いつの間にか気持ちがやわらいでいた。いざというときに必ず正しいことをするよう生まれついている男に、いつまでも腹を立てているのは難しい。メイソンはどうしてもそうせずにはいられないのだ。メイソンはメイソンでしかいられず、それを変えられる者はこの地球のどこを探してもいないだろう。

「ああ、もう！」ルーシーは言った。「そんなに知りたいなら言うけど、あの夏以降、セイラおばさんはわたしをこの町に呼びたがらなくなったの。というより、家族の誰であっても、サマーリヴァーの家を訪れるのをいやがったのよ。だから、わたしたちはその気持ちを尊重した。別にあなたに説明する義務があるわけじゃないけど、わたしは何度もおばさんに会っていたわ。メアリーも交えて、毎年何度か過ごしていたの。セイラおばさんは、わたしにとって休暇が気が重いものだと知っていたから、必ずわたしと一緒に過ごしてくれた。おばさんとメアリーがアンティークショップを売ったあとは、ふたりと船旅に出たこともあったのよ。どんな意味であれ、セイラおばさんをほったらかしにしていたわけじゃないって断言できるから」ルーシーはそこで息をついだ。「わたしはおばさんを愛していたわ。メアリーのことも。メアリーがおばさんを愛して、セイラおばさんもメアリーを愛していたから。さあ、これで満足？」

メイソンも申し訳なさそうな顔をする礼儀はわきまえていた。「きみがおばさんをほったらかしにしていたなんて言うつもりはなかった」

ルーシーは最高に明るい作り笑いをしてみせた。「嘘《うそ》ばっかり」

メイソンの口もとが引き締まった。「家族の関係がときとして複雑になるのはわかっているつもりだ」

「確かにね。とくに外から見ている場合は」

メイソンはゆっくり息を吐いた。「そうだな、きみの言うとおりだ。おれはセイラが好きだった。メアリーのことも。だから、ふたりが亡くなったと聞いて残念だった」

「ありがとう」ルーシーは答えを探すのはまだ早いだろうかと躊躇《ちゅうちょ》した。

「自動車事故だと聞いたのよね？」ルーシーは言った。

「ああ。その言葉は、いつ聞いても動揺する。アーロンとおれも車の事故で両親を亡くしたから」

「そうですってね。お気の毒に」

「もう昔の話だ」メイソンは言った。

「だからといって、起こらなかったことにはできないし、大きな傷が残っていないわけでもないわ。運よく傷が治ったとしても、必ず痕《あと》が残るものだから」

たったそれだけの言葉がメイソンのふいを突いたらしい。彼は何と答えたらいいかわからないようだった。

「そうだな」とうとう同意した。「だからといって、傷痕が残っていないわけじゃない」

ルーシーは肩にかけている黒いトートバッグの肩ひもを強く握った。「あなたはこの町にいたの？　おばとメアリーが……」

「いや。おれも二週間まえに着いたんだ。少し休みを取ったものだから」メイソンは急に好奇心に満ちた鋭い目でルーシーを見た。「どうして？」

「別に。ただ訊いてみただけ」ルーシーはほんの少し落胆した。事故が起きたときにメイソンがこの町にいたのなら、必要な質問をしていただろうに。何といっても、メイソンは警察官だったのだから。でも、セイラとメアリーが死んだとき、彼はサマーリヴァーにいなかった。自分と同じことしか知らないのだ。「おばは、あなたが弟さんとワシントンＤＣで警備コンサルタントの会社をやっていると話していたけれど」

メイソンは最初は驚き、やがておもしろがった。「セイラはおれの消息をきみに知らせていたのか？」

「おじさんがあなたたち兄弟についておばに話したことを、わたしがときどき聞いていたの」ルーシーは微笑んだ。「ディークはふたりのことをとても誇りに思っていると、おばが話していたわ」

「ディークおじさんとおれはずっと、アーロンはいつか世界を変えると思っていたんだ」メイソンは言った。「結局、数学とコンピュータ・サイエンスで学位を取った」

「すごいわね。あなたとアーロンはコンサルタントとして、具体的にはどんなことをしているの？」

メイソンは間違いなく愛想のいいコンサルタントに見える笑顔を意識して微笑んだ。「コンサルティングをしている」

「ええ、それは知っているわ。覚えておいてほしいんだけど、〝わたしはコンサルタントであり、あなたのお手伝いにきました〟的な笑顔はもう少し上手にね」

メイソンの笑みが消えた。「練習しておこう」

「わたしはまじめに訊いているの」ルーシーは言った。「あなたはどんなひとたちにコンサルティングをしているの？」

「おれたちは迷宮入りしそうな未解決事件を専門にしている。クライアントの大部分は、すっかり行きづまった大事件を捜査できるほどの専門知識も技術も人員もない、小さな町の警察だ」

「実際に現場で捜査することもあるの？」

「ときには。だが、おれたちのいちばんの売りは〝アリス〟と名づけた独自のコンピュータプログラムなんだ。過去の事件のパターンを識別するのに役立つようアーロンがつくった。パターンがわかれば、狙いを定めて、警察官たちが犯人を突き止めるのを手助けできるからね」

「何だか刺激的ね」

「おれはもう警官じゃなくて、コンサルタントだ」メイソンは冷静に言った。「身体はあまり動かさない」

たぶん、本当なのだろう。でも、メイソンはすべてを話しているわけではない。

「きょうは何がいるんだ?」メイソンは続けた。「おばさんの家を売りだすのに必要なものを買いにきたんだろう?」

驚いた。壁にぶちあたるとはこのことね。メイソンはどうしても話題を変えたいらしい。

「じつは、あなたのおじさんに、地元の工務店を紹介してもらいたくて寄ったの。ほかに誰に訊いたらいいかわからなかったから。その手のことについて、おばがディークを頼りにしていたのは知っているし」

「帰ってきたら、いくつか名前を聞いておくよ。どんな仕事を頼むつもりだい?」

「いちばんお金がかかりそうなのはキッチンね。ひどく時代遅れだから。もっと現代的にすれば、家の価値が数千ドルあがると、父が言うの」

「確かに」メイソンは言った。「お父さんはいまも大学教授を？」

「ええ。大学の社会学部長よ」

「お母さんは？」

「いまも心理学を教えているわ」

メイソンはスパナをカウンターに置いた。「どちらも再婚したんだったね？」

「そうよ」ルーシーは歯切れよく言った。「工務店のことだけど、予算が限られているの」

「わかった」メイソンはメモ帳に手を伸ばして引き寄せ、ペンを取った。「よし、きみはあまり金をかけずにキッチンを現代的にしてくれる業者を探している。ほかには？」

「外壁も塗り直さないと」

「それも大がかりな作業だな」メイソンはメモを書いて、顔をあげた。「もうこれだけで、かなりの金がかかる。正直に言うと、やるだけの価値があるとは言えないかもしれない」

「でも、その手の改良をしたほうが家の価値があがるって、みんなが言うのよ」

「確かにそのとおりだが、このあたりでは、本当に価値があるのは土地なんだ。もちろん、古いクラフツマン様式の家はいい値で売れるし、週末を過ごす家を探しているひとたちは相変わらずいる。ただ、リフォームに金をかけすぎないほうがいいという意味だ」

「居間の印象が大きく変わるはずだから、一カ所だけ直したいところがあるの」

「どこだい？」

「暖炉をもとの状態に戻したいの。とてもきれいだったから」

「覚えているよ」メイソンは言った。「まわりの石細工がすばらしかった。もうあれほどの細工はなかなかないだろうな」

「それなのに、痛ましいことに、セイラおばさんはあの暖炉をタイルで覆ってしまったのよ」

「ええ？　どうして？」

「さあ。何も聞いていなかったから、きのう家に入って、おばさんがしたことを見てびっくりしたわ。暖炉は家を暖めてくれるのと同じくらい熱を逃がしてしまうって、ときどき愚痴をこぼしていたのは覚えているけど。でも、夜は暖炉のまえにすわって本を読むのが好きだったのに」

「薪《まき》を持ってくるのに疲れたのかもしれないな」メイソンは言った。「無理もないさ」

「ええ。でも、タイルで覆うなんて下手なやり方をしないで欲しかったわ。もとの暖炉は大きな売りになったはずよ。それが、いまでは特大の欠点だもの。家に入って真っ先に目に入るものが、ひどい有様ではね。きっと、おばさんが自分でやったんだわ」

「典型的な日曜大工の悲劇か」

「ええ。それに、あまりしっかりしていないの。のみとハンマーを使えばはがせそうだけど、タイルのうしろのもともとの石細工まで壊してしまいそうだから」

「おばさんが石細工を傷つけていないことを祈ろう。なあ、店を閉めたら、見に行こうか？工具も持って。今夜そのタイルをはがせれば、少しは節約できるだろう」

ルーシーはその申し出に一瞬ぽかんと口を開けたが、なぜだか急に脈拍があがりはじめた。だが、数秒後には落ち着きを取り戻した。

「親切なのね」急に用心深くなって言った。「たいした手間じゃない。今夜はほかに用事があるわけではないし」

「あ、そう」ルーシーは冷ややかに微笑んだ。自分が男の優先順位のどこにいるのか知ることは、いつだって悪くない。

メイソンは笑顔の冷ややかさに気づいていない。「五時半頃に寄ってもいいかい？都合はどう？」

カクテルアワーね。いいじゃない。ルーシーはかすかな期待が湧きあがってくるのを抑えられなかった。

「だいじょうぶよ」すらすらと答えた。「わたしも、今夜はほかに用事があるわけではないから」

「やられた。どうやら、あまりうまく申しでられなかったみたいだな」

「わたしが覚えているかぎりでは、意思の疎通に関しては、あなたはいつだってとても単刀直入だった」

「ああ。別れた妻がいつも文句を言っていたよ」

ルーシーは頬が熱くなった。「あなたの結婚はうまくいかなかったって、おばから聞いたわ」

「ああ」

それも、もうひとつの傷なのだろう。大きな打撃ではないかもしれないが、間違いなく傷ついたはずだ。きっと、結婚を失敗したことで自分を責めたにちがいない。それがメイソンだから。でも、少なくとも、彼には結婚してみるだけの勇気はあった。自分はまだ跳ぶのが怖くて尻ごみしている。

「お気の毒に」ルーシーはまた言った。

「きみもしばらくまえに婚約を破棄したと聞いた」

「ええ」

「残念だったな」

ルーシーは微笑んだ。「お互いに、気の毒だとか残念だとかばかり言っているわね」

「前向きに考えよう――おれのだめになった結婚と、きみのだめになった婚約で、共通点ができた」

「ふたつのだめになった関係を前向きに考えられるの?」

「ほら、おれはいつだって〝コップにはまだ半分も水が残っている〟と考えるタイプの男だろう?」

「まさか。そんな記憶はまったくないわ。いつも、あなたは最悪のシナリオを想定するタイプの男性だって思っていたもの」

メイソンは感情が読み取れない表情で目を輝かせた。「おれはいつもきみのことを夢見る少女だと思っていた」

ルーシーは鼻にしわを寄せた。「思いださせないでよ。あなたはわたしには面倒を見る人間が必要だと思いこんで、わたしが厄介事に巻きこまれないよう注意していた」

メイソンは罠に気づいたらしく、口ごもった。「別に、そういうつもりじゃなかった」

「いいえ、そうよ」

「くそっ。きみをハーパー・ランチから引きずりだした夜の話になることはわかっていたさ。本当に執念深いんだな」

「ばかばかしい」ルーシーはふふんと笑った。「恨んでなんかいないわ」

「いや、恨んでいる。あの晩、おれがしてやったことに感謝するつもりなんてないんだろう?」

「ええ、たぶん」ルーシーはうしろを向いて、ドアのほうに歩きかけた。「もう行くわ。おばの家に泊まるから、食料も買わないとならないし」

「それじゃあ、五時半に」メイソンは声をかけた。

ルーシーは戸口で足を止めた。「忘れるところだったわ。電球がいるの。いくつも。電気スタンドも壁の電灯も半分しか点《つ》かないから」

「電球ならいろいろそろっている。節電型がいいかい？」

「すごく、すごく明るいのがいいわ。あの古い家は洞穴みたいに暗いの」

「とりあえず、壁の電灯にはハロゲンランプがよさそうだな」メイソンはカウンターのうしろから出てきて、電球を見せた。「今夜は何か食べ物を持っていくよ」

メイソンはカクテルアワーにやってくるつもりで、今度は夕食まで持ってくると言いだした。どういうわけか、家をほんの少し改良するつもりが、いつの間にかメイソン・フレッチャーとのデートに変わっている。

ルーシーはヘッドライトに照らされた鹿になったかのような感覚に陥って、身動きできなくなった。まだ十五分しか一緒にいないのに、メイソンはもう主導権を握っている。

そのいっぽうで、今夜数時間一緒にいる相手ができたことを喜んでいるのは認めざるを得ない。前夜――セイラの家に泊まった最初の夜だ――あの家にひとりでいるのは好きではないと気づいたのだ。説明はできないけれど、どことなく雰囲気がいやなのだ。セイラとの思い出がありすぎるせいかもしれないし、たんに電球の多くが切れているせいで、部屋が暗いからかもしれない。

それでも、メイソンにこの場を仕切らせるわけにはいかない。よかれと思ってのことなのだろうが、多少は抵抗しなければ。もちろん、メイソン自身のために。

「何も買ってこなくていいわ」ルーシーは言った。「夕食はもう予定を立てているから」

「そうなのか?」メイソンの目が少しだけ暗くなった。

「そうなの」ルーシーはにっこり笑った。「夕食は自分で料理するつもりだから、タイルをはがしてくれるなら、ふたり分のサーモンを買ってくるわ」

「それはいい」メイソンはすぐに言った。「ありがとう」

メイソンはうれしそうだった。とても。まるで、宝くじに当たったみたいに。ルーシーは妙に元気が出てきた。自分はいったい何をしたのだろう?

「どういたしまして」ルーシーは言った。「それじゃあ、五時半に。工具を忘れずに」

「工具なしで出かけたりしないさ」

ルーシーはためらったが、すべきことをした。メイソンは面倒を買ってでてくれたのだ。せめて愛想よくすべきだろう。

「ありがとう」ルーシーは言った。

メイソンがいたずらっぽく笑い、ルーシーは驚いた。「暖炉を直すことにかい? それとも十三年まえにハーパー・ランチのパーティから助けだしたことに?」

ルーシーは上品に困った顔をした。「もちろん、暖炉を直すのを手伝ってくれることによ。パーティから助けだされた覚えはないわ。わたしが覚えているのは、どうしようもなく恥をかかされたことだけ。でも、もう全部終わったことよ。ずっとまえに許しているわ。だって、あなたはそうせずにいられなかったんだって、あのときでさえわかっていたんだから。とても不器用だったけど、わたしを守ろうとしてくれたのよね」

「不器用？　ひょっとして、おれが意思の疎通が下手くそだって、言っているつもりか？」

「いいえ。あなたは明らかに暴走する態度を崩さなかったと言っているつもりよ。でも、いいの。わたしも暴走するときがあるから。さて、失礼してよければ、電球を買ってもう行くわ。家でしなければならないことが山ほどあるのよ」

「必要な電球の大きさは？」

ルーシーは書いてきたメモを取りだして読みあげた。それが終わると、メイソンはさまざまな電球を集めてきてカウンターに戻った。ルーシーもついていった。

メイソンはレジスターに売りあげを打ちこみ、ルーシーのクレジットカードを機械に通して、電球がいっぱい入った袋を渡した。

「ありがとう」ルーシーは言った。「それじゃあ、あとで」

もう一度、戸口に向かった。

「はしごにのぼらなければ換えられない電球はそのままにしておけよ」メイソンがうしろから言った。「おれが行くまで待っているんだ。危ないから。はしごから落ちるやつは多いんだ。今夜、天井と壁の電灯は換えてやるから」

ルーシーは頰がゆるみ、頭をふりながら歩きつづけた。本当に、やめどきを知らないんだから。

片手でドアノブを持ち、ルーシーはふり返った。「わたしが相続したのは、おばの家と土地だけじゃないって知っているのよね」

「ああ、聞いた。セイラとメアリーの遺言の妙なめぐりあわせで、メアリーの弟の会社の株をもらったんだろう。町じゅうが噂しているよ」

「そうだと思った」ルーシーは言った。「あれだけ好奇の目で見られたら、気づかずにいられないもの」

「おれは金のことには詳しくないが、それでもできるだけ早くコルファクス家に株を売るのがいちばんいいことはわかる」

「両親もそう言っていたわ。でも、そう簡単にはいかないことがわかったの。ここ数カ月のあいだに、コルファクス家のいろいろなひとの代理人をつとめる、ふたりのちがう弁護士からeメールが届いたり、留守番電話にメッセージが残っていたりしているわ」

「コルファクス社はこの十三年で変わっていない、数少ないもののひとつだ」メイソンは言った。「しっかり守られている同族企業で、ディークおじさんによれば、いまはひどくもめているらしい。合併話か何かのことで」

「ええ。弁護士のメッセージでもそんなことを言っていたわ」

「ルーシー、そんな事態に巻きこまれたくないだろう。骨肉の争いがどういうものか知っているね」

「ええ」ルーシーは言った。「いつだって、最悪よね」

5

声の冷ややかさと、ラインが美しい肩の決然とした様子から、ルーシーは株式についてのメイソンの助言に従うつもりはなさそうだった。問題は、なぜ従わないのかということだ。どうやら、彼女の両親も同じ助言を与えたらしい。それならば、株式をコルファクス家に売って利益をあげるべきだ。

だが、ルーシーにそのつもりはない——とりあえず、いますぐには。

メイソンはドアが閉まってから通路を歩き、店の正面にある大きなショーウインドウのまえに立った。ジョーがあとをついてきて、足もとにすわる。メイソンとジョーはルーシーが黒いサングラスをかけ、道ばたに停めてあるシルヴァーグレーの小型車まできびきびと歩いていく様子を見つめた。

大きく息を吸って、ゆっくり吐きだしたメイソンだが、この二カ月間ずっと眠っていた心の奥深くにある何かが、ルーシーが店のドアを開けた瞬間に目を覚ましていた。

「なあ、見たか?」メイソンはジョーに話しかけた。「すっかり大人になったな。いい女だ

向けた。

ジョーは尻尾《しっぽ》で床を二度叩き、道を走る車をかわして遊んでいる二羽のカラスに注意を

と思わないか?」

ルーシーはただのいい女じゃない。メイソンが——いまのいままで——自分が求めている

ことにさえ気づかなかった女性そのものだ。

不思議なのは、ルーシーが現れるまで、ギルバート・ポーター事件以来、夢遊病者のよう

に暮らしていたのに気づきさえしなかったことだ。メイソンは、この種の激しい衝撃にはき

ちんと名前がついていると自らに言い聞かせた。性的魅力であり、たんなる自然の力であり、

夏の夜の稲妻に似ている——危険なところも。

それでも、こんなにも強い衝撃を最後に受けたのがいつだったか、メイソンには思いだせ

なかった。わかっているのは、自然の力に対するときには、ふたつしか選択肢がないことだ。

災難を避けられる場所に逃げるか、危険などものともしないで、嵐のまっただなかに飛びこ

んでいくかのどちらかだ。

メイソンには逃げるつもりなどなかった。

道ではカラスたちが車をかわす遊びをやめて、また新たな楽しみを求めて飛び去っていっ

た。ジョーはあくびをして立ちあがり、カウンターのうしろのお気に入りの場所に戻って

いった。

メイソンはルーシーから目を離さなかった。目を離したくなかった。きのう町に戻ってきていると耳にしたとき、ルーシーがどんなふうに成長したのか、急に好奇心が湧いてきたことは自覚していた。だが、店に入ってきた彼女を目にしたときに感じたみたいな、腹を蹴られたような激しい衝撃を受けるとは思ってもいなかった。

メイソンは、ルーシーの落ち着き払った自信と知的な職業に就いているらしい洗練された雰囲気に驚いていた。おばの足跡を追って、自然食品を食べて、瞑想して、ヨガをする浮き世離れした女性になるだろうという予想は、すっかりはずれた。

それどころか、ルーシーの何もかもが、サマーリヴァーを去ったあとに辛い教訓をいくつか学んだことを物語っていた。もう甘ったるくて、寂しがり屋で、ブリンカーのような芽を出しかけている若いソシオパスにやすやすと騙される、ひとを信じすぎる少女ではない。すっかり大人になったルーシーには鉤爪《かぎづめ》がある。

鉤爪と、さりげないけれど高価そうなアクセサリーと服を買えるだけの金が。グレーのシャツも、黒のパンツも、ほっそりとした小さなフラットシューズも高そうだ。大きな革のバッグも、耳につけていた小さな金のピアスも。ダークブラウンの髪は計算し尽くされた流行の髪型にカットされ、角度をつけた曲線があごのラインに届いて、表情豊かな顔と聡明なグリーンの目を縁取っている。

ルーシーは小型車のドアを開けて、ハンドルのまえに滑りこんだ。その動きはどことなく滑らかでセクシーだった。やはり、まだヨガを続けているのかもしれない。

メイソンはルーシーを見つめているのが自分だけではないことに気がついた。〈サンライズ・カフェ〉のまえの歩道に並んだテーブルにすわった客のなかにも、視線を向けている者がいた。そのうちのふたりは昔から知っている顔だった――ケリー不動産のノーラン・ケリーと、いまはミセス・コルファクスになっているジリアン・ベンソンだ。

ジリアンは、トリスタン・ブリンカーが地元の青少年を魅了していた夏とあまり変わっていなかった。いかにもジリアンらしいいままだ――〝金めあての結婚は、その金を自分で稼ぐことになる〟という金言を残酷に学んだ、もとチアリーダーだ。コルファクス家での暮らしは予想よりずっと難しかったにちがいない。

だが、それでもジリアンとクイン・コルファクスはまだ一緒にいる。メイソンは自らにそう指摘した。結婚生活が見事に破綻したのは自分のほうじゃないか。

ジリアンはルーシーの注意を引くために片手をあげ、陽気に笑って声をかけた。店のドアが閉まっているせいで声がくぐもっていたが、こんなところだろう。〝ルーシー。ルーシー・シェルダン！　わたしよ、ジリアンよ。町にきていると聞いたの。一緒にカフェラテでもどう？〟

サンライズ・カフェは道をはさんだ真向かいであるにもかかわらず、ルーシーはジリアンの姿と声に気づいたそぶりを見せなかった。そして車のドアを閉めて、道ばたから走り去っていった。

「芝居がうまいな、ルーシー」メイソンは声に出して言った。「確かに、それなりの経験を積んだらしい」

このあとの夜に対する期待が湧いてきた。メイソンはおしゃれな小型車が角をまがって見えなくなるまで見送った。

そのあともしばらく立ったまま、今夜の見通しについて思いをめぐらせた。そしてタイルで閉ざされた暖炉のことを思いだし、必要な工具を頭のなかでひとつずつ挙げていった。

ノーラン・ケリーがカフェラテを飲み終えて、立ちあがった。そして道をわたってフレッチャー工具店のドアを開けた。

「やあ、メイソン」ノーランはやさしく屈託のない笑顔を見せた。「調子はどうだい?」

十三年まえ、ノーランは営業の仕事に生まれついた特性を前面に押しだしていた。赤毛に青い目、それに親しみやすくて活力あふれる性格で、裏では子どもたちにマリファナや酒を売りながら、親たちの信頼を得ていたまじめで正直そうな雰囲気をいまだに発している。変わったのは、彼がいま売っているのは不動産だということだ。

ジョーが起きあがり、カウンターの裏から出てノーランを見にいった。だが、あまり魅力を感じなかったらしい。つまらなそうにカウンターのうしろに戻っていった。

「悪くない」メイソンは答えた。「何がいる?」

「ここから出ていったのは、ルーシー・シェルダンだよな？　町にきていると聞いたんだ」

「それで？」

「見覚えがあると思ったのさ。すごく変わったな。あんなにいい女になるなんて、誰が予想した？　ルーシーはブリンカーがいなくなった夏に、ここにきていた。覚えているか？」

メイソンは答えなかった。黙っているという警察官のおなじみの作戦は現実の社会でもとても効果があることはかなりまえからわかっていた。会話がとぎれると、ひとは驚くほど沈黙を埋めようとするのだ。とりわけ、生まれつきのおしゃべりである、ノーランのような人間は。

「ほら、ルーシーはおばさんの家を相続しただろう」ノーランは話を続けた。「家を売ることについて話したいと思ってさ。eメールを二度送って、電話もしたんだけど、返事がないんだ」

ルーシーはノーランのeメールにも電話にも返事をせず、道の真向かいにすわっていたのに、数分まえにもわざと気づかないふりをした。ということは、刑事でなくても、彼と話すつもりがないのはわかる。とりあえず、いまのところは。

メイソンはカウンターに戻った。「まだ、おばさんが死んだことで悲しんでいるんだろう」

「ああ、もちろん。それはわかるよ。でも、少し手を入れる必要はあるけど、あの家はとてもいい物件だし、昔ながらのリンゴ園もすばらしく価値がある。おれなら、すごくいい値をつけられる」ノーランはドアに向かった。「ルーシーを捕まえられるかもしれないから、これから家に行ってみるよ」

「無駄足になるぞ。食料の買い出しに行くと言っていたから」

「それなら午後か夕方に寄ってみるかな」ノーランは言った。

「今夜は予定があると話していた」

「予定なんてあるはずないだろう」ノーランは顔をしかめた。「きのう、着いたばかりなのに」

「個人的な用件みたいなことを言っていた。今夜は不動産業者に訪ねてきてほしくないんじゃないか。おれなら、明日まで待つ」

ノーランの澄んだ青い目が考えこむように輝いた。「ルーシーはここに何をしにきたんだ?」

「ここは工具店だ」メイソンは言った。「ルーシーには電球を売った。彼女が何をしにきたと思ったんだ?」

ノーランは唇を固く結んだが、ここでは何の情報も引きだせないと気づいたようだった。

「それじゃあ、また」ただそう言った。

ノーランは実際には音をたててドアを閉めはしなかったが、その閉め方からは、できればそうしたかったことが伝わってきた。

メイソンは、ノーランが道をわたって、ジリアン・コルファクスのもとに戻るのを見ていた。ノーランはテーブルにつくと、少しだけジリアンと話した。ジリアンは不満そうな顔をした。

これはおもしろい。

6

これほど美しくてなじみのある家にいて、どうしてこんなに落ち着かないのだろう？　たんに全体が暗いからじゃない。それだったら、フレッチャー工具店で買ってきた新しい電球をつければ、すぐに変わるはずだ。

ルーシーはキッチンの真ん中を占めている古い傷だらけの木のテーブルに、食品の入った袋とビールの六本パックと電球を置いた。それから家のなかを見まわして、何が気になっているのか見極めようとした。記憶にある家は温かくて居心地がよかったが、いまは冷たく感じる。確かにもう遅い時間だが、それでも家は記憶より暗い気がする。

板張りの壁も、色あせたカーテンも、木の床も、どっしりとした年代物の家具も以前からある種の雰囲気を醸しだしてはいたが、それは心地よい雰囲気だった。だが、いま二階建てのこの家は影に覆われている。新しい電球をつけただけでは、それほど効果があるとは思えない。

要はもしかしたら、セイラが生きていたときは、その明るさと前向きで気高い性格がこの家に映しだされていたということなのかもしれない。おばがいなくなったいま、古い家は古い家でしかないのだ。主がいなくて寂しいのね。ルーシーは思った。

「わたしも寂しいわ」ルーシーは静まり返っている家に話しかけた。

携帯電話が鳴った。ルーシーはトートバッグから携帯電話を取りだして、画面を見た。登録した高額な料金がかかるインターネットの結婚情報サービスが、また別の候補者を探しだしてきた。サイトに接続して詳しい情報を見るだけでいい。ほぼ満点の男性が、ネットが通じるどこかで待っているのだ。

ルーシーはメールを削除して携帯電話をトートバッグに戻した。

それから青梗菜《チンゲンサイ》とサーモンと白ワイン、それに地元の職人がつくった美味《おい》しそうなチーズなどの食品を年代物の冷蔵庫に入れた。十三年まえはサマーリヴァーで選べるチーズといえば、大通りにあるチェーン展開のスーパーで売られているものに限られていた。だが、この日の午後は、外国風の名前のチーズが目がくらむほどずらりと並ぶ専門店を二軒も見つけ、しかもそのチーズの多くがここサマーリヴァー周辺でつくられているのだ。

ルーシーは皮が硬いフランスパンをカウンターに置いて、ビールの六本パックをじっと見た。茶色い瓶にはかっこいいラベルがついているけれど、中身がビールであることに変わりはない。いったい、何を考えていたの？　自分はビールなんて飲まないのに。メイソンがビールを飲むかどうかも知らないが、白ワインよりはビールのほうが好きな気がした。男らしい男はビールを飲むものでしょう？　あるいは、ウイスキーかも。ルーシーにははっきりとわからなかった。男らしい男にはあまり会ったことがないからだ。ルーシーが知っている三十代の男たちは、まだ大人になりきれていない少年だった。

もしかしたら、ビールではなくてウイスキーを買うべきだったのかもしれない。

「馬鹿ね、ルーシー。メイソン・フレッチャーと関わるのは、あまりいい考えではないかもしれないのに」

でも、別に関わるつもりはない。メイソンは親切で、費用を節約するために、暖炉をふさいでいるタイルをはがしてやろうと申しでてくれただけだ。それなら、せめてワインと夕食くらいはごちそうしなければ。別にデートをするわけじゃない。本当のデートとは、ここ三カ月のあいだに結婚情報サービスが次々と見つけてきた候補者とコーヒーやお酒を飲むことなのだから。

「うまい理屈だわ」ルーシーは言った。「いかにも、深い関係を恐れる患者の言いぐさね。心理療法士のドクター・プレストンが聞いたら誇りに思うでしょうね」

六週間も認知療法を受けていれば、自分のことがいろいろわかってくるものだ。

ルーシーは次々と電球の包みを開けはじめた。

7

「デートをすることになったって、どういうことだ?」ディークは問いつめた。「二週間まえにひょっこり帰ってきてから、おれはずっと、女と——どんな女でもいいから——出かけてこいと勧めていたじゃないか。それなのに、おまえはそんな気分じゃないと言いつづけた。おれは、おまえが鬱《うつ》病か何かかと思っていたんだぞ」

「その何かのほうだったみたいだ」メイソンは言った。棚にダクトテープを積んでいる手は止めなかった。

「それなのに、今度は出し抜けに、とうとうデートすることになったと言うのか?」

「ほら、ちゃんと息を吸ってよ、ディークおじさん。おれのことで過呼吸にならないで。このくらい何でもないだろう」

ディークは鼻を鳴らした。「そうとは限らないぞ。呼吸器が衝撃を受けたんだ」

どんなことが起きても、たとえ世界の終わりが訪れても、ディーク・フレッチャーが圧倒されるほどの衝撃を受けるとは思えない。パンチの衝撃をうまくかわせる男がいるとすれば、それはおじだった。若い頃にいやというほどパンチを食らい、相手にも食らわせてきたはずだから。

ディーク・フレッチャーは三人の女性を妻にしたあと、結婚することをあきらめた。三人ともディークとは歩み寄れないちがいがあると言って、離婚を申しでてきた。だが、そんな言葉は真実をていねいに言いつくろったものにちがいない――三人とも、温かい家庭より常に戦場を選ぶ軍人の妻としての過酷な人生を続けられなかったのだ。

メイソンとアーロンは幼かったとき、ディークとは限られた時間しか接していなかった。だが、おじが外国で過ごす時間が長く、はるか彼方《かなた》の戦争で戦っていることは漠然と知っていた。鮮やかな想像のなかのディークは実物以上にすばらしく、ふたりはおじを誇りに思っていたのだ。しかしながら、おじについて知っていることの多くは、両親の会話からもれ聞いたのだった。母はディークのことを、大酒飲みの女たらしで、結婚がうまくいかなかったのも当然だと文句を言っていた。いっぽう父は、ディークは何らかの心的外傷後《PT》ストレス障害《SD》を抱えているにちがいないと話していた。

ディークは感謝祭や正月にときおり姿を現してみんなをびっくりさせることがあった。メイソンは十歳になった年、両親が船旅に出かけているあいだ、アーロンとともに、ディークと一緒に思い出深い二週間を過ごした。ディークが兄弟をキャンプに連れていって釣りを教えてくれたのだ。そのあいだディークはあまり酒を飲まず――夕方にビールを一本飲んだり、夜遅くにウイスキーを一杯飲んだりはしたが――メイソンはおじが飲酒に関して問題を抱えているのかどうかわからなかった。それに女性も連れてこなかったから、女たらしなのかどうかも判断できなかった。

その後、飲酒運転をした男が自動車事故を起こして、何もかもが変わった。メイソンが十三歳で、アーロンが十一歳のときだ。レベッカ・フレッチャーは事故現場で死んだ。ジャック・フレッチャーは病院に運ばれるまでは息があり、息子たちに別れを告げ、メイソンに遺言を伝えることはできた。〝アーロンの面倒を見てやってくれ。ふたりで一緒に生きていくんだぞ〟

当局はメイソンとアーロンを児童養護施設に入れて、近親者を探しはじめた。だが、その全員に事情があった。レベッカの両親は高齢者向け住宅で暮らしており、子どもとは同居できないと説明した。ジャックの両親は離婚していて、何年もまえに再婚していた。どちらも年端のいかない少年たちを引き取って、ふたたび子育てをすることは望まなかった。レベッカの妹はもともと姉とは気があわなかったうえに、自分自身がシングルマザーでふたりの子どもを育てていかなければならないという理由で断った。また、弟は再婚したばかりで、新しい妻は他人の子どもに関わる気がなかった。

世の中とはそんなものだ。誰もが同情を口にした。メイソンやアーロンとは連絡を取りつづけたいと言うが――ふたりの少年を育てていく責任を負えない論理的な理由を述べるのだ。

残ったのがディークだった。

だが、ディークが進んでふたりの少年に対する責任を引き受けるとは誰も思っておらず、とりわけメイソンとアーロンは考えもしていなかった。何といっても、ディークには誰よりももっともな理由があったのだから。独身で、頻繁に交戦地帯に送られていたのだ。それに、ディークが父親に向いていると思う者はいなかった――その逆だ。感受性の強い少年たちに悪影響を及ぼすにちがいないというのが、おおかたの考えだった。

その時点でメイソンは、自分とアーロンは結局このままずっと里子養育制度に組み入れられる可能性が高いという現実を突きつけられているのだと、はっきり理解していた。そうなったら、おそらく自分たちは離ればなれにされてしまうだろう。そうしたらアーロンを守るという使命を果たせなくなる。

メイソンがアーロンを連れて町に逃げだそうかと考えているところに、いつものように戦場へ行っていて帰ったばかりのディーク・フレッチャーがやってきた。

とても感じがよくて親切なケースワーカーの事務所で、メイソンとアーロンが里子としての人生の現実について説明を受けているときに、グレーのぴかぴかのSUVが駐車場に入ってきたのだ。メイソンもアーロンも自分たちの人生に足を踏み入れてきたディークの姿を決して忘れないだろう。それに、とても感じがよくて、とても親切だったケースワーカーもあのときのことを決して忘れないにちがいない。

その日、ディークは軍服を着ていなかったが、それでもひと目見れば、筋金入りの軍人だとすぐにわかった。ディークの四角四面な様子に表れていたのだ――ひげをきれいに剃《そ》った顔、こめかみまで短く刈りあげた髪、きちんとアイロンをかけたシャツ、磨きあげたブーツ、流線形の黒いラップアラウンド型サングラス、〝おれに関わらないほうが身のためだ〟と言いたげな態度に。

ディークが事務所のドアから入ってきたとき、メイソンとアーロンは畏敬《いけい》の念と興奮で、その様子をじっと見つめていた。メイソンは一瞬で、ディークおじさんが自分たちを救いにきたのだと理解した。そしてディークのほうはというと、甥《おい》たちをひと目見て、目にしたものに満足したらしく、一度だけうなずいた。

「ふたりとも、家に帰るぞ」ディークは言った。

とても感じがよくて、とても親切だったケースワーカーはディークをじっと見つめ、いくつか質問をすると、にっこり笑った。彼女も目にしたものに満足したのだ。

だが、とても感じがよいケースワーカーの上司も含め、事務所の全員が同じように考えたわけではなかった。閉められたドアの向こうであわただしい話し合いが行われたが、結局はケースワーカーが勝った。彼女は電光石火の早業で手続きをすませた――ある意味では、ケースワーカーも戦士だったのだ。

そのあと、ディークはメイソンとアーロンを家に連れて帰った。

その後数年間、三人はいくつもの軍事基地を転々とした。ディークは戦場には行かなくなったが、そのまま陸軍に残ったのだ。何度も異動があったが、三人とも苦にはしなかった。お互いがいれば、それでよかった。

そして行き着いたのがサマーリヴァーだった。メイソンが十九歳になった夏、ディークは最後に一度だけ戦地に赴いた。その理由は誰もが知っていた。家族には特別な金が必要だった。ディークがかろうじて貯めていた金は三度の離婚できれいになくなっていたが、アーロンが大学に進学することになり、金が必要になったのだ。

メイソンはディークと暮らしたことで、真実を発見できた。ディークは夜にビールを二本、あるいはウイスキーをグラスで一杯飲み、女が好きだ。だが、酒と女のどちらにも敬意を持って接する。ディークはメイソンとアーロンにも同様にするよう教えた。

メイソンはディークはアルコール依存症でも女たらしでもないと結論を下した。だが、おじに別の秘密があったことは確かだった。ディークはかなりの戦争依存症だったのだ。しかし、その依存を断ち切って、ほかの任務を負った——ふたりの甥を育てるという任務を。

ディークはアーロンの学費をまかなうために最後に一度だけ戦場に出たが、帰還すると、永遠に軍服を脱いだ。古びた工具店を買って、腰を落ち着けてそれまでとは異なる人生を送りはじめたのだ。メイソンが知るかぎりでは、ディークはいまの暮らしに満足しているようだった。長く続いていた依存が消えたのか、あるいはディーク自身が変わったのだろう。

「今夜は誰と会うんだ?」ディークが訊いた。「話したほうがいいぞ。どうせ、明日の朝には町じゅうに知れわたっているんだから」

「隠してなんかいないさ」メイソンは言った。「セイラ・シェリダンが住んでいた家に行くんだ」

今度こそディークは心底驚いた顔をした。「小さなルーシーとデートするのか?」

「もう、小さくない」

ディークは含み笑いをした。「少しは肉がついたか。たいていの女には、そのほうがいい」

メイソンはふり返って、おじを見た。「もうかわいい十六歳の少女じゃないという意味だよ。まだ、身体は小さいけど。ちょっとね。でも、すっかり大人になった」

ディークはにやりとした。「ああ、そういうものらしいな。おまえにしては仕事が早いじゃないか。ルーシーはきのうきたばかりだろう。どうやって、そんなに早くデートにこぎ着けた?」

「ルーシーは家を売りに出すまえに、少し修繕しようと考えているんだ。それで真っ先に、居間の暖炉をもとどおりにしたいと言ってね。彼女の話だと、熱効率が悪いせいで、おばさんがたくさんのタイルを使って、暖炉をふさいでしまったらしい。だから、多少は節約になるだろうから、おれがはがせるかどうか見てやるって言ったのさ。ああ、そういえば、ルーシーが信頼できる工務店を紹介してほしいと言っていたよ」

「おい、待てよ。おまえは古いタイルをはがすことをデートと呼んでいるのか?」

「夕方の五時半頃にルーシーの家に行くんだよ。彼女のために仕事をしてやって、そのお礼に夕食をつくってもらう。おじさんだったら、何て呼ぶ?」

ディークはしばらく考えてから、ゆっくり微笑んだ。「デートって呼ぶな」

「おれも間違いなくそうだと思った。おじさんがいるなら、店じまいは頼むね」メイソンはポケットから鍵束を取りだした。「家に戻って、したくをするから」

「お湯を全部使いきるなよ。今夜はおれもデートがあるんだから。ベッキーとビリヤードをしてから、ハンクの店で踊るんだ」

メイソンは頭をふった。「おじさんがビリヤードで、おれは古いタイルをはがすのか。ずいぶん、いかしたふたり組だな」

「年を取れば、〝いかす〟って意味も変わるのさ」

8

ルーシーは白ワインをひと口飲んだ。

「どう思う?」

「きみの言うとおりだ」メイソンは答えた。「誰がやったにしろ、世界的レベルで下手くそな日曜大工だな」

「間違いなくセイラおばさんよ。おばさんは才能にあふれたひとだったけど、家の修理は得意じゃなかったから」

ふたりは大きな暖炉のまえに立って、正面をふさいでいるタイルを見つめていた。メイソンは少しまえに、ルーシーには手の届かない天井の照明器具の切れた電球の最後のひとつを交換し終えたところだった。廊下の物置にあった危なっかしいはしごをじっくりと観察した結果、ルーシーは彼女がはしごに乗るのは危険だというメイソンの意見は正しいと判断したのだ。

これで一階の電灯はすべて点いたが、ルーシーには家が相変わらず暗く、しかも冷たく閉ざされた暖炉がある居間がどこよりも暗いように思えてならなかった。暖炉で本物の火をたくことができて初めて、変わるのかもしれない。

メイソンはビールを飲み、かがみこんで、タイルの一枚にのみを突き立てた。タイルを裏側に貼りつけていたグラウト材が崩れて、粉塵《ふんじん》が舞った。

メイソンは身体を起こして、ビールをわきのテーブルに置いた。「グラウトの入れ方が悪いんだ。素手ではがせるかもしれない」

「どうして、おばはタイル貼りを専門業者に頼まなかったのかしら」ルーシーは言った。

メイソンは頭をふり、望みのない患者を診察する医師のような表情で、でこぼこに貼られたタイルを見た。「工具店をやっていると、この手の失敗に何度もあう。少しの出費を惜しんで、自分でやると言いはるひとがいるんだ。でも結局はひどい出来ばえで直すはめになって、最初からきちんとした業者に依頼するより、よけいに金がかかってしまうのさ」

ルーシーは微笑んだ。「夕食をごちそうするお金があってよかったわ。タイルをはがすのに、どのくらいの時間がかかりそう？」

「それほどかからない——はじめから終わりまで、二時間くらいかな。もとからあった暖炉のまわりに傷をつけないように、ゆっくりやりたいから」

「二時間ね」ルーシーは腕時計を見た。「先に夕食を食べてから、タイルに取りかからない？」

「いい考えだ」

メイソンはすごく楽しそうだ、とルーシーは思った。いや、楽しそうというより、大きな期待に胸を弾ませているみたいだ。目を見ればわかる。

夕食を食べるだけ。それなのに、どうして自分はちょっぴり動揺しているのだろう？

「サーモンのフライパン焼きはどう？」ルーシーは訊いた。

「いいね」メイソンは答えた。「うまそうだ」

「こっちよ」

ルーシーは居間と玄関を区切る広い廊下を通って、昔ながらのキッチンに入った。メイソンもすぐあとをついていった。

「何か手伝おうか？」メイソンが尋ねた。

「テーブルを用意して。お皿はそのガラス戸棚のなか。ナイフとフォークは冷蔵庫の隣の引き出しよ」

メイソンはとても満足そうな顔で、用意に取りかかった。

「きょう、きみが店を出ていった直後にノーラン・ケリーがきたよ」メイソンは言った。

「そうなの？」ルーシーは冷蔵庫を開けてオリーヴオイルとライムの絞り汁と醤油に漬けておいたサーモンを出した。「カフェのまえのテーブルにすわっているのを見たわ」

「そうだと思った」メイソンは言った。「ジリアン・コルファクスと一緒だった」

「ええ、ジリアンも見た」

メイソンはパンをちぎって口に入れた。「そうだと思った。ジリアンがクイン・コルファクスと結婚したことは、おばさんから聞いた？」

「聞いたわ。意外ではなかったけど」

「確かに」メイソンも同意した。「ジリアンはずっと大きな賞を狙っていたからね。そしてサマーリヴァー最大の賞がウォーナー・コルファクスの息子だった」

「結婚してどのくらい？」

「おじの話だと、ふたりとも大学を卒業してから一年後に結婚したらしい」

「まだ子どもがいないのは意外だけど」

メイソンは折り紙のように正確に紙ナプキンをたたんだ。「ジリアンの思いどおりに、事が運ばなかったんじゃないかな」

ルーシーは洗った青梗菜が入った水切りかごをコンロの隣に置いた。「どういう意味？」

「おじの話ではウォーナー・コルファクスがこの谷にワイナリーをつくったとき、誰もがコルファクス株式会社の経営を息子にまかせるのだろうと考えた」

「そうならなかったの？」

「ああ。ウォーナーは外部からＣＥＯを連れてきたという話だ」

「辛かったでしょうね」

「たぶんね」メイソンはたたんだナプキンの底辺にぴったりあうように、ナイフの柄とスプーンを置いた。「クインはワイナリーでマーケティングの仕事をすることになったんだ」

「ジリアンは喜ばなかったでしょうね。だから、子どもをつくらなかったのかも」

「そうかもしれない」メイソンはひどく慎重にフォークを置いた。「ウォーナーが当時はまだコルファクス&ブリンカーだった会社の共同経営者の株を買い取ったことは知っている?」

「ええ。セイラおばさんから聞いたわ。ジェフリー・ブリンカーは息子さんが亡くなって、すっかり打ちのめされて会社に対する興味をいっさいなくしてしまったって。株の半分をコルファクスに売って、その数カ月後に心臓発作で亡くなったそうね」

「ウォーナー・コルファクスがブリンカーの株を買い取って真っ先にしたのは、社名をコルファクス株式会社に変えることだった。それが彼の考えを物語っている」

ルーシーは微笑んだ。「会社は自分だけのものだって、世界じゅうに伝えたかったのよ」

「当然だね。おじが古い工具店を買って真っ先にしたことも、店の名前を変えることだったから。アーロンとおれも自分たちのコンサルティング会社にフレッチャー・コンサルティングという名前をつけたし」

「わかるわ。でも意外だったのは、CEOを選ぶときに、ウォーナー・コルファクスが息子を無視したこと」

「クインには経営者としての資質がなかったんだろうな」

「ジリアンはクインを見捨てると思う？」

「さあ」メイソンはグラスの位置を決めた。「でも別れるとしても、合併話がどうなるか決まるまで待つ気がするな。大金がからむことだから。おじの話では、あの会社はジリアンのような配偶者にも非支配株主として株を所有させるけど、離婚したときには没収する仕組みになっているらしい。これもおじの話だが、ウォーナー・コルファクスの前妻、つまりクインの母親に対しても、同じことが行われたそうだ。ウォーナーは自分の半分の年にもならない女と結婚するために、奥さんを捨てたのさ。まえの奥さんだってかなりの財産を分けてもらったんだろうが、会社の株は手放さなければならなかった」メイソンは効果を出すために、少し間を置いた。「すべての株式をコルファクス家にとどめておくという考えだ」

ルーシーはキッチンの窓から、夕日が沈み、昔ながらのリンゴ園が陰っていく様子を眺めていた。「でも、わたしがメアリー・コルファクスの株を相続したことで、ルールが破られた」

「そのとおり」

メイソンが静かになった。ルーシーがふり返ると、彼が真剣な顔で見つめている。

「なあに？」

「ルーシー、おれがきょう言ったことは本気だ。コルファクス家の争いに巻きこまれたくないだろう」

「ご忠告はありがたく拝聴するわ」ルーシーは改まった調子で言った。

「でも、言うとおりにするつもりはないんだな。理由を聞かせてくれるか？」

「いまはだめ。まだ考えているところだから」

「それなら、ほかのことを話そう。ノーラン・ケリーのことはどうするつもりだい？　ノーランはこの家の仲介契約を結びたがっているから、ずっときみを追いかけまわすぞ」

「わかってる」

「きょうの午後だって、この家にくるつもりだったんだ」

ルーシーはフライパンのまえに戻った。「そうなの？」

「きみは買い物で忙しいと言っておいた。そうしたら、今晩家を訪ねるって言うんだ。だから、きみには予定があると話した」

ルーシーはオリーヴオイルの瓶を取ろうとした手を止めた。「あなたが？」

「ああ。先まわりして、ノーランがこないようにしたのさ」

ルーシーは古びたタイル張りの調理台に片手をついて、ゆっくりとメイソンをふり返った。

「何ですって？」

「ノーランはこの家の仲介契約を結ぶよう迫るつもりなんだよ」

「だから、わたしは午後も夜も忙しいって勝手に伝えたというの？」

「そうだ。別に、悪くないだろう？　きみだって、まだ家のことでノーランと話すつもりはないと言っていたじゃないか」

「断りもなく、わたしは都合が悪いとノーランに伝えたのよ」

メイソンは慎重な顔で眉を寄せた。「怒っているみたいだな」

「腹立たしいし、いらいらもしているわ。だけど、運がいいわよ。まだ怒っていないから。あなたはわたしが怒ったところを見たことがないし、そのほうがいいと思うわ。でも、ここではっきりさせておくわね。あなたはわたしの秘書じゃない。わたしはもう大人よ。自分の面倒は自分で見られる。町にいるあいだ、誰かに予定を立ててもらう必要も、約束を管理してもらう必要もない。わかった？」

メイソンは打ちひしがれ、とまどっている顔をしてみせた。「きみのために、好意でしただけなんだ」

ルーシーはメイソンをひとさし指で指した。「あなたに頼みたいことができたら、自分からその好意に甘えにいくわ。わかった？」

「勝手な好意の押しつけはなし」メイソンは手のひらを見せて、片手をあげた。「問題ない」最高。もしかしたら、メイソンを傷つけたのかもしれないし、そんなことはないのかもしれない。ルーシー・フレッチャーに関してはよくわからない。

ルーシーはにっこり笑った。

「わかりあえてよかったわ」ルーシーは言った。「さあ、テーブルの用意を終わらせて」

「了解」

メイソンはいつもの効率的で手際のいいやり方で、すばやくテーブルの用意をした。ブリンカーが最後に開いたパーティから連れだされて、車で家まで送ってもらった夜のことがルーシーの頭に浮かんだ。あの夜も、メイソンはきちんと操っていた——古いトラックだけではなく、自らのことも。ルーシーはおばがメイソンについて語ったことも思いだした。〝いつか、あの若者もまがることを覚えなきゃ。さもないと、ぽきっと折れてしまうから〟

これまでのところ、メイソンはあまりまがっていないようだったが、間違いなく折れてもいなかった。それでも、メイソンの目には影があり、それは鬱病や絶望の印ではなかった——とりあえず、ルーシーが目にしたのは、そういったものではない。それよりも厭世《えんせい》とあきらめが混じりあったようなもので、まるで自分が求め、必要としているものを数年かけて探してきたのに、もう見つからないかもしれないと認めはじめているかのようだった。

「あなたはどうしてサマーリヴァーに戻ってきたの?」ルーシーは尋ねた。「仕事で何かあったの? それとも個人的なこと?」

メイソンはテーブルの向こうから彼女を見た。「さっき、きみは、毎日の予定を管理してもらう必要はないと言ったね。いいだろう。おれもカウンセラーはいらない」

ルーシーは真っ赤になった。「そうね。ごめんなさい」サーモンと青梗菜をフライパンに入れた。「ブリンカーの最後のパーティについて、ふたつ質問があるの。訊いてもいい？」

「いいよ」

「派手に羽目をはずす若者たちのなかでうまく立ちまわれないと思ったという理由だけで、わたしを連れだしたという作り話は、どうしても信じられないの」

「作り話じゃない」メイソンは答えた。

「あなたは本気でわたしがへべれけに酔うと思ったの？　わたしは十六歳だったかもしれないけど、お酒もドラッグもやっていなかったのよ」

「おばさんから本当のことを聞いていないのか？」

「ルーシーはメイソンをじっと見た。「聞いていないと思うわ。おばの話はあなたが言っていたことと同じだったから――わたしはまだ幼くて、あんなパーティは手にあまったはずだとか何とかかって」

メイソンはビールを持って、片方の肩で冷蔵庫に寄りかかった。「いいだろう。きみもすっかり大人になったことだし、ここで本当のことを話そう。パーティの日の夕方、おれはあの夜ブリンカーがきみを狙っているという噂を聞いたんだ」

「何ですって？」ルーシーは思わず息がつまった。「言っている意味がわからないわ」

「〝狙っている〟という言葉のどこがわからない？　ブリンカーはきみにドラッグをやらせてレイプして、その状況を撮影したビデオをインターネットにのせるつもりだった」

「何てことを」ルーシーは調理台に寄りかかり、その端を両手でつかんだ。〝雷に打たれたみたい〟という言葉を使っても、この衝撃は言い表せない気がした。「あなたは知っていたの？」

「おれが耳にしたのは噂でしかなかったが、運まかせにするのは利口じゃないと思った。それで、セイラが捕まらなかったから、自分できみを探しにいった」

「あの晩、ブリンカーがわたしを狙っていることを町の若者みんなが知っていたの？」ルーシーは声を張りあげて訊いた。

「それはないだろう。ブリンカーはしっかり秘密を守っていた。だが、ひとりだけ話した相手がいたんだ」

「誰？」

「ジリアンだ」

「ジリアン」ルーシーは驚きのあまり呆然《ぼうぜん》として、おうむ返しに言った。「あの頃、ジリアンはわたしのことを知りもしないだろうと思っていたわ。彼女は地元の学校のダンスパーティの人気者で、チアリーダーだったから。わたしは町の外から夏休みだけおばの家に泊まりにきているただの高校生だったし」

「ジリアンはきみを知っていた。間違いない」

ルーシーはその理由を考えて、顔をしかめた。「ジリアンはブリンカーに夢中で、ブリンカーがわたしを狙っていたからね」

「そんなところだ。ブリンカーは欲しいものは必ず手に入れていた」

「どうして、わたしだったの？　わたしはブリンカーの好みじゃないわ。ジリアンのほうが彼の好みでしょう」

「ブリンカーにとっては、残酷なゲームだったのさ。あの男はソシオパスだった。生きていたら、きっと連続強姦魔になっていただろうし、もしかしたら連続殺人鬼になっていたかもしれない。そんなことはないと誰が言える？　きみはブリンカーがぜったいになれないタイプの人間だった——感じがよくて、礼儀正しい高校生だ。だから、めちゃくちゃにしたかったのさ」

ルーシーは大きく息を吸った。「とても……鋭い読みね」

「仕事としていやなやつを追っていると、人間性について学ぶことがあるだろう」

「ええ、そうね」

とつぜん、青梗菜とサーモンのにおいがした。ルーシーは鍋つかみを取って、うしろを向き、フライパンを火からおろした。その場で立ったまま、フライパンの中身を見つめた。

「あなたは正しかったのね」ルーシーは言った。「あの夜、助けてくれたんだから、お礼を言わなきゃ」

「いいさ」

「いいえ」ルーシーはメイソンの目を見た。「もしもブリンカーの悪だくみが成功していたら、わたしはひどい傷を負っていたはずよ。わたしの人生はまったくちがう方向にまがっていただろうし、それは決していい方向じゃなかった。だから……ありがとう」

9

ルーシーは片脚を身体の下にたたみこんでソファにすわり、メイソンが大きな暖炉の正面をふさいだタイルの壁をはがすのを眺めていた。そのうちに、自分はメイソンが何をしているかにかかわらず、彼を見ているのが好きなのだと気がついた――運転していようが、スパナを放り投げていようが、テーブルの用意をしていようが、タイルをはがしていようがかまわない。ただ、彼を眺めているのが好きなのだ。

十三年まえのパーティの夜に家まで送ってもらったときから、何も変わっていないのだと思うと、不思議だった。十三年間、メイソンのことをずっと考えていたわけでも、恋しがっていたわけでもないのだから。これまでの人生は充実していたし――恋愛は明らかに例外だとしても――満足できるものだった。仕事はおもしろいし、やりがいもある。よい友人たちもいる。

要はサマーリヴァーを離れたあとも寂しくはなかったし、メイソン・フレッチャーに恋い焦がれてもいなかったということだ。メイソンを思いだしたことがあったとしても、それは年上の手が届かない少年に夢中になっていた十六歳の少女に対する懐かしさと同情が混じりあった気持ちだった。

つまり、メイソン・フレッチャーは若い頃の大切な思い出だが、決して引きずってはいなかった。自分はもう大人なのだ。年上の少年に夢中になっていた、内気な十代の少女の目でメイソンを見てはいない。ふたりの年の差はもはや障害ではないのだ。それでもメイソンは十三年まえよりずっとすてきになっていた。

「サマーリヴァーにはどのくらいいるつもり？」ルーシーは尋ねた。

メイソンは小さなハンマーでのみの頭を叩いた。また一枚、タイルがはがれた。メイソンはそれを受け止めて、次第に積み重なっていくタイルの山の上に置いた。

「まだ決めていない」

ルーシーはその答えを受け流した。メイソンは話す気になれば話すのだろうし、そんな気になるときは訪れないのかもしれない。

「あなたが工具店にいるとは思わなかったわ」ルーシーは言った。

「どうして？　おれは工具を売るのが好きだ。工具には嘘がない。ハンマー、ノコギリ、ドリル、ネジまわし――どれも役に立つ。考えてみるといいよ。文明と呼ばれるものは、みんなそういった道具のおかげで生まれたんだから」

「ネジまわしやハンマーをそういう目で見たことはないけど、言っていることはわかるわ。

わたし自身は、きれいな屋内の水まわりこそが文明の基本だと考えているの。それで、キャンプが好きじゃないわけ」

「いい道具がなければ、トイレもシャワーも組み立てられない」

「確かに」

「きみはどうして婚約を破棄したんだ？」

とつぜんの質問で、ルーシーはふいを突かれた。

「婚約して一年後に、彼が秘書の女性とベッドにいるところを見てしまったの」

そう答えたあとに、ルーシーは話すべきではなかったと後悔した。

「一年も婚約していたのか？」メイソンは厳しい目でルーシーを見た。「それだったら、深刻な問題があることに気づいただろうに」

この言葉でルーシーはむきになった。

「どうして、そんなふうに言うの？」ルーシーはわざと冷ややかな口調で訊いた。「婚約期間が一年以上続くことなんて珍しくないわ。期間が長ければ、お互いに正しい相手を選んだんだって納得できるでしょう」

メイソンは納得していないようだった。「結婚できる相手かどうか判断するのに一年もかかるなら、何かが足りないんだろう」

「ええ、結局、わたしの婚約にも足りないものがあったのだとわかったわ」

メイソンはまた一枚タイルをはがした。「何が足りなかったんだ？」

「わたしよ」

メイソンは眉をあげた。「どういう意味だ？」

「心理療法士によれば、わたしには他者との関わり方に問題があるらしいわ。子どものときに親が離婚したことに関係があるんですって――いがみあっている両親のあいだを行ったりきたりさせられたとか、そんなことよ。それにわたしは、母の再婚相手も父の再婚相手も嫌いだし、ふたりのほうもわたしが嫌いだから、複雑なの」

メイソンは微笑んだ。「本気で言っている？」

ルーシーも微笑んだ。「本気よ」

「解決策はあるのか？」

「もちろん。自分にあった相手を見つけるために、ついに科学的な方法を採ることにしたの。とても評判がよくて、とても高価なオンラインの結婚情報サービスに登録したのよ。この数カ月で三十回もデートしたわ。全員がすばらしい男性だった。少なくとも、相手とわたしを結びつけたコンピュータの計算ではね」

「でも？」

ルーシーは息をゆっくり吐いた。「でも、まだ他者との関わりあいに問題があるみたい。あなたはどう？　離婚したあと、恋愛方面で進展はあった？」

「たぶん、おれもまだ意思の疎通に問題を抱えているんだろう」メイソンはまた一枚、はがしたタイルを山に積み重ねた。「でも、今夜は他者との関わりあいに問題を抱えている、とても興味深い女性と食事をともにしたから、きっと状況は上向いているんだろう」

ルーシーは笑った。「あなたの言ったことは嘘じゃなかったわ。あなたは本当に〝コップにはまだ半分も水が残っている〟と考える楽天家なのね」

「まだ、元婚約者が恋しい？」

ルーシーは笑うのをやめて、正直に答えた。「ぜんぜん。こんなことを言ってはいけないのかもしれないけど、すべてが終わったとき、ほっとしたの。あなたはもとの奥さんが恋しい？」

「ぜんぜん。ある日、家に帰ってきて彼女が出ていったとわかったとき、おれもほっとしたんだ。もう自分をここにつなぎ止めなくていいんだってね。幸運だったのは、フレッチャー・コンサルティングがあまり利益をあげないうちに、彼女が出ていってくれたことかな」

メイソンは残りのタイルをはがすと、木枠と裏板をじっと見つめた。それから、ちがう工具を手に取った。

数分後、メイソンが暖炉から木枠と裏板をはずすと、暗い開口部が見えた。

「なかに何か入っているみたいだ」メイソンは言った。

ルーシーは脚をおろし、暗がりをのぞきこもうとして、ソファにすわったまま身を乗りだした。大きくてずんぐりとした形のものが見えた。

「セイラおばさんはどうしてこんなところに――」ルーシーは口ごもった。

「懐中電灯はある？」メイソンは訊いた。「なければ、トラックから取ってくるけど」

「キッチンにあったはずよ。取ってくるわ」

「きれいなタオルもいりそうだ」

ルーシーは立ちあがってキッチンに行った。彼女が戻ってくると、メイソンはタオルを使って、暖炉のなかに入っていた火かき棒を取り除いた。

「いったい何なの？」ルーシーは尋ねた。

「まだわからないが、いやな予感がする」

メイソンは火かき棒を置き、ルーシーから懐中電灯を受け取って開口部を照らした。ルーシーは近づいて、暗い暖炉をのぞきこんだ。

「古い新聞みたいね」ルーシーは言った。「ビニール袋に入れてあるんだわ」

「もっと近づいて見てごらん」

ぞっとして血の気が引いた。「黒いゴミ袋？　セイラおばさんったら、まさか暖炉にゴミをつめてタイルでふさいだんじゃないでしょうね？　そうだとしたら、気味が悪いわ」

「ゴミ袋にファスナーはついていない」メイソンは言った。「これは遺体袋だ」

「まさか」ルーシーは反射的に後ずさった。「信じられない」

メイソンはもう一度タオルを持って、暖炉の奥に手を伸ばした。そして新聞紙がつまった袋を引っぱりだした。ルーシーは新聞の見出しに目をやった。

「サンフランシスコの新聞だわ」日付を見て計算した。「いやだ。十三年まえの八月のものよ。ブリンカーが町にいた夏だわ。見出しに丸がついている――〝スコアカード強姦魔（強姦した女性の記録をこと細かく取る犯罪者。一九七〇年代に米国で連続殺人魔として知られたランディ・クラフトにちなむ）、またしても現る〟」

メイソンは新聞の反対側を見ようとしてビニール袋をひっくり返した。「運転免許証だ」

ルーシーは若くてとてもハンサムな若者の写真を見た。ブロンドに青い目で、謎めいた快感を約束してくれるようなカリスマ性のある笑みを浮かべている。

「トリスタン・ブリンカー」ルーシーは言った。

10

「おばさんはブリンカーがわたしを狙っていたから殺したの？」ルーシーは訊いた。

「まだ答えの出ていない疑問が多いが、その筋書きがいちばんあり得そうだ」メイソンは答えた。

メイソンは横目でルーシーを見ながら、冷蔵庫からミネラルウォーターを二本出した。水よりもっと強いものがいいのだろうが、ルーシーはワインを断ったのだ。死体が発見された衝撃に彼女がどうやって対処しているのか、メイソンにはわからなかった。ルーシーは驚くほど落ち着いて見えた――いや、〝厳粛〟な態度を見せているといったほうが適切かもしれない。そのいっぽうで、たんに疲れきっているだけかもしれない。たいへん長い夜で、しかもまだ終わっていないのだから。

ふたりは古びた家のキッチンに戻っていた。ルーシーはテーブルの椅子に深く腰かけている。もう深夜になっていた。ホイッテカー署長と同行してきたふたりの警察官は多くの写真を撮り、暖炉の残骸をサンプルとして袋に入れて、やっと帰っていった。不気味にだらりと垂れさがった遺体袋は運搬車に乗せられ、夜の闇のなかへ運ばれていった。

居間の大きな戸口には犯罪現場用の黄色いテープが張られている。ホイッテカー署長はタイルをはがした暖炉で火をたかないようにとルーシーに注意していた。ルーシーは意図していなかったほど鋭い口調で、そんなことはしないと答えていた。とりあえず、煙突を掃除して点検してからでないと、暖炉は使えないだろう。

「ああ」ルーシーは恐ろしそうに、頭をゆっくりふった。「あの、毎日ヨガで鍛えて、瞑想して、徹底した完全菜食主義を貫いていた、やさしくて小柄なセイラおばさんが、北カリフォルニアでも有数のお金持ちの跡継ぎ息子を殺して、暖炉に死体を隠していたなんて。信じられない」

「あの死体の身元については、まだ疑問が残っている」メイソンは指摘した。「十三年のあいだに腐敗が進んでいるだろうし」

「それじゃあ、誰だっていうの？　新聞の日付、十三年まえにブリンカーが行方不明になった時期、免許証——すべて辻褄《つじつま》があうわ」

「それには異論がないが」メイソンは言った。

ホイッテカーが最後に言い残した言葉は、メイソンの予想どおりだった。〝明朝、ふたりとも警察署にきてください。お話をうかがいたいので〟

メイソンもテーブルについた。ミネラルウォーターのボトルを開けて、一本をルーシーのまえに置いた。

ルーシーは初めて目にしたかのように、ボトルをじっと見た。それから手に取って少し飲んだ。

「サマーリヴァーの歴史で唯一有名だった未解決事件をたまたま解決してしまったようね」ルーシーは言った。

「〝日曜大工リフォーム道〟を歩きはじめたときには、何を発見するかわからなかったわけだからな」

ルーシーは目をしばたたいて、眉をひそめた。「かなり不謹慎な発言よ」

「そうかもしれない」

「それなのに、どうして笑っちゃいそうなのかしら」

「心配いらない。不安なときの反応だから」

「ああ、なるほど」ルーシーは間をあけてから言った。「セイラおばさんがいたら笑うでしょうね」

「もしも死体がブリンカーじゃなかったら、不謹慎な発言はしなかったと思う」メイソンは言った。「でも、あれはきっとブリンカーで、正直に白状すると、この十三年間ずっとブリンカーがこの暖炉に閉じこめられていたことがわかってほっとした。あの男は怪物だった。きみのおばさんが死体と一緒に新聞を置いておいたことで、何かを伝えようとしたのなら、ブリンカーはスコアカード強姦魔だった可能性が高い。それはともかく、十三年間ブリンカーがこの世の中にいて、善良な人々に悪事を働いていなかったとわかってよかったよ」

「そうね」ルーシーはボトルを持ちあげて、小さく会釈した。「セイラおばさんに乾杯」

「セイラおばさんに乾杯」メイソンも自分のボトルを持ちあげた。

「考えてみると、もしもこの家をもとの状態のままで売っていたら、買ったひとはタイルをはがして、さぞかし驚いたでしょうね」ルーシーは考えこみながら言った。「遅かれ早かれ、誰かが暖炉のタイルをはがしたでしょうから」

「そうだな」

ルーシーは身震いした。「ゆうべ、わたしが眠れなかったのも当然ね」

メイソンは椅子に寄りかかった。「この家にブリンカーの幽霊が取り憑《つ》いていると言うつもりかい？」

「もちろん、ちがうわ。でも、ゆうべはこの家をとても不気味に感じたの。墓地や戦場を歩くときに感じる、ぞくぞくする気配がしたのよ」

「そんな気配を感じるのは、自分が墓地や戦場を歩いていることを知っているときだけだ」メイソンは言った。「想像力はとても強い力を発揮する」

ルーシーはすばやくメイソンをにらみつけて、鼻にしわを寄せた。「ゆうべ、わたしが眠れなかった理由はどうでもいいわ。本当に疑問なのは、暖炉に自分が隠した死体があることを知りながら、セイラおばさんがどうしてこの家で眠れたのかってことよ」

メイソンは肩をすくめた。「もしかしたら、セイラがやっていた瞑想とヨガのおかげかもしれない。あれで禅だか何だかの力が備わって、暖炉のなかの死体を無視できたのかもしれない」少しためらってから続けた。「あるいは、ブリンカーを殺したことは正しかったと思っていたから平気だったのかも――ちなみに、おれに言わせれば、おばさんは正しかったと思うけどね」

「メアリーには話したんだと思う?」

「それはこの先もわからないだろうな。でも、もしおばさんのような状況に置かれたら、三つの〝し〟のルールに従うのが賢明だ。セイラは自分でそのルールを見つけた気がする」

ルーシーは顔をしかめた。「三つの〝し〟のルールって?」

「射殺して、シャベルで埋めて、しゃべらない」

ルーシーは水のボトルを両手ではさんで転がした。「そうね。言っていることはわかるわ」少し躊躇してから続けた。「でも、セイラおばさんがブリンカーを撃ったとは思えない。おばさんは銃が嫌いで、持っていなかったから。ほかの方法を使ったはずよ」

「たぶん、検視官はブリンカーは頭を殴られて死んだという結論を出すんじゃないかな」

「火かき棒で?」

「そう」メイソンは水を飲んだ。「火かき棒の先に付着物があった」

「付着物？」

「髪の毛だと思う」

ルーシーはため息をついた。「今晩、暖炉で死体を見つけて、あの夏以降セイラおばさんとメアリーがしょっちゅう旅行に出るようになった理由がはっきりわかったわ。わたしがサマーリヴァーを訪ねるのをいやがったわけも。おばの考え方だと、死体を隠したこの家にわたしを泊まらせるってことは、とてもひどいカルマを生むことになるのでしょうから」

「この十三年間、きみがおばさんを放っておいたなんて考えに飛びついたことを、もう一度あやまらせてくれ」

ルーシーはかすかに微笑んだ。「もう充分よ。でも、あなたの言うとおり、疑問はまだたくさん残っているわ。わたしが真っ先に思ったのは、どうしてこの家に死体を隠したのかってこと」

「確実に死体が見つからず、司法解剖されない方法がほかにあるかい？　このおれが言うんだから間違いないが、死体を隠すのは難しい。時間がたてば、必ず発見される。海に捨てれば、岸に打ちあげられる。土に埋めれば、大雨で上にかけた土が流される。使われていない土地に捨てれば、家を建てようとする開発業者に発見される」

「言っていることはわかるわ」ルーシーは身体を震わせた。「おばさんが大がかりな修理や改築をしなかったのは当然ね」

「工務店や便利屋や塗装業者を入れれば、危険が増すからね」メイソンは言った。「多少なりともまともな職人があの暖炉を見たら、問いただすだろうから。きっと腕のいいタイル職人の名前を挙げるだろうね。でも、セイラは断る。すると工務店あるいは塗装業者はどうして直さないのだろうと怪しむ」

ルーシーはしばらく考えた。「ブリンカーが行方不明になったとき、あなたも疑われたの?」

「当時いちばん有力だったのは、ブリンカーはドラッグの取引でもめて殺されたという説だったが、彼の父親は耳を貸さなかった。覚えているかな。当時の警察署長はホッブズで、ブリンカーの父親はやつをひどくせっついていた。あの夜、きみがおれと一緒にパーティの会場を出ていったことは大勢が見ていたし、少なくともひとりの第三者、クイン・コルファクスはブリンカーとおれが争っていたことを知っていた。結果として、ホッブズは質問しにきたよ」

「それで?」

「きみのおばさんのおかげで、おれはホッブズ署長に本当のことをきっぱりと断言できた――ブリンカーのことは何も知らないってね。そうじゃないという証拠は何もなかった。おれはホッブズ署長に、あの夜ブリンカーがきみに対して計画していたことを話した。だが、証拠はなかったし、ホッブズもブリンカーの父親がそんな話を聞きたくないことはわかっていた。だから、話さなかったんだろうな」

「ホッブズはジリアンにも話を聞いたの？」

「ああ。ジリアンとクイン・コルファクスとノーラン・ケリー、それにブリンカーとつるんでいた数人に話を聞いていた。でも、全員がきみにドラッグを与えてレイプする計画のことは知らなかったと否定した」

「ジリアンも？」

メイソンは水を飲みほして、ボトルをわきに置いた。「ジリアンも」

ルーシーは口もとをゆがめて冷ややかに笑った。「嘘をついたのね」

「ああ」

ルーシーはメイソンをじっと見つめた。「ブリンカーと争っていたと言ったわよね。何があったの？」

「あの夜、きみをこの家に送り届けたあと、おれはハーパー・ランチに戻って、ふたりの車の近くでパーティが終わるのを待った。誰かが苦情の電話をかけたらしくて、そんなに長く待たなかった。それでブリンカーと話した――きみには二度と近づくなと。そうしたら、やつが飛びかかってきて、誤って自分の車のフェンダーに激突した」

ルーシーの眉が吊りあがった。「なるほど」

「クイン・コルファクスはその場で話を聞いていた」

「気づくべきだったわ」ルーシーは頭をふった。「わたしの守護天使は放っておけないんだから。もしかして、ブリンカーを自分の車にぶつけさせただけじゃなくて、脅したの？」

「脅しではなくて、約束だ。きみに何かあったら、思い知らせてやると教えてやったのさ」

「ブリンカーはその言葉をそのまま受け取ったのでしょうね」ルーシーはしばらく黙ったまま、聞いたことをじっくり考えた。そして理解すると、瞳が曇った。「ブリンカーを脅せば、彼が真っ先に攻撃してくるのはあなた自身になると考えたのね。あえてじゃまをすることで、ブリンカーは復讐に燃えるにちがいないって」

「ブリンカーの気をそらしたかった」

「わざと自分を狙わせたのね。いったい、どうするつもりだったの？」

　メイソンは答えなかった。ルーシーがまたひとつ理解して衝撃を受けている様子をじっと見つめていた。彼女がどんな反応を示すのか、メイソンにはまったくわからなかった。

「そんな……」ルーシーはささやくように言った。「ブリンカーが襲ってきたら、殺すつもりだったのね」

　メイソンはふたりのあいだで、その言葉が渦を巻くままにしておいた。もうこれ以上言えることはなかった。

　ルーシーは大きく息を吸って、ゆっくり吐いた。「少し考えさせて」

　メイソンは黙ってすわったまま、判決を待った。十三年まえ、メイソンは進んで一線を越えるつもりでいた。年月がたっても、おそらく自分がそれほど変わっていないのを、ルーシーに知ってもらう必要があるだろう。ルーシーのためなら、かなりのことができるが、できないこともある。十九歳だったあの夏とすっかり変わったふりはできない。また同じ状況になれば、きっと進んで一線を越えるだろう。

「ありがとうという言葉しか思いつかないわ」ルーシーは言った。「でも、あなたがそんな真似をしなくてすんだのを、心からうれしく思っているの」

それはメイソンが予想していたような反応ではなかった。だが、どんなふうに予想すればよかったのかもわからなかった。

「別に、礼を言われたいわけじゃない」メイソンは口を開いた。

「あなたはまだ十九歳だったのよ。あなたが背負いこむには荷が重かったはずだわ。セイラおばさんはそれをよくわかっていた。ブリンカーが怪物で、わたしにもあなたにも脅威となる存在だって。だから、その状況で大人として重荷を引き受けようと考えたんじゃないかしら。ホッブズが耳を貸してくれないことがわかっていたから、警察には行けなかったろうし。あなたが手をかけなくてすむように、自分でブリンカーを始末したんだわ」

メイソンはキッチンの入口から居間の入口に張られた犯罪現場用のテープを見つめた。

「ずいぶん自信を持って、当時のセイラの心境を話すんだな」

「わかるのよ。こうして、おばの秘密や事実を知ったいまなら。おばさんによく似ているって言われるのよ」

「そうかな？」

「ああ、風変わりで、夢見がちで、悟りを追い求めているタイプという意味ではないわよ。でも、心の奥深くで、わたしは家族の誰よりもおばを理解している。そして、おばも理解してくれた。だから、いまふり返ってみると、おばさんの考えの過程や論理が想像できるの」

メイソンはうなずいた。「わかるよ」

ふたりのあいだに沈黙が広がった。

「あなたは彼を捜したの？」ルーシーはふいに尋ねた。

「ブリンカーかい？　ああ。捜した。この十三年のあいだ、ときどきね。アーロンがプログラムをつくって動かしはじめてからは、ブリンカーについて知っていることをすべて入力した。〝アリス〟は、ブリンカーは行方不明になった夏に殺害された可能性が高いという答えを出した」

「その結論は正しかったようね」

「アリスは八十九パーセントの確率で、ブリンカーは知りあいに、個人的な動機で殺害されたとも予測していた。ドラッグの取引でもめて殺されたわけじゃないと」

「妥当な結論だわ。ブリンカーは利口だったから、そんなシナリオにはならないでしょう」

「ああ」

ルーシーは職業上の興味としか解釈できない表情でメイソンを見つめた。

「アリスは容疑者の可能性がある人物もはじきだしたの？」

「おれは、あの夏にブリンカーと関わった人間の名前を覚えているかぎり入力した。すると、プログラムは重要な容疑者をひとりだけ挙げた」

ルーシーは顔をしかめた。「あなた？」

「おれだ」

「ふう。この十三年のあいだに、フレッチャー・コンサルティングにここの警察から、ブリンカー殺害事件に関する依頼がなくてよかったわね」

メイソンはにっこり笑った。「ああ、依頼されていたら、厄介なはめに陥っていた」

「セイラおばさんについてはどう？　どんな形であっても、あなたの会社のプログラムでおばの名前は挙がってきた？」

「いや。だが、可能性は低いが、ほかにもふたりの容疑者の名前が挙がった」

「誰？」

「ひとりはクイン・コルファクスだ」

「動機は？」

「嫉妬だ。クインとブリンカーはどちらも父親の財産を継ぐ立場にあったが、結局はブリンカーが上に立つだろうということは、誰にも――おれが思うに、間違いなくクインにも――

明らかだった。そうなれば、クインはいずれ遅かれ早かれ、会社をそっくり奪われてしまっただろう」

「そうなの？」

「間違いない」メイソンは断言した。「ブリンカーには共同経営者なんていらなかったはずだ。クインを追いだす方法を見つけただろうな」

「でも、そうはならなかったってことよね？　もうひとりの容疑者は？」

「ノーラン・ケリーだ」

ルーシーは顔をしかめた。「想像できないけど」

「当時、ノーランがマリファナや酒の取引に関わっていたことを知らなければね。ノーランが若いやつらに売りさばいていたんだ」

「まったく知らなかったわ。彼がブリンカーを殺す動機は？」

「ドラッグがあるところには銃があって、ときどきひとが死ぬ」メイソンは水を飲んで、ボトルを置いた。「ブリンカーの周囲にはいつもドラッグの噂があった」

「ノーランはブリンカーとつながっていたと思うの？」

「マリファナに関しては、おそらくそうだろう。幻覚剤についてはわからない。ノーランが、ブリンカーがパーティで使っていたらしい、値が張る珍しい代物を手に入れられるつてを持つ、高級客向けの売人だったとは思えないからね。ノーランはもっとずっと小物の売人という印象だった。殺人なんていう危ない橋を渡るとは思えない。それにノーランがブリンカーと取引していた売人なら、どうしていちばんの上客を消さなきゃいけない？」

「いいところを突いているわ」

「ちなみに、おじの話では、ノーランは本当に行いを改めたそうだ。近頃の彼が売っているのは、間違いなく不動産だけらしい」

「そう聞いて安心したわ」ルーシーは顔をしかめた。「でも、この家の売却はほかの業者に頼みたいかも」廊下の向こうの犯罪現場用のテープを見た。「いま確かに言えることは、ブリンカーの失踪に関するこれまでの説はすべて間違っていたということね。朝になれば、町の全員がブリンカーはセイラおばさんに殺されたのだと知るわ。みんな、どう思うかしら」

「それはわからないが、ひとつだけ確かなことがある。セイラがとても慎重に計画して、すばやく実行したということだ」

「どうしてわかるの？」

「遺体袋だ」

ルーシーは唾を呑みこんだ。「そうよ。あなたが言っている意味がわかったわ。それにしても、医療従事者でも警察関係者でもないのに、遺体袋なんてどこで買ったのかしら」

「決まっているじゃないか。インターネットさ。たぶん送料をよぶんに払って、ひと晩で届くようにしたんだろう」

ルーシーはたじろいだ。水をわきに置いて、両手で顔を覆った。「ひとつだけ確かなことがあるわ。今夜はこの家では眠れない。それを言うなら、明日もだけど。ゆうべは暖炉に死体があるのを知らなかったのに、それでも眠れなかった。この家が十三年間霊廟《れいびょう》として使われていたことを知った以上、もうここにはいられない。モーテルに泊まるわ」

メイソンは腕時計を見た。「真夜中だぞ」

「だから？　モーテルは二十四時間営業でしょう？　町の広場に宿はないの？」

「〈ハーヴェスト・ゴールド・イン〉がある。見かけは古めかしいが、清潔だし、場所も便利だ」

ルーシーは椅子から立ちあがった。「二階に行って、荷物をまとめてくる」

キッチンを通り抜けて、廊下に出ていった。そこで立ち止まり、暗い目でメイソンを見た。

「考えてみれば、すごいと思わない？」

「おばさんが十三年も殺人を隠しおおせたってことかい？　ああ、すごいな」

「でも、おばが死んで、真実が明るみになった」

「だから？　もう司法がおばさんにできることは何もない」

「そうね」

ルーシーはその場を動かなかった。立ったまま、何もかもわかっているような目でメイソンを見つめている。

メイソンはいやな予感がした。「何を考えている?」

そう訊いたが、本当はルーシーが何を考えているのか、はっきりとわかっていた。

「あなたは警察にいたのでしょう」ルーシーは静かに言った。「警察官は偶然を嫌うものだと思っていたわ」

「ああ。だけど偶然は起こる。自動車事故もな。きみがこの件から結論づけようとしていることが気に食わない」

「もう結論を出しているみたいね。結論はこうよ、メイソン。わたしたちのような家系調査員には、ほかの分野の調査員といくつか共通点があるの――すごく疑り深いのよ。裕福なひとが死ぬと、偽りの後継者がどこからともなく現れることと関係があるんでしょうね。わたしたちで、いろいろ訊いてまわりましょうよ。だって、ふたりとも調査に関しては多少なりとも技術があるんだから」

「だめだ」議論の余地がないように聞こえるようメイソンは言った。「セイラとメアリーの死について調べたりするんじゃない。あれは事故だったと判断されたんだ」

ルーシーは明るい笑顔を見せた。

「それなら、いくつか質問をしても害はないでしょう?」

「おい、ルーシー――」

「どうやら、ふたつの可能性がありそうよ。ひとつは、ブリンカーが殺された恨みを晴らすほど彼を大切に思っていた人間がいる。その人物はセイラがブリンカーを殺したと考えて、復讐を果たした」

「それはない」

「どうしてそんなに確信が持てるの？」

「考えてみるんだ、ルーシー。ブリンカーの死体は十三年も暖炉に閉じこめられていた。今夜まで、誰もあそこに死体があるなんて知らなかった。セイラは墓場まで秘密を持っていったと信じるだけの理由がある。だから、こんなに時間がたってから、誰かが急にきみのおばさんがブリンカーを殺した犯人だと気づいて、復讐のために彼女を殺したという結論に達する論理的な理由がない」

「あなたの言うとおりだわ」ルーシーは言った。

　メイソンは息をついた。「よし、いいだろう」

「そうなると、残る動機はひとつだけ——コルファクス社の株式ね」

「くそっ」メイソンはそれ以上は何も言わなかった。いつだって金が筋道立った動機になることは否定できないからだ。

「メアリーが死んだら、あの株式はクインのものになるのだと、誰もが思っていた」ルーシーは言った。「メアリーがみんなにそう信じこませようとしていたのは間違いないわ。メアリーはウォーナー・コルファクスの姉だけど、いつも特別に甥のクインをかわいがっていたから。それなのに誰にも告げずに遺言書を変えて、セイラに株式を遺した。そしてセイラはそれをわたしに遺した」

「その説だと、仕組まれた事故はメアリーを狙ったことになる」

「ええ」ルーシーは唾を大きく呑みこんだ。「セイラおばさんはそれに巻きこまれたのよ」

「ルーシー――」

「二、三分で戻ってくるから」

ルーシーは階段を駆けのぼった。

「ああ、くそっ」メイソンはもう一度言った。だが、今度毒づいた相手は自分自身だった。目のまえの災難が見えているからだ。

ルーシーはいろいろと質問をしてまわるだろうし、もう止めることはできない。メイソンにできるのは、ルーシーを見守ることだけだった。

11

翌朝、ルーシーがハーヴェスト・ゴールド・インの隣にある陽気なカフェ〈ベッキーズ・ガーデン〉のテーブルで、いれたてのオーガニックの緑茶を飲み、これまた保証つきのオーガニックで地元で焼かれたパンをトーストして食べていると、名前を呼ぶ声がした。

「ルーシー！ ルーシー・シェリダン。きのう、工具店から出てきたのはあなたよね」

間違いなく、もとチアリーダーの声だった——明るくて、快活で、とてもはきはきしている。ルーシーは入口のほうを見て、ジリアン・コルファクスが混雑しているカフェのなかを颯爽《さっそう》と近づいてくる姿を眺めた。十三年たっても、ジリアンはあまり変わっていなかった。ブロンドの髪は以前より短く、ポニーテールではなく、流行りの肩までのボブになっている。また若い頃の自然な輝きは高級スパで磨いた輝きに変わり、少し体重が増えたようにも思える。それでも、まだ人目を引く美しい女性だった。きっと九十歳になってもそうだろう。それだけのお金があるのだから。

ジリアンは服にもお金をかけている。この日のジリアンは、ルーシーがこの町らしい装いだと結論づけたファッションの手本のような格好をしていた──高価で、ワインカントリーらしい雰囲気が伝わることを意図した、ゆったりとしたスタイルだ。服は、それを着るひとが家に帰ればブドウ畑で作業していることを匂わすデザインになっている。

もちろん、実際にブドウ畑で働いているのは、西海岸であらゆる作物を収穫しているのと同じ勤勉な人々──季節労働者なのだけれど。そのなかにシルクのシャツを着て、デザイナーズ・ジーンズと〈プラダ〉のサンダルをはいて畑に出るひとがいるのだろうか。そういうひとたちはダイヤモンドやエメラルドの指輪もはずして畑に出るにちがいない。

ジリアンはテーブルまでたどり着くと、誘われるのを待たずに腰をおろした。

「また会えてうれしいわ」ジリアンは言った。「十三年ぶりだなんて信じられる?」

「そんなものよ」ルーシーは黄色い紙のメモ帳に書きこむのに使っていたペンを置いた。

ジリアンはその答えに少しとまどっていたが、調子はほとんど崩さなかった。

「時間はあっという間に過ぎるものよね」ジリアンは言った。「それにしても、きれいになったわねえ。すっかり変わってしまって。きのう初めて見たときは、しばらくあなただとわからなかったくらい。髪型もすてき。とても似あっているわ」

「あなたにほめていただいて、うれしいわ」ルーシーはこのうえなくていねいな口調で答えた。そしてポットを取って、カップにお茶を注ぎたした。

ジリアンは気を取り直して、別の切り口を試みた。

「あなたがサマーリヴァーにくることになった状況はお気の毒だと思っているわ」ジリアンは話しつづけた。「自動車事故のことを聞いて、みんながショックを受けたから。あなたのおばさんはこの町になくてはならないひとだったし。みんなに好かれていたわ。あなたはおばさんと親しかったでしょう——少なくとも、十代のときには」

「愛していたわ」ルーシーはポットを置いた。「メアリーのことも大好きだった」

「ええ。ふたりが亡くなって、この町も寂しくなるわ」

「そう？」

「もちろんよ」ジリアンのふっくらとした唇が少し引きつり、目の温かさと輝きがいくぶん消えた。「さっきも言ったけど、わたしたちみんながショックを受けたわ。でも、海岸に行くあの旧道が危険だってことは、誰でも知っていたでしょう。どうして、あの道を通ったのかしら」

「ふたりは車で海岸に行くとき、いつもマンザニータ・ロードを通っていたの。とても慣れていたから。ふたりは初めて知りあった古くからある生活共同体《コミューン》に寄って、ピクニックをして昼食をとるのが好きだった。週に一度の行事みたいになっていたのよ」

「そうなの……でも、今朝何よりも驚いたのは、あなたとメイソン・フレッチャーがセイラの家の暖炉でトリスタン・ブリンカーの死体を見つけたって、クインと一緒に聞いたことよ」

「ええ、確かに驚いたわ」

「長年ずっと、ブリンカーに何が起こったんだろうって、みんなが不思議に思っていたわけだから」

ついさっきルーシーを歓迎してくれた、とても愛嬌《あいきょう》のある中年女性が、混雑している店のなかをテーブルに向かって歩いてきた。彼女はベッキー・スプリンガーと名乗り、どうやらこの店の経営者のようだった。ベッキーは豊満でじょうぶそうな身体をした女性で、こうした小さな店を切り盛りするのに必要な冷静さと元気さを兼ね備えている。ベッキーはルーシーとジリアンがすわっているテーブルで足を止めた。

「コーヒーかしら、ジリアン？」ベッキーは礼儀正しい笑みを浮かべたが、目は笑っていなかった。

ジリアンはいら立たしげに顔をあげた。「こんにちは、ベッキー。そうね、コーヒーをお願い」

「すぐに持ってくるわ」ベッキーは言った。

どういうわけか、それは警告のように聞こえた。ルーシーは思わず頬がゆるみそうになるのをこらえた。見たところ、ベッキーはあまりジリアン・コルファクスが好きではないらしい。

声が届かないところまでベッキーが離れるとすぐに、ジリアンは少し身を乗りだして、声をひそめた。

「おばさんがどうしてブリンカーを殺したのか、心あたりはないの?」

その声にはかすかな不安が感じられ、顔を近づければ、目のまわりにも緊張している証拠が見えたのかもしれない。

「まだ必ずしもおばが殺したとは言えないから」ルーシーは冷静に言った。「それを言えば、わたしたちが見つけた死体もまだブリンカーかどうかわからないのよ」

「でも、死体の近くにトリスタンの運転免許証と、あの夏大学のキャンパスを恐怖に落とし入れていたスコアカード強姦魔の見出しがついた新聞があったんでしょう」

「運転免許証と新聞はこの目で見たけど、警察はもう少し捜査をしてから結論を出すつもりじゃないかしら」

「ブリンカーに決まっているじゃない」ジリアンは言った。「ぜったいにそうよ。だから、とつぜん姿を見なくなったんだわ。それに、これ以上捜査しないと思うわよ。トリスタン・ブリンカーの近しい身内は父親しかいなかったの。でも、ジェフリーは息子がいなくなった数カ月後に亡くなってしまった。だから、再捜査をするよう求めるひとはもういないわ。だいたい、事件は明々白々なんだし」

「そうかしら?」

ジリアンの口もとが緊張した。間違いない。「警察にあれこれ訊きまわってほしいなんて言わないでよね。そんなことをしたら、何もかもが複雑になってしまうわ」

それは半ば命令であり、半ば懇願だった。

「複雑って？」ルーシーは訊いた。

「わかっているくせに。あなただって、過去のことをほじくり返されたくないでしょう」

「何をほじくり返すの？」

「トリスタンはいろいろなひとを傷つけたわ——彼が本当にスコアカード強姦魔だったのだとしたら、わたしたちが知らないだけで、もっとたくさんのひとを傷つけたのかも。幽霊を表に引っぱりだしても、被害者は感謝しないわ。ぜったいに」

「わたしはトリスタン・ブリンカーをよく知らなかったの。いちばん近づいたのが、あの古ぼけたハーパー・ランチで最後に開かれたパーティの夜だったくらい。あなたが一緒に行こうと誘ってきたのよ」

ジリアンの顔がわずかに紅潮し、目つきも鋭くなったが、パーティの件を持ちだしても、それ以外に気づまりな記憶が甦《よみがえ》ったり、良心が疼《うず》いたりしている様子は見られなかった。きっと、気づまりな記憶も、良心の疼きもないのだろう。ジリアンの頭のなかでは、ずっと昔のあの夜の出来事は、十代だった頃の遊びとゲームという項目に整理されているにちがいない。

「ブリンカーの最後のパーティで覚えているのは、あなたがメイソン・フレッチャーと早々に帰ったことよ」ジリアンは言った。

「そう」ルーシーは黄色いメモ帳に何事かを書きつけた。

ジリアンは不安そうに見た。「何をしているの?」

「自分用にいくつかメモを書いているだけよ。この町にいるあいだに、たくさんすることがあるから」

「サマーリヴァーにはいつまでいるの?」

「決まっていないの」ルーシーは答えた。「二週間で家を売る準備を整えるつもりだったけど、あなたの言うとおり、殺人事件の捜査で物事が複雑になりそうだし。でも、どうして?」

「こんなときにビジネスの話をするのはふさわしくないと思うけど、コルファクス社はいまとても重要な交渉の真っ最中であることを知ってほしくて。莫大なお金がかかっているの」

「どこかと合併するかもしれないという話は耳にしたわ」

「ええ。レインツリー・アセット社が大きな利益が見込める条件を提示してきたの。クインとわたしは最近になって初めて、メアリー・コルファクスの遺言書が気まぐれで変えられたせいで、あなたがメアリーが持っていたコルファクス社の株を相続したことを知ったのよ」

「気まぐれなんかじゃなかったわ」ルーシーは言った。「メアリーは目先がきく実業家だった。コルファクス社が創立されたときに、多額の資金を投資する見返りとして、自分の持ち株を完全に自由にできることを要求したのよ。それを自分の意思でセイラに遺して、その結果わたしが相続することになっただけ」

「コルファクス社の株式はすべて家族内にとどめておくことになっているの。義父のウォーナーが言いだしたことなのよ」

「でも、ブリンカーと一緒に会社を興したときに例外をもうけた。メアリーのお金が必要だったから、条件を呑んだのよ。すべて合法よ。きわめて、間違いなく。メアリーとセイラは法的な問題はすべて信託（財産の管理を受託者に任せること）にゆだねているの。弁護士がよく使う言葉を知っているでしょう――遺言は常に破られるが、信託を崩すことはほぼ不可能である。これが事実であるのは保証するわ。仕事柄、うまく設計された信託の効力が強かった例を山ほど見てきたから」

ジリアンは完璧にマニキュアを塗った指先をテーブルに置いて、声をひそめた。

「クインの話だと、そうはいかないみたいよ」

ルーシーは笑った。「仕事のときに、何度そういう言葉を聞いたことか」

ジリアンは怒りととまどいを顔に浮かべて、腰を落ち着けた。「あなたの仕事って、いったい何なの？」

「法学的家系調査員よ」

「何、それ？」

「毎日、行方のわからない相続人を捜して、相続する遺産があることを知らせているの」

「そんな職業があるなんて知らなかったわ」

「よく、そう言われるわ」

ジリアンの目が疑わしそうにきらりと光った。「いずれはコルファクスの株式を相続するって知っていたの？」

「寝耳に水だったわ。もちろん、おばの相続人であることは知っていたけど、おばがメアリーの相続人のひとりだったなんて知らなかったから」

「地球上の誰ひとり知らなかったのよ」ジリアンは言い返した。

ベッキー・スプリンガーが絶好のタイミングで黄色い花で飾られた優雅な磁器のコーヒーポットをテーブルに運んできた。それからジリアンのカップにコーヒーを注いだ。

そのとき、明るいカフェにふたつの暗い影が差した。

ベッキーがふり返った。

「あら」ベッキーが少し驚いたふりをして言った。「遅い朝食をとりにきたお客さんがふたりいるわ。コーヒーを用意したほうがよさそうね」

ジリアンは入口に背を向けてすわっていたが、誰が入ってきたのか見るためにふり返りはしなかった。まったく気にしていないのは明らかだった。ルーシーとコルファクス社の株式だけに神経を集中させていたのだから。

だが、ルーシーはメイソンとディークが上品なテーブルと椅子がつくる迷路を歩いてくる様子をうっとりと見つめていた。ジリアンを除けば、店内の全員がこっそりふたりの男を盗み見るか、好奇心を剝き出しにして見ているかのどちらかだった。心地よい陽射《ひざ》しに照らされている店内だと、ふたりは花が咲いた野原を横切る、昔の西部のガンマンのように目立つ。どうやらメイソンはしっかり眠れたようだった。きのうの深夜に気づいたひげの影がきれいに消えている。彼はデニムのシャツに、ジーンズとショートブーツをはいていた。

セイラとメアリーはしばしばメイソンがおじによく似ていると話していた。十三年まえ、ルーシーはそうは思わなかった。けれど、今朝はふたりが家族であるのは非常に明らかだった。かつては黒かったディークの髪は、いまでは鋼《はがね》のようなグレーに変わっていた。だが、ふたりのオオカミのような金色の目と、猛々《たけだけ》しい目鼻立ちと、強靭《きょうじん》で引き締まった身体の線は、遺伝子によって伝えられたことが明らかだった。

「ディークとメイソンはふたりと同席したいんじゃないかしら」ベッキーはルーシーにウインクをした。「カップをふたつ持ってくるわね」

そのときになって、ジリアンもふり返った。そして不安そうな目でメイソンとディークをすばやく見ると、ルーシーに視線を戻した。

「ここでは話せないわ。ふたりきりにならないと」

「わたしはここでもかまわないけど」ルーシーはわざとメイソンとディークに、歓迎するような明るい笑顔を見せた。ディークが気づいてうなずいた。メイソンはおもしろがっているような顔をしている。

ベッキーがテーブルから離れて、ふたりに挨拶をしに行った。

「おふたりはこちらにどうぞ」ベッキーは言った。「コーヒーを持って、すぐに戻ってくるわね」

「ありがとう、ベッキー」ディークが言った。

ディークが心のこもったキスをすばやくすると、ベッキーは彼のわきを通りすぎてコーヒーバーに行った。それは長年付きあっている恋人たちが交わす、おはようの挨拶のキスだった。

なるほど。そういうことになっていたのね。

メイソンはルーシーの反応に気づいたらしく、一瞬にやりと笑ってウインクをした。

男たちがテーブルにやってきた。どちらも取り立てて大柄ではなかったが、ふたりのあいだにいると、うしろの窓から射してくる日光のほとんどがさえぎられている気がした。

「やあやあ、小さなルーシー・シェリダン」ディークはルーシーをさっと見ると、満足そうに微笑んだ。「きれいになったな。昔からそうなるだろうと思っていたが」

「また会えてうれしいわ、ディーク」ルーシーは言った。

「セイラとメアリーのことは、本当に残念だった」

「ありがとう」ルーシーは静かに言った。

「おはよう、ルーシー」メイソンが言った。「ジリアン。ここにすわってもいいかな?」

ジリアンが口を開き、ルーシーは彼女が断るにちがいないと気がついた。

「ええ、どうぞ」ルーシーは答えた。

メイソンもディークもためらわなかった。ふたりともそれぞれ近くのテーブルから椅子を引っぱってくると、位置を決めて腰をおろした。

ジリアンはひどくいら立っていたが、自分が罠にはめられたことには気づいていた。何といっても、このテーブルはもともとルーシーが先にすわっていたのだ。

ディークはきびきびとジリアンに会釈した。ジリアンの存在に気づいたのを示す軍隊式の挨拶だが、何ひとつ考えていることはわからなかった。

「ジリアン」ディークは言った。「今朝、こんなところで会うなんて驚いたよ」

「ルーシーが町にきていると耳にしたの」ジリアンは答えた。ひと言ひと言が氷でできているようだった。「ふたりだけの話があったものだから」

「そうなのかい?」ディークは眉をあげて、ルーシーを見た。

ルーシーはにっこり笑った。「だいじょうぶ。急ぐ話ではないから」

ジリアンは顔を引きつらせると、急いで立ちあがった。

「もう失礼するわ」ジリアンは言った。「約束があるのよ。ルーシー、あとで連絡するから、ふたりきりで話せる機会をもうけましょう」

「数日はかなり忙しいと思うの」ルーシーは言った。「でも予定表を確認して、時間をつくれるかどうか見ておくわ」

「忘れずにね」ジリアンは冷静に言った。「大金がかかっているんだし、詳しいことを話しあう時間がつくれれば、厄介な面倒に巻きこまれなくてすむんだから」

「いい話のようね」ルーシーは言った。「わたしも誰にも負けないくらい、お金儲けの話が好きよ。でも、いまはちょっと忙しいから」

ジリアンは迷っているような顔になった。だが、大きな決断を下したらしく、にっこり笑った。

「わかったわ。ねえ、今夜クインとわたしはワイナリーで義父の誕生日を祝うパーティを開くの。コルファクス初のリザーヴ・ワインを開けるのよ。ワイナリーの全員がワイン界を騒がせることになると確信しているの。急なお誘いなのはわかっているけど、きてくれたらうれしいわ」

「まあ、これがデジャ・ヴというやつね」ルーシーは微笑んだ。「今度もわたしをびっくりさせる仕掛けがあるの？」

「いい質問だ」メイソンが言った。

ジリアンはぽかんとしていた。「冗談の意味がわからないんだけど」

「あなたに誘われた最後のパーティは、わたしにとってよくない結末が待っているはずだったんでしょう?」ルーシーは言った。「だから、今度のパーティは何が待っているのかと思って」

ジリアンの目が冷ややかになった。「ずっと昔の話だわ」

「それにブリンカーは死んだわけだし」ルーシーは静かに言った。

ジリアンの手がショルダーバッグの肩ひもをきつく握りしめた。「そうよ。誰も悲しんでなんていやしないわ」

重い沈黙がテーブルに広がった。ルーシーは全員が自分の返事を待っているのだと気づいていた。

「パーティに招いてくれて、ありがとう」ルーシーは言った。「でも、ひとりで出席するのは気まずいわ。誰かを連れていってもいい?」

ジリアンは哀れになるほどほっとしていた。「ええ、もちろんよ。どうぞ、デートの相手を連れてきて。でも、サマーリヴァーにはひとりできたのよね。誰を誘うつもり?」

「今夜のデートの相手はメイソンなの」ルーシーは礼儀正しくメイソンを見た。「彼も出席したいでしょうから」

メイソンは落ち着き払った抜け目ない表情でルーシーを見つめた。「ああ、ぜひとも行きたいな。上等なワイナリーのパーティなんて招待されたことがないから。とても興味があるよ」

ジリアンはうれしそうではなかったが、何とか決意をこめて微笑んでみせた。「いいわ。それじゃあ、今夜会いましょう。七時半にね」最後にもう一度、ルーシーに明るく微笑んだ。「ドレスコードはいつもと同じ――ワインカントリー・カジュアルね」

「忘れずに、ブーツを磨いていくよ」メイソンは言った。

ジリアンは無視した。そしてショルダーバッグの位置をきちんと直すと、戸口に向かってきびきびと歩いていった。

ルーシーはメイソンとディークを見た。「ワインカントリー・カジュアルって？」

ディークが忍び笑いをした。「おれを見ないでくれよ。ワイナリーのパーティなんて一度も招待されたことがないんだから」

ベッキーがテーブルに現れた。「わたしもないけど、ひとつだけ教えてあげるわ、メイソン。何を着ていってもいいけど、スーツとネクタイはだめ。観光客みたいに目立つから」

「それはいやだな」メイソンは言った。

ベッキーは入口に現れたふたりの客を案内するためにテーブルを離れていった。

メイソンはルーシーを見て、声をひそめた。「好奇心から訊くけど、ジリアンの招待を受けて、何をするつもりなんだい？」

「コルファクス家の人たちが集まるパーティは、いくつか質問をするのに絶好の機会だと思うの」

「やっぱり」メイソンはうめいた。「そんなことじゃないかと思っていたんだ」

ディークが興味津々といった顔で訊いた。「どんな質問をするんだ?」

メイソンはゆっくり息を吐いた。「ルーシーは、セイラとメアリーが車ごと崖から転落して亡くなったのが事故ではないと考えているんだ」

「まさか」ディークはたいそうゆっくり言った。

「最初は事故という判断を受け入れるつもりだったわ」ルーシーは言った。「事故は起こるものだから。でも、いまはセイラとメアリーの死は、わたしが相続したコルファクス社の株式と関係しているんじゃないかと考えて動いているの」

「ふむ」ディークは興味をそそられたようだった。

「きっとサマーリヴァーにきたからだと思うわ」ルーシーは説明した。「わたしの疑り深さが顔を出したのは」

「ああ、おれも同じだ」メイソンも認めた。

ディークはメイソンを見た。「何を言ってるんだ。おまえが疑り深いのは、いまにはじまったことじゃない」

「おじさんも一緒だろ」メイソンは言った。「たぶん、血筋なんだ」

「たぶんな」ディークも同意して、ルーシーのほうを向いた。「その推測には何か根拠があるのかい？」」

「三人死んで、全員がコルファクス社と何らかの関わりあいがあるわ」

メイソンはコーヒーカップを手に取った。「唯一のプロの捜査員として指摘しておくと、その三人のうちのひとりが殺されたのは十三年まえで、おそらくセイラとメアリーの死には関係ない」

「それはわかっているの」ルーシーは言った。「まえにも言ったけど、その件ではわたしもあなたと同じ意見よ。でも、それでも三人が死んでいるわ」

「このあとホイッテカー署長と会ったら、その説を話すつもりかい？」メイソンの口調はいつもと変わらなかったが、目つきは鋭く、そこには油断のない好奇心が浮かんでいる。

「いいえ、まだ話さない」ルーシーは答えた。「署長は証拠を欲しがるでしょう。わたしの経験では、警察官も裁判所もきちんとした証拠をいくつも欲しがるものだから」

「きみの経験？」ディークが訊いた。

「わたしがブルックハウス・リサーチでしている仕事の大部分は、存在しないと思われていたか、消息がわからなかった相続人の主張について、確かな証拠を集めて立証したり、反証を挙げたりすることなの。たいていは莫大なお金がかかっているから、明らかな証拠が必要なのよ。人間ってお金を手に入れるためだったら、法廷で徹底的に争うものだから」

「そうだろうな」ディークは言った。「街では数ドルやほんの少しの麻薬のために、ひとが殺される。数百万ドルの遺産が手に入るなら、ひとは何をするかわからない」

「もちろんわたしは、ひとが銃で撃たれて血が飛び散っているような現場と関わったことはないわ」ルーシーは言った。「でも、数世代まえまで遡《さかのぼ》って家系図をつくるためには、出生や結婚や死亡の証明書のようなものをたどらなければならない。出入国の記録や統計調査の結果も利用しているの。ほかにも軍隊の入隊名簿などの書類とか、財産の記録とか、遺言書とか、信託とか。証拠の集め方はわかっているつもり」

メイソンは黄色いメモ帳に目を落としている。感心している様子はない。「それをサマーリヴァーでやろうとしているのか？」

「ええ」ルーシーは守るようにして黄色いメモ帳を引き寄せた。「わたしの考えでは、物事はいつも家族に行き着くの」

ディークは目を細めて険しい顔をつくった。「きみが調べようとしている家族が莫大な金を操っているのだとしたら――この町の金は言うまでもないだろうが――そのちょっとした推理はこの三人だけの秘密にしておいたほうがいい。少なくとも、当面のあいだは」

「心配しないで。そうするつもりよ」ルーシーはトートバッグを持った。「いろいろとやることがあるから、先に失礼するわ」

「どこに行くんだい？」メイソンが訊いた。

「きょうは忙しいの。まず、ホイッテカー署長に事情を訊かれる準備をしなければならないし、そのあとは買い物」

「買い物？」

「今夜、着る服よ。パーティ用の服なんて持ってこなかったから。それに、ワインカントリー・カジュアルがどういうものなのか調べないと。あなたたちはゆっくりコーヒーを味わって」

ルーシーはきびきびとした足どりで戸口に向かったが、まだ声が届くところで、メイソンがディークに向かってささやく声が聞こえてきた。

「くそっ」メイソンが小声で毒づいた。「厄介なことになりそうだ」

「確かに」ディークが言った。「伝票が残っている」

12

「ワインカントリー・カジュアルがどんなものかを説明するのは無理ね」テレサ・ヴェガが言った。「でも、このあたりを見てればわかるでしょう。ワインカントリー・カジュアルは幅が広いのよ。とくに女性の服装に関しては。優雅で、肩の力を抜いた上品な装いといったところかしら——ただし、高価で優雅で、肩の力を抜いた上品な装いよ。ブドウ園がある環境で生まれました、何世代もまえからワイナリーをやっていますって感じ」

「ほら、よく聞くルールがあるじゃない？」ルーシーは言った。「黒いミニドレスを着ていけば間違いないっていうやつ。家のクローゼットにはその手のドレスが何着かあるの。持ってくればよかったわ」

「どんなルールにも例外があるのよ。ワインカントリー・カジュアルはその〝黒いミニドレス〟ルールにあてはまらないの」

「テレサ、すべてあなたにまかせる」

ルーシーはハーヴェスト・ゴールド・インから一ブロックしか離れていない場所にある、

小さいけれど華やかなブティック〈テレサズ・クローゼット〉に巧みに飾られた服をじっくり眺めた。入口から入ってきた瞬間に、テレサはルーシーに気がついた。そして再会を心から喜んだ。お悔やみの言葉にも気持ちがこもっていた。ルーシーはテレサと抱きあったときに、温かい気持ちが込みあげてきたことに驚いていた。何といっても、もう十三年も会っていなかったのだから。当時、彼女はテレサ・アルバレスという名前だった。

あの夏、テレサとルーシーを結びつけた理由のひとつは、ふたりとも人気者グループからはずれていたことだった。けれど、ほかにも共通点があった。テレサも両親が離婚していたのだ。ルーシーは当時、両親が離婚して三年たっていたが、なおもその影響を引きずっていた。テレサはそのことについても、十代の少女としての現実的な助言ができた。いちばん役に立った言葉はこれだ。〝両親がまたよりを戻すかもしれないなんて期待するのは時間の無駄。子どもの夢でしかないんだから〟そして二番目も同じくらい効果があった。〝なぜ離婚したのかなんて訊いてもだめ。本当の理由はぜったいに言わないから〟ルーシーは彼女にこう訊いたのを覚えている。〝本当の理由って？〟テレサは洞察力に優れた賢さでこう答えた。〝両親のどちらかが相手との結婚に飽きて、ほかのひとと寝るようになったのよ〟あとになって、それも正解だとわかった。

十三年まえ、テレサは大きな茶色い目に眼鏡をかけた内気な十代の女の子だった。ファッションとデザインに夢中で、インターネットで何時間も最新の流行やファッションのブログを見ていた。シングルマザーになって苦労していた母親からもらった限られたお小遣いで、服をうまく組みあわせるのが上手だったのだ。だが、この日は難なく上品でさりげない優雅な装いをしており、それがワインカントリーにあるブティックの経営者にはぴったりだった。

「ワインカントリーでは、黒いミニドレスはだめなのよ」テレサは言った。「黒いドレスでコルファクスのパーティに出席したら、観光客みたいに目立ってしまうわよ」

「その言葉はほめ言葉じゃないようね」

「ええ、この町の人間じゃないっていうことだから。確かにあなたはサマーリヴァーで生まれ育ったわけじゃないけど、それでも深く根づいているでしょう」

「でも、わたしが根づいているのはワイン産業で栄えるこの町じゃないわ。セイラおばさんが持っていたのはリンゴ園だもの。覚えているでしょう?」

「だから? コルファクス家だって何世代もまえからワインをつくってきたわけじゃないわ。あそこの家はヘッジファンドでお金を儲けたのよ。ワイナリーはウォーナー・コルファクスの趣味だってことは、このあたりのひとならみんな知っているわ」

ルーシーは微笑んだ。「クインとジリアンは上質なワインをつくって、コルファクスの名前をラベルに刻むことに興味を持っているとは思わない?」

「いい質問よ。ふたりはワインに興味があるんじゃなくて、ワインカントリーの名士を演じていることが楽しいの。ちなみに、父親のウォーナー・コルファクスの二番目の奥さんも同じよ。ウォーナーが離婚したのは聞いているでしょう?」

「メイソンから」

「父親が自分より若い女性のせいで母親を捨てたとき、クインはひどく怒ったそうよ」テレサは言った。

「最初の結婚のときの子どもは、たいてい二度目や三度目の結婚を受け入れないから。わたし自身がその証拠よ。それに、それがもとで家族に劇的な出来事が起きた例をたくさん目にしているから」

「行方不明の相続人を捜すことを専門にしている探偵社で働いているって、セイラに聞いたわ」テレサの顔が好奇心で輝いた。「おもしろそう」

ルーシーはバーで〝悲嘆にくれる未亡人〟に顔にビールをかけられた場面を思いだした。

「おもしろくないこともあるけど。ねえ、黒のドレスがだめなら、何を着ていけばいい?」

テレサはカウンターの向こうから出てきた。「お勧めがふたつ。どちらも今夜のパーティにぴったりよ」

「よかった。そんなパーティに出るつもりでこなかったから——というか、それを言うならどんなパーティにも出るつもりなんてなかったけれど」

テレサは夏の空が映しだされているような水色の、夏らしく肩先までしか袖がない、膝丈のドレスを持ってきた。「この手のドレスに薄いセーターかショールを羽織るといいわ。日が落ちると冷えこむから」

「靴もいるわね」

「ハイヒールはぜったいにだめ。ワインカントリー・カジュアルはフラットシューズか、ウェッジソールか、サンダルなの。ワイナリーのパーティは全体でなくとも一部は屋外かテラスで開かれるから。とくに、いまの季節は。ブドウ園を歩いたり、機会さえあればその服のままタンク室で働けるように見える格好が求められるの」

「なるほど」ルーシーはテレサの左手の指輪に目をやった。「おばから、あなたが結婚したって聞いたわ」

テレサは笑った。「子どもふたりと、犬二匹と、住宅ローンと夫あり——言っておくけど、必ずしもこの順番どおりにふえたわけじゃないわよ」

「おめでとう。うまくいっているみたいでうれしいわ」

テレサはルーシーを思いやるような顔をした。「あなたが婚約を破棄したことも、おばさんから聞いたわ」

「みんなに言われることだけど、結婚生活がはじまるまえに、うまくいかないのがわかってよかったわ」

「そうよ。ろくでなしだったの?」

「ほかの女性と寝ているところを見ちゃった」

「やっぱり」テレサはうなずいた。「ろくでなしよ。うまくいかなかった実験だったんだって思いなさい」

「失敗であって、実験じゃないわ」

「だめ、だめ」テレサはひとさし指をふった。「何も学ばなかったときだけが失敗だって言うでしょう」

「たくさんのことを学んだわ」ルーシーは言った。「とても高価な心理療法士に六週間もかかったし」

「それで？」

「わたしには他者との関わりあいに問題があるって」

「ばかばかしい」

「つまり、婚約破棄はわたしのほうの落ち度にちがいないって言われているのよね。わたしが相手とうまく関われなかったから、ろくでなしがほかの女性に走ったのだろうって」

「もう一度言うわよ。ばかばかしい。ろくでなしは、ろくでなしでしかないの。変われないのよ。あなたはある時点で婚約者がろくでなしであることを感じ取ったから、うまく関われなかったわけ。意識していたにしろ、無意識だったにしろ、婚約者を試して、疑問が正しかったことが証明されたのよ」

「わあ」ルーシーは感心した。「深い読みだわ、テレサ」

「もちろん」テレサはしたり顔で微笑んだ。「そんなお高い心理療法士になんて通わずに、わたしに相談すればよかったのよ。そうしたら、おあつらえ向きの服を売って、ろくでなしの代わりを探しに行けるよう送りだしてあげたのに」

ルーシーは笑った。「あなたの言うとおりだわ。婚約を破棄したあとのわたしに必要だったのは、心理療法ではなくて、消費療法だったのね。わたしったら、いったい何を考えていたのかしら」

「でも、あなたの男の趣味が飛躍的によくなったのは確かよ」

「どういう意味？」

「舞踏会に連れていってくれるのはメイソン・フレッチャーでしょう、シンデレラ？　すてきじゃない」

「別にデートじゃないから」ルーシーはあわてて言った。

「あら、デートよ。わたしが数えたところでは二度目のデートよね。おばさんの家の暖炉からブリンカーの死体が見つかったとき、メイソンと一緒にいたんでしょ？」

「そうだけど、死体を見つけるのをデートだなんて呼べるかしら」

「つまり、メイソンとのデートは、ほかの男とのデートとはひと味ちがうってことよ。わたしに言わせれば、いいことだわ」テレサは黄昏《たそがれ》のような抑えた色をした二着目のカジュアルなドレスを持ってきた。「暖炉で見つかった死体は間違いなくブリンカーだってわかったの？」

「最終的な判断はまだだけど、ほとんど間違いないみたい。今朝メイソンと一緒に警察で事情を訊かれたとき、ホイッテカー署長は死体がトリスタン・ブリンカーだという前提でいるみたいだったから。ともかく、ブリンカーと同じ年頃の男性の遺体だということは確定したらしいわ。ホイッテカー署長の話によれば、あの年、サマーリヴァー周辺でほかの男性が行方不明になったという記録はないんですって」

「きっとブリンカーよ。ぜったいに」テレサは頭をふった。「あの小柄ですてきだったおばさんが誰かを殺したなんて信じられないけど、彼女がそんな気持ちになったのなら、その相手がブリンカーだったことを残念だとは思えない。いま思えば、ブリンカーが本物のソシオパスだったのは明らかだもの。彼がスコアカード強姦魔だったとしても、不思議でも何でもないわ」

「わたしもそう思う」

「それにしてもなぜセイラはトリスタン・ブリンカーを殺したのかしら。彼がセイラを襲ったんだと思う？　もしかしたらセイラは正当防衛だったのに、殺したのがジェフリー・ブリンカーの息子だったから、警察に連絡できなかったのかも。大切な跡取りがセイラのせいで死んだと知ったら、ジェフリー・ブリンカーはセイラを死ぬほど苦しめたでしょうから。彼にしたら、トリスタンは何も悪いことができない人間に見えていたんでしょうよ」

「理由は永遠にわからないかも」ルーシーは言った。セイラがトリスタン・ブリンカーを殺した理由について、メイソンと一緒に出した結論をここで明かす気にはならなかった——とりあえず、いまのところは。

「でも、町のひとは噂をするでしょうね。間違いなく」テレサは言った。「しかもいま、わたしはあなたがコルファクス・ワイナリーのパーティに着ていく服を選んでいる。気分を害さないでほしいんだけど、ここだけの話で、わたしの好奇心を満たしてちょうだい。どうやって招待状を手に入れたの？」

「ジリアン・コルファクスに招待されたのよ」ルーシーは答えた。

テレサはハンガーとドレスを胸に押しつけて、目を丸くした。

「嘘でしょ。ジリアンに招待されたの？　予想もしていなかったわ。まえに聞いた話では、あなたとジリアンは一緒に行動する仲間ではなかったと思うけど」

「いまでもそうよ」ルーシーはドレスの生地をつかんで、そのやわらかくて、滑らかで、軽い手ざわりを楽しんだ。「でも、あなたが知らないようなら言うけど、わたしはコルファクス社の株式をかなりたくさん相続したの」

「ああ、そのニュースも町じゅうに広まっているわ。それなら、今夜はメイソンに付き添ってもらったほうがいいわね。見守ってくれるひとが必要だし、メイソン以上にその役割にふさわしいひとはいないから。みんながメイソンのことを何と言っていたか知っているでしょう?」

「〝メイソン・フレッチャーには手を出すな〟」ルーシーは穏やかに言った。

「そのとおり。あなたも知っているでしょうけど、コルファクス家はメアリーがセイラに株式を遺して、それがいまはあなたのものになったと聞いたとき、とても驚いて激怒したそうよ。ほら、大きな合併だか買収だかの話が出ているって知っているでしょ?」

「聞いたわ」ルーシーはうなずいた。「この黄昏色のドレスにするわ。もちろん、ショールと靴も」

「アクセサリーとして、銃とホルスターも必要じゃない?」テレサが言った。「メイソンとふたりでOK牧場の決闘に出かけていくようなものだから」

「心配しないで。ちゃんとワインカントリー・カジュアルに装って行くから」

13

〝これはデートじゃない〟

メイソンはハーヴェスト・ゴールド・インの階段の下に立って、おりてくるルーシーを見つめていた。そして一日じゅう自分に言い聞かせていた言葉を、心のなかでくり返した。〝これはデートじゃない。ルーシーがパーティに行くのを止められなかったし、ひとりで闘技場に行かせるわけにもいかないからついていくのだ。これはデートじゃない〟

だがそのいっぽうで、ぜったいにデートだとも、ルーシーとの二度目のデートだとも感じていた。ずっと消えない期待で、一日じゅう血が沸き立っていた。夜が待ち遠しくてならなかった。その夜がきて、自分はここを訪れ、ルーシーを待っている。

膝丈のミニドレスを着たルーシーが滑るように階段をおりてきた。襟ぐりは控えめで、ごく短い袖から、形よく丸みを帯びた腕が伸びている。細いベルトを締めているせいで、ほっそりとした腰が際立っていた。かわいらしい小さなウェッジサンダルをはき、携帯電話とクレジットカードくらいしか入らなそうな小さなバッグを斜めにかけている。アクセサリーは上品な金のイヤリングと、小さな金のブレスレットで、腕に白いショールをかけていた。けばけばしくもなければ、派手でもないが、そのすべてが落ち着いた女性らしい自信を感じさせる雰囲気を醸しだしていた。

「決まっているな」メイソンはにっこり笑って言った。

「ありがとう」ルーシーは小さく回転してみせた。「〈テレサズ・クローゼット〉のテレサ・ヴェガに選んでもらったの。旧姓だとテレサ・アルバレスよ。覚えている？」

「ああ。いい子だった。眼鏡をかけていた。いつもワークブーツに黒いロングドレスみたいな変わった格好をしていた」

「あれはゴス（ヘビーメタルとパンクを融合したスタイル）期だったのよ。もう卒業したわ」

「それでよかったんじゃないか。ゴスとワインカントリー・カジュアルの組みあわせは想像がつかない」

ルーシーは笑って、きびきびとドアのほうに歩いていった。「わたしの車で行きましょう」ちっぽけなバッグに手を入れて、キーを取りだした。

メイソンはルーシーに追いつき、腕をつかんでわざと引きとめ、ロビーの真ん中で止まらせた。

「そう言ってくれるのはありがたいけど、運転していきたいから、おれの車で行こう」

ルーシーは目をしばたたいたが、反対はしなかった。メイソンはドアを開けると、夏の夜のなかにルーシーを連れだした。一日じゅうしつこく付きまとっていた期待がいったい何だったのか、急にわかった。これこそ、今夜行きたいと思っていた場所なのだ――この女性と一緒に。

メイソンはホテルの入口のまえに停めておいた非常に洗練された黒い車の鍵を開けた。

ルーシーは驚きを隠しもせずに、メイソンを見つめている。

「トラックで行くんじゃないの?」ルーシーは訊いた。

「今夜はね。また別の機会にはトラックを使うかもしれないが」

「すてきな車ね」本気でほめているのが言葉から伝わってくる。「警備コンサルティングって、儲かるのね」

「犯罪関係を扱う事業でひとつ言えることは――とても安定している」

「これはレンタカーではないし、フレッチャー・コンサルティングはワシントンDCにあるんでしょう。この車を運転して、アメリカを横断してきたわけじゃないでしょうね」

「推理が得意だな。そう、この車で横断してきた。考える時間が欲しかったから。州間自動車道の長い道のりは考えごとをするのに最適なんだ」

ルーシーは興味をそそられた目ですばやく彼を見たが、それ以上は訊かなかった。

メイソンはドアを開けて、ルーシーが助手席に滑りこむ様子を見つめた。自分のすべてがざわめいている。丈の短いサマードレスを着た女性が何だというのだ? いや、ちがう。サマードレスを着たルーシーが何だというのだ？

ルーシーが何だというのだ？

くそっ。本当はわかっているんだ。

それに、そんなことはどうだっていい。男は生涯でそう何度もこういう夜を経験できるものではない。パーティで探偵の真似ごとをするルーシーを見守って、こんな機会を無駄にするなんて本当にもったいない。だが、都合の悪いことに、ルーシーはすっかりその気になって燃えているのだ。

燃えているのはこちらも同じだが。

メイソンは何とかその火を踏み消して、きつくドアを閉めた。そして運転席のほうに歩いていって、ハンドルを握った。

「ワシントンDCから時間をかけて運転してきたあいだ、何を考えていたの？」

「いろいろと」メイソンはエンジンをかけて、バックで駐車スペースから車を出した。

そのとき、ルーシーの携帯電話が鳴った。メイソンはほっとして小さく息をつき、話が中断されたことをありがたく思った。ルーシーがいったん何かの問題について質問をはじめたら、なかなか終わらせてくれない気がしたのだ。

ルーシーは小さなバッグから携帯電話を取りだして、画面を見た。そして、また小さなバッグに戻した。

「会社からだったわ」ルーシーは言った。

「ブルックハウス・リサーチ？」

「いいえ。インターネットの結婚情報サービスの会社。コンピュータが候補者をはじきだすと連絡があるの」

メイソンは話が中断されたことが、急にありがたくなくなった。

「そうなんだ？」彼は自分が歯を食いしばりながら話しているのに気づいていた。「よく連絡がくるのか？」

「きょうは二度目」

メイソンは何とか平静を保とうとした。

「いい出会いはない？」

「いまのところ、ピンときたものはないわ」

「ああ、他者との関わり方に問題があるからね」

「そのとおり。でも、わたしの条件はいいみたいよ。独身で、それなりの教育を受けていて、結婚歴がなくて、扶養する子どももいないし、いい仕事に就いていて、とても健康。ちなみに、いい仕事に就いているというのは、かなりの強みみたい」

「そうなのか？」

「女は稼ぎのいい男を好むっていうでしょう。だけど、逆もまた真なりだとわかったわ。高給取りの女性を探している男性がどれほどいるか知ったら、きっと驚くわよ」

そろそろ話題を変えたほうがよさそうだ。

「今夜の計画はあるのかい？」メイソンは訊いた。

「具体的にはないわ」ルーシーはメイソンに目をやった。「今夜のパーティは情報収集の場だと思っているから」

「〝情報〟というのは、最初に頭に浮かんだ言葉じゃなかったな。誰に訊いたって、コルファクス家はヘビの巣みたいだと言うに決まっている。多少なりとも正気だったら、避けようとするはずさ」

「こんなふうに考えてみて」ルーシーは言った。「コルファクスの家族どうしの関係についてもっと詳しい情報を集める場にするの」

「本気で、コルファクス家の誰かがセイラとメアリーを殺したと思っているのか？」

「まだ確信はないけど、全員に動機があるし、セイラおばさんとメアリーが死んだのが、合併話をめぐる家族内の争いがはじまった時期と一致しているのが、偶然とは思えなくて」

「確かに、コルファクス社の株式は動機になる」メイソンも同意した。「だが、ここで頭に入れておくべきなのは――今回の件に殺人犯が関わっているとしたら、いまひどく腹を立てているだろうということだ。計算が狂ったわけだから。株式がきみの手に渡るなんて、彼は思いもしなかっただろうからね」

「〝彼女〟かもしれないわ」ルーシーは言った。

「何だって？」

「あなたが犯人のことを〝彼〟と呼んでいたから。女性だって殺人を犯すわ」

メイソンはハンドルを握りしめた。「そんなことは、おれだってわかっている。言いたいのは、おれの経験では、暴力的なソシオパスが腹を立てたら、とても危険だということだ」

「わかっているわ」ルーシーは答えた。「でも、これはセイラおばさんのためなのよ。十三年まえ、セイラおばさんはわたしを守るためにはやるしかないと思ったことをしてくれた。だから、今度はわたしが自動車事故の真相を探る番なの」

メイソンはしばらく何も言わなかった。それから、息をゆっくり吐いた。

「わかったよ」

ルーシーは弱々しく微笑んだ。「そう言ってくれると思ってた」

その後は黙ったまま、ルーシーはフロントガラスの向こうの道路を見つめている。メイソンには彼女の意志の強さが波のように伝わってきた。どうしたって止められない。言い争っても無駄だ。

車は町の中心を通り、木々が並ぶ広場の正面に立つさまざまな専門店や小さいながらも混雑しているレストランのまえを通りすぎた。

「おれもきょうは自分で少し調べてみた」しばらくたってから、メイソンが口を開いた。

「どんなことを?」

「スコアカード強姦魔の事件だ。当時の推理だと、ブリンカーは単独犯ではなかった」

「共犯者がいたの?」

「見張りをさせるために、誰かを引きこんだのかもしれない。あるいは、レイプしている現場を撮影させたのかも」

「何てこと。本格的に撮影していたなんて思いもしなかった」ルーシーは言った。「ブリンカー自身があらかじめカメラを用意して記録したのだと思っていたわ」

メイソンはリヴァーロードに入るために、ギアを入れかえた。

「おれが読んだ報告書に、当時事件を担当していて、その後退職した刑事のひとりが、少なくとも何本かの動画に、同じ部屋にほかの人間がいたことを示す証拠を間違いなく見つけたと書いているんだ。たいていは影だったみたいだが。動画はすべてネットから削除されているから、もう確認はできない」

「被害者は何と言っているの?」

「幻覚剤の一種でかなりぼうっとしていたらしい。だから記憶はあてにならない。だが、ふたりが現場にはほかの人間もいたと証言している」

ルーシーは胸の下できつく腕を組んだ。「ブリンカーは誰も想像できないほど卑劣な男だったのね。警察は共犯者の線を追ったの?」

「ああ。でも、どこにもたどり着かなかった。ブリンカーが姿を消したあとは、動画もインターネットにのらなくなった。捜査は急に進まなくなった」

「ホイッテカー署長は再捜査するかしら？」

「いや、スコアカード強姦魔の犯行はサンフランシスコ湾岸地域で起こったことで、サマーリヴァーではないからね」

「もしかしたら、ブリンカーはこの町の最初の被害者にわたしを選んだのかも」

「そうだとしたら、パターンが少し変わっている。ほかの被害者は全員大学生くらいの齢だった。でも、きみは当時まだ高校生だった」

「もっと若くて、弱い女の子を狙いたかったのかも」

「可能性はある。連続強姦魔は連続殺人犯と同じように、より暴力的になる傾向があるからな。どちらにしても、ホイッテカーはおれがブリンカーの死について話したシナリオに納得しているようだった」

「ブリンカーがセイラおばさんを襲ったというやつね。おばさんが反撃してブリンカーを殺してしまい、殺人罪で逮捕されることを恐れて死体を隠したという」

「その推理にはひとつだけ難点がある。セイラはほかの被害者たちの特徴と一致しないんだ。ホイッテカーも気づいているが、追及しないだろう。得るものが何もないわけだからね。迷宮入りだった事件を解決して手柄を挙げるほうがずっと簡単だ」

「でも、本当に共犯者がいたら？」ルーシーは訊いた。

「ホイッテカーには、ほかにも心配しなければならない急を要する事件がある」

「わたしもよ」ルーシーは言った。「セイラおばさんとメアリーに本当は何が起きたのか探らなきゃ」

「わたしたちも、だ」メイソンが言った。

「何ですって？」

「わたしたちはセイラとメアリーに何が起きたのか、探らなければならない。きみひとりが事件を調べるわけじゃない」

ルーシーは考えこむように、メイソンを長々と見つめていた。それから弱々しく微笑んだ。

「ありがとう」

14

コルファクス・ワイナリーは昔の地中海沿岸にあった邸宅を見事に再現していた。木が点々と生えている丘の斜面に立っており、ブドウ畑と川を見おろせる。誕生パーティは日に灼《や》けた黄土色や暗赤色に塗られた立派な板張りの試飲室で開かれていた。フレンチドアになっている壁が開け放たれ、客たちが広いテラスに出られるようになっていた。

ルーシーは客の多さには驚かなかった。ウォーナー・コルファクスと家族は、選ばれた人々が集《つど》うワインカントリー社会に仲間入りしたのだから。そのワイナリーで催される行事に招待されることは、この町ではステータスシンボルなのだ。

ふたりはにこやかなジリアンに挨拶をされると、すぐさま特別にあつらえた半袖のスポーツシャツと、光沢のあるカントリークラブ風のスラックスをはいた中年男性のもとに連れていかれた。これが男性のワインカントリー・カジュアルなのだと、ルーシーは納得した。

「義父に会ったことは？」ジリアンは訊いた。

陽気な声は変わっていなかったが、ルーシーが今朝気づいたジリアンの緊張は、彼女の目尻と口もとに永遠に刻まれたらしい。

「いいえ」ルーシーは言った。

「おれたちとは別世界のひとだから」メイソンが付け加えた。

ジリアンはメイソンのそっけない口調を無視して、人混みのなかを通り抜けていった。

ウォーナー・コルファクスは背が低く、頭がはげていて、背中と胸と腹にいくぶん肉がついている。だが、その欠けている容姿の魅力を、隣に立っている、ウォーナーよりかなり年下で背は間違いなく高い美女が、充分すぎるほど補っていた。

「あれが新しいミセス・コルファクスだな」メイソンが言った。

「そうよ」ジリアンの声は冷ややかだった。「アシュリーというの」

ジリアンはウォーナーのまわりに集まっている小さなグループのまえで足を止めた。そして義父に明るく笑いかけた。

「お義父《とう》さん、お話し中にすみません」ジリアンは少しもすまないと思っていないような口ぶりで声をかけた。「ルーシー・シェリダンとメイソン・フレッチャーがきてくれたことをお知らせしようと思って。今夜ふたりがきてくれて、家族みんながとても喜んでいるわけですもの」

ウォーナーが顔を向けたことで、ルーシーは初めてはっきり彼の顔を見た。ウォーナーは想像していたような、ひとあたりがよくて口がうまい、洗練された営業マンという感じではなかった。気さくで、ひとをなごませるようなやさしさでもって、挨拶してきたのだ。彼はルーシーを見ると、あたかも本気で会えたことを喜んでいるかのように、グレーの目を輝かせた。

だが、じっくり観察すれば、その陰で冷ややかな値踏みがなされていることがわかる。間違いない。ウォーナー・コルファクスはこちらを操る方法を見つけようとしているのだ。

結局のところ、本当に優秀な営業マンとはそんなものなのかもしれない。

ルーシーは、〝おめでとうございます。あなたは長いあいだ消息がわからなかった、莫大な遺産の相続人です〟と告げるときの、とっておきの笑顔を見せた。

「ルーシー・シェリダン、よくきてくれたね」ウォーナーはそう言うと、急に厳かな顔になった。「きみのおばさんが亡くなったと聞いて、本当に残念だった。おばさんのことはそれほどよく知らなかったが、それでも姉とのつながりで、何度か会っていたから。セイラとメアリーは個人的にも仕事の面でも非常に親しかった」

「ありがとうございます」ルーシーは言った。「メアリーのこと、お悔やみ申しあげます。ふたりが亡くなって、本当に寂しいです」

「ありがとう」ウォーナーの顔に温かな笑みが戻った。彼は計算高そうな目をメイソンに向けた。「きみと会うのは初めてだと思うが、おじさんのことは知っているよ。町でときどき会うからね」

「小さな町ですから」メイソンは言った。

ウォーナーは含み笑いをした。「確かに。今夜はきみたちふたりがきてくれて、とてもうれしいよ」

ふたりの男は握手を交わした。ウォーナーは支配欲をあらわにした冷ややかな様子で、妻の肩に触れた。

「妻のアシュリーだ」ウォーナーは言った。

「ルーシー」アシュリーは紹介されたことに気づいて微笑んだ。

夫とちがい、アシュリーは冷ややかで堅苦しく、よそよそしかった。すっとした優雅なあごをたどって気高い鼻を見ていくと、美しくメイクを施した茶色い目がどこか不安そうだった。アシュリーとジリアンには共通点があった。ふたりとも神経をとがらせており、何かに怯えているようにさえ見えるのだ。

だが、アシュリーはメイソンに目を向けると——一瞬のうちにみるみる——氷のようだった仮面がはがれて、愛想がよくなった。

「メイソン、いらしてくださってうれしいわ」アシュリーはもう一度にっこり笑い、今度は何とかルーシーにもその笑顔を向けた。「ふたりとも、わたしと一緒にきて。今夜みなさんにお出ししているウォーナーのすばらしいリザーヴ・ワインを飲んでいただきたいから」

アシュリーは先に立ち、磨きあげられた長いバーカウンターに向かって人混みを縫っていった。ルーシーがあとをついていくと、メイソンもすぐうしろにぴったりくっついて歩きだした。今夜はぜったいにそばを離れないとはっきり示しているメイソンの態度は、どこか親しげで、守ろうとしてくれているようだった。

身体が触れそうになるほどメイソンが近くにいると思うと、ルーシーは少しだけどきどきした。車まで連れていかれた際に、力強い手で腕をつかまれたときもうれしかった。すごく。それに、メイソンのにおいも好きだった。清潔で男らしいにおいにアフターシェーヴ・ローションの香りがかすかに混じっている。

メイソンは人混みのなかで目立っていた——少なくとも、ルーシーには目立って見えた。おそらく、この部屋にいる男性客の多くは、社会や政界でのつながりや金によって得た力を行使しているにちがいない。けれども、メイソンにはそれとは異なる力があった。肉体的な力だけではない。いざというときに頼れる力なのだ。メイソンの強さには名誉とか勇気とか決断といった古風な美徳が染みこんでいる。彼はいつだって自らの行動の責任を取る男だった。ルーシーは十代のときでさえ、メイソンの精神力を感じ取っていた。あの頃も頼りになったが、いまはさらに強さを増している。

こっそりとメイソンを観察しているほかの客たちの様子から、その多くがあのメッセージを感じ取っているのが伝わってきた。〝メイソン・フレッチャーには手を出すな〟男たちのなかにはメイソンを値踏みするような目で見る者もいた。おそらく、直感が何を告げようとも、金とコネさえあれば、この部屋では上位の立場を保てると、自らに必死に言い聞かせているのだろう。いっぽう女性客はメイソンをまったくちがう目で見ている。好奇心から慎重に隠した性的な興味まで、あらゆる表情がその目に浮かんでいるのだ。

メイソンに対するほかの人々の反応を分析するのは、気持ちをかき乱すルーシー自身の反応を理解するよりずっと簡単だった。最近のめまぐるしいデート活動のなかでも、とても感じがよく、とても興味を引かれる男性は何人かいた。紹介されたうち、数人とはうまくいってもおかしくなかった。少なくとも、その関係がもう少し先に進めそうなところまで実を結ばなかったことを残念に思ってもいいはずだった。だが、ルーシーはあらかじめ段取りが組まれたデートを終わりにするたびに、落胆するのではなく、ほっとした。もちろん、何度か泣いたことはあったが、そのいちばんの理由は、心の奥底では関係がいつもうまくいかないのは自分のせいだとわかっていたからだ。

他者との関わりあいの問題だ。

それが、今夜になって思いがけない発見をした。自分はずっとメイソンのような男性を探していたのだ。

もしかしたら、ドクター・プレストンと連絡を取って、殺人の可能性がある事件を調べている真っ最中に、大きな変化が起こったと報告すべきかもしれない。いや、それはいい考えではないだろう。ルーシーは思い直した。ドクター・プレストンの世界では、他者との関係を恐れる普通の患者より、陰謀説を唱える患者のほうが重症だと考えるだろうから。

　ルーシーはひとりで笑った。

　メイソンが鋭い目で見た。「何だい？」

「何でもないわ」ルーシーは小声で言った。「ちょっと思いだしただけ。気にしないで」

　アシュリーは長いバーカウンターのまえで足を止めて、ケータリング業者の制服を着ていないふたりの女性のうちのひとりに声をかけた。

「ベス、特別なふたりのお客さまにリザーヴを注いでくれる？」アシュリーは言った。

　ベスがふり返った。ショートカットにした癖のある茶色の髪が、きつい目鼻立ちを縁取っている。彼女は黒縁の眼鏡の向こうから、世界を見つめていた。ルーシーはその顔に見覚えがあった。

　メイソンを見たとたん、礼儀正しく微笑んでいたベスの顔がうれしそうに輝いた。

「メイソンじゃない！」ベスは叫んだ。「覚えている？　ベス・クロスビーよ。久しぶりね。あなたが町に戻ってきていることは聞いていたけど」

　メイソンはにっこり笑った。「また会えてうれしいよ。目指していたワインづくりの仕事に就けたようだね」

「ええ。コルファクスでワイン醸造士として働いているの」ベスの熱心な口調には誇りが感じられた。ベスは栓を抜いた瓶を手にして、メイソンとルーシーのところに持ってきた。

「メイソン、あなたが町に戻ってきているという話は聞いていたの。お店に寄って挨拶したかったけど、最近はとんでもなく忙しくて。だから、ここであなたに会えて本当にうれしいわ。どうしているの？」

「悪くないよ」メイソンは答えた。「ルーシー・シェリダンのことは知っている？」

「こんばんは、ルーシー」ベスはにっこり笑って、ふたつのグラスに赤ワインを注いだ。「たぶん、紹介してもらわなかったら、あなただと気づかなかったと思うわ。当時は町で何度か顔をあわせたと思うけど、その程度だったから」

「ええ、覚えているわ」ルーシーは言った。「こうしてまた会えてうれしいわ」

「あなたのおばさんのことはよく知っていたの。アンティークのワインづくりの道具を集めていたから。セイラはとても素敵な道具を見つけてくれたのよ。そのうちのいくつかは、ミスター・コルファクスに許可をもらって、タンク室に飾ってあるの。観光客は古いものが好きでしょう。事故のことを聞いて本当に残念だったわ」

「ありがとう」ルーシーは答えた。あと何回こう答えることになるだろう。「このワイナリーですばらしい地位に就けてよかったわね」

「ありがとう」ベスは誇らしげに微笑んだ。「ミスター・コルファクスが機会を与えてくれなかったら、ここにはいられなかったの。学校を卒業したばかりのわたしを雇って、お願いした最新式の道具をすべて購入してくれたのよ。才能のある人物を雇うときには、いつも自分の直感を信じるんだと言って」

「ウォーナーの醸造士選びは正しかったというわけ」アシュリーは少しじれったそうだったが、微笑みは浮かべたままだった。「このリザーヴはこれまでのところベスの最高傑作なの。これでワイン業界でもコルファクスの名前が知られるようになると、ウォーナーは確信しているわ」

「飲んでみて」ベスは瓶を置いて、期待に満ちた様子でふたりの反応を待った。

ルーシーは脚が長いワイングラスを手にした。

「わたしはワイン通じゃないから」ルーシーはあらかじめ言っておいた。

「おれもだ」メイソンも言った。「これがビールだったら――」

ベスは笑った。「さあ早く、リザーヴを試してみて」

ルーシーは忠実にワインを試飲するときの手順を守った。ワインが入ったグラスをそっとまわし、においをかいで、こわごわと口につけた。舌の上にのったワインの味はとても豊かで謎めいていた。

「おいしい」ルーシーは感想をもらした。

「まだ少し若いけれどね」ベスが付け加える。「でも、すべてがそろっている。いまでもすばらしい味だけど、あと二年置きたいところね」

「ワインの魔法ね」ルーシーは微笑んだ。

「魔法じゃないわ」ベスは言った。「現代のワインづくりは科学なの。よかったら、そのうちワイナリーを案内するわ。大歓迎よ」

「ありがとう」ルーシーは言った。「おもしろそうね」

アシュリーは見るからに痺《しび》れを切らしていた。「テラスに出ましょう。外のほうが話しやすいから。ここだと、まわりがうるさすぎて」

ふたたび、ルーシーとメイソンはアシュリーのあとをついて人混みのなかを歩いた。ランプが灯された広いテラスには大勢の人々がいて、あちらこちらで数人ずつ集まっている。アシュリーは対象物を追尾している誘導ミサイルのように歩きつづけ、誰もいない隅を見つけた。そしてやっと足を止めると、突き刺すような目でルーシーを見た。

「あなたがコルファクス社の株式を手にしたのを知って、家族全員が動揺していることはもう気づいているわよね」アシュリーは言った。

「わたし自身も少なからず驚いているんです」ルーシーは言った。「でも、それよりもおばとメアリーが死んだことに動揺していて」

アシュリーの上品な口もとが引きつった。「悲しい事故だったわね。知っていると思うけど、わたしはこの家にきて間もないの。ウォーナーと結婚してからまだ一年たっていないわ。だから、残念ながら、あなたのおばさんとは知りあう機会がなかった。わたしはアンティークに興味がないから。もちろんメアリーとは会ったことがあるけど、それも二回だけ」

背の高い男が影のなかから現れた。「だから、メアリーが株式をセイラ・シェリダンに遺したことは誰も知らなかった」

朗々とよく響く声だった。おもしろがっているようだ。

「セシル」アシュリーは男を見てほっとしたようだった。「紹介するわね。ルーシー・シェリダンと、お友だちのメイソン・フレッチャーよ。ルーシー、メイソン、こちらはセシル・ディロン。コルファクス社のCEOよ」

「初めまして」セシルは言った。

彼だったら、映画でもCEOの役ができそうだとルーシーは思った。背が高くて、髪は黒く、彫刻のごとく整った顔立ちに、ジムで鍛えたような引き締まった体。それに何事も決して見逃さないと言いたげな鋭い目をしている。

セシルはルーシーにやさしそうに微笑みかけると、少し長すぎるくらいに手を握った。

だが、メイソンのほうを向くと、その表情が冷ややかで堅苦しい事務的なものに変わった。男たちの握手は短くそっけなかった。群れを支配するオスどうしが互いを認め、器量を探りあっているのだ。

「同族会社を経営するために、外部からCEOを連れてくるのは一般的なことですか?」

ルーシーはわずかに緊張した雰囲気をやわらげようとして訊いた。

セシルはルーシーを見て微笑んだ。「一般的な企業と同じで、家族以外の人間に経営をまかせる同族会社は多いですよ。経営者としての責任を引き受けるのに適した家族がいない場合もあれば、家族の誰もその仕事をやりたがらない場合もある。人間関係というのは、なかなか厄介だから。日々の決定を下す人間が身内でないほうが、誰にとっても楽な場合が多い」

「なるほど、道理にかなっていますね」ルーシーはうなずいた。

「でも今度初めて、家族以外の人間が役員に加わることになるわ」アシュリーは値踏みするような目でルーシーを見た。「そうなると、家族内の人間関係がおもしろいことになるでしょうね。合併が議題にあがっていることは知っている？」

「聞いています」ルーシーは答えた。

「この機会を使ってあらかじめ言っておきますけど、コルファクス家は合併話を受けるという賢明な選択について、大きく意見が割れているの」アシュリーは言った。「どうやらその決定権を握っているのが、あなたが持っている株式のようよ」

「はい、そこまで」セシルが片手をあげた。「これは誕生パーティだよ。今夜は仕事の話はやめよう。合併話の賛否両論については、また別の機会にルーシーに話しておくから」

「そうね」アシュリーは引き下がった。「時と場所を間違えたわ。ただ、合併の話はここ数週間みんなの頭を離れない問題なの。もう決着がついたはずだったのよ。それが、いまはすべてが混乱してしまったから」

そのあとはセシルが引き取った。小さいけれど効果的な仕草で、アシュリーの腕に触れた。落ち着くように注意を促したのだ。アシュリーの気持ちが張りつめているのは、誰の目にも明らかだった。

「アシュリー、もうそのくらいでいいだろう」セシルは言った。「そろそろ、ほかのお客さまのところに戻ったほうがいい。こういう催しのとき、ウォーナーはきみを隣に置いておくのが好きだから。ルーシーには別の機会をもうけて状況を説明するよ」

「ええ、わかったわ」アシュリーは見るからにかなり無理をして気持ちを落ち着けると、メイソンに明るく微笑んだ。「ふたりとも、またあとで。パーティを楽しんでね」

　アシュリーはすばやく背を向けると、人混みに消えていった。

「アシュリーを許してやってほしい」セシルはルーシーに言った。「家族のなかで、いろいろぴりぴりしているんだ――いつものことだが。合併の話が持ちあがったことで、さまざまな問題が表面化した。そしてメアリーが亡くなり、彼女の所有していた株が家族以外の人間に渡ったことが明らかになって、さらに問題が複雑になった。メアリーは株式以外の遺産をすべてクインに遺した。その大部分がこの周辺の土地で、まだワインカントリーの地価が安かった何年もまえに購入したものだ」

「合併についてメアリーがどう考えていたのか、わかっているんですか？」メイソンが尋ねた。

「メアリーは会社についてはあまり関心がなかった」セシルは言った。「ただ役員会で意見が割れたときは、いつもクインに同調していた。そして、たいていの場合、クインは父親に賛成していた」

「でも、今回はちがう？」ルーシーが訊いた。

「そう。ウォーナーはなおも感傷的な理由で合併に反対している。コルファクス社はウォーナーがつくった会社だ。彼が一から立ちあげた。だが、いまはもうあまり身を入れていない。最近はこのワイナリーに情熱を注いでいる。ウォーナーが上層部から身を退いたら、コルファクス社が勢いを失うのは時間の問題だと、私は案じている。会社を成功させたのは、投資に対するウォーナーの直感なんだ。残念ながら、家族のなかにウォーナーに取って代われる人物はいない。ウォーナーみたいな市場に対する勘を持っている人間はいないんだ。関係者の誰もがわかっている」

「あなたは？」メイソンが訊いた。

「私も勘は悪くない」セシルは自信たっぷりに、片方の肩を小さくすくめた。「かなりいい線をいっていると言ってもいいだろう。だから、ウォーナーに引っぱってこられた。だが、市場を長期的な視野でとらえることにかけては、ウォーナーは天才だ。それでも、困ったことに彼はもう投資に関心がない。悲しいが、それが現実だ。ウォーナーが日常的に指揮を執らなくなったら、会社を動かしている車輪はいずれはずれてしまう。ウォーナーは頑固だが、現実的な男だ。最終的には家族にとって最もよい方法を選んでくれると信じている」

「合併を承諾するということですか？」ルーシーは尋ねた。

「そのとおり。合併に応じれば、ウォーナーは頂点に立ったまま引退できる。伝説に傷がつくことはない。それに家族も全員――ルーシー、きみもだ――大きな利益を得て会社を離れられる。かなりの利益というのは、株主ひとりにつき数百万ドルという額だ。だが、ここで話を続けたら、パーティでは仕事の話をしないと決めたルールを自分で破ってしまうな。きみさえよければ、都合のいいときに腰を落ち着けて、説明するよ。決断するまえに、実情をすべて知っておいたほうがいいだろう」

「わかりました」ルーシーは答えた。

セシルは携帯電話を取りだして、画面を二度叩いた。「明日の午前十時はどうだろう？」

ルーシーは携帯電話を出すことさえしなかった。「ごめんなさい。いまは忙しいんです」にっこり笑って返した。「暖炉から死体が見つかって、いろいろ厄介なことになってしまって」

セシルはたじろいだ。「なるほど。今週の後半はどうだい？　私はサマーリヴァーにオフィスがなくてね。この家の離れに泊まっている。でも、問題はない。パソコンさえあれば、用は足りるから。アシュリーからきみはハーヴェスト・ゴールド・インに泊まっていると聞いた。ホテルのほうが都合がよければ、私が行ってもかまわない」

「いや」ルーシーに返事をする暇を与えずに、メイソンが答えた。メイソンはルーシーをじっと見た。「あそこだと人目がある。きみの部屋を使わないかぎり」

メイソンは言葉をにごしたまま、言葉を切った。だが、そのあとを続ける必要はないと、ルーシーは判断した。部屋でセシルとふたりきりで会うのはよくないなどと言う必要なんてない。セシルもそんなふうに指摘される必要はないだろう。

セシルは咳ばらいをした。「広場でコーヒーでも飲みながらというのは、どうだろうと思っていたんだが」

ルーシーはいら立ちを抑えて、明るくセシルに笑いかけた。「いいですね。腰を落ち着けて説明をうかがえる時間ができたら、ご連絡します」

メイソンはうれしくなさそうだった。いっぽう、セシルは明らかに満足したようだった。

「それはいい」セシルは携帯電話をポケットにしまった。「ルーシー、会えてよかった」メイソンにはごく小さく会釈した。「フレッチャー、きみとも」

セシルはふたりに背を向けると、くつろいだ様子で人混みのほうに歩いていき、あちらこちらで立ち止まって話をしながら試飲室のなかに消えていった。

「もう二度とあんなことはしないで」ルーシーはきっぱりと言った。

「何のことだい？」メイソンはセシル・ディロンが消えていったドアのほうを見ながら訊いた。

「ビジネスの話をしているときに、じゃまをしないで」

「あの男はきみの寝室でビジネスの話をしようとした」

「そんなことないわ。くだらない結論に飛びついたのはあなたでしょう。ちゃんと認めて」

「くだらない？」

「もう、いいかげんにして。ディロンはコルファクス社のCEOなのよ。彼の話を聞いていたでしょう。何百万ドルもの大金がかかっている話なの。彼は合併に賛成させたいのよ。狙いはそれだけ」

「どうしてわかる？」

「もちろん、お金がからんでいるからよ。それだけの大金が関わってきたら、誰でも普通はお金のことしか考えないわ」

「普通は？」

「何ですって？」

「きみは大金が関わってきたら、誰でも普通はお金のことしか考えないと言った。ということは、その法則にも例外はある？」

ルーシーは口ごもって肩をすくめた。「ときには感情が金銭欲に勝ることもあるでしょうね。めったにないけど、まったくないわけじゃない。でも、今回はちがうわ」

「どうして、そう言い切れる？」

「ディロンはコルファクス家の人間じゃないから。いまの彼にとって重要なのはお金だけ。合併が決まったら、彼にも大金が転がりこむにちがいないわ」

「だから、ディロンが関心を持っているのは合併を成立させることだけだと？」

「ええ。それもかなりの関心をね」

「つまり、持ち株をすべてクインに売るか、あるいは合併に賛成票を投じさせようと、きみに強く迫ってくるということだ」

「そうだとしても、わたしひとりで対処できるわ。これまでも圧力がかかる状況は何度も経験しているの。専門家として法廷で証言したこともあるし、遺産相続で正当な取り分を受け取っていないと考えて怒っている相続人に相対したこともある。不当に扱われていると思いこんでいる相続人ほど、腹を立てている人間はいないのよ。わたしはもう十六歳の女の子じゃない」

　メイソンはたじろいだ。「すまない」

「あなたがそうせずにはいられないことはわかっているわ」ルーシーはメイソンの腕を叩いた。「よかれと思ってしていることも」

　メイソンは自分の腕に触れているルーシーの指を見おろした。顔をあげると、彼女の目には険しい警告が浮かんでいた。「おれがきみのビジネスの話をする場所を勝手に決めない代わりに、きみもおれに対して犬のようにぽんぽん叩くのをやめてもらえるとありがたい」

ルーシーはメイソンの腕に置いていた手を引っこめた。「そうね。ごめんなさい。わたしたち、お互いにきつく言いすぎた?」

「そう思う」メイソンは言った。

「今夜はお互いに少し気が張っているのかも。わたしたちが喧嘩《けんか》しても仕方ないのに」

メイソンが答えるまえに、嘲《あざけ》るような男の低い笑い声がした。すると、ブドウの蔓《つる》がからまった格子の陰から、クイン・コルファクスが現れた。

「そんなのが喧嘩だって?」クインは言った。「おれの家の喧嘩とは比べものにならないぜ。コルファクス家の争いを見て初めて、家族の確執がどんなものかわかるんだ」

少しろれつがまわっていないようだった。手にしているワインは、今夜飲む一杯目でも二杯目でもないにちがいない。もっと早い時間から飲んでいたのだ。だが、クインは何とかまっすぐ歩いてきた。

ルーシーが見たところ、クインはこの十三年であまり変わっていなかった。クインは父親ではなく母親に似ていると誰もが言う。最初のコルファクス夫人は、焦げ茶色の髪と茶色の目と、線の細い華奢《きゃしゃ》な顔立ちを息子に伝えたようで、ルーシーは十九世紀の画家が描いた肖像画を思いだした。また人々がクイン・コルファクスについて話していたことも思いだした——クインにはつば競りあいの激しい世界はあわないということを。

メイソンはクインが手にしている、中身が半分まで減ったグラスに目をやった。「いつから聞いていた?」

クインは肩をすくめた。「セシルとあの女がルーシーを味方に引き入れようとしていたのは聞いたよ」にやりとして、ルーシーを見た。「セシルはできるだけ早く、あんたと取引しようとするぞ」

「何か問題でも?」ルーシーは訊いた。「ジリアンから聞いた印象だと、あなたたち夫婦はどちらも合併に賛成しているようだったけど」

「はっきりさせておくが——ジリアンが言っていることは、ジリアン本人の考えであって、おれの考えじゃない。セシルとあの女もそうだ。全員にそれぞれの思惑がある」

「あんたの思惑は?」メイソンが訊いた。

クインが得意げに笑った。「フレッチャー、おれがあんたに話すと本気で思っているのか?」うしろを向いて歩きかけたが、立ち止まってふり返った。「そうだな、あんたは昔なじみだし、ルーシーのことが気になるみたいだから、ちょっとした正直な助言をしてやるよ」

「助言ってどんな?」ルーシーが尋ねた。

「できるだけ早くコルファクスの家族に株を売って、サマーリヴァーから離れることだ。コルファクス社のなかで起きていることに巻きこまれたくないだろう」

「脅しか?」メイソンが問いただした。

「まさか、脅しなんかじゃない」クインはいかにもうんざりした様子で言った。「たんなる正直な助言だ。言うとおりにしようがしまいが、どうでもいい」

「ありがとう」ルーシーは言った。

クインはメイソンを見た。「なあ、おれはブリンカーを始末したのはあんただと思って、ずっと礼が言いたいと思っていた。それなのに、いまになって本当はセイラ・シェリダンに礼を言うべきだったとわかるとはな。セイラが生きているあいだに伝えられなくて残念だ」

クインはまた歩きはじめた。今度はふり返らなかった。

しばらく沈黙が続いた。ルーシーはほとんど口をつけていないワインを近くのテーブルにそっと置いた。どういうわけか、手がかすかに震えている。

「今夜のパーティはこれ以上耐えられないほど堪能したみたい。もう帰りたいわ」

「おれもだ」

15

車に乗りこんでシートベルトを締めたとき、ルーシーはまだ少し震えていた。アドレナリンの放出に、神経が過敏になっているせいね。ルーシーが膝の上できつく手を組んで待っていると、メイソンが運転席にすわってワイナリーの駐車場から車を出して走らせた。

「クインもブリンカーを恐れていたみたいね」ルーシーは言った。

メイソンはリヴァーロードに車を進めた。「ブリンカーを恐れていなかった人間がいるんだろうかと考えていたところだ」

ルーシーの携帯電話が鳴った。ルーシーは上の空で携帯電話を取りだして、最新の候補者を知らせるメールを削除してから、夜会用の小さなバッグに戻した。そして音をたててバッグを閉じた。

運転席からは長いあいだ声が聞こえてこなかった。

「結婚するつもりなのか?」しばらくしてメイソンが尋ねた。

その声はどこかおかしい気がしたが、ルーシーにははっきりとわからなかった。

「さあ、どうかしら」彼女は答えた。「年を取るにつれて、妥協できなくなるの。えり好みが激しすぎると言われたわ」

「誰に？」

「最後にデートしたひと。それから、心理療法士のドクター・プレストンにも」

「おれが最後にデートした女は、おれのことを、横柄すぎるし、自分の気持ちをあまり話そうとしないと言っていた」

ルーシーは思わず引きつった声で小さく笑った。「わたしたちって、どうやら負け組みたい」

メイソンの唇の端が引きあげられた。「また共通点ができたか」

「そうみたい」

「この調子でずっといこう。ところで、コルファクスの家の状況をどう思った？」

ルーシーは少し考えてから言った。「クインはアルコールの問題を抱えているのかも」

「たぶん、間違いない」

「きっと、お父さんの跡を継いで会社のトップに収まるつもりだったのに、そうはいかなかったからね。ウォーナー・コルファクスが外からCEOを連れてきて、そのディロンはウォーナーの二番目の妻と寝ている可能性がある」

「ああ、やっぱりきみもそういう印象を受けたかい？」メイソンが訊いた。

「ディロンとアシュリーは何かありそうな雰囲気だったわ」

「根拠は薄いが」メイソンは言った。

「ええ」

「だが、おれもきみの意見に賛成だ」メイソンはギアを入れかえて、速度を落とした。「ほかには？」

「合併に賛成しているひとは、かなり必死みたい。でも、まえにも話したけど、この状況では珍しくないわ。古い世代は帝国を築きあげて、数百万ドルの資産をかき集めた。若い世代はそのお金を持って逃げだしたい」メイソンがわき道に車を入れると、ルーシーは驚いて話を中断した。「どこに行くの？」

メイソンは細い砂利道でも美しい車を楽々と走らせた。車は木々のあいだを走り、少し開けた場所に着いた。ヘッドライトに照らされて、暗い川が浮かびあがる。メイソンはライトを消した。すると、満月に近い月があたりを照らした。

「子どもの頃、たびたびサマーリヴァーにきていたけど」ルーシーが言った。「ここにきた覚えはないわ」

「何年もまえにディークが見つけた場所だ。アーロンと一緒に、よくここで釣りを教わった」

ルーシーは次に何と言ってよいかわからず、そのまま黙った。心臓が鼓動するたびに、暗いフロントシートにたちこめる親密な雰囲気が強くなっていく。そう感じるのは自分だけだろうか。

ルーシーが緊張を破る方法を考えはじめたところで、メイソンがドアを開けた。

「降りよう」メイソンは言った。「寒くないから」

ルーシーは助手席のドアを開け、シートベルトをはずして降りた。メイソンが言ったとおり、夜気は寒さを感じるほどではなかったが、冷たくはあった。ルーシーは肩にショールを巻きつけて、車のまえに立っているメイソンのそばに行った。そしてふたりで川岸におりていった。

「何を話したかったの？」ルーシーは訊いた。

「さあ」メイソンは言った。「おれはひとと話すのが得意じゃないから。忘れたのかい？」

「ああ、そうだったわね。すぐに忘れてしまうのよ。ヒントを出してあげましょうか。わたしをここに連れてきたのは、きっと命令を下すためね」

「命令？」

「株をコルファクス家に売って、セイラとメアリーが死んだ自動車事故は本当に事故だったのかどうかを調べるのはやめたほうがいいと考えているんでしょう。ちがう？」

あまりにも長く答えが返ってこなかったので、ルーシーはとうとうメイソンのほうに顔を向けた。暗くて表情は読めなかったが、彼が決断を下したということは感じ取れた。

「理屈も常識も、株なんか捨てて町を出るのがいちばん賢明だと言っている」メイソンはとうとう口を開いた。「このままいくと、きみはコルファクス家に敵をつくることになる」

「敵なら、もう二、三人いるわ。でも、彼らがわたしに何をできるというの？」

「わからない。それが不安なんだ。もしもセイラとメアリーの件がきみの考えたとおりだったら、きみも危険だ」

「ふたりを殺した犯人が、今度はわたしを狙うと本気で考えているの？　そんなことをしたって、何もいいことはないはずよ。わたしは資産を信託にしたし、その管理はとても厳しいの。わたしの仕事をしてみれば、不利な内容で遺された遺言書や信託が相続人にとってどれほど困ったものになるか、すぐに思い知るわ。わたしが死んだら、財産はすべて両親のものになる。犯人だって、いつか株が手に入ることを願って、わたしの家族をひとりずつ殺してなんていけないでしょう。そんなことをしたら、誰かが――たぶん、あなたが――気づくはず」

「ああ、そうだね」メイソンの声は危険なほど穏やかだった。「きみに何があったとしても、おれが気づく」

ルーシーはまた身を震わせたが、今度は夜気が冷たいせいではなかった。メイソンの誓いを聞いて怖くなったせいだが、そのいっぽうで不思議な信頼感も覚えていた。自分に何かあったら、きっとメイソンがコルファクスの家族を八つ裂きにしてくれるだろう。

「そういうわけで、わたしの身はけっこう安全だと思うのよ。とりあえず、いまのところは」ルーシーは言った。

「そうかもしれない」メイソンはしぶしぶ認めた。「もしメアリーとセイラが殺されたのだとすれば、犯人の計算ちがいだった。だからといって、犯人がほかの作戦を試さないわけじゃない」

「たとえば？」

「脅迫とか、きみが断れない条件を出すとか？　そんなのわかるものか。だが、きみがコルファクス家に株を売れば、その問題は取り除ける」

「株はわたしが使える唯一のカードなのよ」

メイソンは何も言わず、月光に照らされた水面を見つめている。頭上の葉がかさこそと音をたてた。

「やらなければならないの」ルーシーは最後に言った。

「わかっている」今度は、もう断念させることはできないとあきらめたような声だった。

「きみの立場だったら、おれも同じことをするはずだから」

「というより、あなたはいま同じことをしているのよ」ルーシーは指摘した。「ある意味では」

「それが、おれたちなんだろうな」

「ええ」ルーシーはうなずいた。「でも、こんな状況にあなたを引きずりこんだことは申し訳ないと思っているわ」

メイソンが片手をルーシーの肩に置いた。そして、ゆっくり自分のほうに向かせると、反対側の肩もつかんで引き寄せた。

「どんなことをしてもいいが、申し訳ないなんて言うな」メイソンは言った。「おれは自分なりの理由で行動しているんだから」

ルーシーは潤んだ目で、無理して微笑んだ。「わかっているわ。あなたはそうせずにはいられないのよね。根っからの守護天使だから」

「いや。おれがきみと同じことをしているのは、ひとつにはセイラとメアリーに起こった出来事に、自分でもいくつか疑問を感じているからだ。だが、もうひとつはっきりさせておいたほうがいいことがある」

「なに？」

「おれがこの件を調べているいちばん大きな理由は、きみが関わっていることだからだ」

ルーシーはどう返事をしたらいいのかわからなかったが、言葉はいらなかった。メイソンにキスをされて、驚きのあまり何も話せなくなったからだ。

そのキスは十代の少女が夢見ていたものではなかった。それをはるかに超えていた。なぜならルーシーはもう大人で、キスがどういうものか――このキスを判断できるくらいには

――知っていたから。それは少女が夢見たキスではなかった。甘くもなければ、ロマンティックでもないし、やさしく誘惑するものでもない。彼のキスからは動物的な男の欲望と必死に抑えた情熱だけが伝わってきた。男が女におまえが欲しいとはっきり伝えるためのキスだった。

こうしたキスに応えるには、答えがふたつしかないことを、ルーシーは本能で理解していた。気持ちをこめてキスに応えるか、身体を離して車に戻るか。中途半端な答えはない。ぜったいに。メイソン・フレッチャーに関するかぎり。

ルーシーは生まれて初めて、自分にとっても中途半端な答えなどないのだと気がついた。そしてメイソンに全身で応えて抱きつき、それまでは感じたことがない肉体的な欲望を覚えて、キスを返した。興奮でアドレナリンが全身を駆けめぐる。

メイソンが重なっていた唇を離して耳もとに寄せたときには、ルーシーの身体は熱いけれど冷たく、息が切れ、ほんの少し震えていた。ルーシーはメイソンにしがみつき、彼のにおいと、何にも負けない身体の硬さを堪能した。そして温かい喉もとにキスをすると、メイソンが大きく息を吐いた。快感なのか、降伏なのか、喜びなのか。ルーシーにはわからなかった。でも、いまメイソンの呼吸は浅くなっている。

メイソンは指でルーシーのあごを持ちあげた。そしてもう一度唇を重ねると、激しいキスをした。メイソンの身体のなかで燃えあがっている炎の熱さが伝わってくる。

メイソンは身体を震わせ、大きく息を吸って、ルーシーを少し離した。月光に照らされ、彼の目が神秘的に輝いている。ルーシーはうっとりとして、彼のあごに触れた。するとメイソンはルーシーの手のほうに唇を向け、そこに口づけた。

「こんなことになるとは思わなかったなんて言わないでくれ」メイソンの声は鋭くかすれていた。「おれはこうなると思っていたから」

「わたしもよ」ルーシーは認めた。「でも、そう思っていても驚いた」

「おれもだ」メイソンは言った。「まだこんなふうに驚けるなんてな」

ルーシーはにっこり笑った。「十三年まえ、わたしはあなたに夢中だった。けれど、あなたはわたしの存在さえ意識していなかった」

メイソンはルーシーの顔にかかっていた髪を手でかきあげた。「きみはまだ子どもだった」

「救いが必要な子どもね。そう、自分でもわかっていた。でも、もう子どもじゃない」

「そのようだ」メイソンは唇で彼女の唇をかすめた。「もう子どもなんかじゃない。今夜どんなことをしてでも、きみをベッドに連れていきたいが、きっとまだ早すぎるし、ベッドもない」

メイソンが言いきっているわけではないのは、ルーシーにもわかっていた。彼は尋ねているのだ。

「ベッドのことは何とでもなるわ」ルーシーは言った。「だけど、あなたの言うとおり、まだ早すぎる」メイソンの腕からするりと抜けだして、車のほうに歩きだした。「ということで、そろそろ帰りましょう」

「なあ、早すぎるかどうかはもう少し反対してもいいんじゃないか」メイソンが背後から言った。

ルーシーはとつぜん久しぶりに気持ちが軽くなって、笑った。いまは甘い期待で胸が満たされている。メイソンも笑った。彼はルーシーに追いつくと、鼻の頭にキスをして、車のドアを開けた。

「すべてを考えあわせてみると、今夜出かけたときに予想していたより、このデートはずっとうまくいったんじゃないか」メイソンは言った。

「ええ、そうね」

メイソンはドアを閉め、車のまえからまわりこんで、運転席に乗りこんだ。だが、すぐにはエンジンをかけなかった。しばらく黙ったまま、とても熱心に、とても真剣に川を見つめた。

「どうしたら、もう早すぎないってわかるんだ?」

ルーシーは新しく手にした女性ならではの力で自信を得て、穏やかに微笑んだ。

「心配しないで。そのときはちゃんと知らせるから」

メイソンはいたずらっぽく笑って、エンジンをかけた。

「ぜったいに忘れないと約束してくれ」

「忘れない」

16

メイソンは町に向かって車を走らせながら、肉体的な欲望は激しくくすぶっているものの、とても気分がいいことに気がついていた――かなり久しぶりに。もしかしたら、数年ぶりかもしれない。メイソンはルーシーをホテルのロビーまで送り、階段をのぼっていくのを見守った。そして彼女の姿が見えなくなってから外に出て、車に乗りこんで家まで戻った。

家の明かりはまだ点いていた。正面のポーチで寝そべっていたジョーが起きあがり、メイソンを出迎えた。

「ただいま、ジョー」

メイソンは耳のうしろをかいてやってジョーに挨拶すると、ドアを開けた。ジョーはあとをついてきて、暗いキッチンに入っていった。

ディークはまだ起きていて、ソファで横になっていた。テレビで映画を観ている。ハンフリー・ボガートのおなじみの決めぜりふが聞こえてきた。〝ルイ、これがおれたちの美しい友情のはじまりだな〟

メイソンはキッチンに向かった。「また『カサブランカ』を観ているのか」

「史上最高の映画だ」ディークは身体を起こした。「こんな時間に帰ってきたのか」

「いまさら門限を決められてもね」メイソンはキッチンに入り、頭上の電灯を点けて、食器棚を開けると、常備してあるウイスキーを取りだした。「たぶん、十五年まえに決めるべきだったんじゃないのか」

ディークもキッチンに入ってきた。「おまえは自分で対処できない面倒には巻きこまれなかった。それなのに、どうして門限を決めなきゃいけない？」テーブルに腰をおろした。

「今夜のパーティはどうだった？」

「わからないな」メイソンは食器棚からグラスをふたつ出して、少しずつウイスキーを注いだ。そのグラスをテーブルに置いて、ディークのまえに腰をおろす。「ルーシーもおれもコルファクス帝国は揺れているという感触は持った。どうやらウォーナーの二番目の奥さんはCEOのセシル・ディロンと寝ている気がするし、クインは酒の飲みすぎだ――たぶん、かなり。ジリアンのことは、おじさんもきのう見ただろう？　ひどく焦っている」

「怯えているのかもしれないな」

メイソンはその言葉について考えてみた。「そうかもしれない。ひとつだけ確かなことがある。会社の株式を持っている人間は全員が合併が成立することを望んでいる――ウォーナー以外は。ウォーナーがいちばん持ち株数が多いんだけど、ほかの役員の株式をあわせれば、投票で勝てるんだ」

「ルーシーがウォーナーに味方しなければ」

「そのとおり」

メイソンはウイスキーを飲んだ。

「ルーシーはどちら側からも相当の圧力をかけられるだろう」ディークは言った。「早く株を売って、状況が悪くならないうちに逃げたほうがいい」

「そのつもりがないんだ——何らかの答えを見つけるまでは」

ディークはウイスキーを口にして、大きくため息をついた。「そうだろうと思っていたよ。ルーシーはおまえによく似ている。とんでもなく頑固なところが」

「ああ」メイソンは微笑んだ。「ルーシーはちょっと頑固かもしれない」

ディークが片方の眉を吊りあげた。「セイラとメアリーは、本当に殺されたと思っているのか?」

「わからない」メイソンは椅子に寄りかかり、もう少しウイスキーを飲んだ。「今朝、事故の報告書を取り寄せてみた。読んだかぎりでは、事故ではないことを匂わせるものは何もなかった」

「マンザニータ・ロードはもう何年もきちんと整備されていない。あそこを使っているのは、舗装されていない道を走りたい人間がほとんどだ。そのことはメアリーもセイラもちゃんと知っていたはずだ。数えきれないほどあの道を車で通っていたんだから。そして、ふたりがあそこの古くからあるコミューンに寄って軽い食事をとるのが好きなことは、みんなが知っていた」

「事故は午後の早い時間に起きた。霧は出ていなかった。どちらかが酒を飲んだ形跡もない」

ディークはウイスキーを口にした。「事故は起こるものだ」

「確かに。でも、気に食わないことがひとつある」

「何だ？」

「タイミングさ。いま、コルファクス社の合併の件で、巨額金が動こうとしている。コルファクス家のなかでは、大きな緊張が生まれている」

「あの家族はいつだって緊張しているさ。ウォーナーは非情な悪党だ。正真正銘の大企業をつくりあげたことは認める。だが、その代償も払ったはずだ」

「どうやら、いま関心があるのはワインづくりだけらしいけどね」

「それはどうかな」ディークは言った。「ウォーナーにとって、まだまだ会社の存在は大きいはずだ」

メイソンは眉を吊りあげた。「まさか株を取り返すために、実の姉を殺したなんて考えていないだろうね？」

「メアリーはウォーナーの姉じゃない――少なくとも、血はつながっていない。メアリーは義姉なんだ。メアリーの母親は夫を亡くして、小さな女の子を連れてウォーナーの父親と再婚した」

「知らなかった」

「知らない人間は多い」ディークは言った。「あるいは、忘れてしまったか」

「おじさんはどうして知ったんだい？　ここで生まれ育ったんじゃないのに。ここに越してきたのは、アーロンとおれが十代の頃だ」

「ベッキーに聞いたんだ。彼女はサマーリヴァーの生まれだから」

メイソンはうなずいた。「ほかにベッキーから聞いたことは？」

「おもしろい話があるぞ。ベッキーはメアリーが株を手にしたいきさつと、その株が自由に使える切り札である理由を教えてくれた。二十五歳になったとき、メアリーは母方の遺産を相続した。そのとき、ウォーナーの会社に投資したんだな。ウォーナーに金儲けの才能があることを知っていたから、会社を信用したんだ。だが、メアリーとウォーナーは仲がよくなかった。メアリーにとっては、純粋な投資だったのさ。ウォーナーはどうしても現金が欲しかったから、メアリーが言うとおりの条件で株を与えた」

「そうか、そうなると、話が少し変わってくる。コルファクスとブリンカーが共同経営を解消した理由は知っているかい？」

「みんなと同じことしか知らないな。息子が行方不明になったあと、ジェフリー・ブリンカーは会社に対する興味を失った。トリスタンに何が起きたのかを探ることに取り憑かれたんだ」ディークは両手でウイスキーのグラスを包んで、メイソンをまっすぐ見た。「当然だ。おまえかアーロンがいなくなったら、おれもそうなる」

メイソンは少し身体が熱くなったが、ウイスキーのせいではなかった。

「わかっているよ」メイソンは言った。「おじさんが何の断りもなく急に消えたら、アーロンとおれだって、ずっと捜しつづける」

「家族っていうのは、そういうものだ。いずれにしても、ウォーナー・コルファクスはジェフリー・ブリンカーの落胆につけこんで、多少なりとも株を売るように仕向けたらしいという話だ」ディークはしばし間を置いてから続けた。「ウォーナーはジェフリーに正当な対価を支払わなかったとほのめかす人間もいる。当時、ジェフリーがまともにものを考えられる状態じゃないことを知っていたからだってな。いきさつはどうであれ、取引は行われた。その数カ月後、ジェフリーは心臓発作で死んだ」

メイソンは片手でグラスを持って、椅子に寄りかかった。「ウォーナーがジェフリーの状態につけこんだにしろ、持ち株をすべて買い取ったなら大きな取引だ。大金が動いたはずだ」

ディークは好奇心をそそられたようだった。「そうだな。サマーリヴァーにやってきたときはもう、ふたりとも億万長者だった。ウォーナーの持ち株の価値は、いまではもっとあがっているだろうな。ところで、このあとはどうするつもりだ？」

「まだわからない。ジェフリーの遺産は誰が相続したのか知っているかい？」

「いや。あまり気にしなかったからな。ひとつだけ言えるのは、相続人が誰であれ、サマーリヴァーには住んでいなかったということだ。住んでいたら、あっという間に噂が広まっただろう」

「ジェフリーの遺産の行方を追うようルーシーに頼んでみるよ」メイソンは言った。「彼女の得意分野だから」

「その情報で何がわかる？」

「わからない」

「はあ？」ディークは少し考えてから言った。「過去の未解決事件はいつもこんなふうに調べているのか？」

メイソンはウイスキーを口にしてグラスを置いた。「おおかたは。答えが見つかるまで、ずっと疑問点を突っついていく――徹底的に」

「だいたいの方向はわかっているんだろうな」

「これまでの経験だと、金を追っていけば、たいてい間違いない。十三年まえ、莫大な金が動いた。その金を受け取った人間がわかれば、おもしろいことになりそうだ。あるいは、受け取れなかった人間かもしれないけどね」

ディークは何もかもを見透かすような目で、甥をじっと見つめた。「昔の話を掘り起こしたら、厄介な問題がぞろぞろ出てくるかもしれないぞ」

「あるいは出てこないかもしれない。問題は、どちらにしてもルーシーが掘り起こそうとしているということなんだ。彼女ひとりにやらせたくない」

「確かに、いい考えじゃないな」ディークは言った。

ふたりは言葉は交わさなくともくつろいで、それぞれがウイスキーを飲んだ。

「スコアカード強姦魔の古いファイルを読んでいて、おもしろいことを見つけたんだ」しばらくして、メイソンが口を開いた。「捜査員のうち、少なくともひとりは、女性たちを襲った現場に第二の人物がいたと考えていた。ひょっとすると、撮影をした人間かもしれない」

「くそっ。それが事実だったら、その男はいまも自由の身でいるってことか」

「女かもしれないけどね」メイソンは言った。

「最低の野郎がほかの女の子に卑劣な真似をするのを、女が手伝うとは思えないけどな」

「おれたちは、男も女もどっちも、残酷で暴力的な真似をすることがあるって知っているだろう」

「そうだな」ディークは短く刈った髪に手を入れた。記憶が甦って、目が暗く陰った。

「知っている。だが、戦地でいろいろなことを目にしたっていうのに、女がとんでもなく凶悪で、容赦できないことをしでかすと、ぎょっとするんだ」

「おじさんが育った時代とはちがうのさ」メイソンは言った。

「かもしれん。もしレイプの現場に第二の人物がいたとしたら、そいつはまだこの町にいるのか？」

「可能性はある。それがいちばん心配なんだ。もし第二の人物がまだこの町にいたら、ブリンカーがスコアカード強姦魔だったという証拠と一緒に死体で発見されて、いまはすごく怯えているはずだ。いや、たとえこの町に住んでいなくても、じきに死体が発見されたことを耳にして、冷や汗をかきはじめるだろう」

ディークは眉を吊りあげた。「事件が再捜査されるかもしれないから？」

「ああ。ただし、再捜査はされないだろうけど。ホイッテカー署長はあまり関心を持っていないから。本当に問題なのはルーシーだよ。もし共犯者がいて、ルーシーが間違った場所で、質問をしすぎたら――」メイソンは口を閉ざした。

「ああ」ディークは言った。「おれは何をすればいい？」

「おじさんは店で町のたくさんのひとと会うだろう。それに、ベッキーのカフェにも町の住人が残らずやってくる。ふたりをあわせれば、町のひとすべての話が聞ける。人間はおしゃべりだからね。ブリンカーの死体が見つかった話を持ちだしてきた人間がいたら、しっかり耳を傾けてくれないか」

「サマーリヴァーに住む全員がその話をするに決まっているさ。だが、セイラの暖炉に埋められたとき、ブリンカーはまだ十九歳だったからな。役に立つ情報をつかんでいる人間がいるとすれば、当時ブリンカーと同じ年頃だったやつだろう。たとえば、おまえとか」

「その年頃の人間なら、ルーシーとおれで調べられる。ただ当時もう大人だった人物で、ブリンカーの死体が発見されたことについて、ひと並み以上の関心を示す人間がいるかどうかが知りたいんだ」

「できるかぎりのことはする」

ディークはそう言うと、ウイスキーを飲みほした。

「ありがとう」メイソンは立ちあがってグラスを片づけた。「もう寝るよ。ルーシーがあちらこちらに隠されていることを掘り起こすまえに、朝になったら一緒に計画を立てないと。何が起こるかわからないから」

「サマーリヴァーもほかの小さな町と変わらないな」ディークは言った。「たくさんの秘密と、たくさんの隠しごとがある」

メイソンは階段に向かった。

17

ジョーは起きあがって部屋の反対側まで行くと、ディークの膝に頭をのせた。そしてオオカミのような目で彼を見つめた。ディークは片手をジョーの体に置いた。そして黙ったまま、心を通いあわせた。夜になると、よくこうするのだ。戦場から離れた家で、年老いたふたりの戦士だけで。ディークと犬のジョーは、戦士同士でしかわかりあえないところで、お互いを理解しあっていた。

ディークはいまメイソンと交わしたばかりの会話を思い返した。ひとつだけ、明らかなことがあった。メイソンは二週間まえにダッフルバッグを肩にかついで正面のポーチに現れたときより、ずっと調子がよくなっている。あのときの目は二十年近くまえに児童養護施設で自分を待っていた十三歳の少年の目と同じだった——世界の終末を目撃し、この先何が起こっても驚きもしなければ、怖がりもしないという目だ。

十三歳の少年は二度と笑わず、弟以外は誰も信用しないように見えた。だが、少年のなかではひりひりするほどの決意が燃えていた。瀕死の父親から成し遂げるべき使命を与えられたからだ。その使命とはただひとつ――弟のアーロンを守ること。ディークはメイソンをひと目見ただけで、彼は使命を成し遂げるか、あるいは倒れるまで成し遂げようと努力するかのどちらかだとわかった。

児童養護施設の職員によれば、メイソンは怒りを制御することに問題があるということだった。三カ月のあいだにアーロンとともに預けられていた三軒の里親の家で、感情を爆発させて行動したというのだ。ほかの少年たちと喧嘩をしたという報告があり、メイソンが里親の親戚《しんせき》である成人男性に暴力を振るったとも非難されていた。児童養護施設の職員たちは善意でカウンセリングを受けさせることを強く勧めてきた。

だが、里親の家で何があったにせよ、メイソンは弟をかばって、自分の役割を果たしただけだと、ディークは確信していた。そして安堵したようなケースワーカーの目を見て、彼女も理解しているのだとわかった。だからこそ、ケースワーカーはほかの職員たちが目をまわすほど、手続きを急いだのだ。

一時間もしないうちに、ディークはメイソンとアーロンとふたりのわずかな荷物をSUVに乗せて出発した。

あの日、三人全員の人生が変わったのだ。

メイソンは大人になっても、地球の反対側の戦場には行かなかった。だが、その代わりに、町にはびこる悪者たちを相手にする終わらない戦いという、ちがう意味での戦争に従事する兵士になった。新しい使命を背負ったのだ。二週間まえに家のドアのまえで立っているメイソンを見つけたとき、サマーリヴァーに帰ってきたのは、本人が言うように休養が必要だったからではないのは明らかだった。メイソンに必要なのは癒《い》やしだった。

メイソンの目に浮かぶ陰を見れば、ディークにはわかった。なぜなら、どんなにカウンセリングを受けて薬を飲んでも、鏡を見れば、同じ陰が映っているからだ。

メイソンは使命を果たせなかった者だけにわかる重荷を背負って、サマーリヴァーに戻ってきたのだ。

18

セイラの寝室のクローゼットを開けたとき、ルーシーの携帯電話が鳴った。ルーシーは画面に表示された家族の名前を見ると、深呼吸をして、覚悟を決めて電話に出た。

「久しぶりね、ママ。元気よ。すべてうまくいっているわ」

「サマーリヴァーでは、いったい何が起きているの？」エレンは知りたがった。

学問の世界には独特な口調があり、冷静に落ち着き払った態度で〝わたしは査読を受けた論文を発表したばかりだけれど、あなたは最近どう？〟などと言われると、大学という夢のような環境で生きていない人間はまず間違いなくほんの少しかちんとくる。だが今朝は、いつもきちんと調子の整ったエレンの声が、心の底からの不安で乱れていた。

「ニュースを聞いたみたいね」ルーシーは言った。

「トリスタン・ブリンカーの死体がセイラの家の暖炉で見つかったんですって？」〝セイラの家の暖炉で〟というところで、母の声が少しかん高くなった。「信じられないわ。警察はトリスタンが当時ニュースになっていた連続強姦魔だったと考えていると、メディアは伝えているけど」

ルーシーはクローゼットの片側に押しこめられていた、何着もの異国風のプリントのワンピースや、ロングスカートや、ゆるやかな長袖のブラウスをじっと見つめた。セイラにはワインカントリー・カジュアルは関係なかったようだ。すっかりニューエイジ・ファッションにはまっていたのだから。

「ブリンカーがスコアカード強姦魔だったことを示すものがあったの」ルーシーは言った。「セイラおばさんは確信していたみたい。強姦魔の見出しが載った新聞が死体と一緒に入っていたのよ。まだ証明されていないけど、地元の警察はその説を信じているわ」

「暖炉から死体が出てきたなんてショックはとても想像できないわ。それも、あなたのおばさんの家の暖炉からだなんて。セイラは菜食主義者だったのよ」

「おばさんはトリスタン・ブリンカーを殺したのよ、ママ。食べたんじゃないわ」

エレンはその言葉を受け流した。「セイラは反戦主義者だったのよ。非暴力主義者で、銃規制賛成派だった」

「銃は使っていないわ。火かき棒の先を使ったみたい。それも暖炉のなかで見つけたの」

「セイラが誰かを殺したというだけでも想像できないのに――まえもって計画していたなんて」

「そうせざるを得ない状況に追いこまれたら、たいていのひとは人間を殺せるし、殺そうとするらしいわ」

「ええ、そうね」エレンは言った。「数年まえに大学教授の女性が、こともあろうに、終身在職権を得られなかったという理由で、数人の同僚を殺した有名な事件があったわ」

「信じられない」大学教授の両親に育てられたルーシーには、本当はそうしたシナリオが難なく想像できた。

「それでも、セイラが誰かを殺したと思うと、頭を抱えてしまうわ」

「わたしも少し動揺したわ。でも幸い、死体を見つけたときはひとりじゃなかったから。メイソンが一緒だったの」

「メイソンって？」エレンが訊いた。「リフォームを頼んだ大工さん？」

ルーシーは微笑んだ。「正確に言うとちがうわ。メイソン・フレッチャーを覚えていない？」

「覚えていないわ」

「ブリンカーが最後に開いたパーティの夜、わたしを家に送ってくれたひとよ」

「思いだしたわ。すぐにサマーリヴァーを離れたほうがいいとセイラを説得した若者ね。彼はきちんとした根拠があって言っていると、セイラは信じていたわ。わたしは会議を欠席して、あなたをサンディエゴの空港まで迎えにいったんだから」

「ちょっと待って。メイソンがおばさんに、わたしはサマーリヴァーを離れるべきだと言ったの？　次の日、おばさんに急き立《せ》てられるようにして町を出たのは、メイソンのせいだったの？　ああ、もう。何で気づかなかったのかしら」

「わたしが知っているのは、パーティの翌朝にセイラから電話で聞いたことだけよ。メイソンという男の子が少しまえにきて、あなたが危険だと聞かされたと言うの。自分がサンフランシスコ空港まで車で送って、いちばん早いサンディエゴ行きの便に乗せる、だからサンディエゴの空港まで迎えにきて、こっちから心配はいらなくなったと連絡するまで、ルーシーから目を離すなって」

「そういう事情だったのね。おばさんからは、きちんと聞いていなかったから」ルーシーはその時期について考えた。「心配はいらなくなったという連絡はきたの？」

「ええ。一週間後くらいに。でも、セイラは何だか変だったわ──いつもの彼女ではないみたいで。そのとき、ルーシーはもう平気だけど、二度とサマーリヴァーにきてはいけないと言われたの。理由は説明してくれなかったけど、頑なだった」

ルーシーは雑多なものが入ったクローゼットの扉を閉めた。「暖炉に死体がある家に泊まらせたくなかったのね。カルマに悪いから」

「まさか。あの週にブリンカーを殺したの？」エレンの声からは動揺と信じられないという気持ちが伝わってきた。

「タイミングはぴったりよ。その週に起こったことで、おばさんの反応でほかに何か気づいたことはない？」

「どうだったかしら——もう十三年もまえだから。正直に言うと、初めはセイラが過剰に反応しすぎているのだろうと思っていたのよ。あなたはパーティで酔っ払って危険な目にあうような子じゃないと知っていたから。そうしたら、悪い男があなたにドラッグを盛ろうとしたんだって聞かされて」

「スコアカード強姦魔はデートレイプ（恋人や顔見知り同士の間でのレイプ）をするためにドラッグを使っていたらしいわ」

「ええ、それでドラッグを飲まされていた可能性もあったということで、セイラが動揺しているわけがわかったの。わたしも動揺したわ。あなたのパパも。それでわたしは会議を欠席して、リチャードとふたりで、その週はあなたをひとりにしないようにしたの。セイラから、ブリンカーは死んだと言われているのでルーシーはもう安心だという電話があって、やっとほっとできたのよ」

「覚えているわ」ルーシーは言った。「ママもパパも、わたしを目の届かないところに行かせなかった。ママったら、わたしがひとりにならないように、大学の教室にすわらせさえしたんだから」

「ママもパパも心配でたまらなかったのよ。警察に行くことも話しあったけど、セイラが疑っていること以外に証拠がなかったし。これだけは言わせて。セイラからトリスタン・ブリンカーは死んだらしいという電話があったときほど、ほっとしたことはなかったわ」

　その週の記憶がルーシーの頭に甦った。あのときはいったい何が起こっているのか、はっきりとは理解していなかった。それでも、両親に共通する自分への愛がふたりを結びつけ、どういうわけか連帯していることに気づいてはいた。十代の甘さゆえに、ふたりとも再婚相手を捨てて、またお互いと結婚するのではないかという期待さえ抱いたのだ。当然ながら、セイラから危険は去ったと請《う》けあう電話があったとたんに、その小さな夢は砕け散ったが。

「もうひとつ覚えているのは、セイラはあなたの身の安全を心配していただけじゃなくて、あの夜あなたを送ってきてくれた若者のことも案じていたってことよ」エレンは言った。

「メイソン。彼の名前はメイソン・フレッチャーよ」

「そう、メイソン・フレッチャー」

「おばさんはメイソンの身も危険かもしれないと心配していたの？」

「そんな印象を受けたわ。セイラは彼が自分でブリンカーを何とかしようとするんじゃないかって、不安に思っていたんじゃないかしら。彼にそんなことはさせたくないと話していたから」

「セイラおばさんはわたしたちふたりのことを心配してくれたのね」

「だから、大もとの原因を取り除いたのね。永遠に。あなたのおばさんにそんな激しい一面があったなんて、誰が思った？　きっと途方もなく傷ついたはずよ。だから、ふるまいが変わったのね。あの夏のあと、セイラは別人になってしまった」

ルーシーは引き出しを開けて、くしゃくしゃになったヨガ用のシャツをじっと見つめた。

「陰よ」

「え?」

「あの夏のあと、おばさんにはどことなく陰があったの。何かを楽しんでいるときでさえ、感じたわ」

「あなたの言う陰というのがどんなものかはわからないけど、いまになって知ったことを思えば、精神的な傷を負ってストレスを抱えていた可能性は充分にあるわね。たぶん、あなたが感じていたのはそういうことでしょう」

「ええ」ルーシーはふと思いあたった。「でも、メアリーにはそんな陰は感じなかったわ」

「どういう意味?」

「セイラおばさんはメアリーにさえ秘密にしていたんじゃないかしら。おそらく、メアリーに重荷を負わせたくなかったのよ。あるいは、メイソンが言うとおり、メアリーがつい口を滑らせてしまう危険を冒したくなかったのかも。どちらにしても、セイラおばさんはブリンカーを殺した罪を一身に背負って、墓場まで持っていったんだわ」

「そのようね」エレンはしばらく無言になった。「メイソンといえば、彼がサマーリヴァーにいると聞いて、少し残念だわ」

「どうして？」

「セイラはいつもメイソンにはとても将来性があって、いつか出世するはずだと話していたから。そうはならなかったみたいね」

「メイソンは出世なんてする必要はなかったの」ルーシーは部屋の反対側のドレッサーまで歩き、引き出しを開けた。「いま、彼は自分がなりたかったものになっているから」

「ルーシー、セイラみたいな話し方をされるといらいらするって知っているでしょう。新世代のひとたちの言葉は理解できないの。いったい、どういう意味？」

メイソンについて説明するのは無理だ。「気にしないで。メイソンはサマーリヴァーに住んでいるわけじゃないの。休暇でやってきて、おじさんと過ごしているだけ。メイソンは法執行機関に入ったの」

「なるほど」わずかに意味ありげな間があいた。「警察官ということ？」

母の声に感じたのは非難ではなかった――どちらかというと、メイソンが量子物理学か化学で博士号を取ったと聞かされることを期待していたかのように、感じられたのはかすかな落胆だった。ルーシーはその声音をよく知っていた。法学的家系調査員として働くつもりだと報告したとき、両親の声に同じ失望を感じ取ったのだ。〝本当に大学院に進まなくていいの？〟母はそう尋ねた。〝あなたなら、もっと可能性があるのに〟父はさらに単刀直入だった。〝これまで受けてきた教育が無駄になる。家系調査なんて、仕事ではなくて趣味だ。家系図を書くのに修士号なんて必要ないじゃないか。パソコンさえあれば、小学六年生だってインターネットで高祖父母の生まれが調べられる〟

「メイソンは殺人課の刑事を数年間つとめたの」ルーシーは言った。「いまは弟さんと一緒に警備コンサルティングの会社を経営しているわ」

「ショッピングモールとかオフィスビルに警備員を派遣する会社？」

「というより、過去の殺人事件を解決する会社に近いみたい」

「何だか気味が悪いわね」エレンは少し口ごもってから続けた。「それでお金を稼げるの？」

「どうやら有能であれば稼げるようよ。メイソンと弟さんはとても有能みたい。でも、メイソンはお金のためにやっているわけじゃないと思うわ。彼は仕事に……満足しているんだと思う」

「心理学的観点から言うと、あまり健康的ではないわね」

ルーシーはひとつの引き出しを閉めて、次を開けた。「わたしたちにはメイソンのようなひとが必要なのよ。それに、彼はその種の仕事に就くように生まれついているんだと思うの。さて、もう行かなきゃ、ママ。きょうは用事が山ほどあるの」

「具体的にはいま何をしているの？ ついさっきドアが閉まった音が聞こえたと思ったら、いまもドアが開いたり閉まったりする音が聞こえているけど」

「いまはセイラおばさんの寝室にいて、持ち物を荷づくりしたり、処分できるように整理したりしているの。おばさんは本当に物持ちね。メアリーと一緒に店を閉めたあとのアンティークについては言うまでもないけど」

「セイラは生まれてからずっとその家で暮らしてきたのよ。物を捨てたことなんてないんじゃないかしら。アンティークを処分するときは気をつけてね。大部分が価値のあるものだから」

「パパが鑑定士を連れてくると言っていたわ」

「いい考えね。サマーリヴァーにはいつまでいるつもり？」

ルーシーは次の引き出しを開け、からみあったコットンやフランネルの寝間着を見た。ほとんどに花が刺繡《ししゅう》されている。

「わからない」ルーシーは答えた。「ブルックハウス・リサーチからは二週間の休暇を取ったけど。ここのものを整理するだけで、そのくらいかかりそう。家を売りに出すにはいろいろと準備しなくちゃいけないし」

「いまはセイラの家に泊まっているの？」

「いいえ、近くのホテルよ。一階に長年死体が隠されていたとわかっているのに、ここで夜を明かすなんて気味が悪いわ。さあ、もう行かなきゃ。ママ、愛しているわ。またね」

「それじゃあね。わたしも愛しているわ」

嘘じゃない。ルーシーは電話を切りながら思った。母のことは愛しているし、母も愛してくれている。父とも同じだ。ノーマン・ロックウェルの絵の題材にはならないかもしれないが、それでも家族だ。

だが、ルーシー自身はもっとちがう家族が、もっと結びつきの強い家族が欲しかった。といっても、根っからのロマンティストではない。その危険性も、統計のお粗末な数字もわかりすぎるほど理解している。理由があって、ひととの関わりあいを避けているのだ。

ルーシーはベッドに行って、携帯電話をトートバッグにしまった。セイラとメアリーの死についての疑いは、きちんと理由があって父と母にも話していなかった。そんなことを知ったら、どちらもひどく心配するからだ。きっと電話で長々と説教するだろう。ルーシーはいまにも父の言葉が聞こえてきそうだった。〝そんなことは警察にまかせなさい〟

大人になって学んだのは、両親に日々の細かいことまですべて報告する必要はないということだ。

ルーシーはさらに引き出しをいくつか開けて、中身を点検した。それが終わると、廊下に出て、ふたつ目の寝室に入った。セイラの家に泊まっていたときに、使っていた部屋だ。

そこでまたクローゼットの扉を開けた。雑に積み重なった収納ボックスと古い衣服を見た瞬間に、知りたいことはすべてわかった。自分の勝手な想像じゃない。

今度は携帯電話のメールの着信音が鳴った。

ルーシーはトートバッグを置いた部屋に戻り、携帯電話を手に取った。結婚情報サービスから届いた二通のメールを削除しているときに、携帯電話が鳴った。ルーシーは画面を見た。メイソンだ。

「よかった」ルーシーは言った。「いまかけようとしていたところだったの」

「なぜ？」メイソンが訊いた。

また警察官モードに入っている。

「あなたに電話対応のエチケットを教えなければならないようね」ルーシーは言った。「言っておきますけど、ごく普通の会話で尋問みたいな真似をするのはよくないわ」

「何が悪い？」

ルーシーは正しい電話対応をメイソンに教えるのはあきらめた。「いまセイラの家にいるの」車が私道に入っていく音がした。「ちょっと待ってて。誰かがきたみたいだから」

「くそっ。こっちに集中してくれよ」

「誰がきたのかを知るのに集中しているわ」ルーシーが窓際に行くと、家のまえで黒いセダンの高級車が止まるのが見えた。見知った人物が降りてきた。手にはパソコンのケースを持っている。「ノーラン・ケリーだわ。行かないと。またあとで電話する」

「待て」メイソンは命令した。「切るんじゃない。どうしておれに電話をかけようとしたんだ？」

「切らないで、い、い、いでくれでしょ」ルーシーは言った。

「ルーシー――」

ルーシーは廊下に出て階段をおりはじめた。「きょうは家を売りに出すまえに、どれだけの荷物を片づけなければならないか見当をつけにきたの」ルーシーは階段を下までおり、足早に玄関まで歩いた。「まず知っておいてほしいのは、セイラおばさんはめったに物を捨てなかったけど、とてもきちょうめんだったということ。クローゼットや引き出しに物をそのまま放りこんだりはしなかった」

「いったい、何の話だ？」メイソンは訊いた。

「町にきた最初の夜、わたしはこの家に泊まったの。クローゼットと引き出しをいくつか開けた。なかの物はすべていかにもセイラおばさんらしく、きちんと整理されていた。でも、きょうはクローゼットも収納ボックスも誰かがあわてて捜しものをしたみたいだった」

「誰かが家《や》捜ししたと言うのか？」メイソンの声が危険なほど平板になった。

「ええ。きっと、昨夜わたしたちがワイナリーのパーティに行っているあいだにね」

「家に忍びこんできたやつは、何を捜していたんだ？」

「さあ。わかることは、何も盗まれていないようだということだけ。ノーランとの話が終わったら、あなたのところへ行くわ」

ルーシーは〝切るな〟ともう一度命令されるまえに電話を切った。ノーランはポーチを通り、呼び鈴を鳴らそうとしているところだった。ルーシーはドアを開けた。

「やあ、ルーシー」ノーランの笑顔は温かく親しげだったが、目にはかすかな不安が浮かんでいた。「一緒にパソコンを見られないかなと思って」

「入って、ノーラン」ルーシーは言った。「キッチンで話しましょう」

19

メイソンは携帯電話をベルトにつけると、カウンターのなかから出た。そして、片側にぴかぴかの釘やネジが並び、反対側には水まわりのさまざまな部品が並ぶ通路を通って、正面のドアに向かった。

「おじさん、ちょっと出てくる」メイソンはうしろを向いて、声をかけた。

ディークが奥の部屋から出てきた。「そんなに急いでどこに行くんだ?」

「セイラの家だ。ゆうべ誰かが家捜ししたみたいだとルーシーが言うんだ」

「何だって——」ディークは警戒するよりもとまどった顔をした。「何だって、そんなことを?」

「興味深い質問だね。スコアカード強姦魔に共犯者がいたとすれば、そいつは事件を再捜査されることを恐れているだろう」

「くそっ」

「ああ、本当にくそったれだ」メイソンはドアを開けた。「いまおれにわかるのは、たとえ事件とはあまり関係ない人物だとしても、ルーシーを誰かとふたりきりにしたくないということで、いま彼女はノーラン・ケリーとふたりきりなんだ」

「言い直す。ノーランは不動産屋だ。あいつが狙っているのは家の仲介契約だけだ」

「ノーランは不動産屋だ。おれは十三年まえにハーパー・ランチのパーティにいた人間とルーシーをふたりきりにしたくない。ノーランはあの夜パーティにいた。いつもブリンカーと一緒にいる仲間のひとりだったんだ」

メイソンはドアから暖かい陽射しのなかに出た。道に出たところで、ジョーがついてきていることに気がついた。メイソンはすぐあとを歩いている犬を見おろした。

「一緒にきたいのか？」メイソンは訊いた。「いいだろう。だが、命令を出すまでノーランの喉に食いつくなよ。わかったな？」

ジョーはこう言いたげにメイソンを見つめていた。〝やめてくれよ。仕事はちゃんと心得ているさ〟

中年の女性が歩道でメイソンたちに近づいてきた。ピンクの引き綱《リード》につながれた、ふわふわした白い小型犬を連れている。女性はジョーを見ると、恐ろしそうに目を見開いた。そして小型犬を抱きあげて、危険が及ばないように腋《わき》の下で抱《ほ》えた。

小型犬は高くて安全な場所からかん高い声で吠えたが、ジョーは相手にしなかった。

「サマーリヴァーにはリードをつけるという条例がありますよ」女性がメイソンに言った。

「町で飼われている犬にはすべてリードをつけないと」

女性はリードをつけられた犬のシルエットが描かれている、近くの標識を指さした。

メイソンは標識を見て、ジョーのほうに親指を向けた。「こいつに言ってください」

メイソンは歩きつづけた。ジョーはあとをついてきた。狭い駐車場に着くと、メイソンは車のうしろのドアを開けた。ジョーは座席に飛び乗ってすわった。

「また恥をかかせるんじゃないぞ」メイソンは言った。「リード条例違反で逮捕されても、おまえの身代わりにはならないからな」

ジョーは気にしていなかった。姿勢を正してすわり、耳をぴんと立てて、視線をフロントガラスの向こうに向けている。任務に就き、うしろの座席で見守っているのだ。

メイソンはドアを閉め、車の反対側にまわって運転席に乗りこんだ。そして車を駐車場から出して大通りに入ったところで、見知った人物がフレッチャー工具店に入っていくのが見えた。

ウォーナー・コルファクスが小さな日曜大工の店に用事があるとは思えない。おそらくディークに圧力をかけにいくのだろう。

「せいぜいがんばることだなとしか言えないな」メイソンはジョーに言った。

この町でウォーナー・コルファクスを抑えられる人間がいるとすれば、ディークしかいない。

時間はまだ早かった。いつものように観光客で混雑するまで、まだ数時間ある。道がすいていたせいで、メイソンは短い時間で町を抜けられた。そしてセイラの家に通じる道路に入ってから、さらに速く車を走らせることができた。

十分後、メイソンは車を昔ながらのリンゴ園を突っ切る細道に入れた。セイラとメアリーが死んだせいで、この夏に実ったグラベンシュタインの果実はまだ収穫されていない。リンゴは重そうに木にぶら下がったままだ。

私道のルーシーの小型車の隣には、長くて黒い車が停まっていた。ノーラン・ケリーがルーシーに害を及ぼすつもりなら、家の正面に車を停めたりしないだろう。だが、ここ最近の多くの人々と同様に、ノーランもルーシーの何かが欲しいのだ。

メイソンはエンジンを切って車から降りると、ジョーのためにうしろのドアを開けた。そして一緒に正面の階段をのぼっていった。それから呼び鈴を鳴らしたが、ルーシーの返事は待たなかった。ドアノブをまわして玄関が開いていることに気づくと、そのままなかに入った。

「ルーシー?」メイソンは駆り立てられる気持ちを抑えて付け加えた。「ただいま」

「キッチンにいるわ」

問題はなさそうだ。メイソンは肩の力を抜くよう自分に言い聞かせた。過剰反応だ。ルーシーのこととなると、つい心配してしまう傾向にある。

　メイソンはジョーをしたがえてキッチンに入った。ルーシーとノーランはテーブルにすわり、パソコンのまえで顔を寄せていた。画面には家の写真が映っている。

　ノーランは無理して微笑んだが、じゃまが入ったことを喜んではいなかった。

「いらっしゃい、メイソン」ルーシーは〝わたしの脚本どおりに動いて〟という厳しい目でメイソンを見た。「この家の価値がどのくらいか見当をつけるために、このあたりの似たような家の物件リストを見せてもらっているの」

「このまえも話したとおり、この家はすばらしいけど、土地ほどの価値はない」メイソンは椅子を引っぱってきて逆向きにすると、そこにまたがるようにすわった。そして椅子の背もたれの上で腕を組んだ。「でも、ノーランからもうその説明は聞いているんだろうな」

「ああ、実際ルーシーにはそう説明した」ノーランは歯を食いしばりながらも、何とか笑顔のままで言った。「自分のワイナリーを持ちたいひとにとって、この土地は確かに魅力的だ」

「あの昔からある美しいリンゴの木がすべて倒されてしまうなんて考えたくないわ」ルーシーは言った。「でも、セイラおばさんみたいにグラベンシュタインを守ることに、あれほど熱心にもなれない」にっこり笑って続けた。「何といっても、わたしもワインが好きだし」

「そう聞いてうれしいよ」ノーランは言った。「きみに紹介したい買い手がいるんだ」

「ただ、この家の価格をできるだけ高くするためには化粧直しが必要だと、父が言いはっているのよ」

「ここはとてもすてきなクラフツマンシップ様式の家だからね」ノーランは辛抱強く同意した。「ただし、売りに出すまえに大金をかける必要はないと言っておくよ」

「心配しないで。それほど大きな手直しは考えていないから」ルーシーは言った。「この家の改修にかけるほどの大金は持っていないし。ノーラン、時間を割いてくれてありがとう。金額については考えてみて、決心がついたら連絡するわ」

ノーランはためらったが、営業マンとしての勘がこれ以上、仲介契約を勧めるのは賢明ではないと結論を下したようだった。

「ぜひ、そうしてくれ」ノーランはノートパソコンを閉じて立ちあがり、小さな銀色のケースを取りだした。「これがぼくの名刺だ。何か質問があったら、昼でも夜でも気にせずに電話してくれ」

「ありがとう」ルーシーは温かな笑顔を見せて立ちあがった。「玄関まで送るわ」

「悪いね」

メイソンはふたりがキッチンから廊下に出ていくのを見つめた。そして椅子から立ちあがって、ゆっくりとあとを追った。ルーシーはふり向いて、警告するような目で見た。メイソンは両手を広げて、礼儀正しく〝じゃまはしません〟という視線を返した。行儀よくふるまうつもりだった。

メイソンはキッチンの入口で立ち止まって、片側の肩をつけて柱に寄りかかった。すると、ノーランが落ち着かない様子で居間に目をやった。

「これまでずっとあの暖炉にブリンカーの死体があったなんて信じられないな」ノーランは言った。

「その件はこの家を売りだすときの説明に載せなくてもいいわよね」ルーシーは穏やかに言った。

「ああ、もちろん」ノーランは急いで言った。「でも、本当に気味が悪いな。理由はわからないんだよね。きみのおばさんが……その……そんなことをした理由は?」

「理由があってのことにちがいないわ」ルーシーは答えた。

ノーランは顔をしかめた。「ブリンカーを殺したい理由があった人間は多かったはずだ」

「そうだったの?」ルーシーは訊いた。

メイソンはルーシーに脱帽した。じつに見事に何も知らないふりをしている。

ノーランはパソコンケースの取っ手をきつく握りしめた。「ブリンカーはあたかも世界でいちばん大切な友だちだという顔でにっこり微笑んだかと思ったら、次の瞬間には背中にナイフを突き立ててくるようなやつだった。彼がスコアカード強姦魔だったとしても、容易に想像がつく。あの夏のあともブリンカーが生き長らえてうろついていたら、この町はどうなっていたのか想像したくもない。ブリンカーは利口で、金持ちで、完全なソシオパスだったから」

とは多かった。ぼくに言わせれば、セイラが彼を殺してくれたおかげで、みんなが助かったんだ」

「最悪の組みあわせだ」メイソンは言った。

ノーランは険しい顔でうなずいた。「ブリンカーが行方不明になったとき、ほっとしたひとは多かった。ぼくに言わせれば、セイラが彼を殺してくれたおかげで、みんなが助かったんだ」

ルーシーは軽く咳ばらいをした。「覚えているかぎりでは、あの夏、あなたもブリンカーのまわりにいた仲間のひとりだったと思うけど」

「ああ」ノーランは顔をしかめた。「最初はわくわくしたよ。だが、トリスタン・ブリンカーのことで遅かれ早かれ思い知るのは、彼の仲間になって恩恵を得るには必ず代償が必要だということだった」

ノーランは答えを待たずにドアを開けて、ポーチに出ていった。やがて私道で大型車がエンジンをかける音が聞こえると、ルーシーはふり返ってメイソンを見た。

「わたしが何を考えているか、わかる？」

「おれは、ブリンカーがずっと以前に死んでいたことを知って喜んでいるなら、どうしてノーランはあんなに不安そうなのだろうかと考えている」

「仲介契約の件があるからでしょう。何といっても多額の手数料がかかっているわけだし、この町の不動産業者はノーランだけではないし」

「そうかもしれない」メイソンは言った。「だが、手数料ではない理由がある気がする」

「ノーランがやってきてこの家を見てまわったとき、その様子の何かが引っかかったんだけど、それが何かわからないの」

「ゆうべ家捜しをしたのがノーランだったという可能性は？」

「わからない」

「誰かがこの家を引っかきまわしたのは確かなんだね？」

「間違いないわ」ルーシーは答えた。「きちんともとどおりに直したつもりだったんでしょうけど、クローゼットや引き出しや机を誰かが調べたのは確かよ。問題は何を捜していたのかってこと。それも、どうしていま？　セイラおばさんが死んでから、この家は空き家のままずっとここにあったのよ。忍びこんで何かを盗むつもりだったのなら、いくらでも機会があったはずなのに」

「死体が発見されたせいで家捜しすることになったのは明らかだ」

「ええ」

「まだ、たくさんの疑問がある」メイソンは柱から離れて背筋を伸ばした。「まずその答えを見つけるところからはじめよう。ちょっとした家系調査をしてくれないかい？」

「どこの家の？」

「ブリンカーだ」

20

「当時、ジェフリー・ブリンカーと私は金融の世界のトップにいた」ウォーナーは言った。「もちろん大企業と比べれば、まだ小さな会社だったが、それでもわれわれは業界でいちばん頭が切れたし、私たち自身もそう自覚していた。ジェフリーは顧客に気に入られていてね。私の仕事は市場を評価して、投資先を選ぶことだった。投資をするまえは必ず数学を使って計算したが、決断を下すときには勘で決めた。私の直感ははずれなかった。ジェフリーと私はどんどん金を儲けていった」

ディークは何も言わなかった。カウンターのうしろに置いてある腰かけにすわり、ウォーナーがネジまわしの棚をじっくり眺めているのを見つめていた。

メイソンが出ていった直後に、ウォーナーが店の入口から入ってきたとき、ディークは驚いた。理由はまだよくわからないが、ウォーナーはディークと長年の友人であるかのように昔話をはじめた。その話はとても理解できないほど、ディークの現実からはほど遠かった。ディークの世界では、男は戦場に何度も出て、やっと多少は金銭の余裕を得る。生き残れば、家に帰ってきて近所の工具店を買えるという世界だ。いっぽうコルファクスの世界では、男は市場で賭けをして、金持ちになって、上質なワイナリーをつくる。

ウォーナーとの唯一の共通点は年齢だけにちがいない。

彼は伝説になっている黄金の直感の正確さについて話しつづけていたが、ディークもずっと以前から直感を信じることが身についていた。金儲けには役立たなかったが、危険な状況で生き残ってこられた。その直感が、この朝ウォーナーが訪ねてきたのには、ふたつの理由しかないと告げていた。ウォーナーは情報を求めにきたのか、あるいは圧力をかけにきたのか。おそらく、その両方だろう。

こんな話のときには、ひとつだけ大切なことがある。いちばんいいのは、とにかく黙って話を聞くことだ。

「だが、子孫に残せなければ、大企業をつくったところで何の意味がある？」ウォーナーはネジまわしに向かって訊いている。「息子のこととなると、ジェフリーも私も呪《のろ》われている。ジェフリーの息子は若くして死んだ。私の息子は軟弱で弱い」

ディークは肩をすくめて、あたりさわりのない反応をした。たとえ、何か言ってやりたくとも、適切な返事はない。

「以前はジェフリーがうらやましかった」ウォーナーは言った。「私の息子は子どものときから軟弱だったから。息子がそんなふうに育ったのには、もちろん私にも責任がある。当時は会社を大きくするのに忙しかったんだ。母親まかせにしてクインを育てたせいで、あいつは気骨がなくて意志の弱いマザコンになってしまった」

ディークは何も言わなかった。

「数年まえ、息子がジリアンと結婚したときには期待を抱いた。あの娘には気骨も野心もあったからな。ジリアンが金めあてで結婚したことはわかっていたが、クインだって、コルファクス社の後継者として私が育てられるように、孫くらいはもうけてくれるだろうと思っていた。だが、息子はそれさえできなかった。ジリアンは一度も妊娠していないんだ」

ジリアンは子どもをつくりたくないのかもしれない。ディークはそう思ったが、口には出さなかった。

「それなのに、ジェフリーの息子のトリスタンは頭が切れたし、父親の度胸も受け継いでいた」ウォーナーは手を握りしめた。「少し向こうみずなところもあったかもしれないが、男には悪くない資質じゃないかね？」

「さあ、どうかな」話を続けさせるためには、そろそろ少しは口を開いたほうがいいと判断して、ディークは言った。「結局、あの子は死んでしまった」

「殺されたんだ」

「ああ。でも死んだことに変わりはない」

「生きていたら、ジェフリーの息子は男のなかの男になっていただろう」

おそらく連続強姦魔か連続殺人犯になっていただろう。

「あの夏、トリスタンとクインが友だちになって、私はすごく喜んだんだよ」ウォーナーは続けた。「トリスタンの度胸と野心がクインに影響を与えてくれるんじゃないかと期待したのさ。だが、相変わらず、クインは手下のままだった」

ディークは腕組みをした。「ジェフリーの息子が上に立つ人間だったとは思えない。どちらかというと、とびきりの悪だ。おれに言わせれば、トリスタンが消えたとき、父親を除けば、誰も悲しんでいなかったと思うね」

「強い男は愛されずに、恐れられるものだ。友人はいないが、競争相手はいる。命令を実行する人間もいる。決まりは自分がつくる」

「信頼できる相手に見守ってもらう必要ができるまでは、それでもいいだろうがね」

ウォーナーは鼻を鳴らした。「きみに成功の秘訣がわかるのか？　きみがこれまでやってきたことと言えば、年金がもらえるまで軍隊で働いたあと、サマーリヴァーに帰ってきて工具店を開いたことだけじゃないか。まあ、いい。たいした問題じゃない。そんな話をするために、この店にきたわけじゃない」

ディークは腕時計に目をやった。「店といえば、あと数分で店を開ける。そろそろ用件を言ってもらえないか？」

ウォーナーの口もとが引きつった。目に怒りが浮かんでいる。ほかの人間に急かされることに慣れていないのだ。だが、何とか自分を抑えたようだった。

「ルーシーという娘が私の義姉が持っていたコルファクス社の株式を相続したことは、もう知っているだろう」ウォーナーは言った。

「そんな話は耳にした」

ウォーナーはふふんと笑った。「もちろん、知っているはずだ。町じゅうが噂しているからな。きみの甥のメイソンは彼女に好意を抱いているようだな」

ディークはじっとしたまま、息を吸って途中まで吐いた。とどめの一発を撃つまえに、いつもそうするのだ。

「コルファクス、何が言いたい？」ディークは訊いた。「メイソンがその株がめあてで、ルーシーと会っていると言いたいのか？」

ウォーナーは二度まばたきをした。やはりじっとしたまま動かなかったが、それはヘッドライトに照らされた鹿のような反応だった。ウォーナーはディークをしばらく見つめると、われに返った。何とか小さく笑ってみせたが、その声は少し震えていた。

「かっかしないでくれよ、ディーク」ウォーナーは言った。「悪気はなかったんだ。だが、知ってのとおり、今回の件には大金がかかっている。ルーシーが相続した株式には、コルファクス社を左右するだけの力があるんだ。それに、株を売る気にさえなれば、ルーシーがとてつもない金持ちになるのは、馬鹿でないかぎりわかる」

「だから？」

「だから、私はルーシーの持ち株を買いたいと申しでるつもりだ」ウォーナーは淡々と言った。「彼女の言い値で」

「ルーシーが適正な価格を知っているといいが」

「メイソンは知っているだろう。もし本気でルーシーに惚《ほ》れているなら、彼女のために株を売ることを勧めるべきだ」

「ルーシーは売りたくないのかもしれない」

ウォーナーは唇をきつく結んで、頭をふった。「そうだとしたら、残念な決断だ」

「そいつは脅しか？」

「いや」ウォーナーは大きく息を吐いた。「たんなる役に立つ助言だ。ディーク、物事はあっという間に厄介になる。家族のなかには、私が年を取って軟弱になったと思っている者がいるようだ。私自身や、私が築いたものすべてを守れないとね。だが、そいつは間違っている。ルーシーはサメがいる水槽のなかで泳いでいるようなものだ。できるかぎり早く株を売らないと、寄ってたかって食いものにされてしまう。ルーシーがサメの仲間でないことは、きみも私も知っている。だからこそ、餌食になってしまうんだ」

「コルファクス、役に立つ助言を与えてくれたことには礼を言う。そのお返しをしてやろう」

「どういうことだ？」

「さっき、友人はたいして必要じゃないと言ったな」

ウォーナーは肩をすくめた。「私にだっていくらでも友人はいるが、これっぽっちも信用はしていない」

「これだけは覚えておくんだな。ルーシーはサマーリヴァーに友人がいる。あんたとちがって、彼女は友人を信頼している」

それ以上、説明する必要はなかった。ウォーナーはディークが言いたいことを理解していた。

「好きなようにするといい」ウォーナーは言った。「私の助言は変わらない。株を持っているかぎり、ルーシーは面倒に巻きこまれる。少しでも分別があるなら、金を受け取って逃げることだ。彼女にそう伝えてくれ」

「伝えよう」

ウォーナーはうなずいた。そしてドアまで歩いて立ち止まり、ノブに手をかけた。「考えてみれば、皮肉なものだな」

「何のことだ？」ディークは訊いた。

「ジェフリーも私も、男が息子に与えられるかぎりの優位な条件を与えてやった——金、高い教育、社会での申し分のないコネ、数百万ドルの価値がある事業を引き継げる可能性だ。

それなのに、少年を本物の男に育てあげたのはきみのほうだ。このあたりの人間は、誰もがメイソン・フレッチャーには手を出すなと言っているよ。ちくしょう、ディーク。私は久しく誰かを羨《うらや》んだことがなかったが、いまはきみが羨ましい」

21

「ジェフリー・ブリンカーの遺産については、何も変わったことはなかったわ」ルーシーはパソコンの画面に映しだされた情報をじっくり見た。「ジェフリーは全財産をトリスタン・ブリンカーに遺していた。信託には、トリスタンが父親より先に死亡した場合には、遺産は遠い親戚のあいだで平等に分割されると明記されていたの」

「遠いってどのくらい？」メイソンは訊いた。

ルーシーはたくさんの情報が記されている画面に切りかえた。「東海岸にいるまたいとこね。ちなみに、その遺産というのは莫大な金額ではないの。少なくとも、コルファクス社の半分の価値から想像するほどの額ではないわ。それでも数百万ドルにはなるけど」

メイソンは椅子にゆったりと腰かけ、コーヒーを飲んでいる。目は半ば閉じかかっている。一種の無の境地にあるのだろう――頭でシナリオを組み立て、起こり得る結果を想定しているのだ。おばのセイラがいたら、深い集中力が発するオーラを称賛しただろう。

ふたりはキッチンのテーブルにすわっていた。ノーラン・ケリーが帰ったあと、もう一度ポット一杯分のコーヒーをいれたのだ。ドアを入ってきたとき、メイソンの目は怖いほどジョーの目にそっくりだった。だが、彼は不動産業者を家のなかに入れる危険性について説教しないだけの分別を持ちあわせていた。

メイソンは瞑想状態から脱して、ルーシーをじっと見た。「ジェフリー・ブリンカーが持ち株を売ったことで、大金を手にした親戚はいないと言ったね」

ルーシーはパソコンの画面を見た。「わたしは仕事でたくさんの資産家の遺産を扱ってきたのよ。ヘッジファンドの専門家ではないけど、会社の半分の権利をコルファクス社に売ったにしては、驚くほど遺産が少ないの」

「ジェフリーはどうして実際の価値より安く、会社の半分の株式を売ったんだ？」

ルーシーは画面から顔をあげた。「もしかしたら、みんなが言っているように、跡継ぎである息子のトリスタンが死んだと思われて、何もかもどうでもよくなったのかもしれない。でも、ほかの可能性もあるわ。その頃にはもう死期が近いと気づいていたのかも」

「金を使いきれるほど長生きできないとわかっていて、あとに遺していく人間のことがどうでもよければ、財産なんてどうだってよくなるのかもしれないな。ジェフリーは息子がソシオパスだと気づいていたのかな？」

「たとえトリスタンがソシオパスだと気づいていても、父親の悲しみがやわらいだとは必ずしも言えないわ」

メイソンは頭のうしろで手を組んだ。「ジェフリー・ブリンカーは自身の病気のことを知っていたはずだ」

「なぜ言い切れるの？」

「そうでなければ、そんな低い買い取り価格を受け入れるわけがない。ジェフリーはまだ若かった。再婚して、また跡継ぎを産ませることも可能だったはずだ」

「そうねえ」ルーシーはペンを持って、その先でテーブルを軽く叩いた。

「何だ？」

「いまあなたがジェフリーについて言ったことは、すべてウォーナー・コルファクスにもあてはまるんじゃないかと思いついたの。息子のクインがソシオパスだというわけじゃないけど、明らかに経営者の器ではない。どういう理由であれ、ウォーナーは息子にマーケティング部門の名ばかりの地位しか与えなかった。しかも、サンフランシスコのコルファクス本社の役職ではなくて、サマーリヴァーのワイナリーの役職よ。ウォーナーは明らかにクインは帝王にふさわしくないと考えているのよ」

「何を考えているんだ？」

「ウォーナーがひとり目の奥さんを捨てたのは、もうひとり後継者をつくるためだったんじゃないかしら」

メイソンは小さく口笛を吹いた。「すごい話だ。残酷だな。世の中をななめに見ていたって、おれなんかたいしたことないな」

「警察官はいろいろなものを見聞きするのでしょうけど、マキャヴェリ流の陰謀やごまかしにかけては、莫大な遺産がかかった家族内の争いに勝るものはないのよ。ううん、訂正させて。別に、莫大な遺産である必要はないわ。母親のアンティークの箱を取ったとか、居間の金縁の鏡を取ったというだけの理由で、何年もお互いに口をきかないきょうだいは多いの」

「つまり、これまで見てきたところでは、家族同士ほど争うものはないということか」

「家族同士の争いは現金や不動産が原因だと思われているけど、じつはその奥深くに必ず家族内の人間関係の問題が隠れているの」ルーシーはペン先でテーブルを二度叩いた。「そこに二番目の妻を投げこむことほど、問題を混乱させるものはないわ。ただのお飾り以上の目的がある場合は――二番目の奥さんの役割が跡継ぎを産むことなら――問題はもっともっと厄介になるでしょうね」

そのとき携帯電話が鳴り、ルーシーは驚いた。そして画面を見て顔をしかめると、電話に出た。

「こんにちは、パパ」

「お母さんからeメールが届いた」リチャード・シェリダンは言った。「セイラの家の暖炉から死体が出てきたというのは、どういうことだ？」

父は大学の研究室にいるようだ。そっけない口調でわかる。おそらく、また学会の準備でもしているのだろう。だが、父は頭の切りかえがとてもうまいのだ。ルーシーは父の注意がしばらくは自分に向いていることがわかったので、事件の概要をすばやく伝えた。

「セイラはかなり風変わりだったが、それでも誰かを殺して、しかも暖炉に死体を隠すなんて想像できないな」ルーシーが話し終えると、父は言った。

「考えてみれば、死体を隠すのだって簡単ではないのよね――少なくとも自分が生きているあいだは、ぜったいに発見されたくないと思うなら」ルーシーは言った。

「そんなことはあまり考えたことがないからな」リチャードは冷ややかに言った。「だが、気味の悪い話だ。おそらく家の売値に悪影響があるだろう。とにかく、売却用の説明からはその情報をはずせるんだな？」

「だいじょうぶよ。そんな情報を載せるつもりはないから。不動産業者だって、そんなことは書きたくないでしょうし」

「十三年まえ、エレンも私もあのブリンカーという若者がよくない結末を迎えたらしいと知って、心からほっとした。あの夏、セイラがおまえを帰してよこしたのは、ブリンカーのせいだったと知っているかい？」

「ええ」

「あのろくでなしは当然の報いを受けたんだ。私にはそうとしか言えない。おまえに起こっていたかもしれない事態について聞いたとき、私はすぐに警察に駆けこみたかった。でも、セイラはそんなことをしても無駄だと思いこんでいた。私は何らかの法的措置が執《と》れないものか弁護士にも相談していたんだ——接触を禁止する命令とか、そんな類いのことを。そうしたらお母さんと私にセイラから連絡があって、ブリンカーは死んだらしいというんだ。セイラは……何というか、確信があるようだった」

「いまはもう、その理由がわかったというわけね」ルーシーは少しためらってから言った。「ありがとう、パパ」

「何のことだ？」

「弁護士に相談してくれたり……いろいろと。わたしを守る方法を探してくれたこと、本当に感謝しているわ」

「私はおまえの父親だ。あたりまえだろう」

ルーシーの目に涙がにじんだ。「ありがとう」咳ばらいをして続けた。「家のことだけど——」

「仲介業者は見つかったのか？」

「ええ、話は聞いたわ」

「さっきも言ったが、できるかぎり死体のことは説明からはずすんだぞ」

「気をつけます」ルーシーは迷ったが、父にも新しい情報を知らせておくことにした。「もうひとつ問題があるの。警察からはこの家はもう犯罪現場ではないと言われたんだけど、ゆうべ誰かが家に忍びこんだみたいで。誰かが家捜ししたのよ」

「その場にいたのか？」リチャードの声はひどく不安そうだった。

「いいえ。わたしは町のホテルに泊まっているから」

「よかった」リチャードの声からすぐにまた不安が消えた。「警察に通報したのか？」

「いいえ。証明できないからしていないの。見たところ、何も盗まれていないようだし。不法侵入を訴えても、警察がどんな対応をするか知っているでしょう――とりわけ、何も盗《と》られていないときは」

「空き家は、勝手に侵入したり、物を壊したりする輩《やから》を引きつけるからな――みんなが知っていることだ。暖炉で発見された死体のことで、その周辺の注目を集めているのは確かだ。なかを見てみたくて、どこかの若者が忍びこんだのかもしれんな」

「でも、誰かが無理やり押し入った形跡はないのよ」

「報道によれば、平均的な泥棒は平均的な家の鍵を約六十秒で開けられるらしい」

ルーシーはテーブルの向こうのメイソンと視線をあわせた。「ええ、その話は聞いたことがあるわ」

「いいかい？　サマーリヴァーに長居する必要はない。セイラの荷物をまとめたら、リサイクルショップに引き取ってもらいなさい。家具やアンティークの価値については鑑定士に連絡して助言をもらえばいい。それから地元の工務店に多少の修繕をしてもらって、家を売りに出す」

「そうします」ルーシーは言った。「アドバイスをありがとう、パパ」

メイソンはおもしろがっているようだった。きっと、父への感謝の仕方がおかしいのだろう。

「おまえが相続した株式を売却する件については、もうウォーナー・コルファクスに連絡したのか？」

ルーシーは大きく息を吸った。「価格についてはまだよ」

「言っておくが、交渉は遺産の件で依頼している弁護士にまかせなさい」

「わかりました」ルーシーは素直に言った。

メイソンは眉をあげた。

「そろそろ行かないと」リチャードが言った。「数分後に会議があるんだ。何か助けが必要なことがあったら、連絡してきなさい」

「アドバイスしてくれてありがとう、パパ。またね」

「ああ、また」

「愛しているわ」ルーシーは付け加えた。

先にそう口にするのは、いつもルーシーだった。だが、たとえ促さなければならないとしても、父は必ず応えてくれる。

「私も愛しているよ、ルーシー」

ルーシーは電話を切ると、父と話したあとに決まって感じるいつもの切なさを嚙《か》み殺した。そしてトートバッグに携帯電話を戻した。顔をあげると、メイソンが考えこんでいるような顔で見つめていた。

「〝アドバイスしてくれてありがとう、パパ〟だって？」メイソンは眉を少しあげて、くり返した。

「あれこれと指示を出されたわ。家具とアンティークについては鑑定士に見てもらいなさい、リサイクルショップに依頼しなさい、工務店に頼みなさい、ってね。悪気はないの」

「きみはお父さんの言うことに行儀よく耳を傾けるけど、実際には自分の思いどおりにすることに慣れているというわけか」

「そのほうがお互いにいいの。父が間違っているからじゃないのよ。結局は父に言われたことをすべてやることになるわ。でもいまは、セイラおばさんとメアリーに何が起こったのかを知ることに関心があるの」

「お父さんにはその疑問を話さなかったようだね」

ルーシーはコーヒーを飲んで、カップを置いた。「母にも話さなかったわ。知ったとしても、心配するだけだから」

メイソンは物知り顔で目を輝かせた。「ご両親には聞かせたいことだけ話して、あとは自分の好きにするのにも慣れているようだ」

「ふたりには決して嘘はつかないけど、知らないことでは傷つかないという原理に則って行動するときも多いわ」

「ただし、計画が破綻して、面目がつぶれることもある」

「そういうときもあるわね。でも、そうなっても秘密兵器があるの」

「何だい？」

「あなたよ。父はきっとほめてくれるわ。その分野で最高のひとたちを雇うのが好きだから。長い目で見れば、そのほうが安あがりなんですって。折よく、わたしは世界でも傑出した未解決事件のコンサルタントと一緒に調査に当たっているわけだから」

「このちょっとした計画が失敗したら、ご両親にそう言うつもりかい？――コンサルタントと一緒に調査していたんだって」

「傑出《プレエミネント》した犯罪捜査コンサルタントよ」

「傑出したという言葉は難しいな」メイソンは言った。「ちなみに、それはあまり賢すぎないという意味？」

「いいえ。ずば抜けたという意味よ」ルーシーの携帯電話がまた鳴ったが、今度は知らない番号からだった。ルーシーは電話に出た。「ルーシーです」

「ルーシー、テレサよ。今夜、わたしたち夫婦と一緒に夕食でもどうかと思って。姪《めい》が子どもたちを見てくれると言うから。町に新しいレストランができたの。レイフとそのうち行きたいと話していたのよ」

「ありがとう」ルーシーは言った。「行きたいわ」

「メイソン・フレッチャーもぜひ誘って。あなたたちが付きあっているってこと、町じゅうの噂になっているわよ」

ルーシーはたじろいだ。「ずいぶん早いのね。ちょっと待って、いまメイソンと一緒なの。一緒に行けるかどうか訊いてみるから」ルーシーは送話口を肩に押しあてた。「テレサ・ヴェガからよ。ご主人との夕食にわたしたちを誘ってくれたんだけど、今夜は空いている?」

「ああ」メイソンは言った。「おれが礼を言っていたと伝えてくれ」

ルーシーは電話を耳に戻した。「ふたりで喜んでうかがうわ。レストランで会いましょう」

「よかった。ペンはある?」

「ええ」

ルーシーはレストランの名前と場所を書きとめ、挨拶をして電話を切った。それから咳ばらいをした。

「今夜、テレサとご主人のレイフ・ヴェガと食事をするまえに、知っておいてもらいたいことがあるの」

「聞いておこう」

「どうやら、わたしたちが付きあっているという噂が町じゅうに広まっているみたい」

「早いな」

「わたしも同じことを言ったわ。あなたの言ったとおり。サマーリヴァーでひとつだけ長年変わっていないことがある。ある意味では、相変わらず小さな町なのね」

メイソンの口もとがわずかにゆがんだ。「だから、ふたりで食事に誘われたんだろうな。テレサとレイフは殺人事件について最新の情報を知りたいんだ」

「ぜったいにそうよ。でも、こう考えない？　テレサとご主人はわたしたちから事件の内幕を聞きだそうとするでしょうけど、そのお返しをしてもらえばいい。テレサはサマーリヴァーで育ったのよ。みんなのことを知っているわ」

「ご主人のほうは？」

「確か、まだ町にきてまもないと聞いた気がするわ。高校の先生ですって」

「いいぞ。わくわくしてきた」

ルーシーは警戒して訊いた。「何を考えているの？」

「今回が三度目のデートだって考えただけさ」メイソンは片手をあげて、ひとさし指を伸ばした。「一度目のデートでは死体を発見」二本目の指を伸ばした。「二度目のデートでは、すばらしいワインカントリー・カジュアル姿のたくさんの道化たちに、あらゆる形でさりげなく脅されて楽しんだ」最後にもう一本、指を伸ばした。「三番目のデートでは、地元の証人に尋問する」

「何が言いたいの？」

メイソンはオオカミのような笑みを浮かべた。「つまり、おれたちの関係はずいぶんとおもしろいはじまり方をしたってこと」

〝関係〟という言葉を聞いて、ルーシーの全身にわけのわからない震えが走った。メイソンはからかっているのよ。ルーシーも調子をあわせた。

「三回のデートじゃ、まだ関係だなんて呼べないわ」ルーシーは陽気に言った。「でも、これまでの二度のデートが、この数カ月のあいだに結婚情報サービスに紹介された三十回のデートよりずっとおもしろかったのは確かね」

「結婚情報サービスが選んだ相手とのデートで、これまでの二度のデートより楽しかったものはなかったというのかい？」

「ええ。ほとんどは一回目のデートよりつまらなかったわ」

「おれたちはこれから三度目のデートをする。これまでのきみのデートの記録を考えれば、もう〝関係〟と呼んでもいいだろう」

22

レストランはいかにもワインカントリーにありそうな店だった。ビストロ風の店がまえに、斬新な西海岸の料理を提供する。片側の壁には床から天井まである棚に地元でつくられたワインが並び、テーブルでは脚の長いワイングラスが輝いている。メニューは〝ルッコラとヤギのチーズのフライのサラダ〟に使われるルッコラとチーズから、手製のラヴィオリまで、ほとんどがオーガニックで、レストランから半径八十キロメートル圏内で生産されたものだと熱心に訴えている――レストランのオーナー・シェフが運営する農場で栽培された食材もあるのだ。

ルーシーはワイナリーのパーティのために買った黄昏色のドレスを着ていた。ヴァンテージ・ハーバーに戻ってクローゼットの奥にしまいこむまで、せめて二回は着たかった。だが、サンダルは新たにヒールが高いものを買っていた。女はいつだって、別の靴が欲しくなるものなのだ。

ルーシーの思いこみかもしれないが、四人がテーブルに案内されると、多くの人々の好奇の目がこっそりあとを追ってきた。おばの家の暖炉で気味の悪い死体を見つけたと思ったら、気づいてみると、みんなに噂されているのだ。

夜は意外なほど気楽にはじまった。レイフとメイソンが会ってすぐに意気投合したのだ。レイフはルーシーもメイソンもワイン通を自称していないと知ると、親切に〝とても飲みやすい〟ワインだと説明してから、辛口のリースリングをボトルで注文した。ウエイターは恭《うやうや》しい口調で、詩のような言葉を使ってメニューについて説明した。料理が選ばれ、注文が終わった。

そのあと礼儀正しく互いの尋問がはじまった。少しだけ情報をもらせば、少しだけ情報が入ってくる。町にくる途中でメイソンにそう助言された。彼の言うことは正しい。何といっても、それが噂話で最も重要なルールなのだ。前菜がくるまでは、ほとんどルーシーとメイソンが質問に率直に答えていた。口にしなかったのは、セイラとメアリーが死んだ自動車事故に対する疑いと、セイラの家が家捜しされたというルーシーの確信だけだった。〝もうすでに狙われているというのに、これ以上狙われやすくするべきじゃない〟というのがメイソンが述べた正確な言葉だった。そんなふうに言われたら、反論しにくい。

「コルファクス家の人間から圧力をかけられるのは意外じゃないよ」レイフはそう言った。「彼らが株を返してほしいと思っているのは秘密でも何でもないからね。家族以外の人間が会社を左右するほどの株数を相続したうえに、誰でも好きな相手に売ったり譲ったりできる権利があると知って、ウォーナー・コルファクスは卒倒しそうになったという噂だ」

「ウォーナーならきっと高い値で買ってくれるわよ」テレサは言った。「あなたったら、これで大金持ちの女性になるのね、ルーシー」

「問題はコルファクス家の全員がルーシーの株を買いたがっていることなんだ」メイソンは説明した。「どうやら、金が目的ではないらしい」

「どれだけの価値があるにしても、コルファクス家でいちばん裕福なのはウォーナーだろう」レイフは言った。「それなら、ウォーナーがいちばん高い値をつけてくれるんじゃないのかな」

「ええ、そうよね」ルーシーは、芽キャベツとワケギを薄く切ってソテーした、パスタの付けあわせを食べた。「昔のことなんだけど、あなたたちはトリスタン・ブリンカーが行方不明になった頃のことを覚えていない？」

テレサとレイフは顔を見あわせ、レイフは肩をすくめた。

「テレサに訊いたほうがいい」レイフは言った。「十三年まえ、ぼくはここに住んでいなかったから」

「わたしはブリンカーがいなくなったという知らせを聞いたときのみんなの反応を覚えているわ」テレサは言った。「町にいた十代の子みんなが話していた」メイソンに目をやった。「当時、あなたもまだここにいたわよね。あの騒ぎを覚えているでしょう」

「覚えている」メイソンは答えた。「でも、あの頃は少し忙しかったからね」

テレサは微笑んだ。「知っているわ。工具店で働いて、あの古家を修理して、おじさんがいないときは、たいてい自分と弟さんのものが壊れないように直していたわよね」

「店にきたひとに話は聞いたけど、高校に行ってなかったから、自分より年下の子たちのイベントの話は知らなかった」メイソンは言った。

「だいたいはどれもこれも派手な子たちの陰謀説みたいなものだったわ」テレサは言った。「覚えているかぎりでは、二種類あったわね。いちばん知られていたのは、トリスタンはどうやら違法薬物の市場にコネがあって、ドラッグの取引でもめて殺されたんだという説。結局、警察も同じことを考えたみたい。ふたつ目の説はもちろん、あなたが彼の失踪に関係しているというものよ、メイソン」

メイソンは首をふった。「ちがう。おれじゃない」

「もちろん、いまはわたしたちだって、それが本当だと知っているわ」テレサは言った。「でも当時はハーパー・ランチで最後のパーティが開かれた夜、あなたとブリンカーが喧嘩していたという噂が広まったの」

「話はした」メイソンは言った。「だが、それで終わった」

レイフが考えこむような目でメイソンを見た。「それで終わった。セイラ・シェリダンのおかげで」

メイソンは答えなかった。

「セイラを疑ったひとはいなかったはずよ」テレサは続けた。「ブリンカーが本当に姿を消して、おそらく死んだのだろうと言われはじめたとき、ほっとしたような顔をしていた子がいたことをよく覚えているわ。ちなみに、ジリアン・ベンソンも——いまはジリアン・コルファクスだけど——そのひとりだった。ノーラン・ケリーもね。少なくとも、わたしはそう感じていた」

ルーシーはフォークを持ったまま言った。「ジリアンもノーランもブリンカーが好きだったような印象があったけど。というより、ブリンカーの仲間でいるのが好きだったと言うべきかしら」

「わたしに言えることは、ブリンカーが行方不明になって、おそらくは死んだものと思われると警察が発表したとき、ジリアンはあまり悲しんでいなかったということだけね」テレサは言った。「でも、ぜったいとは言えない。ただの印象にすぎないから。ノーランや、ほかの子たちにも同じ印象を受けた。でも、わたしはジリアンたちよりふたつ年下で、一緒に行動していなかったから、確実なことは何も言えないのだけど」

「ブリンカーはとてもいやな男だったのね」ルーシーは言った。「もし本当にスコアカード強姦魔だったのなら、当時のひとたちが思っていた以上に危険だったということだけど。あの夏、サマーリヴァーの十代の子たちはみんなブリンカーに夢中だったわよね」

「ええ」テレサは身震いした。「いま、自分が子どもを持ってみて、ときどきブリンカーのことを思いだすの。とても心配よ」

レイフの表情が険しくなった。「当時、ぼくはこの町にいなかったけど、教師をしているから、ちょっと年上でカリスマ性のあるソシオパスが仲間に加わると、十代の子たちの世界に悪いことがどんなふうに広まるか、いやになるほど目にしてきた」

テレサはワイングラスを手にした。「それなのに、ブリンカーの父親は息子を自慢に思っていたなんてね」

23

ノーラン・ケリーは引き出しをひとつずつ細身の懐中電灯で照らして、最後にもう一度机のなかを捜した。引き出しには何もなく、きちんと積み重なった紙や、古い請求書や、ガーデニングのカタログや、長年のうちにたまったがらくた——クリップの箱や、ペンや、輪ゴムなど——があるだけだった。

ノーランは机を捜すのをやめて、セイラ・シェリダンが事務室として使っていた部屋を見まわした。古いビデオテープを捜すのは、これで二度目だった。昨夜は収穫がなく、もう一度捜してみることにしたのだ。

十三年まえも取り憑かれたようになって必死に捜した。ブリンカーが夏のあいだ借りていた部屋を隅から隅まで捜したが、見つからなかった。インターネットにもアップされていなかった。だから、ブリンカーはあのろくでもない証拠を保存しておかなかったのだと自分に言い聞かせた——おそらく、その証拠からたどられてブリンカー自身に行き着く可能性があるとわかっていたからだろうと。ブリンカーはいつだって自分のことだけを考え、自分が関わっている痕跡《こんせき》を慎重に消していたのだから。

セイラはブリンカーのビデオテープの隠し場所を見つけたにちがいない。ブリンカーがスコアカード強姦魔だとセイラが気づいた理由は、それしかない。そして、そこまで気づいたのなら、ドラッグの密売についても知っていたにちがいない。もしも捜しているビデオテープがこの家のどこかにあるなら、ルーシーがおばの遺品を整理するときに見つける可能性が高い。

ノーランは腕時計を見た。まだ時間はある。焦らなくてもだいじょうぶだ——いまのところは。ルーシーとメイソンは、ヴェガ夫妻とともにレストランに入っていった。ゆっくり食事をしてくるにちがいない。

予想がつかないのは、ルーシーとメイソンが食事のあと、この古い家に戻ってくるのかどうかということだった。戻ってくる可能性は高いと思ったほうがいいだろう。サマーリヴァーにはカップルがふたりきりになるのに便利なホテルがあまりないからだ。ルーシーとメイソンがまだ寝ていないとしても、おそらくすぐにそうなる。今朝キッチンに入ってきたとき、メイソンはとても危険な目をしていた。ルーシーがほかの男とふたりきりでいるのが気に食わなかったのだ。

メイソン、おまえに本当のことを教えてやればな。

ノーランは懐中電灯で部屋を照らして、最後にもう一度見た。ルーシーに対して個人的な関心はまったくなかった。くそっ。最初に狙っていたのは、シリコンバレーの顧客に売れるように、この家の独占仲介契約を結ぶことだけだった。それなのに暖炉からブリンカーの死体が出てきて、ノーランは体の芯《しん》まで震えた。思いがけない災いが降りかかってきたのだ。まるで、あの悪党が甦ってきて付きまとっているかのように。だが、心のどこかではやり残したことを片づける機会をずっと待っていた面もあり、それがいまなのだ。

ノーランはビデオを捜すのをあきらめた。もう無理だ。この家には古いビデオを隠せる場所が多すぎる——そもそも、すべて、セイラがビデオを見つけたにちがいないと仮定してのことなのだから。

ノーランは深呼吸して、何とか頭を働かせた。もう時間がない。ビデオが見つからなければ、残された選択肢はただひとつ。今夜はその準備もしてきている。灯油を一階に持ってきたのだ。

この家を燃やすのは気が進まなかった。宝物のような物件なのだから。フランス風のシャトーと、プールやテニスコートがそろった壁に囲まれた中庭を求める顧客には小さいだろうが、古いクラフツマン様式の家は美しいゲストハウスとしてぴったりなのだ。だが、最終的に顧客が大金を払うのは、土地の広さと場所であって、小さな家ではない。

ノーランは廊下に出て、懐中電灯の細い光で暗闇を照らした。真っ暗な一階のどこかで、ドアの蝶番《ちょうつがい》が音をたてた。夜風が入ってきて、二階の空気が変わった。電気が点くことはなかった。誰が入ってきたにしろ、自分と同じ侵入者にちがいない。

ノーランはやっと懐中電灯のスイッチを切ることに思いがいたった。階段をのぼってくる足音がする。暗闇のなかで懐中電灯の光が上下している。逃げる場所も、隠れる場所もない。

ノーランは身を守るために懐中電灯のスイッチを入れた。

そのあとは階段の上で侵入者の顔を見て、安堵の息をもらした。そして直感で、唯一の才能に頼った――売りこむ才能に。

「もっと早く気づくべきだった」ノーランは言った。「おれと同じ理由でここにきたんだろう。話しあおうじゃないか。おれたちの共通の問題をどう片づけたらいいか、いい考えを思いつくかもしれない」

24

四人はゆっくり時間をかけてコーヒーとデザートを味わった。レストランを出たときには遅い時間になっていた。そんな時間だと大通りであっても静かだった。ブティックもほかの店も暗い。テレサとレイフはルーシーが町を離れるまえにもう一度会いたいと言うと、車に乗りこんで帰っていった。

メイソンはルーシーの腰に腕をまわした。ルーシーも身体を離さなかった。メイソンはルーシーを少し引き寄せ、彼女に触れるたびに感じるわくわくとした気持ちを堪能した。彼女が着ている美しいドレスは上品でありながら、どういうわけか悩殺的にも見える。静まり返ったなかで、サンダルの高いヒールが歩道で血を沸き立たせるような音を響かせている。

メイソンは選択肢について考えをめぐらせた。いちばん選びたくないのは、ルーシーをホテルに連れて帰ることだ。だが、昨夜思い知らされたように、こんな小さな町だと、カップルが人目につかずにふたりきりになれる場所は多くない。そうかといって、ルーシーが車の後部座席でちょっとした前戯をして、場合によってはその先に進むことを喜ぶとも思えない。

自分はそれでもかまわないのだが。ルーシーとだったら、どこでも、どんな状況でもうれしいにちがいない。けれど、男としての自尊心もある。メイソンはルーシーによい印象を与えたかった。そうなると、車の後部座席では難しい。町のはずれにはモーテルがあるが、それも何だかやぼったい。誰かが通りかかって、この車の持ち主に気づく可能性も高い。いっぽう、もう少し遠くまで行けば——たとえば、ヒールスバーグかサンタローザ、あるいは海岸のほうまで行けば——それなりのモーテルを見つけられるかもしれない。メイソンはこっそり腕時計を盗み見た。十時すぎ。ルーシーがその案に賛成してくれたとしても、どこにあるかわからない夜を過ごせる場所を見つけたときには、とうに深夜になっているだろう。

それに、翌朝どうやってルーシーをハーヴェスト・ゴールド・インに帰すかという問題もある。ホテルまで送っていって、いかにも朝帰りという格好でルーシーに恥をかかせるのは忍びない。だが、町に住む半数のひとがルーシーはとっくに自分と一夜を過ごしていると思っているのだ。彼女は気にするだろうか？　そもそも、ルーシーは自分と一夜を過ごす気でいるのか？

ああ、早く決めなければ。

ホテルまでもう一ブロックしかない。このあとどうするか考えなければ、早く。ルーシーのほうもこのあとベッドをともにする可能性について考えているのだろうか。

「ジリアンもブリンカーがいなくなって、ほっとしていた子たちのひとりだって、テレサが言っていたのは、なかなか興味深かったわ」ルーシーは言った。「わたしが町を出たあと、ジリアンに会った？」

メイソンはうなりたくなるのをこらえた。答えが出た。ルーシーはどこかのモーテルで自分とベッドをともにするかもしれないなんてことは、まったく考えていなかった。メイソンは頭の端から思考力を引っぱりだして、記憶を甦らせた。

「ジリアンに？　ああ、町で何度か見かけたとは思うけど、ハーパー・ランチの夜のあと、彼女はおれを避けていた気がするな」

「意外ではないわね。わたしに起きていたかもしれないことで、少なくとも責任の一端はジリアンにあると、あなたが責めるかもしれないと知っていたわけだから」

「ブリンカーはきみを引き寄せるのに、ジリアンを利用したんだろう。ジリアンはブリンカーとぐるだった」

「そこまで責めるのは厳しすぎるわ。きっと、ブリンカーが何をするつもりか知らなかったのよ」

「いや、ジリアンは知っていた」

どこか遠くでサイレンが鳴り、暗い町の静寂を切り裂いた。ルーシーがたじろいだのが、手のひらから伝わってくる。メイソンは腰にまわしている手に力をこめた。ルーシーの身体から緊張が解けた。

「都会にいると、サイレンに慣れてしまって、まったく気にしないのよね」ルーシーは言った。「でも、小さな町でサイレンを聞くと、気になってしまう」

二度目のサイレンが夜のなかで響いた。

「郡の消防車だ」メイソンは言った。「大きな火事みたいだな」

メイソンが立ち止まり、ルーシーも足を止めた。メイソンは鳴り響くサイレンの音を追って、あたりを見まわした。大通りに並ぶ店で視界がさえぎられたが、すぐに直感が働いた。

「くそっ」メイソンが小声で言った。

ルーシーの身体がこわばった。「そんな、まさか――」

「サイレンは間違いなくおばさんの家に行く道に向かっている。確かめるには、ひとつしか方法がない」

メイソンはルーシーの腰を放して、手をつかんだ。そして一緒に車まで駆けていった。一瞬彼は、女性はハイヒールで走れるのだろうかと思ったが、そんなことを考えている暇はなかった。

メイソンはエンジンを吹かすと、ルーシーがシートベルトを締めるまえに車を路肩から出した。ルーシーは緊張した顔で隣にすわっている。

「家じゃないかもしれないわ」ルーシーは言った。「納屋かも」

「そうかもしれない」

「でも、たぶん納屋じゃないのよね」

「たぶん」


家は炎に包まれていた。一階でも二階でも火が燃えあがり、黒い煙が夜空に立ちのぼっている。私道には消防車と警察車両と救急車が集まり、地面ではホースが蛇のようにとぐろを巻いている。そして、私道からはいく筋も水が流れていた。

メイソンはリンゴ園の道のわきに車を停めた。そしてルーシーと一緒に火事の現場まで歩いていった。離れていても、強烈な熱さだった。

メイソンは警察官のひとりに近づいた。

「こちらはルーシー・シェリダンです」メイソンは言った。「この家の所有者です」

警察官はルーシーに会釈した。「セイラ・シェリダンが姪御さんにこの家を遺したと聞きました」

「売りに出す準備をしていたところでした」ルーシーは言った。「でも、立てつづけに、いろいろなことが起こって」

「ええ。暖炉から強姦魔の死体が見つかるとか」警察官は言った。「次がこれだ。署長はいい顔をしないでしょう」

誰かがふたりと話していた警察官に怒鳴った。警察官は急いでその場を離れていった。

消防士のひとりが近づいてきた。ジャケットにレゲットという名前が記されている。

「あなたがこの家の所有者ですか？」

「はい」ルーシーは答えた。

「今夜、誰かが家にいた可能性はありますか？」

「いいえ。ありがたいことに、ありません」ルーシーはショールを身体に巻きつけた。「この家は空き家でした。わたしは町のホテルに泊まっているので」

「それなら、よかった」レゲットは言った。「火災保険には入っていますね」

「はい。保険料は年末の分まで払ってあるので」ルーシーは言った。「火災の原因はわかりますか？」

「いいえ、まだ」レゲットは答えた。「こちらのお宅は古いので、漏電から不法侵入者による火の不始末まで、原因はいろいろ考えられます。落ち着き次第、現場検証を行います。二日ほどかかるでしょう」

消防士は仲間のもとに戻っていった。

ルーシーはメイソンを見た。「賭けてもいいけど、ぜったいに漏電じゃないわ」

「ずいぶん、かたい賭けだな」メイソンは言った。「おれは乗らないよ」

「まじめな話、不法侵入者の火の不始末でもないと思うわ」

「〝不法侵入者〟の定義にもよる」メイソンは言った。

「どうしてセイラの家を燃やさなければいけないの？　どうして、いま？」

「ゆうべ捜し物を見つけられなかった人間が、有罪の証拠となるものを確実に消すには、この家に火をつけるのがいちばんだと考えたのかもしれない」

「セイラはどんな証拠を握っていたのかしら」ルーシーは訊いた。

「セイラはブリンカーがスコアカード強姦魔だと知っていた。ほかにも何か知っていたのかもしれない」

「ええ、もしかしたら。でも、それなら死体と一緒に入れたと思うけど」

「その証拠が見つかったら、罪のないひとたちが傷つくと知っていたら、そうはしないはずだ」

「あなたの言うとおりだわ」ルーシーは考えてから言った。「でも、本当に証拠だと知っていたら、セイラおばさんは十三年まえにその証拠を処分したはずよ」

「この家を燃やしたやつは確証を持てなかったんだろう」

ルーシーは燃えつづけている家を見つめた。「これでセイラおばさんの遺品を整理して、鑑定士に連絡する手間が省けたわ」

「確かに」

「ひとつだけ確かなのは、このデートがこんな終わり方をするとは思ってもみなかったってこと」

「ああ。おれもちがう終わり方を考えていた」メイソンは言った。「次のデートでは町を出よう」

ルーシーがメイソンのほうを向いた。彼女の表情は読めなかった。瞳はまるで神秘的な淵のようだった。

「何か提案が？」

「明日、海岸までドライブするというのはどうだい？」

「本物のデートってこと？」

「事件で壁にぶつかったとき、現場に戻ると、道が開けることがある」

「ねえ、町を出てデートするっていうのは、現場に行くという意味なの？」ルーシーは言った。「なるほど、結婚情報サービスのデートに欠けていたのはこれだったのね」

「何だい？」

「独創性」

25

ルーシーは助手席にすわって、窓の外を流れていく田舎の景色を眺めていた。サマーリヴァーから海岸までの道のりは六十五キロメートルほどだが、ハイウェイは二車線でゆるやかに起伏する風景のなかを縫っている。数キロメートルうしろにあった絵のようなブドウ畑は、小さな農場に変わっていた。草原をヤギや乳牛が歩いている。道ばたには自家製チーズやアンティークを宣伝する広告が掲げられていた。

ルーシーは胸がわくわくして仕方なかった。向かっているのは犯罪のあった現場だが、頭のなかではこの海岸へのドライブがメイソンとの関係の転機になるのではないかという想像がふくらんでいる。

その点について、ルーシーは自分がどう考えているのかよくわからなかった。だが、理由はしかと考えたくないけれど、トートバッグには着がえを少し入れてきた。たぶん、メイソンも同じことを考えているはずだ。なぜなら、彼が車のトランクに革の小さな旅行鞄を滑りこませるところを見てしまったから。でも、もしかしたら、メイソンは車で近くに行くときにも必ず、男性にとっての必需品を持って歩く習慣があるのかもしれない。

「しばらくサマーリヴァーから離れられて、ほっとしているわ」ルーシーは言った。「ホテルの最大の呼び物でいるのはうんざり。今朝は全員が火事のことしか話さないんだから」

「好奇心が湧くのも無理ないさ」メイソンはスピードを落として、右にまがった。「これがセイラとメアリーがコミューンに行くのに通った道だね？」

ルーシーは風雨にさらされた標識に目をやった。文字が薄くなっていて〈レインシャドー農場〉という名前が読みづらい。

「ええ、ここよ」ルーシーは答えた。「セイラおばさんとメアリーに何度か連れてきてもらったの。ふたりはこの農場で知りあったのよ。結局はサマーリヴァーに移ったけど、おばさんは、数年間を一緒に農場で過ごしてがんばってきた少数の仲間たちにヨガと瞑想を指導するため、よくここを訪れていたの。わたしがサマーリヴァーから帰された一、二年後には、農場に最後まで残っていたひとたちも出ていったらしいけど。でも、セイラおばさんとメアリーは海岸に行く途中で、必ずここに立ち寄っていた。ふたりには特別な場所だったから」

「ここが誰の土地だか知っている？」

「この農場に最後まで残っていたひとたちがここを離れたときに、自然保護団体に寄付したと、おばさんから聞いたけど」

細い道の路面は長いあいだ舗装も修理もされていないようだった。メイソンは車のスピードを落として、裂け目や傷がある道を慎重に走った。

舗装された道が砂利道に変わると、かつてレインシャドー農場の人々が暮らしていた木造の家の骨組みやさびついたトレーラーが見えてきた。メイソンは車を停めた。

ルーシーはドアを開けて外に出た。メイソンも車のまえからまわりこんできて、隣に立った。ふたりは一緒にコミューンの残骸を眺めた。

「新しい所有者はこの土地にあまり関心がないようだ」メイソンは言った。

ルーシーはサングラスをかけて、風雨にさらされた建物をじっくり見た。「忘れてしまったのかもしれないわね。あるいは、たんにこの土地を整備する資金がないのかも。林のなかに、すごく眺めがいい場所があるのよ。行きましょう。案内してあげる」

古い散歩道はまだ多少は残っていた。丘の斜面をのぼる道で、最初は低木だったまわりの木がいつの間にかダグラスモミとうっそうと茂った下生えに変わっていくのだ。そよ風が葉を揺らし、森のにおいを運んでくる。

こうして外にいて、メイソンと一緒に夏の暖かい陽射しを浴びているのは、とても気持ちがよかった。ルーシーは気分が高揚してきた。サマーリヴァーにきてから初めて、くつろいだ気分になれた。

「ピクニック用のバスケットを持ってくればよかった」ルーシーは言った。

「止まれ」メイソンが言った。それは命令で、ひどく小さな声だった。

最初ルーシーは、メイソンが蛇を見つけたのだと思った。そこで立ち止まって、ふり返った。

「どうしたの?」ルーシーは訊いた。

だが、メイソンは彼女を見ようとしなかった。視線の先には、密生した緑の竹やぶがあった。

「嘘でしょう」ルーシーは小声で言った。「こ、こ、こんなものが自然に生えるわけないわ」

「管を目立たせないための隠れみのだ」メイソンは言った。

ルーシーにも見えた。細くて黒い管が蛇のように竹林のあいだを通っている。

「眺めのいい場所のことは忘れたほうがよさそうね」ルーシーは言った。

「そうだな」メイソンは周囲をじっくり見まわした。サングラスが光ったが、どうやら過度に警戒しなければならないものは見つからないようだった。彼はルーシーの腕をつかんで自分のまえに立たせ、丘の斜面の下を指さした。そして緊迫した様子で小さく押した。「おりる」

ルーシーは文句を言わなかった。

「マニュアル車の運転はできる?」

「ええ。とりあえず、理論上は」

「よし。きみが運転してくれ」

メイソンが車のキーを渡した。ルーシーは運転席にすわると、深呼吸をした。〝わたしなら、できる〟

メイソンは助手席に乗った。「出して」

かがみこんで、コンソールの下に手を伸ばした。鍵が開いたような、カチッという音がした。ルーシーが横目で見ていると、メイソンは隠れた場所にある収納部分から銃を取りだした。

いやだ。本気なんだわ。

「レンタカーを使わないのはこのため？」ルーシーは訊いた。

メイソンは答えなかった。

エンジンは問題なくかかったが、ギアを入れたとたんに、車がはっきりとかしいだ。車輪の下で砂利がはねたのだ。ルーシーは顔をしかめた。

「ごめんなさい」

「いいから出して」

ルーシーは車を走らせ、車が穴にはまって上下するたびに歯を食いしばった。

メイソンは座席で横を向き、通ってきた道をじっと見つめている。

やがてルーシーはバックミラーに目をやり、誰も追ってきていないことを確認すると、ほっとして息をもらした。

「運がいい」メイソンが口を開いた。「窓を黒く塗りつぶした不気味なSUVも、武器を持って追いかけてくるバイクもいない。違法な大麻畑を見学するにはちょうどいい日だったらしい」

ルーシーは大きく息を吸った。車を走らせてから、初めて息をしたかもしれない。

「確かに、ちょっと怖いわね」ルーシーは言った。「レインシャドー農場の所有者になった自然保護団体は、誰かが丘の斜面で大麻を栽培していることを知っているのかしら」

メイソンはコンソールボックスに銃をしまった。鍵をかけるときに、またカチッという音がした。

「たぶん知らないだろう」メイソンは答えた。

「あの管を使って、敷地内にある古い井戸から水を引いているようね」

「あの大麻畑のせいで、セイラとメアリーは死んだのかもしれない」メイソンは言った。

「そうだとしたら、きみのコルファクス家の陰謀説はこっぱみじんだが」

「セイラおばさんとメアリーは大麻を守ろうとしたドラッグの売人たちに殺されたというの？」

「可能性はある。だが、あの竹は水道管を隠すために最近植えたようだった。セイラとメアリーは大麻畑をつくっているところに出くわしたのかもしれない。違法な大農場だと大麻を栽培させる季節労働者だけじゃなくて、武装した見張り番も置くことが多い。大麻は莫大な金を生み出すから、たまたま目撃してしまったひとが殺されることもあるんだ」

「つまり、大麻畑から誰かがセイラとメアリーを追ってきて、道路から転落させたってこと?」

「見てはいけないものを見てしまった女性ふたりを始末するには、都合のいい方法だ」

「そうね」ルーシーは言った。「でも、大麻畑は古い井戸から水を引いていたでしょう。セイラおばさんとメアリーはレインシャドー農場のことを自分の庭みたいによく知っていたのよ。水道管と新しく植えられた竹があったら、すぐにわかるわ。わたしたちと同じことに気づいたはずじゃないかしら。そうしたら、近くをうろうろするはずないわ」

「きみの言うことにも一理ある。それに、ほかにも腑に落ちない点がある。車を転落させるのは、ふたりの人間を殺す方法としてはいい加減で、効率も悪い。確実に殺せるとはかぎらないからね。自動車事故にあっても、生き残るひとは必ずいる。それに、交通事故の現場となれば、警察官がやってくる。もしも確実に殺したければ、セイラとメアリーを撃ち殺して林のどこかに死体を埋めて、車をここから離れた場所に捨てるだろう」

ルーシーはハンドルを強く握った。「ということは?」

しばらく沈黙が続いたのち、メイソンが口を開いた。

「セイラとメアリーを殺したのが誰であれ――ふたりが殺されたと仮定しての話だが――プロの仕業ではなさそうだ。自動車事故というのが、誰かを殺すと決めた素人《しろうと》のやり口のような気がする。たぶん、カーチェイスが出てくる映画を見すぎたやつだな」

「そして、衝動を抑えられないやつ」

「衝動を抑制する力の欠如は、おれが出会った犯罪者の約九十八パーセントに共通する特質だ」

「残りの二パーセントは？」

「きちんと戦略を立てる。たいてい、逃げおおせるように現実的な戦略を持っているんだ。だが、悪党の大多数は不測の事態が起きたときの計画を立てていない。おそらく目的を達することに固執しているからだろうな。固執というのが、九十八パーセントの犯罪者に共通する、もうひとつの特質なんだ」

「退《ひ》くべきときをわかっていないのね」

「というより、退くことができないんだろう」

「セイラおばさんはとても見事に衝動を抑えていたわ」ルーシーは言った。「たぶん、ヨガと瞑想のおかげね。それに、とても賢かった」

「だからこそ、セイラが亡くなるまで、トリスタン・ブリンカー殺しが明らかにならなかったんだろう。まえに話したとおり、最善の計画はたいてい三つの基本のそばにある」

「射殺して、シャベルで埋めて、しゃべらない」

「正解。さて、このあたりで車を停めてくれ。あとはおれが運転しよう。ちなみに、上手な運転だったよ」

ルーシーはメイソンにほめられて、馬鹿げた理由で身体が熱くなった。

「ちょっと乱暴だったでしょ」ルーシーは言った。「父にマニュアル車の運転を教わってからかなりたっているから。マニュアル車は車を操ることに対する直感を養ってくれる技術だと父は言っていたわ」

「ディークも運転を教えてくれたとき、似たようなことを言っていたな。当時うちにあった車はトラックだけだったけど」

ルーシーは車を路肩に停めた。「でも、いまあなたはマニュアル車が好きだから、マニュアル車に乗っているのよね」

メイソンは微笑んだ。「すぐれた道具を使うのが好きなんだ」

ルーシーはエンジンを切って、メイソンを見た。「コンソールボックスに入れてある銃みたいに？」

「信じられないだろうけど、おれは警察官だったとき、一度も銃を撃ったことがない。でも、珍しく必要になった場合、すぐれた銃だとわかっているほうが安心できるだろう」

26

ハイウェイをさらに三キロメートル行ったところで、メイソンは車をマンザニータ・ロードに進めた。ルーシーにはなじみ深い道だった。子どもだった頃は、スリルがあって興奮した道だった。路面が崩れ、まがりくねった道が、丘の斜面を走っているのだ。舗装された道路はとても狭く、二台の車が何とかすれちがえる程度の道幅しかない。といっても、それほど多く車が通るわけではないが。海岸に通じるハイウェイが開通して以来、マンザニータ・ロードは何年も放っておかれたままだった。ただし、車やバイクや自転車で田舎を走るのが好きな向こうみずな人々には相変わらず人気があった。

この道路を走るのが冒険のように思われているのは、蛇のようにまがりくねった道のごつごつとした端っこの下には、丘の斜面が劇的なほど険しく切り立っているからだった。

ルーシーは身震いした。「まだガードレールがついていないのね」

「ああ」メイソンはGPSの情報をちらりと見た。「そろそろセイラの車が道路のはしから転落した場所にさしかかる。車を停めるスペースもないが、交通量も少ない。直線のところで停車して、ハザードランプを点けておくよ。歩いて現場まで戻ろう」

まもなく、ルーシーはメイソンと道路の端に立った。ふたりは一緒に険しい斜面とごつごつした岩肌を見おろした。

「ここでひとが死んだなんて信じられない」ルーシーは静かに言った。「衝突した痕跡もないなんて」

「もう三カ月だ。自然はもとどおりになるのが早い」メイソンは急なカーブをじっくりと見た。「車を道路から落とすのに理想的な場所だ」

「殺人犯はきっと知っていたにちがいないわ」ルーシーは思いきって言った。

「あくまでも殺人だったと仮定しての話だが、きみの意見に賛成だ。この道に慣れている人間の仕業である可能性が高い。このカーブがいちばん危険だから」

「でも、大麻を栽培している人間たちも排除できないわ」

「ああ。だが、昨夜セイラの家で起きたことを考えると、だんだんきみの説に傾いてきたよ」

メイソンが黙りこんだ。ルーシーが目をやると、彼は事故現場をじっと見つめている。

「何を考えているの？」ルーシーは訊いた。

「もしおれがふたりの人間を殺すために自動車事故を仕組んだとしたら、ちゃんと確認するだろうと考えていた」

「言っている意味がわからないわ」

「計画を確実にやり遂げるだろうという意味だ」

「ああ」衝撃がルーシーの全身を貫いた。「ええ、あなたの言う意味がわかったわ。ふたりが死んだかどうかを確かめるために、犯人が下におりていったということ？」

「この夏は雨が少なかった。乾燥しているほうが、証拠が守られる。見てくるよ」

メイソンは車のトランクから手袋と小さくて軽いリュックサックを取りだした。そして道の端まで歩き、二分ほど下を眺めてから、マンザニータの木につかまりながら、勾配《こうばい》のきつい斜面をおりていった。

そして下までおりきると、事故現場の周囲をゆっくり歩き、ときどき立ち止まっては、ルーシーのいる道路からは見えない何かに近よってじっと見ていた。

そして拳《こぶし》くらいの大きさの石のようなものをひろいあげて、じっくりと観察した。ルーシーが見ていると、メイソンはその石をリュックサックに入れた。それからリュックサックを背負って、丘の斜面をのぼってきた。

「それは何？」ルーシーは訊いたが、恐ろしいことに、本当は何かわかっている気がした。

メイソンはリュックサックをおろして、その石を取りだした。石には黒ずみ、すっかり乾いたしみがついていた。ルーシーは見ているうちに、恐ろしさが身体にしみこんできた。

「血なの？」彼女は小声で訊いた。

「たぶん、そうだと思う」

「ああ……。あなたの言ったとおりだった。犯人は確実に殺すために、下におりたのね」

「殺人の証拠にはならない」メイソンは言った。「激しい衝突事故の現場にはいつも大量の血が流れるものだから」

「ふたりのうちどちらかなのか、それともふたりともなのかはわからないけど、まだ生きていたんだわ」ルーシーは膝の上で手を組みあわせた。「犯人がその石でふたりの頭を殴って、仕事を終わらせたのよ。あなたはそう考えているんでしょう？」

　メイソンは少しためらってから告げた。「その可能性が高いと思う」

「それなら、どうして警察はふたりの傷に気づかなかったの？」

「自動車事故の場合はいつだって、たくさんの傷が見つかる」メイソンは穏やかに言った。「それに、ふたりの死が殺人だと考える理由は何もなかった。探さないと、証拠は見つからないものなんだ」

　ふたりはしばらく口をきかなかった。

27

そのあと数キロメートル進んで最後の丘の頂上に着いたのち、車は海岸のハイウェイに向かった。大きく広がる眩《まばゆ》いばかりの太平洋が目に飛びこんできた。何も開発されていない、荒々しくひと気のない海岸線が何キロメートルも続いている。

ふたりは小さな入り江に住宅が集まっている風雨にさらされた小さな集落で車を停めると、埠頭《ふとう》でレストランを見つけた。そして、こくのある滑らかなクラムチャウダーと、一緒に出されたたっぷりの天然酵母パンを食べた。ふたりとも口数が少なかったが、ルーシーはその沈黙が気づまりではなかった。まるで、事故現場を見たことでふたりに暗い魔法がかけられたかのようだった。

伝票が運ばれてくると、ルーシーは無意識に手を伸ばした。だが、メイソンは器用にその小さな伝票を奪い、ウエイターにクレジットカードと一緒に返した。ルーシーはウエイターが離れてから言った。

「ごちそうさまです」少し堅苦しくなった。「でも、いいのよ。ここには捜査のためにきたんだから。経費はわたしが持つわ」

メイソンの目がおもしろそうに輝いた。「デートのときは、いつもそうなのかい？」

ルーシーは口ごもった。「これは本物のデートじゃないわ。だけど、質問に答えれば、ええ、いつも自分の分は払っているわ」

メイソンの目つきがわずかに険しくなった。「お互いの力関係は対等だということを相手の男にわからせるために、そうしているのか」

ルーシーの顔がこわばった。「たいていの男性は感謝するわ」

「きみがどういうつもりか理解していないからだろう」

ルーシーは眉を吊りあげた。「あなたはいつもそうやってデートの相手の精神分析をするの？」

「いや」メイソンはにっこり笑った。「興味がある相手だけだ」

ルーシーは真っ赤になった。「ほめ言葉だと受け止めておくわ」

「そのつもりで言った。きみは婚約者が相手でも、そんなふうにお金を使ったのか？」

「そうよ。すべて割り勘にしていたわ」

「家賃も？　公共料金も？」

ルーシーは顔をしかめた。「一緒に住んでいたわけじゃないから、家賃も公共料金も関係なかったわ。でも、ほかのものはすべて自分の分を支払っていたから、別れたときは簡単だった。お金のことではもめなかったのよ」

「片足をドアの外に出した状態で結婚するつもりだったみたいだ。いや、訂正するよ。きみはまだ足をドアのなかに入れてさえいなかった。一緒に暮らしていなかったわけだから」

「まあ、状況が変わっても対処できるように準備していたってことかしら」

メイソンはうなずいた。「そうだな。きみはドアの外に片足を出していた」

ルーシーはいら立ってきた。「あなただって、ひとに言える立場ではないでしょう。結婚はどのくらい続いたの?」

「五分。言っただろう。おれは意思の疎通が下手だって」

「だから、子どもがいなかったの?」

「いや」メイソンは小さく微笑んだが、楽しくはなさそうだった。「それはまた別の意思の伝え方ができるだろう。おれが苦手だったのは、言葉で気持ちを伝えることだった」

ルーシーは直感で口をつぐんだ。

しばらく沈黙が続き、メイソンがゆっくり息を吐いた。

「まえの妻のアイリーンは、ふたりの収入がもう少し増えてから、子どもをつくりたいと言っていた。でも結局は、すでに経済的に成功しているほかの男を見つけた。フレッチャー・コンサルティングが成功するまえの話だ」

ウエイターが戻ってきた。メイソンは伝票にサインをするとクレジットカードを財布にしまって立ちあがった。ルーシーも立ちあがって、ウインドブレーカーを持った。そしてためらいがちに言った。

「ごちそうさま」やっと口に出せた。さりげなく愛想よく言うつもりだったが、そうは聞こえなかったのが自分でもわかった。

メイソンはおもしろそうな顔をした。「意思の疎通が下手なのはどっちだ?」

ルーシーは赤い顔で出口に向かった。「レインシャドー農場ではいやなものを見てしまったけど、それでもいい気晴らしになったわ。サマーリヴァーにいると、いつまたコルファクスの人間が藪《やぶ》から飛びだしてくるかわからないから、ずっと身がまえている気がして」

「きみが町にきて、急に事態が動きだした」メイソンも同意した。「まだ時間はある。帰るまえに少し海岸を歩こう」

「名案ね」

小さな集落から少し車を走らせると、海岸の岩場を見おろす崖の上に待避所があった。ふたりはそこに車を停めて、小石を踏みながら、海岸までおりていった。強い海風に髪を乱されているうちに、ルーシーの胸に混じりけのない純粋な喜びが込みあげてきた。ここにいることが、海岸でメイソンとふたりきりでいることがうれしいのだ。

ルーシーはメイソンをちらりと見て、乱れた髪を目にして、ひとり微笑んだ。黒いウインドブレーカーとジーンズをまとい、サングラスをかけたメイソンは、本当にすてきだ。もはや十六歳の少女ではなく、この十三年で成熟し、おそらく少し腐りかけていたホルモンが、五感と感情に大混乱を引き起こしている。

じろじろ見るのはやめなさい。しばらくは彼をひとり占めできるのだから。セイラおばさんがいたら、ぜったいに助言してくれるわ。そのとおりにするの――いま、この瞬間に存在するのよ。

自己啓発のちょっとした助言はじつにけっこうなのだけれど、ルーシーはこの瞬間が永遠に続いてほしかった。現実的にはあり得ないけれど。

ルーシーはごつごつとした海岸に視線を戻して、早まったことをしないよう両手をウインドブレーカーのポケットに突っこんだ。たとえば、メイソンを強く抱きしめて、気が遠くなるまでキスをしてしまわないように。彼の気が遠くなるようなキスができると仮定してのことだけれど。他者との関わり方の問題は、セックスにおいて、がっかりする副作用をもたらしていた。でも、このまえの夜に川岸で熱い抱擁をしたことで、ルーシーは期待を抱いていた。

「何を考えているんだい？」メイソンが訊いた。

ルーシーはふいを突かれて言葉を探し、フレッチャー工具店で、カウンターのなかに立っているメイソンを目にしたときから抱いていた疑問をついに口にした。

「どうしてサマーリヴァーに戻ってきたの？」

正直な答えが返ってくるとは思っておらず、ルーシーは答えを聞いて少なからず驚いた。

「ひどくまいっていたんだ」メイソンは言った。「ある人物が死んだことで」

その言葉をきちんと理解するまで、少し時間がかかった。ルーシーは衝撃を受け、立ち止まって彼を見た。メイソンも足を止めてルーシーを見た。ふたりはどちらもサングラスをかけており、メイソンの目の表情は読めなかったが、口もとが固く結ばれているのは見えた。

これが〝陰〟なのね。セイラは誰でも多少は陰があるものだと言っていた。

「何があったの？」ルーシーは尋ねた。

このときも答えは期待していなかった。だが、答えは返ってきた。

「おれたちは小さな町の警察の相談に乗っていた。二十年まえに三件の殺人事件があり、どれもその町から半径百六十キロメートルの範囲で起こっていた。被害者は犯人の車に乗ったヒッチハイカー。三人ともホームレスの男だった」

「被害者には徹底的な捜査を求める家族がいなかったのね」

「この三件は明らかに同一犯の仕業だったが、被害者はたまたま選ばれたように思われた。そして犯行は数カ月で終わり、犯人は判明しなかった。迷宮入りだ。小さな町の警察には捜査を続ける予算も人員もなかった。だが数カ月まえ、また新たな殺人事件が起きて、警察からおれたちに依頼があった」

「新しく起きた事件も昔の事件と同じパターンだったの？」

「ああ。いまの署長が二十年まえに警官になって初めて捜査に加わったのが、その事件だったんだ。だからパターンが同じであることに気づいて、われわれに助けを求めた。おれたちはアーロンの設計したプログラムを使ったが、曖昧《あいまい》な結果しか出なくて役に立たなかった。アリスからは、連続殺人犯によくある何の役にも立たない人物像しか割り出せなかった。その町の成人男性の半数以上に当てはまったんだ」

「普通はもっと絞りこめるの？」

「かなり犯人に近づける。アーロンのプログラムは優秀なんだ。だが、どんなコンピュータのプログラムも同じだが、アリスも入力したデータ以上の答えは出せない。〝ゴミを入れれば、ゴミが出てくる〟という原則は変わらないんだ」

「〝信頼できないデータからは、信頼できない結果しか出ない〟という原則ね。その調査独特の原則はよくわかるわ」ルーシーは言った。「仕事でしょっちゅう直面するから」

「おれは送られてきた報告書を読んで、データに誤りがあるのではないかと判断した。それで何が間違っていたのか感じられるかもしれないと考えて、犯行現場を訪れた」

「現場に出ることで役に立つ場合があると話していたものね」

「時間はかかったが、やっとわかった。犯人はプログラムの仕組みを知っていたんだ」

「まさか、新しい事件の犯人はあなたの会社で働いていたひとだったの？」

メイソンの唇がゆがんだ。「一年まえに退職して、自分の調査会社を起こした男だった。

ギルバート・ポーター、最初に雇った従業員のひとりだ。プログラムの抜け穴も、アリスがデータを分析するときに使う中心的な計算方法《アルゴリズム》も、すべてではないが知っていた」

「それで犯行現場に偽物の手がかりを残して、結果を操作できたのね」

メイソンは首をわずかに傾けた。「きみは本当にこの手のことが得意なんだな」

「話したと思うけど、わたしも探偵社にいるのよ」

「やっと、そのことに合点がいってきた」

「遅すぎ」ルーシーは言った。「話を続けて」

「きみが言ったとおり、ポーターはアリスの答えが左右されるように、わざと犯行現場をつくりあげた。何が行われていたのかやっとわかると、おれは誰を探せばいいのか確信したが、アーロンはアリスでもう一度確認した。フレッチャー・コンサルティングの内部事情に詳しくて、会社に対して強い復讐心を抱いている人物を探したんだ。短いリストのいちばん上にギルバート・ポーターの名前が出てきた」

「ポーターはどうして会社を恨んでいたの？」

「おれが解雇したからだ」メイソンは答えた。「ポーターが暗証番号を改竄《かいざん》して会社の金を横領していたのを見つけたのさ。そのときポーターがひどく腹を立てていたのはわかっていたから、誰かに復讐するならおれを狙うと思っていた。でも、暴力に訴えるとは考えていなかった。復讐するなら、アリスにサイバー攻撃をしかけてくるだろうと予測していたんだ。

だが、それは間違っていた。あいつはおれが捕まえるまえに、ふたりの男性を殺してしまった」

ルーシーは風で顔にかかった髪を片手で払った。「あなたはきちんと役割を果たしたわ。事件を解決したじゃない」

「ピッチハイクをしたふたりのホームレスにとっては遅すぎた。フレッチャー・コンサルティングが——人間を食い物にするやつらを捕まえるためにつくった会社が——殺人犯をつくってしまった」

「馬鹿を言わないで！」

とつぜんの激しい口調に、メイソンはとまどった顔をした。

「ポーターがひとを殺したのは、あなたのせいじゃない。その男はもともと怪物だったのに、うまくごまかせていたせいで、しばらくは日常のなかに溶けこんでいただけ。それをあなたがあぶりだして逮捕したんじゃない。あなたが捕まえなかったら、ポーターはまだひとを殺しつづけたわ。あなたは未来の被害者を全員救ったの。それに、プログラムの穴を見つけたということは、この先もっと殺人犯を捕まえられるわ。大切なのはそっち。あなたはきちんと仕事をした。それで、そのあとはどうなったの？　ポーターは刑務所に入れられた？」

「いや、おれがはめた」メイソンは冷静に言った。

ルーシーは息を呑んだ。「意味がわからない」

「おれが罠にはめたんだ。ポーターは追いつめられたら、撃ちあいで決着をつけるだろうとわかっていたから、そうさせた。おれが殺したんだ」

ルーシーはやっとメイソンが言っている意味を理解した。「裁判になったら、無罪になるかもしれないとわかっていたのね」

メイソンは波が次々と押し寄せてくる海をしばらく見つめたあと、答えた。

「ポーターを有罪にするだけの証拠がなかった」メイソンは言った。「ポーターは自分の犯行を隠すのがじつに巧みだった」

「それで、苦しんでいるのね？　あなたが仕掛けた罠に、ポーターが見事にはまったから」

「そうかもしれない。おれがひとを殺したのは、あれが最初で最後だ。たいていの警察官は射撃場以外で一度も発砲することなく現役を終えるっていうのに。しかも、おれはあのとき警察官ですらなかった――銃を携帯した捜査コンサルタントだ。ポーターを射殺したことは後悔していないが、あの夜ほかにも選択肢があったのはわかっている。あいつを生かしたまま逮捕して、司法が有罪判決を下してくれるのに期待することもできた。だが、そうしなかった」

「自分が判事と陪審員と死刑執行官の役割を演じる罪を犯したと思っているのね。でも、そうじゃない」

「いや、そうだ。まさに、そのとおりなのさ。当時、おれはポーターのことを知り尽くしていた。研究したんだ。追いつめられたら、どんな行動を取るのかはっきりわかっていた」

「あなたが罠にはめたのは、発砲して罠から逃れようとした殺人犯よ。ポーターがあなたを殺そうとするのを予測していたからといって、あなたがポーターに最後の決断を下させたわけじゃない。ギルバート・ポーターはあなたに命をかけて決闘を挑んで、負けたのよ」

メイソンは何も言わなかった。

「昔の事件はどうなったの？」しばらくして、ルーシーは訊いた。

メイソンは考えをまとめようとしているかのように、顔をゆがめた。「三件すべて解決した。殺害が三件で止まったのは、ほかの州で犯した殺人罪で服役していたからだ。それですべて終わった」

「あなたはほかのひとを守るために生まれてきたような立派なひとよ」ルーシーは言った。「あなたは法と秩序を信じているつもりだった。だけど、その夜はちがう方法を、ずっと昔の方法を選んだ。善良な男性にとっては、高潔な男性にとっては、さぞかし重荷だったでしょうね。でも、あなたは前進していかないと。だって、まだ救わなければならない人々も、捕まえなければならない悪者もいるのだから。それがあなたの使命なの。あなたはきっと使命を果たすわ。だって、そうしないと多くのひとが死んで、悪者が勝利してしまうから」

メイソンは長いあいだ、ただルーシーを見つめていた。

「きょうはサマーリヴァーに戻りたくない」メイソンはやっと口を開いた。「ここで、きみと夜を過ごしたい。誰もおれたちを知らなくて、ふたりきりになれる場所で」

ルーシーは息を呑んだ。だが、このときがくることは一日じゅうわかっていた。だからトートバッグに着がえを入れてきたのだ。メイソンにもわかっていた。そこでそっと、車のトランクに旅行鞄を忍びこませた。そして、いまこの決断を下す瞬間に、判断を託してくれた。

ルーシーは深呼吸をした。

〝いまこの瞬間に存在するのよ〟

「ええ」ルーシーは答えた。「わたしも今夜あなたと過ごしたい」

メイソンはルーシーの手を取って、しっかり指を組みあわせた。ふたりは黙って海岸を歩きつづけた。

28

メイソンはすっかり気分が高揚して興奮し、まるで安全ネットを張っていない、目に見えない綱の上を歩いているようだった。熱い期待に血が沸き立っている。ルーシーが〝ええ〟と言ったのだ。

いまはまだ午後三時。夜まで時間がある。馬鹿な真似をしないで午後と夕方を過ごすためには、とてつもない意志の強さが必要だった。だが、ルーシーを近くのカップル用ホテルに引っぱりこんで、すべてを台なしにするつもりはない。昼も夜も思い出になるものに、彼女にとって大切なものになるようにしたかった。結婚情報サービスのデートなんかより、ずっとすてきなものに。

海岸をずっと歩いて、車まで戻る小道をのぼりはじめてやっと、メイソンはルーシーの手を放した。心の奥では小道をのぼりはじめても、まだ放したくなかった。自分は彼女が欲しいだけでなく、彼女が必要なのだ。ルーシーはここ二カ月のあいだ自分を覆っていた冷たい灰色の霧に射しこんできた明るい太陽の光なのだ。

まったく、馬鹿げた話だ。確かに、二カ月まえに起きたことで問題を抱えていたが、それほど落ちこんではいなかった。ディークが兵士として長年もまれてきた暗い波に比べれば、自分の悩みなど池の表面の波紋でしかないのだから。

それでも、あの日ルーシーが店に入ってきたときに感じた、稲妻に打たれたような衝撃は偶然ではなかったと、いまではわかる。宇宙が何かを伝えようとしたのだ。ルーシーをひと目見た瞬間から、霧が晴れはじめた。また太陽の暖かさを感じられた。ふたたび活力が湧いてきた。

だが、最初の目覚めも、いま感じているものとは比べものにならない。

今夜、ルーシーとともに過ごす。今夜はとても大切な夜になるだろう。おそらく、生涯で最も大切な夜に。台なしにするものか。

車に戻ると、メイソンは携帯電話をすばやく操作して、朝のうちにインターネットで見つけておいたホテルの住所を探した。町を出るまえに一時間かけて、海岸の小さな町から近いホテルをいくつか挙げておいたのだ。感じのいいホテルだ。品のいい高級ホテル。万一の場合に備えて。

そのときは、ルーシーが一緒に夜を過ごしてもいいと言ってくれる根拠はたいしてなかった。それでも承知してくれたときのために、きちんと準備したかったのだ。ルーシーを粗末な安ホテルに連れていくつもりはなかった。

そして条件にあいそうなホテルを見つけていた。料金は当然ながら高かったが——一泊で数百ドルだ——そんな些細な問題はルーシーには伝えなかった。また支払いについてもめることは、ぜったいに避けたかった。

メイソンはそこからほど近い〈オーシャンヴュー・ロッジ〉まで車を走らせると、外観を見て、とりあえず広告どおりであったことにほっとした。堂々とした田舎風の建物が丘の斜面に立ち、ロマンティックな海岸線を見渡せる。彼は入口で車を停めた。

「すぐに戻るよ」メイソンはルーシーに言った。

「わたしも一緒に行ってチェックインするわ」ルーシーは座席に置いたトートバッグに手を伸ばしかけた。

「いや。おれが手続きをしてくる」

ルーシーは目をしばたたいて、一瞬不安そうな顔をした。口調が少しきつすぎたのかもしれない。早くも、この夜を台なしにしてしまったのかも。

タイミングをはかったかのごとく、ルーシーの携帯電話がからかうような音で鳴った。ルーシーは携帯電話を取りだして、画面を見た。

メイソンは車のドアを力強く閉めて、ロビーに向かった。

空いている部屋でいちばん高い部屋を選んで、ロッジの外へ戻った。そして小さな駐車場に車を移動させた。車のトランクから旅行用鞄を取りだしたときに、ばつの悪い瞬間があったかもしれないが、ルーシーは見なかったことにしてくれた。とりあえず、泊まる準備をしてきたことについて、皮肉っぽいことは言われなかった。

そしてルーシーが後部座席に置いていたトートバッグに手を伸ばしたとき、メイソンにはそれがかなり重そうに見えた。女はいつもバッグに驚くほどたくさんの物をつめこんでいるが、それにしてもこのバッグはずいぶんと重そうだ。もしかしたら、ルーシーのほうもサマーリヴァーに帰らずに人目を忍んで夜を過ごす準備をしてきたのではないかと期待してもいいのだろうか。

部屋はとても上等で、メイソンはほっとした。バスルームは広く、タイルとガラスが磨きあげられてぴかぴかに光っている。タオルも厚くてやわらかで、ベッドは美しく整えてある。ルーシーの顔を見ると、彼女も満足しているようだった。

「すてき」ルーシーが言った。

よし。ルーシーはこの部屋が気に入ったみたいだ。これでもう結婚情報サービスの何光年も先をいっている。

メイソンは満足して、旅行用鞄をドレッサーの上に置いた。ルーシーはテーブルにトートバッグを置いた。そして大きなトートバッグから小さなバッグを取りだして、ひもを肩にかけた。これでひとつ疑問が解けた。彼女はどこにでも、その特大トートバッグを引きずっていくわけではないのだ。

ふたりはロッジの一階におりて、近くの村まで少し歩いた。ルーシーは埠頭に並ぶ数軒の小さな店をのぞいて、見るからに喜んでいたが、メイソンに言わせれば、貝殻や流木の土産物は彼女にはあわない。別に美術愛好家を気取るわけではないが、近くの画廊にあった水彩画もあまりぱっとしなかった。それでもメイソンはおとなしくルーシーに付きあって、埠頭の店を見て歩いた。彼女に楽しんでほしかったからだ。

ルーシーがまた次の小さな店でウインドウをのぞいているあいだに、メイソンは腕時計を盗み見て、夕食と酒に誘うのはまだ早いだろうかと考えた。

「勃起《ぼっき》不全の薬のテレビコマーシャルの中にいるような気分になってきた?」ルーシーが笑って目を輝かせながら訊いた。

メイソンは驚き、自分でも赤くなっているのがわかった。最後に顔を赤らめたのがいつだったかも覚えていない。「何だって?」

「幸せそうな夫婦が雨のなかを走ったり、キッチンで踊ったり、道ばたの露店で花を買ったり、オープンカーで田舎を走ったりしているコマーシャル。必ず背景に叩きつけるように水が落ちてくる滝や、示唆的な押し寄せる波が映っているやつよ」

「ああ、あのコマーシャルか」メイソンはゆっくり微笑んだ。「あのコマーシャルが売りこんでいる薬が必要だとは思わないが」

今度はルーシーが赤くなった。彼女は咳ばらいをした。「その、万一の場合には、たまたま近くに押し寄せてくる波があるから」ルーシーは身ぶりで海のほうを示した。

　メイソンは笑った。歩道を歩いていたひとたちがふたりを見て、小さく微笑んだ。

　メイソンはルーシーに軽くキスをして、ほんの少し味見をすると、自分の身体が熱くなり、血が沸き立ち、想像に火がついていることを伝えた。

　気持ちがいい日だ。久しぶりに味わった気持ちよさであり、もしかしたら生涯でいちばん気持ちのいい日かもしれない——たとえ、土産物店をぶらつき、退屈な水彩画を見なくてはならなかったとしても。ルーシーが一緒に過ごしてもいいと言ったのだから。

「いったい、どうするつもり？」アシュリーが言った。「あのひとの持ち株をうまく操れなかったら、合併が成立しないって言ったのはあなたよ」

「落ち着くんだ」セシルは言った。「すべて、手を打つから。それが私の仕事なんだから」微笑んで続けた。「だからこそコルファクスが高給を払って、上層階の角部屋を与えてくれるわけだろう」

29

ただし、いまはコルファクス社のCEO室の机のまえにいるわけではなかった。いまは森の奥深くにある荒れ果てた平屋のまえに立っている。前庭に掲げられた色あせた看板には〝売家、ケリー不動産〟と記されている。

この家は売りに出てから、もう半年以上もたっていた。セシルはサマーリヴァー周辺の売却物件をインターネットですばやく調べて、ここにしようと決めたのだ。売れない理由はすぐにわかった。ワインカントリーに移ってくる人々が求める好ましい要素が何もないからだ。家は崩れかけていても、たいした問題ではない。ただし、土地が不動産のきわめて重要な法則を破っていなければ。不動産は一にも二にも立地なのだ。この家の立地はお粗末だった——郡のはずれにあって、まったく管理されていないわき道を通ってくるしかない。家のすぐ近くまで木々が繁り、年じゅう薄暗い。眺めは悪く、駐車場は狭い。ブドウ畑をつくるほどの広さもない。

何から何まで、セシルの求める条件にぴったりだった。雇い主の妻と寝るには理想的な場所だ。しかも家に唯一残っていた家具が、古い真鍮《しんちゅう》のベッドなのだ。

「あの株はルーシー・シェリダンの手に渡るはずじゃなかったのよ」アシュリーはがらんとした居間を行ったりきたりした。「ウォーナーが最後に聞いていた話では、メアリーは株をすべてクインに遺すつもりだったの。メアリーが株を自分に遺すつもりがないと知ったとき、ウォーナーは激怒していたけど、必要となれば、クインの株は自分の自由にできると考えていたのよ」

だが、今回ウォーナーの読みははずれた。セシルは一日じゅう薄暗い森から視線をそらした。

「明らかに、メアリーはいつの時点でか遺言書を変更したようだね」セシルは辛抱強く言った。

アシュリーは足を止めた。「だから、どうするつもり？　ウォーナーはぜったいにわたしたちが出せる以上の金額をルーシーに提示するわ。ルーシーだって、ウォーナーに売らないほど馬鹿じゃないでしょう」

「買収できない人間はいない」セシルは言った。「だが、それは必ずしも金額の問題ではない」

「どういう意味？」

「売却価格を釣りあげることだけが狙いなら、ルーシー・シェリダンは正直にそう言うだろう。だが、彼女は金以外のものを欲しがっている」

アシュリーは両手を広げた。「いったい、何が欲しいっていうの？」

「確証はないが、彼女は答えが欲しいのかもしれない」

「答えって、何の？」

「どうやらルーシーはおばの死に疑問を抱いているようだ」

「ばかばかしい。セイラ・シェリダンとメアリー・コルファクスは自動車事故で死んだのよ。話はそれで終わり」

「セイラの家の暖炉からブリンカーの死体が見つからなかったら、ルーシーも簡単にそう信じたかもしれない」

アシュリーはセシルに背を向けて、胸の下で腕を組んで、森の奥を見つめた。

「報道によれば、セイラ・シェリダンがブリンカーを殺したのは十三年まえよ」アシュリーは言った。「それなのに、どうしてブリンカー殺しが株と関係あるの？」

「わからない」セシルはアシュリーの隣に立った。そして肩に両手を置いて、首筋にキスをした。「きみは心配しなくていい。何が起こっているのか調べて、きちんと対処するから」

「急いでね。もう時間がないんだから」

「どういう意味だい？」

「ウォーナーは痺れを切らしているの。これまではできるだけ時間を稼いできたけど。もう結婚して八カ月でしょ。婚姻まえの取り決めで、わたしは結婚して一年以内に妊娠しないと、一セントももらえないのよ」

「知っている」

「わたしは彼の子どもを産むつもりなんて毛頭ないから、お金をもらうには合併を成功させるしかないの。避妊していることを知られたら、すぐに離婚されてしまうわ」

「あと少しだけ時間をくれ」

「ルーシー・シェリダンとどうやって取引するつもりなのか教えて」

「計画がある」

「嘘をつかないで」アシュリーはふり返った。「妊娠しようとしたけど子どもができなかったと信じこんでいるウォーナーに捨てられるのも最悪だけど、彼にふたり目の跡継ぎを産んであげる気がなかったと知られたら——会社を合併させるためだけに、そばにいたことを知られたら——ウォーナーは何をしてくるかわからない。彼はとても短気だから」

セシルは顔をしかめた。「きみに暴力をふるうと？」

「わたしが裏切っていることを知ったら」アシュリーは身体を震わせた。「ええ、暴力をふるうかもしれない」

セシルはアシュリーのあごを持ちあげた。「心配いらない。私は金のためにここにいる。きみや、クインや、ジリアンと同じように。合併が成立しなかったら、私も金がもらえない。信用してくれ。いつも私たちのためになることを考えているから」

「ええ」アシュリーはため息をついた。「ただ、ときどき怖くなるの」

「きみの面倒は見る」

アシュリーは涙ぐんだ目で微笑んだ。「わかっているわ」

セシルはアシュリーを廊下へと連れていき、寝室に入った。雇用主の妻と寝るのは、本当に慌ただしい。

30

ルーシーは早く夕食を終えるよう急かされるのを覚悟していたが、意外なことに、メイソンはそんな真似はしなかった。まるで、この先にあることを落ち着いて迎えられるほど長く付きあっている恋人同士のようだった。急かさないし、焦らせない。だが、午後のあいだずっとメイソンの目に男としての期待が浮かんでいるのを見ていたし、彼の身体の奥で静かに燃えている炎の熱さも感じていた。メイソンに触れられるたびに、求められていると感じたのだ。

この日の午後、メイソンがロッジで手続きをしているあいだに、ルーシーは携帯電話の着信音が鳴らないようにしておいた。それが自分なりの関わり方だった。まだ長い付きあいではなくて、たったひと晩の付きあいではあるけれど。それでも、他人と関わることにちがいはない。

ルーシーはメイソンが落ち着かず、早くロッジに戻りたがっているのに気づいていた。けれども、いまはゆっくりクラブケーキとサツマイモのフライを食べ、デザートに頼んだアイスクリームとコーヒーをいつまでも味わうつもりに見える。

肉体の戯れが目のまえで待っているのであれば、ベッドに連れていくまえに、いくらでも時間をかけさせてやりたいと思っているようだった。

欲望という暗い海にそそり立つ危険な崖に立っているのは自分だけではないと気づいていないのだろうか。ルーシーは期待に胸を躍らせていたが、同時に、思っていた以上に不安になっていた。正直に言えば、心の底ではほんの少し怯えてもいる。メイソンにかき乱された複雑な感情をどう扱ったらいいのかわからないのだ。

女の直感が、今夜起こることですべてが変わると警告している。婚約しているあいだも、片足をドアの外に出していたと、メイソンが言ったのは正しい。婚約者と同じくらい真剣に交際した、ほかの数人の男性に対しても、いつも片足をドアの外に出していたのだ。

だが、今夜は知らない部屋におずおずと足を踏み入れて、その部屋にいたいかどうか確かめてみようという気になっている。いや、まったく異なる比喩を使ったほうがいいかもしれない。今夜は救命胴衣なしで知らない海に飛びこむのだ。

そんな比喩を思いつくと、思わず頬がゆるんだ。テレビで見た勃起不能改善薬のコマーシャルの大きな音をとどろかせる水流のイメージにも一理あるのかもしれない。ルーシーは泳げるけれど、だからといって、すべてが終わったときに無傷で逃げられるというわけではない。それに、ルーシーの経験では、どんなものも必ず終わりを迎える。さらに言えば、終わりは次第に早くなる傾向にある。

でも、いまはこの一瞬に存在すると決めている。キャンドルに照らされたテーブルで向かいあっているメイソンを見ると、彼も同じことを決断しているようだった。ふたりの大人が目をしっかり開いて、夜に向かって進んでいくのだ。明日のことは、明日考えればいい。

伝票が運ばれてきても、ルーシーはクレジットカードを出そうとしなかった。メイソンはこの夜をプレゼントしようと努力してくれている。その気持ちを尊重しなければ。もし長く一緒にいることができたら、いつか特別なものを贈ればいい。

メイソンはついに空のコーヒーカップを皿に置いて、ルーシーを見た。

「行こうか」

ルーシーの胸に、なじみのない確信が生まれた。自分はこうなる夜を待っていた。心の底から待っていたのだ。

「ええ」ルーシーは答えた。

ふたりは埠頭に沿って歩いてロッジに戻り、ロビーを通り抜けた。ルーシーの確信は揺らがなかったが、緊張が高まってくるのは否めなかった。これまでの無味乾燥な性生活における最高の演技をしなければ。自分でも限られていると思う経験のなかで、たいていの男性はたやすく達したふりに騙されていたが、メイソンにはよほどうまく装わないと、演技だと見抜かれる気がする。

メイソンはドアを開けて、ルーシーが先に暗闇のなかに入るのを待った。ルーシーは部屋に足を踏み入れて、立ち止まった。どうしよう。もしかしたら、大きな間違いを犯したのかもしれない。

「もう片足をドアの外に出した？」メイソンが静かに訊いた。「それなら、ここで出ていったほうがいい。今夜は、ほかに部屋を取ってあげるから」

「いいえ」ルーシーはふり返った。「だめ。出ていきたくない」

メイソンが一瞬目を閉じた。そしてまた目を開けると、そこには暗い欲望が輝いていた。

「よかった」メイソンの声は硬く、かすれていた。「そう言ってくれて。一瞬、どうしようもなく怖くなったから。きみが逃げだしてしまうんじゃないかと思って」

「いいえ」ルーシーはささやいた。「どこにも逃げないわ」

メイソンは部屋に入ると、片手をルーシーのほうに伸ばして、もう片方の手でドアを閉めた。鍵をかける音がした。

部屋はとても暗かった。明かりはバスルームで点いている小さな常夜灯と、カーテンのはしから射してくる細長い月光だけだ。

ルーシーは反射的に壁にある電灯のスイッチを探そうとしたが、メイソンに抱きしめられているせいで動けなかった。

メイソンは切羽つまった様子で、この日の午後ルーシーがずっと感じていた鬱積された期待を込めて、唇を重ねた。

〝いまこの瞬間に存在するのよ〟

きっと、できる。どちらにしても、ルーシーには先のことを思いわずらう時間はなかった。もうメイソンに服を脱がされていたからだ。ルーシーはメイソンのシャツのボタンを必死にはずしながら、彼のにおいを吸いこんだ。いいにおい。言葉にできないほどセクシーで、ぞくぞくする男のにおいだ。ルーシーはこれまで経験したことのない、頭がくらくらするほどの幸福感に満たされた。

メイソンはルーシーのセーターを頭から脱がして、ブラジャーのホックをはずした。手のひらで胸をそっと包みこむ。そして親指の腹で、胸の先端をなでた。ルーシーはとても感じやすくなっており、軽く触れただけで、驚いたような小さな悲鳴がもれた。ルーシーが身体を震わせた。

メイソンは銃で撃たれたかのように、身体をこわばらせた。

「痛かった？」メイソンは言った。

「痛くなんかなかったわ」

ルーシーはまた彼のシャツのボタンをはずしはじめた。

メイソンはもう一度ゆっくり、そっと胸に触れた。ルーシーはため息をついて、メイソンに寄りかかった。彼は首の曲線にキスをした。

「いいにおいがする」メイソンは言った。

そして両手を胸から腰に滑らせ、ジーンズのファスナーをおろしはじめた。

それだけでルーシーは濡れていた。信じられない。まだベッドまでたどり着いていないのに、もうこんなに濡れているなんて。もし気にならないくらい興奮していなければ、とても恥ずかしかったろう。もしかしたら、あとで恥ずかしくなるかもしれないけれど。

ルーシーは何とかシャツの最後のボタンをはずした。メイソンは自分でシャツをはぎ取り、その下の黒いTシャツを頭から脱いだ。ルーシーは小さく喜びの吐息をもらすと、両方の手のひらを彼の裸の胸につけた。すると、メイソンが大きく息を吸いこんだ。彼の温かな肌の下で、硬くなだらかな筋肉がさらに緊張した。

メイソンは彼女のジーンズのまえを開くと、腰の下までおろした。ルーシーは靴とジーンズを脱ぎ、途中でバランスを崩しそうになった。するとメイソンが片方の腕で腰を抱いて支え、空いているほうの手を脚のあいだに入れた。そして、そのまま包みこむと、シルクのショーツ越しに彼女の感触が伝わってきた。

「もう準備ができているみたいだ」

その言葉には男の満足感と、ぴりぴりとした容赦ない欲望が込められていた。メイソンは片手をショーツのなかに滑りこませた。もう、なかからあふれている。

こんなふうに反応したのは初めてだった。ルーシーはメイソンにもっと近づき、溶けこんでしまいたかった。もしかしたら、こんなに激しい欲望を感じるのは、数カ月も真剣な交際をしていないからかもしれない。でも、それでは説明がつかない。ほかの男性とは、こんなに感じたことがないのだから。

「何をするつもり?」ルーシーはすでに少し頭がぼんやりしていた。

「どんなことをすれば感じるのか知りたい」メイソンは秘めた部分の頂《いただき》が少し大きくなっているのに気づいていた。「きみが感じることが、おれが感じることだから」

ルーシーは、本当に感じるのはバイブレーターだけで、今回は持ってきていないと話そうかと考えた。サマーリヴァーに向けて発ったときにはこんなに激しい一夜の情事なんて想像もしていなかった。

ルーシーは自分が感じている気持ちよさを――このあと、ますます気持ちよくなりそうだった――メイソンにも感じてほしくて、彼のジーンズのまえに手を伸ばした。鋼のように硬く、大きくなっている。すごく大きい。ルーシーはメイソンの広い肩に額をつけて、ジーンズの上から触れ、大きさと形と重さを感じた。メイソンは低くかすれた声をもらした。

「すごいわ」ルーシーは彼の肌に唇をつけたまま言った。

そして、そっとつかんだ。

「あまり、いいアイデアじゃないかもしれない」メイソンの声はかすれて荒々しかった。

「いいわ。もっとすてきなアイデアがあるから」ルーシーはささやいた。

彼女は震える手でメイソンのベルトをはずして、ジーンズのファスナーを下げた。ブリーフのなかに手を入れ、彼のものをゆっくり包みこんで、大きさをはかって感嘆した。

「そのまま続けられたら、きみの手のなかで達してしまう」メイソンはルーシーの耳もとでささやいた。「それも悪くないけど、きみのなかに入りたい。きみのずっと奥まで」

ルーシーは彼のものを放して、手のひらを胸に置いた。「そのほうが楽しそう」

メイソンはかすれた笑い声をあげて、両手をルーシーの腰にまわして持ちあげた。そしてベッドのまえまで連れていっておろした。

ベッドカバーとシーツをはがし、もう一度ルーシーを抱きあげて、ベッドの真ん中にそっとおろした。ルーシーは、自分がまだ湿ったショーツだけでなく靴下もはいていることに気がついたが、靴下姿はあまりセクシーではないと考えて、急いで脱ぎ、床に放った。

ルーシーがその小さな仕事を終わらせたときには、メイソンも服を脱いでいた。彼は部屋の反対側にあるドレッサーまで歩いた。旅行鞄のファスナーを開ける音がする。ベッドに戻ってきたとき、小さな銀色の包みがちらりと見えた。

メイソンはそれを着けると、ベッドに入った。そしてルーシーを抱き寄せて、バイブレーターがないことなど忘れてしまうまでキスをした。腿に硬くなったものが強く押しあてられる。もう準備ができているのだ。ルーシーは彼を手で包みこみ、脚のあいだの熱く濡れたところに導こうとした。

「まだ早いよ」彼が言った。

　メイソンはルーシーの両手首を片手でつかんで、頭の上の方に置いた。そして寄りかかるようにして、彼女をそっと寝かせた。片方の胸の先端を口に含んで軽く引っぱると、ルーシーは息を呑んだ。

　もう一方の手は脚のあいだの熱くなっている部分に伸ばされ、そこをゆっくりなでていた。ルーシーの腰が動きはじめた。メイソンは二本の指をなかに入れ、親指でそっと愛撫した。

「きみがどのくらい強いか見せてほしい」メイソンが言った。

「どういうこと？」

「きみのここがどのくらい強いか知りたいんだ。できるだけ強く、おれの指を締めてみて」

　ルーシーはとまどったが、直感で言うとおりにして、下半身で絞りだせるかぎりの力でメイソンの指を締めつけた。

「もっと強く」

　すると、急き立てるような刺激の波が押し寄せてきた。ルーシーは喘《あえ》ぎ、自らの身体の反応に驚いた。〝これは、効きそう〟

　メイソンのほうも感じたようだった。うなるような、うめくような、しゃがれた声をあげると、ゆっくり指を抜きはじめた。

　だが、ルーシーはさらに力を入れて、指が抜けないように締めつけた。身体の奥がぴんと張りつめている。メイソンは指をゆっくり戻して奥を突いた。ルーシーは感じたことがないほどの切羽つまった気持ちに襲われた。彼の指を放したくなくて、思いきり締めつける。

「おかしくなりそうだ」メイソンは言った。

緊張は耐えられないほど高まっている。もう、がまんできない。ルーシーはさらに強くメイソンの指を締めつけた。いまにもクライマックスを迎えそうなのは、自分でもわかっていた。バイブレーターなんて関係ない。

すると絶頂がふいに訪れ、痙攣《けいれん》するような小さな波が次々と押し寄せてきた。ルーシーは笑いたかったし、泣きたかったし、叫びたかったけれど、息ができなかった。あまりの快感にくらくらしたし、無敵な気分になったし、最高に幸せだった。

ルーシーが喜びを味わい、自らの驚くべき力に得意になっていると、メイソンは身体の位置を変えた。そしてルーシーの手首を放し、脚のあいだに身を入れた。

そのまま強く深く、ルーシーのなかに入ってきた。ルーシーにとって、こんなにも身体が満たされ、こんなにもきつく、こんなにも激しく感じたのは初めてだった。頭がぼうっとしてきて、メイソンにしがみつき、その愛しい身体を受け止めることしかできなかった。しがみついている指の下では、メイソンの背中が汗に濡れている。

メイソンはくり返し、彼女の奥を突いた。すると、ルーシーの全身にまた波が押し寄せてきた。まもなくメイソンの身体がこわばり、背中がそった。全身を絶頂が駆け抜けると、メイソンは精を放った。そして少し息をつまらせながら、喜びの声をあげた。

ふたりは身体を重ねたまま、まるで暗闇のなかに浮かんでいるようだった。

しばらくすると、メイソンが身体の力を抜いて、そのままルーシーに覆いかぶさった。

数分のあいだ、ルーシーはメイソンがどくのを待ったが、少なくともすぐには動きだしそうになかった。そこで、彼を小さく突っついた。

「メイソン?」

「う……ん」

「メイソン、起きて。重いわ」

「ごめん」

メイソンはゆっくり身体を起こして、横であお向けになった。そのあとは、まったく動かなくなった。

ルーシーはひじをついて起きあがり、メイソンを見おろした。暗がりで表情は見えないが、目を閉じているのは間違いない。ルーシーにも多少の経験はあり、セックスのあと男性の緊張がゆるんで、ときには眠くなることくらいは知っていたが、メイソンはとりわけ行為のあとの満足度がかなり高いようだった。

「だいじょうぶ?」ルーシーは訊いた。

「〝だいじょうぶ〟というのはどういう意味だい?」メイソンがくぐもった声で言った。

ルーシーはベッドのわきの電灯を点けた。メイソンは腕で目を覆った。

「セックスのあと、いつもこんなに元気なのかい?」メイソンが訊いた。

ルーシーはにっこり笑って、質問について考えてみた。「あなたに言われて気づいたけど、すごく力をもらった気がするわ」

「力をもらった?」

「いつもはすぐに家に帰って、シャワーを浴びたくてたまらなくなるの」

メイソンは腕をあげて、半ば閉じた目でルーシーを見た。「じつにロマンティックだな」

「ごめんなさい。いつもは——」しゃべりすぎよ。

だが、もう遅かった。メイソンはとっくに察しをつけたようだった。

「いつもは泊まらないのか?」

「ええ。何だか——」ルーシーはどんどん墓穴を掘っている気がして、口をつぐんだ。

「親密になりすぎる気がする?」メイソンがあとを続けた。

「そうなのかもしれない。誰かと一緒に寝て、ひとつのバスルームを使って、一緒に朝食をとる。それがとても奇妙に思えるの」

「奇妙」メイソンは曖昧にくり返した。

ルーシーは起きあがって、シーツをあごまで引きあげて身体を隠した。「うまく説明できていないようね。もう口を閉じたほうがいいみたい」

メイソンはいたずらっぽく口もとをゆがめた。「でも、口を閉じていられるかい？　それが問題だと思うけど」

ルーシーは近くにあった枕を取って、メイソンの頭に投げつけた。メイソンは片手で枕をかわして立ちあがり、バスルームに消えた。

「気になるなら言っておくけど」メイソンは言った。「きみの言っていることはわかるよ」

「どのことについて？」

トイレの水が流れた。続いて、洗面台で水が流れている。メイソンが部屋に戻ってきた。

「奇妙っていうところさ」メイソンは言った。「結婚生活が終わったあと、おれも誰かと夜を過ごすことに、ある感覚を覚えるようになった。きみの言うとおりだ。奇妙な気がするようになったんだ」

ルーシーは気持ちが沈んだ。ついさっきまで、自分を動かしていた弾むような気持ちはすっかり消えている。メイソンは、もうセックスはすんだのだから、このまま帰りたいとほのめかしているの？

「今夜のうちにサマーリヴァーに帰りたい？」ルーシーは尋ねた。

「まさか。今夜はその奇妙な感覚になっていないんだ」メイソンはルーシーをじっと見つめた。「きみはどう？」

ルーシーはほっとして微笑んだ。

「わたしもいつもの奇妙な感覚になっていないの」ルーシーは答えた。「さっきは、それを説明しようとしていたのよ」

メイソンはゆっくりと笑顔になった。「それなら、話は簡単だ。朝までここにいよう」彼はドレッサーまで歩き、アルミホイルの包みをさらにふたつ持ってきた。そしてベッドに戻ってきたときには、下腹部がもう半ば起きあがっていた。メイソンは取りやすいように、包みをナイトテーブルに放った。それから電灯を消してベッドに戻り、ルーシーを引き寄せた。ルーシーは抗《あらが》った。

「今度は何?」メイソンは訊いた。

「ほかにも話したいことがあるの」ルーシーはすばやく言った。「今夜は、わたしにとっていつもとはちがう夜だったの」

メイソンはルーシーの頬に触れた。「おれにとってもだ」

「わたしが言っているのはね、ぜんぜんちがったということ」

「へえ? どんなふうに?」

部屋が暗いおかげで、ルーシーはいつもより大胆で、何も怖いものがないような気持ちになれた。メイソンの腿に手のひらを置いて、そっとなでた。「わたしの名演技に喝采《かっさい》を送れなくて残念ね」

メイソンはルーシーの肩にキスをした。「きみがアカデミー賞並みの名演技で、イッたふりをするのを見損なったという意味かい？」

ルーシーはすばやく起きあがり、危うくメイソンのあごにぶつかりそうになった。「知っていたの？」

「きみが他者との関わり方の問題について話しているのを聞いて、そのことを言いたいんだろうなと気がついた。だから、間違った状況できみが演技をして、すべてを台なしにしてしまうまえに、問題を取り除いたほうがいいだろうと考えたんだ」

しばらく、ルーシーは口がきけなかった。

「あなたったら、本当に傲慢で――」

ルーシーはそこまで言ったところで、急に笑いが込みあげてきて、説教を続けられなくなった。そこで枕をつかんで、彼を叩きはじめた。メイソンも笑っている。

メイソンはルーシーの手から枕を奪い、彼女を胸まで引き寄せた。そして片手を頭のうしろにまわして、近づかせた。

「今夜はいつもとちがう」メイソンは言った。

「そうね」ルーシーは答えた。

メイソンは唇を重ねた。ルーシーはもう一度メイソンとともに夜のなかに出ていった。

31

メイソンは二杯目のコーヒーを口にして、海岸の朝霧と、バターとシロップをたっぷり塗ったワッフルの最後のひと口を、朝食のテーブルの向かいの席にすわっているルーシーの姿とともに楽しんだ。こんな朝なら悪くない。

メイソンはルーシーを見るたびに――といっても、ずっと見ているようなものだが――熱い夜の記憶が甦ってきて血が騒いだ。この小さなカフェにルーシーといて、また次の一日を一緒に過ごせることを楽しみに思うのは、とてもよいものだった。いまは何よりも、ふたたび一緒に過ごせる夜が楽しみだったが。だが、とりあえず、すぐには願いが叶《かな》わないことはわかっていた。ふたりの関係について考えるのは、サマーリヴァーの問題が片づいてからだ。

メイソンがワッフルを平らげようとしていると、ルーシーの携帯電話が鳴った。とりあえず、結婚情報サービスから連絡があったことを知らせる、あのいまいましいメールの着信音ではなかった。だが、ルーシーは画面を見て顔をしかめており、メイソンは楽しい一日が消えてなくなったことに気づいた。

「はい、ルーシー・シェリダンです……いいえ、いまは町の外にいるので……はい、きょうはサマーリヴァーに戻る予定です……はい……まさか、本当ですか？　……わかりました……ええ、もちろん、でも何が起きているのか、まったく見当がつかなくて」ルーシーは腕時計に目をやった。「正午にはわたしたちもサマーリヴァーに戻ると……はい、ミスター・フレッチャーが一緒です……場所ですか？　……海岸の近くに……ええ、ひと晩じゅう……きょうの一時ですね。わかりました。ふたりで警察署にうかがいます」

ルーシーは電話を切って、メイソンを見た。「ホイッテカー署長から。今朝、セイラおばさんの家に消防の調査員が入ったの。焼け跡から死体が発見されたそうよ」

「くそっ」メイソンはなじみのある寒気を感じた。サマーリヴァーで過去が掘り起こされたせいで、誰かが怯えているのだ。未解決事件の場合はいつもそうだった。事件は決して消えない。解決されるまで、生きている者たちに影を落とすのだ。メイソンはきれいにワッフルを平らげてからフォークを置いた。「身元はわかったのかい？」

「まだ、はっきりとは」ルーシーは不安で目を曇らせて、口ごもった。「死体はかなり焼けているらしいんだけど、ノーラン・ケリーじゃないかと思わせる手がかりがいくつかあるみたい。ホイッテカー署長の話だと、きのうの午後遅くに事務所を出たあと、彼の姿を見たひとがひとりもいないんですって。家から四百メートル離れた森のなかに、ノーランの車が停めてあったって」

「怖いわ。きのうの朝にキッチンで一緒に話していたひとが、もう亡くなってしまったなんて。何て恐ろしい死に方かしら」

「火事で死んだんだよな」

ルーシーは目をしばたたいた。

「まだ、わからない。ただの質問だ。調査員たちはノーランが火をつけて、炎に巻かれたと考えているのか？」

「何を考えているの？」

「ホイッテカー署長は何も言ってなかったわ。解剖されるみたい」

「遺体がひどく焼けている状態だと、たいしたことはわからないかもしれない」

「わたしの家で、夜中に何をしていたのかしら」

「まだわからないが、ひとつだけ考えられそうなことがある」メイソンは手をあげて、伝票を持ってくるよう合図した。「このまえの夜、家に忍びこんで家捜ししたのはノーランだったのかもしれない。探し物を見つけられなかったので、二度目に侵入して、家のなかに隠れているかもしれない証拠を燃やしてしまおうとした」

「ノーランがブリンカーに協力して、レイプの様子を撮影したという証拠？」

「たぶん。でも、ほかの可能性もある」

「どんな？」

「そうか」

ウエイターが伝票を持ってきた。メイソンは財布を取りだした。「ノーランは生まれながらの営業マンだ。高校のときに初めて大麻を売った。噂では、ブリンカーは一種の幻覚剤を仲間のために手に入れていたらしい。ブリンカーがスコアカード強姦魔だとしたら、被害者をおとなしくさせるためにドラッグを使っていたはずだ」

「ノーランがブリンカーのためにドラッグを調達していたというの？」

「ブリンカーは誰かから高価な薬を入手していた。あいつは利口だから、自分で取引なんてしないが、ノーランが密売ルートとつながりがあったとすれば、彼を説き伏せてドラッグを用意させていたとしても意外じゃない」

ルーシーは目に見えるほど身体を震わせた。「あの頃ノーランはまだ十八歳で、わたしと二歳しかちがわなかったのよ」

「ブリンカーは若者たちを魅了して操る役割だった」メイソンはテーブルに代金を置いた。

「考えてみれば、ブリンカーはセックスとドラッグとロックを目玉にして宗教を説くカルト教団を運営していたようなものだ。どれも若者が大好きなものばかりだから」

32

レオナード・ホイッテカーは六十代前半だった。南カリフォルニアの中規模の警察署を経て五年まえにサマーリヴァー署の署長を引き継ぎ、あと一年で引退することを楽しみにしているのは秘密でも何でもない。だから引退するまえに、〝シェリダン問題〟と呼んでいるこの事件をきちんと解決したかった。

最近は誰もが遺産のことを気にしているみたい。ルーシーはそう思った。

ホイッテカーがいくつも質問をして、ルーシーが素直に答えているあいだ、メイソンは彼女のうしろに立ち、片方の肩で壁に寄りかかって、腕組みをしていた。質問に口ははさまなかったが、存在感はにおわせている。ボディガードみたいだわ。ルーシーは思った。

ルーシーはホイッテカーの質問にできるかぎり答えようとしたが、答えのほとんどが〝わかりません〟のさまざまな言いかえになっていた。

質問を終えると、ホイッテカーは椅子の背に寄りかかって、老眼鏡のフレームの上からルーシーをじっと見た。「ミス・シェリダン、もう一度お訊きします。どうしてノーランがあなたの家に火をつけたのか、本当に心あたりがないのですか？」

「先ほどもお答えしたように、わたしに言えるのは推測だけです」ルーシーは穏やかに答えた。「ブリンカーと過去にあった出来事とノーランを結びつける何かがあの家にあると、彼が考えた可能性はありますけど、証拠はありません」

「われわれもその方向で捜査するつもりです」ホイッテカーは言った。「家そのものはどうですか？　ノーランは仲介契約を結ぶつもりだったということでしたが」

「はい」ルーシーはうなずいた。「ノーランはとても熱心でした。シリコンバレーの近くにワイナリーを開きたがっている顧客がいるから、この物件は理想的だと」

「でも、あなたは契約を結ぶのを渋っていた。ノーランを介さずに、自分で取引するつもりだったのでは？　あれだけの不動産だと仲介手数料も馬鹿にならないでしょう」

ルーシーは椅子のひじ掛けを指で叩いた。「いまはほかの問題に対応しているところなので」

ホイッテカーは眉を吊りあげた。「ほかの問題とは、あなたが相続したコルファクス社の株式のことですか？」

「もう聞いていらっしゃるようですね」ルーシーは言った。

ホイッテカーは鼻で笑った。「町の全員が知っていますよ。コルファクス家が合併問題で分裂していることもね。私はＭＢＡも持っていませんし、企業の合併についても何もわからないが、それでもあなたの立場だったら、持ち株をウォーナー・コルファクスに売って、食いつかれるまえに争いから逃げだします」

「ご意見はありがたく拝聴します」ルーシーは言った。「一考に値する見方があります」

メイソンは身体を起こして、壁から離れた。

ルーシーとホイッテカーはメイソンを見た。

「何ですか？」ホイッテカーは訊いた。

「あのリンゴ園は価値があるかもしれないが、家自体はノーランの顧客にはあまり重要ではなかったのかもしれません。あの家はとてもすばらしいクラフツマン様式の家ですが、かなり小さい。このあたりでワイナリーをはじめるひとたちのことはご存じでしょう。みんな、大きな屋敷を建てようとする。でも、セイラの家はせいぜい快適なゲストハウスか、管理人の住まいくらいにしかならなかった」

「だから、燃やしてしまっても、不動産全体の価値にはそれほど影響を与えない」ホイッテカーはあとを続けた。

「そうです」メイソンは肯定した。「ノーランはまだ不動産の多額な仲介手数料を受け取るつもりだった」

「でも、だからといって、あの家に火をつけた理由にはならないでしょう」ホイッテカーが結論づけた。

「家を燃やしてしまえば、ルーシーが決断しないわけにはいかなくなると考えたのかもしれません」メイソンは言った。「家がなければ、もう売買契約を渋る理由はありませんから」

「ふむ」ホイッテカーは納得していないようだった。

「もちろん、私だって、この可能性が高いとは思っていません」メイソンは続けた。「でも、ノーランが放火したことを説明できそうな理由は、ルーシーがお話ししたことしかないんです。ノーランは自分の有罪の証拠となる何かが、あの家にあるのではないかと恐れていたにちがいありません。ルーシーはおばさんの遺品や書類の整理をはじめようとしていたところですから」

「そして、ノーランは、ミス・シェリダンが自分を危うくする、その何かをたまたま見つけてしまうかもしれないと恐れた」ホイッテカーがあとを続けた。

「その証拠が何であれ、過去の事件やブリンカーの死体が見つかったことと関係があるはずです」メイソンは強調した。「それまでは仲介契約の件をのぞけば、家のことを気にしていた様子はありませんから」

ホイッテカーはしばらく何も言わなかった。それから自分のまえに置いてあるメモ用紙に何か書きつけた。

「きょうはこれで終わりにしましょう」ホイッテカーはそう告げた。「ミス・シェリダン、ご協力ありがとうございました」

「いいえ」ルーシーは立ちあがってトートバッグを持った。そしてドアのほうに向きかけたが、途中でホイッテカーを見た。

「わたしは警察官ではありませんが、複雑な家族関係の調査に関しては多少の経験があります」

「ええ」ホイッテカーはメモ帳に目をやった。「家系調査会社にお勤めでしたね。すごい仕事だ。おじが大金を支払って、家系図を書いてもらいましたよ。そうしたら、どうだったと思いますか？　私たちは全員が王の子孫だったんです。そんなこと、知りませんでしたよ。正真正銘の紋章がわかって、おじはいま、小指に印章がついた指輪をはめています」

「ホイッテカー署長、わたしが言いたいのは――」

「でも、おじがつくらせた家系図を見て、正直に言うと、少し疑問を抱きました。だって、おじが雇ったいわゆる家系調査員というひとは、まだ生きていてぴんぴんしている私の兄を見落としていたんですから、疑問に思っても仕方ないでしょう。それに、家系調査員は、私の父と、少なくともふたりの親戚のミドルネームを間違えていました。私だったら自分の先祖を遡って家系図をつくろうとは思いませんね」

「先ほどから申し上げているように」ルーシーは続けた。「わたしは法学的家系調査員です。わたしの経験では、いまここで考えている問題の答えは、たいていは家族間の人間関係のなかに隠れています」

「ブリンカーの話なら」ホイッテカーは言った。「家族のつながりはあまりなかったようです。遺体を引き取ると申しでてきたひともいませんから。私が知るかぎりでは、この問題はもう解決しました。私たちにはしかとわからない理由で、ブリンカーはあなたのおばさんを襲い、おばさんは火かき棒でブリンカーの頭を叩き割った。私が金を賭けるなら、以前からささやかれていた説が正しいと思いますね。おそらくドラッグの取引でもめたんでしょう」

「ちょっと待ってください」ルーシーは机まで駆け戻った。「おばがドラッグの密売に関わっていたというんですか？　とんでもない濡れ衣だわ」

「それが本当かどうかは、私には問題ではありません。さっきも言ったとおり、この事件は解決したんです。いま関心があるのはノーランの死についてですが、これだって家族の人間関係とは関係ないでしょう。ノーランの父親は数年まえに死亡。母親は再婚してフロリダに移っています。わたしが知るかぎり、ノーランの家族はほかにはいません」

メイソンはホイッテカーを見た。「事件に対する、あなたの考えは？」

ホイッテカーはゆっくり息を吐いた。「思いついたら、必ず知らせますよ」

33

「ジリアン、いったい何なの？」

ジリアンは大きく息を吸った。「あなたの持ち株について、ウォーナー・コルファクスがいくら提示したのか知りたいの。それがいくらであっても、クインとわたしも同じ額を出すわ。すぐにはお金を用意できなくても、合併が成立したら必ず払うから」

「いまはほかのことで頭がいっぱいなのよ」ルーシーは続けた。「聞いているかどうかわからないけど、おばの家の火事でノーラン・ケリーが死んだの」

ふたりはハーパー・ランチ・パークで、川岸に立っていた。ルーシーはどうしてジリアンと落ちあう場所をハーパー・ランチ・パークにしたのかわからなかった。だが、理由は何にしろ、彼女が電話をかけてきてどうしても会いたいと言ったとき、いちばん先にこの場所が思い浮かんだのだ。あのときのジリアンの声は泣いているみたいだった。

十三年まえの夏の夜にブリンカーが取り巻きの若者たちと会っていたハーパー・ランチは、いまではすっかりちがう場所に変わっていた。この地方の経済に流れこんだ資金と、地域の拡大に伴って大きくなった市議会の力が組みあわさって、じつに驚くべきことが起きたのだ。もはや打ち捨てられ、草が伸び放題になっていた土地ではなく、すっかり様変わりしている。芝生は青々と生い茂り、散歩やランニングをしたり、自転車を走らせたりする小道もある。木々の下にもうけられたテーブルでは、家族連れがピクニックをしている。また、犬のリードをはずせる区域も二カ所ある——大型犬用と小型犬用だ。大型犬と小型犬では飼い主自身のタイプもまったく異なり、分ける必要があると、誰もが承知しているのだ。

「ノーランのことは知っているわ」ジリアンは言い、探るように横目ですばやくルーシーを見た。「彼が死んだと聞いてぞっとした。わたしたち、同じ高校だったの。みんなはノーランが放火する目的であなたのおばさんの家に行って、煙に巻かれたんだって話しているけど」

「いまのところ、その説が有力よ」

「それに、きょうホイッテカー署長があなたとメイソン・フレッチャーに話を聞いたとも耳にしたわ」

「ええ。その噂を広めているひとたちは、ノーランがどうしておばの家を燃やしたかったのかも知っているんじゃない?」

ジリアンは口ごもった。「さあ。あなたがあの家の売却の件でノーランと仲介契約を結ぶのを渋っていたと話すひとはいるけど。ほら、あなたはあの家を直したいって、みんなに話していたでしょう。価値があるのは家ではなくて、土地のほうだって、誰でも知っているから」

「ノーランが仲介契約を結ばせるために、あの家を燃やしたとは思わないわ」ルーシーは川をじっと見つめた。「ノーランが火をつけたのは、ブリンカーの死体が見つかったことと関係があるんじゃないかしら。過去のことを隠しておくのは難しいから」

ジリアンはしばらく何も言わなかった。そしてやっと話しだしたときには、すっかり疲れ、あきらめたような口調だった。

「どんなに隠そうとしても、過去は甦ってきて付きまとうのよね」ジリアンは言った。

「ブリンカーが姿を消したとき、何が起こったのか考えた？」

「何週間も、何カ月も、何年も、いつもいつも、毎日、毎時間、ブリンカーに何が起きたんだろうって考えたわよ」ジリアンは答えた。

ルーシーは驚いてジリアンを見た。「そうだったの？」

「ええ。ブリンカーが死んだとは、どうしても信じられなかったから」

「ブリンカーが……恋しかったの？」ルーシーは歩きながら慎重に訊いた。

ジリアンはショルダーバッグの肩ひもを片手でぎゅっと握りしめた。「ブリンカーは死んだと思われると正式に発表されたとき、わたしは誰よりも喜んだわ。でも、信じられなかった。心の底では、ブリンカーはいつか戻ってきて、わたしを苦しめるにちがいないと思っていた。それがブリンカーの趣味だったから。ひとを苦しめるのが」

ルーシーは足を止めた。「あなたはブリンカーが好きなんだと思っていたわ」

「最初はね。自分も被害者のひとりになるまでは。ブリンカーは正真正銘のソシオパスなんだと気づいたときには、もう遅かった」

「ジリアン、何があったのか聞かせてくれない？」

ジリアンは唇を固く結んだ。「なぜ？」

「もしかしたら、ノーラン・ケリーがおばの家に火をつけて死んだ理由がわかるかもしれないから」

ジリアンはしばらく考えていた。それから、影になった川沿いの小道を歩きだした。

「もう、どうでもいいことだから」ジリアンは言った。「わたしの人生はめちゃくちゃになっちゃった。もう守るものなんて、ほとんどないのよ」

ルーシーはジリアンの隣を歩いた。

「ブリンカーがサマーリヴァーでハーメルンの笛吹きみたいにみんなを引き寄せていた十三年まえ、ノーランはドラッグの密売をしていたの？」

「ハーメルンの笛吹き」ジリアンは頭をふった。「確かにぴったりね。ブリンカーはわたしたちみんなに魔法をかけていた。もちろん、メイソン・フレッチャーは別にして」

「ノーランについて教えて」

「わたしに言えるのは、当時ブリンカーのまわりにいれば、いつだって手に入ると思われていた高級ドラッグは、本当はノーランが調達していたというのは、誰もが知っていたということだけね。ノーランにはコネがあったから。ほら、彼にはいつだってコネがあったでしょう。覚えていない?」

「いいえ。わたしがここにきたのは、夏休みと、ときどきの週末くらいだったでしょ。サマーリヴァーの学校に通っていたわけじゃないから、この町の十代の子たちの噂はあまり耳に入ってこなかった。それに、ノーランはわたしより二歳上だったし」

「時間とともに、いろいろなことが変わっておもしろくない?」ジリアンのひと言ひと言から苦々しさがこぼれている。「十三年まえ、メイソン・フレッチャーはあなたを子ども扱いしていた。それが、いまやふたりはとても親しそうなんだから」

「噂が広がっているのね」

「あなたたちがきのう一緒に町の外に出かけていって、今朝まで戻らなかったことは、みんなが知っているわ」ジリアンはルーシーをちらりと見た。「海岸に行ったと聞いたけど」

「秘密でも何でもないわ」ルーシーは話を戻した。「ノーラン・ケリーについて、ほかに知っていることはない?」

「ないわ。十三年まえ、ノーランはブリンカーのパーティで使うドラッグを調達していた。ブリンカーはかなりのお金を払っていたと思うわよ。ノーランはいつも流行りの服やかっこいいデジタル機器を持っていたから」

「ノーランの両親は息子がどうして最新の服を買えるのか、怪しまなかったのかしら」

「彼の両親は離婚したのよ。どちらもあまりノーランに関心を払わなかった」

ルーシーは足を止めた。「ジリアン、そんなに怖がるなんて、ブリンカーはあなたに何をしたの?」

ジリアンも足を止めた。ショルダーバッグからサングラスを出してかけた。「もうどうでもいいことよ」

「さっき、あなたも被害者のひとりになったと言ったわよね。ブリンカーはあなたにドラッグをやらせて、レイプして、その様子をすべて撮影したの?」

ジリアンはしばらく口を大きく開けたままだった。怒りと動揺が顔に浮かぶ。

「どうして知っているの?」ジリアンは首を絞められているような声で訊いた。

「このハーパー・ランチでパーティがあった夜、ブリンカーはわたしに同じことをしようとしたのね? この町のどのくらいの数の女の子が同じように傷つけられて、辱めを受けたの?」

「知らない」ショルダーバッグの肩ひもを握る手に力が入った。「わからないのよ。ブリンカーは秘密を守るのが上手だったから。でも、ひとつだけ言えるわ。彼がスコアカード強姦魔だとしても、意外でも何でもない」

「ブリンカーはあなたをレイプした動画をインターネットにアップしたの？」

「いいえ」ジリアンの唇がゆがんだ。「わからない？　ブリンカーはビデオを使って、わたしを脅したのよ」

「ブリンカーはお金持ちでしょ。どうして、あなたを強請《ゆす》ろうとするの？」

「お金じゃないわ」ジリアンは言った。「女の子たちを引っぱってくる手引きをさせられたの」

ルーシーはぞっとした。「そうか。だから、あの夜ハーパー・ランチのパーティにわたしを誘ったのね」

「言うなれば、あなたはわたしの最初の仕事だったの。こんなふうに言うと妙に聞こえるでしょうけど、ブリンカーはセイラが嫌いだったから、あなたに目をつけたんだと思うわ」

「セイラおばさんを懲らしめたかったの？　どうして？　おばがブリンカーに何をしたの？」

「何ひとつ確かなことじゃないんだけど、ブリンカーが打ち明けたわけでもないし。でも、いま思うと、ブリンカーは……セイラを怖がっていた気がするのよ」

「どうして？　おばはブリンカーを傷つけたりできなかったはずよ。だって、彼はブ、ブリンカーよ。ジェフリー・ブリンカーの息子なのよ。どうして、おばを怖がったりするの？」

ジリアンはため息をついた。「たぶん、セイラがブリンカーの本質を見抜いていたから

――怪物と。一度、セイラ・シェリダンは魔女だって、ブリンカーが言ったことがあるの。言い方は皮肉っぽかったけど――冗談に聞こえるように言っていたけど――あれは冗談なんかじゃなかった。本気で怖がっていなかったとしても、何かの理由で気になっていたんだと思う。何とかして、セイラを脅したがっていた。だから、あの夜あなたをパーティに連れてこいと命令したの」

「わたしをレイプしているところを撮影したビデオがあれば、おばに対して力をふるえると考えていたってこと？」

「そのビデオがあれば、セイラを傷つけられた」ジリアンは言った。「ブリンカーはそうやって、ひとを苦しませることが大好きだった。ここだけの話、あの悪党を殺してくれて、あなたのおばさんには一生感謝するわ。ただ、できることなら、もっと何年もまえに、ブリンカーが本当に死んだということを知りたかった。そうしたら、もっとよく眠れたでしょうから」

「ブリンカーがスコアカード強姦魔だとしたら、レイプの場面を撮影していたのはノーラン・ケリーだと思う？」

「何ですって？」ジリアンはひどく驚いた顔をした。「ノーラン？　ちょっと待って。レイプにはほかの人間もからんでいたと言うつもり？」

「可能性はあるわ。当時の捜査員のひとりが、レイプにはふたりの人間が、ブリンカーとビデオの撮影者が関わっていたんじゃないかと考えていたの」

「そんな話は初耳よ。ブリンカーにレイプされた夜、部屋にノーランがいなかったのは確かよ。少し意識があったの。ブリンカーは、自分が何をされているのか、わたしに理解させたかったのよ。でも、たとえほかのレイプ事件に共犯がいたとしても、ノーランではないと思うわ。ひとつだけ確実なことがあるとすれば、ノーランは口を閉じていられないから」

「確かに」

「とにかく、セイラ・シェリダンは世の中に対して善行を施したのよ」ジリアンは言った。

「どれだけ多くの女性が救われたかわからないんだから」

「おばがあなたを救えなかったのがとても残念よ、ジリアン」

「ある意味では、わたしも救われたのよ」ジリアンは言った。「別の女性を見つけてこいと命令されるまえに、ブリンカーを止めてくれてよかった。わたしが言いつけられたのは、あなたが最初で最後だったから」

ルーシーはやっとわかった。「それで、わたしを助けようとして、メイソンに教えたのね？　彼ならわたしみたいな少女がレイプされるのを黙って見ていられないとわかっていたから」

ジリアンは川の反対岸に目をやった。「メイソンにブリンカーが計画していることを話したって、あなたを救えるのかどうかはわからなかったけど、それしかできなかったから。あの日、何が起こるのかわかって、頭がどうにかなりそうだった。ブリンカーは怖かったけど、わたしのせいであなたを傷つけたくなかった」

「それで、わたしを助ける方法を考えだしてくれそうなひとに打ち明けた。メイソン・フレッチャーに」

「ブリンカーはまわりの子たちを支配していたみたいに、メイソンを支配したがっていた。でも、彼だけは操れなかった。あの夜、メイソンがこのハーパー・ランチの人混みのなかを歩いてきて、あなたを捕まえて家に送っていったときのブリンカーの顔を見せてあげたかったわ。最初、ブリンカーは悪魔のように笑っていたの。またひとり、被害者が彼のつくる小さな地獄に転がりこんできたと思っていたのね」

「ブリンカーは守護天使に立ち向かうという過ちを犯したわけね」

「メイソンがあなたを連れ去ったあと、ブリンカーは笑っていなかった。あのときの彼の目。正直に言うと、死ぬほど怖かったわ」

34

「ちょっと待った」メイソンは言った。「本当にジリアンの話を信じているのか？」

「ええ」ルーシーは答えた。「信じているわ。ジリアンはまだ十八歳になったばかりで、カルト教団のソシオパスみたいな男を、自分にドラッグをやらせてレイプして脅迫した男を相手にしていたのよ。そのブリンカーから自分を守るためには、どうしようもなかったのよ。両親にも警察にも相談できなかった。死ぬほど怖かったから。あの男がビデオテープで脅して、命令に従わせたの。それがわたしを連れてくるということだったのよ。だから、わたしを救ってくれそうな唯一の人間に助けを求めた。それがあなただったというわけ」

「その計画なら、情報をもらしたのが自分だとブリンカーにばれなくてすむという利点もあったわけか」メイソンは言った。

メイソンは開けていた荷物に手を入れて、ネジまわしのキットをいくつか取りだした。各キットにはさまざまな大きさの精密なネジまわしが並んでいる。ネジまわしの柄は蛍光ピンクだ。プラスチックのケースにも同じ色が使われている。ディークは女性がネジまわしキットにたいそう惹かれることを発見したのだ。それで五十個も注文していた。すべてショッキングピンクだ。

「何も考えないよりいいでしょう」ルーシーは鋭く言い返した。

ふたりは工具店の奥の倉庫にいた。メイソンは考えごとをするために、物がところ狭しと押しこまれている場所に引っこんだのだ。水まわりの部品や、蝶番《ちょうつがい》や、ネジまわしを整理するのは、どうやら考えを組み立てるのに役立つようだった。いっぽう、ルーシーは数分まえにドアから入ってきた。ディークとジョーが挨拶するのが聞こえるとすぐに、ディークが彼女を倉庫に寄こしたのだ。

メイソンはルーシーの真剣な顔を見て、新しい進展があったのだと気がついた。そしてジリアンと会ったと聞いたとたんに、頭に最初に浮かんだ言葉を口にしたのだ。〝ジリアンとふたりきりで会うなんて、いったい何を考えているんだ?〟

失敗だ。ルーシーの目に浮かんだいら立ちと強情さを見れば、いやでもしくじったことに気がついた。メイソンはうなるようにして弱々しくあやまったが、火に油を注ぐことにしかならなかった。ジリアンと会ったのはハーパー・ランチ・パークで、常に大勢のひとが近くにいたと聞いたからだ。ルーシーが油断していなかったのは認めざるを得ないが、それでもふたりきりでジリアンと会ったと聞いたときのいやな衝撃はふり払えなかった。

「くそっ。彼女に会うことを承知するまえに連絡してくれればよかったのに」メイソンは言った。

「どうしてあなたの許可が必要なのか、きちんとした理由を教えて」ルーシーは問いつめた。

メイソンは考えた。「きちんとした理由はない」

「そうよね。ないはずよ。十三年まえのジリアンにとっては、ブリンカーの計画をあなたに打ち明けることが、彼女自身とわたしの両方を守る唯一の方法だったのよ」

メイソンはピンクのネジまわしキットを作業台に置いた。「本気で信じているのか？」

ルーシーは咳ばらいをした。「言っておきますけど、ジリアンはあの日に起きたことを、わたしに信じさせようとはしなかったわ。話しているうちに、たまたま出てきた話なの」

「ちょっと待った。言わないで、おれに当てさせてくれ。あの夜、おれに連絡したのは、自分を助けるためだったんだろうと口にしたのはきみだな？　ジリアンが共犯者ではなく、ヒロインに見える話を、きみがつくってやったんだ」

ルーシーは顔をしかめた。「いいわ。確かに、先に口にしたのはわたしかもしれない。だからといって、わたしが話したことが実際に起こらなかったわけじゃないでしょう。たとえ、当時のジリアンが自分の行動について、必ずしも理解していなかったのだとしても。ジリアンはわたしの言うことに同意していたけれど」

「それはそうだろう。いいさ、もう終わったことだから。ただし、ジリアンが急にきみと仲よくなりたがっているのは、きみの株が欲しくてたまらないからだということは、忘れないように」

ルーシーは腕組みをして、曲線がきれいな片側の尻を作業台の横につけて、強情そうな顔で立っている。「そうかもしれないし、そうじゃないかもしれない。ところで、またしても、ここが小さな町だと痛感したわ」

「どういうことだい？」

「わたしたちが海岸地域で一夜を過ごしたことを知っている関係者は、ホイッテカー署長だけじゃないと判明したの。どうやら、町じゅうのひとが知っているようよ」

「噂になることはわかっていたはずだ」

「まあね。でも、もっと楽しい話題があるでしょうに」

メイソンは微笑んだ。「おれに関して言えば、海岸のロッジできみとのあいだに起きたこと以上に楽しい話題はない」

ルーシーの顔がネジまわしのケースと同じピンク色に染まった。「そういう話では――」

「この話はまたにしよう」

「どうして？」

「これから出かけるんだ」

ルーシーは腕組みをほどいて、疑っているような表情をした。「どうして？」

「この倉庫には考えごとをするために入った」メイソンはドアに向かって歩きはじめた。

「いま、いい考えが浮かんだんだ。きみがジリアンと会ったという話で思いついた」

「どこに行くの？」ルーシーはうしろから叫んだ。

「クイン・コルファクスと話しに行く。いくつか訊きたいことがあるんだ」

ディークがカウンターで書類から顔をあげた。「ふたりとも喧嘩は終わりか？」

「とりあえずはね」メイソンが答えた。

「つまらない」ディークは言った。「せっかく、おもしろくなってきたのに」

「ルーシーから目を離さないで。おれはコルファクス・ワイナリーに行ってくる」

ルーシーが倉庫から出てきた。ショッキングピンクのネジまわしキットをひとつ持っている。「メイソン、わたしも一緒に行ったほうがよくない？」

「だめだ」メイソンは歩きつづけた。「クインとは男同士の話になるだろうから。きみはいないほうがいい」

「あなたは意思の疎通が苦手なんじゃない？」ルーシーが言った。

「この手の会話は得意だ」

メイソンがドアノブに手をかけると、またルーシーの声がした。だが、話しかけている相手はメイソンではなかった。

「ディーク、このネジまわしキットはいくら？」ルーシーは言った。「三つ欲しいの。ひとつは自分用、あとのふたつはブルックハウス・リサーチの友だちへのお土産に」

35

メイソンが出ていったあとにドアが閉まる音が聞こえてから、ディークはルーシーのほうを向いた。

「そのピンクのネジまわしキットのどこがいいのかわからんな」ディークは言った。「でも、女たちはそれが好きなんだ。ベッキーにも誕生日にプレゼントした。ダイヤモンドのネックレスだと勘違いしたかもしれないが」

「嘘でしょう？　これなら最高の贈り物よ。実用的でありながら、とてもおしゃれで」ルーシーはにっこり笑った。「でも、きっとアクセサリーもあげたんでしょう」

「ああ、もちろんだ。すてきなイヤリングをあげたよ。これなら、ネジまわしとアクセサリーを間違えたりしないだろうって、いつも言うのさ。ネジまわしキットを三つだね。お礼の代わりに持っていっていい」

ルーシーはとまどった顔をした。「お礼って、何の？」

「二週間まえにひょっこり帰ってきてから、メイソンはずっと店と家にこもってふさぎこんでいた。いつか立ち直るだろうが、時間はかかるだろうと思っていた。でも、きみが現れて、すべてが変わった」

ルーシーは二度まばたきをして、ディークが言っていることを理解すると、微笑んだ。

「たぶん、メイソンには仕事が必要だったんだと思うわ。彼の才能と熱意が必要な仕事が」

この子はちゃんとわかっている。女なら誰でもわかるわけじゃない。

「そうだな」ディークは言った。「あいつには使命が必要だ」

ルーシーは肩をすくめた。「仕事なのか、使命なのか、どちらでもいいけど。たまたま、わたしもメイソンみたいな専門家が必要だったから」

ディークはルーシーの顔を見て、本音を探った。

「どちらにも利益があったというわけか？」ディークは感情を交えない口調で訊いた。

「そう願っているわ」ルーシーは言った。「そうならなかったら、殺人を犯したまま逃げおおせた人間がいるんだって、ぞっとする思いを抱えることになるから」

「セイラとメアリーのことを言っているのか？」

「メイソンと一緒に調べていくにつれて、ふたりはマンザニータ・ロードの危険なカーブからわざと転落させられたという確信が強くなってきたの」

「その点については異論はないよ。メイソンから血がついた石のことを聞いた。ふたりが死んだタイミングが疑わしいというのも同感だ。だが、こういう事件を調べていくことにかけて、メイソンの右に出る者はいない」

「ええ」

「メイソンがきみの代わりに答えを見つけてくれる」ディークは言った。「十三年まえ、ブリンカーの一件があったとき、おれはこの町にいなかったが、メイソンはあの晩eメールでハーパー・ランチで問題が起きたから、ブリンカーと相対するつもりだと知らせてきた。おれは気をつけろと返信した。ブリンカーは喜んで復讐するような輩だったからな。すると、今度はブリンカーが行方不明になって、この店にも警察がきて質問していったと知らせてきた。ブリンカーの父親が当時の警察署長を買収していたことは知っていた。それで、ここに帰ってこられるように準備をはじめたんだ。結局、おれが帰ってくるまえに、警察はブリンカーはドラッグの取引でもめて殺されたと判断したが。何であれ、メイソンは告発されなかった」

「最近までメイソンが容疑者だったなんて、知らなかったわ」

「警察は〝事件の関係者〟と呼んでいたけどな」

ルーシーは緑色の目でディークをじっと見つめた。「ブリンカーの死にメイソンが関係しているのかもしれないと思ったことは？」

「ある。メイソンが自分の身を守るために、なりゆきでブリンカーを殺してしまって、死体を隠したほうがいいと判断したという可能性はあり得なくない」

ルーシーは口を大きく開けた。「十九歳でそんなことができると思っていたの？」

「その頃には、おれが知っていることは、ほとんど教えてあった」

ルーシーは唾を呑みこんだ。「なるほど」

「だが、メイソンはブリンカーが行方不明になったことに、自分は一切関わっていないと言った。

「信じたの？」

「メイソンはおれに嘘をつかない。おれが知らないほうがいいと思うことを黙っていることはあるだろうが、明らかな嘘はつかない。それに、本当じゃないことを、おれに話す理由がない」

「あなたなら秘密を守るとわかっているから」ルーシーは言った。

「ああ。おれたちは家族だからな。おれに言わせれば、いずれは誰かがブリンカーを自然の姿に返してやることになったろう。だが、メイソンは法律に関するかぎり、何の罪にも問われなかった。おれにはそれだけが大切だった。ブリンカーの捜索活動はついに打ち切られた。ブリンカーの父親は大金をかけて探偵を雇ったが、すべて空ぶりに終わった。その後ジェフリー・ブリンカーが心臓発作で死ぬと、あらゆる調査は終了した」

「そのあいだずっと、ブリンカーの死体はセイラおばさんの暖炉にあったのよね。わたしたちは――セイラの家族は――何も知らなかったけれど。おばが死ぬまで秘密を守ったから」

「おれが思うに、あの暖炉に死体が隠されていたことを知っていた人間が、ほかにもひとりはいたんじゃないかな」

「メアリー?」ルーシーはうなずいた。「わたしもそうじゃないかと思っていたわ。メアリーとセイラおばさんはとても親しかったから。でも、それが事実だとしたら、メアリーもずっと秘密を守り通したということね」

「ふたりは親しい友人以上の仲だった。ふたりも家族だった」

「ええ」

「もうひとつ、十三年まえに起きたことで、知っておいたほうがいいことがある」

「何?」

「ここサマーリヴァーがすっかり落ち着いた町になったということだ。あの秋、アーロンは大学に通うためにこの町を離れた。メイソンはずっと修理を続けてきた古家を売った。そっちもうまくいったんだ。このあたりの不動産市場が過熱しはじめた頃だったから。メイソンは金をためてアーロンの学費を払い、新しい車を買った。そのあとコミュニティーカレッジに通って、いくつか授業を取った。刑事裁判について勉強をはじめたんだ」

ルーシーは微笑んだ。「結局、警察官になったことは知っているわ。悪者を捕まえるために生まれたひとがいるとすれば、メイソンだから」

「そこなんだ」ディークは言った。「おれはずっと、メイソンは商売向きだと思っていた。

あいつが売って儲けたのは、最初に修理した古家だけじゃなかったから。メイソンは何年も不動産の仕事に就いてかなりの金を稼いだ。だが、その仕事は好きじゃなかったらしい。あとになって、どうして警察官になりたいのかと訊いたら、きみに勧められたからだと言っていた」

「まさか」ルーシーは笑いかけたが、そのあと首をふった。「ブリンカーのパーティから連れだしてくれた夜に、何気なく言ったの。あのときは、メイソンが気にとめているなんて思いもしなかった。ブリンカーやその仲間たちと関わるのはやめろって、お説教するのに忙しかったから。確か、わたしには守護天使なんて必要ないから、そんなに誰かを助けたいなら、警官になるべきだと言ったような気がするわ」

「どんな人間の人生にも、守護天使が必要な時期があると思うがね。あるいは、たまたま適切なときに傍らにいてくれたひとが、正しい方向に軌道修正してくれるのかもしれないが」

「その点については異論はないわ」ルーシーは言った。「十三年まえのあの夜の、救ってくれるひとが必要なときに、メイソンがいてくれたから。今回サマーリヴァーに戻ってくるまで、自分が危険な状況にあったことも知らなかったけど。あなたはどうなの、ディーク？何度も戦場を生き抜いてきたのでしょう。あなたを見守ってくれるひとがいたはずだわ」

「戦場では、仲間たちが見守ってくれた。だが、ここにはふたりの守護天使がいる——メイソンとアーロンだ」

「ふたりはどうやって、あなたを助けるの？」

「おれに正しい方向を示してくれる、とだけ言っておこうか。おれに家に帰る理由を与えてくれるのさ」

36

〝サマーリヴァー・ワイナリー・ツアー〟と記された一台の黒くて長い車体のリムジンが、がらんとしたコルファクス・ワイナリーの駐車場に停まっていた。ワインの試飲会にはまだ早い時間だ。

メイソンはテラスのある階段の下に車を停めて、試飲室の入口に向かっていった。

すると発酵タンクと瓶づめ室のある大きな建物から、ベス・クロスビーが出てきた。ベスはメイソンを見つけると、手をふった。ジーンズにデニムのシャツを着ている。まじめそうな黒縁の眼鏡のレンズで太陽の陽射しが輝いている。ベスは歩く方向を変えて近づいてきた。

メイソンは足を止めた。

「試飲のために寄ったなんて言わないでね」ベスは言った。「ビール好きだって聞いたんだから」

メイソンは微笑んだ。「クインと話があるんだ。近くにいるかい?」

「ええ、いると思うわ。数分まえに見かけたから」ベスは身ぶりで、試飲室と土産物売り場とコルファクス・ワイナリーの事務所が入っている建物を指した。「自分の部屋に向かったんだと思うわ。試飲室の隣の隣。入口を入ったら、ずっと右だから。間違えないはずよ」

「ありがとう」

「セイラの家でノーラン・ケリーの死体が見つかったというのは本当？」ベスは太陽の陽射しに目を細めた。「彼が火をつけて、炎に巻かれたという噂だけど」

「そのようだ」メイソンは答えた。「でも、まだ動機に疑問がある」

「わたしの意見を知りたい？」ベスは共犯者めいた口ぶりで声をひそめた。「ノーランはルーシーに決断を迫りたかったのよ。ルーシーはみんなに、家を売りに出すまえに少し直すつもりだと話していたでしょう。ノーランはたぶん痺れを切らしてしまったのね。家より土地のほうに価値があることは誰でも知っているから。ブドウ畑として申し分のない土地だもの」

「きょうは何度もその説を聞いたよ。きみはノーランと高校が一緒だったよね。ノーランが仲介契約を結ぶためだけに、放火する男だと思うかい？」

「もしかしたらね。必死になっていたら。つまり、ノーランは高校時代も中心になって大麻を売っていたひとでしょう。お金がかかっているなら、放火を躊躇する理由なんてないいんじゃない？」

「最近になってノーランが必死に金を手に入れようとするようになった理由があるのかな」

「さあ、知らない」ベスはため息をついた。「確かに、ノーランとは長年の知りあいよ。だけど、同い年であっても親しくはなかった。高校のとき、ノーランとはまったくちがう仲間と一緒にいたから。わたしはオタクたちと仲がよかったのよ。覚えている？　でも、ノーランはいつも人気者のグループに入ろうとしていた。だから、ドラッグの密売にはまってしまったんだわ。あの頃、ノーランはサマーリヴァーでも選り抜きの売人だった。人気者グループはドラッグを調達させたくて、ノーランを仲間に入れたのよ」

「それじゃあ、ノーランは高級ドラッグの密売ルートを知っていたということか」

「たぶんね。わたしが知っているのは、ノーランは人気者グループが欲しがるものは何でもそろえられたということだけ」

「トリスタン・ブリンカーが欲しがったものも」

ベスは顔をしかめた。「ええ、そう。あの夏、ブリンカーのパーティで使われたドラッグを持ちこんでいたのはノーランだと、みんなが話していたわ」

「ノーランはそのドラッグをどこで手に入れたんだろう？」

「知るもんですか。たぶん、サンフランシスコあたりじゃない？　サンフランシスコなら欲しいものは何でも手に入るっていうでしょう？　ねえ、わたしには関係ないことだけど、クインと話すなら気をつけたほうがいいわ」

「どうしてだい？」

ベスは少しためらってから、大きくため息をついた。「あなたが知らないと困るから言うけど、いまコルファクス家はかなりぴりぴりしているの。わたしはただの醸造士だから、経営のことはよく知らないわ。でも、ワイナリーで働いていれば、耳に入ってくることもある。家族同士が相当ぶつかっているのは間違いない」

「どうして、ぶつかっているんだと思う?」

ベスは肩をすくめた。「簡単よ。ウォーナー以外の家族全員が合併話に賛成しているから。でも、ウォーナーはつい最近までそのことを知らなかった。コルファクス社よりワイナリーに気を取られていたせいね。いまは家族が結託して自分に逆らおうとしていると知って、逆上しているわ。たぶん、クインのせいだと思って」

「クインが先頭に立って合併を進めているから?」

「わたしが聞いたところでは」

メイソンはワイナリーの凝った外見とよく手入れされた庭園をじっと見つめた。「コルファクスはこの建物に金を惜しまなかったようだね」

「ウォーナーの誇りと喜びなのよ」ベスは言った。「彼はラベルに自分の名前が刻まれるのをとても喜んでいるの。だから、このあいだのリザーヴにはすごく興奮していたわ」

「ほかの家族は? あの手の込んだラベルに感激している?」

ベスは考えこむような顔で言った。「あのひとたちにとって、ワイナリーはワインカントリーの社交界に入るためのチケットなの。全員がそのことを気に入っているわ。とくにジリアンと新しい繁殖用の牝馬《ひんば》は――ああ、これは新しいコルファクス夫人のことだけど。でも、そのいっぽうで、ワイナリーはコルファクス家の資産を増やしていないことも彼らは知っている。まだ利益が出ていないから。小さなワイナリーの多くは赤字なのよ」

「ウォーナーを除くコルファクス家の全員が、金の卵を産むガチョウを手放そうとしている。その理由に何か心あたりは？」

「それも簡単よ。会社が合併されれば、全員が数億ドルの利益を得られるそうだから。わたしには関係ないことだけど、個人的には合併に応じるかどうかはウォーナー・コルファクスが決めるべきだと思うわ。何といっても、コルファクス社は彼の会社なんだから。コルファクス社を一からつくりあげたのはウォーナーなのよ」

「彼とジェフリー・ブリンカーだ」

「ええ、そうね。でも、ジェフリーはもう何年もまえに亡くなっているわけでしょう。ウォーナーがいまの会社に育てあげたのよ」

「でも、ウォーナーは日々の経営をセシル・ディロンにまかせたんだろう」

ベスはいぶかしげな目でメイソンを見た。「少数の株主が経営を握っている会社では、外部からCEOを迎えることは珍しくないとみんなが言っているわ。ウォーナーは会社から身を退いて、ワインに専念したかったのよ」

「なるほど」

ベスは腕時計に目をやって、眼鏡を鼻の上にぐいっとあげた。「もう仕事に戻らなきゃ。メイソン、また会えてうれしかったわ。ねえ、このあたりの住民の多くは、あなたは一生将来性のない仕事をして生きていくんだと考えていたわ。家族でいちばん優秀なのは弟のほうだって、いつも話していた」

「アーロンは実際に家族でいちばん優秀なんだ」

「そうかもしれない。でも、あなただって成功した」ベスは微笑んだ。「あなたにとって、物事がうまくいって、わたしはうれしいわ」

「きみも成功した」メイソンは顔を大きなタンク室に向けた。「このワイナリーの評判を高めたのは、ウォーナー・コルファクスだけじゃない。優れた醸造士がいなかったら、ウォーナーのラベルはたいした意味を持たなかった」

「ありがとう。わたしは最初から恵まれていたのよ。ウォーナーが、搾汁から発酵までの工程はもちろん、熟成技術から瓶づめまで、すべてにおいて最高の技術を進んで求めてくれたから」ベスはくすくす笑った。「適切な量の空気をワインに送るために、わたしがどれだけ多くのコルクを試したか知ったら、きっと驚くわよ」

「きみは見るからに、本当に優れた醸造士だ」

「そう思いたいわ。わたしの目標は最高の醸造士になることだから」ベスは片手をあげて別れを告げて去っていった。「またね」

メイソンはそのまま階段をのぼり、試飲室のガラス扉を開けた。

リムジンできたワインめあての観光客がカウンターに寄りかかり、反対側できちんと計った白ワインを少しずつグラスに注いでいる魅力的な女性の話に熱心に耳を傾けていた。

「アンズと梨の香りがする、とても爽やかな辛口のリースリングです」カウンターの向こうの女性は言った。そして説明の途中で〝関係者専用〟と記された廊下のほうに歩いていくメイソンに目をとめた。

「何かご用でしょうか？」女性はあわてて訊いた。

「クイン・コルファクスに会いにきました」メイソンはそう答えたが、立ち止まらなかった。

「それでは、いらっしゃったことを知らせてきます」女性が鋭い口調で言った。

「知りあいなので」

「必要ないですよ」メイソンは答えた。「古い付きあいですから」

メイソンは角をまがり、太陽に照らされたブドウ畑の風景の写真が飾られた、板張りの廊下を歩いた。そして〝営業部〟という札が貼ってある部屋の外で足を止めた。ドアは開いていた。クインが机のまえにすわって、色鮮やかなワインカントリーの写真が映しだされている画面を見つめていた。耳に電話をあてている。

「わかった」クインは電話の相手に言った。「おれが何とかするよ」入口に誰かいることに気づいて、椅子を回転させた。「それじゃあ、もう行くから」クインは電話を切って警戒するようにメイソンを見た。「何の用だ、フレッチャー？」

「いくつか訊きたいことがある」メイソンはドアを閉めた。

「ルーシーの株式の件か？」クインは訊いた。

「いや。株式のことはルーシーの問題だ。おれはブリンカーとノーランと過去の件できた」

「くそ。そうなるんじゃないかと心配していたんだ。あんたは昔から、あきらめてそっとしておくということを知らない男だったからな。すわれよ。マーケティング担当の役員としては、ワインを勧めないわけにはいかないから」

「いや、けっこうだ」

クインは残念そうな顔をした。「そうか。好きなようにしろ。コーヒーは？」

どういうわけか、人間は相手と一緒に飲んだり食べたりしているほうが気楽に話す傾向がある。おそらく、動物的な本能なのだろう。心理学を学んだことはないが、メイソンはずっと以前からその法則が事実であることを学んでいた。

「もらうよ」メイソンは答えた。

クインは電話のボタンを押した。「レティ、お客にコーヒーを持ってきてくれないか？私はいつものように紅茶でいい」

「かしこまりました」

「ありがとう」クインは椅子に深くすわってメイソンを見た。「すわって、用件を話してくれ」

メイソンは部屋の奥まで入った。クインから酒のにおいはしない。仕事中は酒を控えているか、あるいは強力なミントのタブレットを使っているかのどちらかだ。

「ノーランのことは聞いたか？」メイソンは尋ねた。

「もう町の全員が知っているよ。あの馬鹿はセイラ・シェリダンの家を燃やそうとして、自分が煙に巻かれたんだってな。哀れな話だが、だからって何であんたがおれのオフィスにくるんだ？」

メイソンは壁に飾られた写真を眺めた。「いい写真だ。あんたが撮ったのか？」

「ああ。意外かもしれないが、おれだ」

「廊下に飾ってあるのも？」

「そうだ。おれの写真が何だっていうんだ？」

メイソンはふり返ってクインを見た。「ここにきた理由を話そう。おおかたの人間とちがって、おれはノーランがセイラの家に火をつけたのは、ルーシーに不動産の仲介契約を結ばせるためではないと考えている」

「どうして、みんなの言うとおりだと思わない？」クインは眉を吊りあげた。「筋が通っているじゃないか。ノーランは仲介契約をどうしても結びたかった。でも、ルーシーは渋っていた」

「いくら必死だったといっても、不動産業者が家に火をつけるというのはやり過ぎだと思わないか？」

「なあ、ノーランは腕のいい営業マンだったが、決して道徳心にあふれた男じゃなかった。あんたが知っていたかどうかはわからないが、昔ノーランは町の半数の若者に大麻を売っていたんだ。ブリンカーお抱えの売人だったことも、みんなが知っている」

「その話なら聞いたよ。ノーランがいまもドラッグに関わっていると考える根拠はあるか？」

「いや、ない」クインは立ちあがって、窓のまえに立った。「それに、その点についてはぜったいにないと思っている。そんなことに関わっていたら、噂になるだろうからな。おれが言っているのは、あいつの道徳的な基準が改まったという根拠が何もないということだ。捕まらないとわかっていたら、違法なこともやりかねない」

ドアをノックする小さな音が聞こえた。クインは歩いていってドアを開けた。観光客にワインを注いでいた若い女性が廊下に立っていた。ふたつのマグカップがのったトレーを持っている。ひとつのマグカップのはしからはティーバッグのひもがたれている。

「ありがとう、リティ」クインは彼女からトレーを受け取って、サイドテーブルに置いた。「ここはもういい。話がすむまで電話は取り次がないようメレディスに伝えてくれ」

「わかりました、ミスター・コルファクス」

リティはドアを閉めて出ていった。

メイソンは窓まで歩いて、なだらかに起伏するブドウ畑に覆われた丘を眺めた。

「砂糖とクリームは？」クインが訊いた。

ずいぶんと親切なことだ。メイソンはふり返らなかった。

「砂糖だけ」

うしろから砂糖の袋を開ける音が聞こえてきた。

「いい眺めだな」メイソンは言った。

「ブドウ畑が好きならな」

メイソンは景色から視線をはずした。クインは彼にコーヒーの入ったマグカップを渡してから、紅茶を手にした。

「すわれよ」クインはそう言って机に戻り、椅子に腰をおろした。

メイソンは彼の席と向かいあっている二脚の椅子のうちのひとつにすわった。それからコーヒーをひと口飲んだ。うまい。おそらく挽《ひ》きたてで、環境に優しい栽培方法と収穫技術を用いているオーガニック農場で正しい方法で採れたコーヒー豆を使っているのだろう。それこそがサマーリヴァーなのだから。

クインは紅茶を飲んだ。

「ブリンカーの共犯者はどうなったのか、考えたことはないか？」メイソンは訊いた。

「共犯者？」クインは顔をこわばらせた。マグカップの縁から紅茶が少しこぼれた。「いったい何の話だ？」

「おれはスコアカード強姦魔に関する警察の古い資料を読んでみた。レイプに関わった第二の人物がいるのではないかとほのめかされていた」

「初耳だな」クインは顔をしかめた。「いったい、何を調べているんだ？」

「それが事実だとすれば、ブリンカーの死体が暖炉から出てきたことで不安を抱えた人物は、最低ふたりはいることになる。レイプの共犯者と、ブリンカーにドラッグを供給していた人物だ」

「さっきも言ったが、ブリンカーはノーラン・ケリーからドラッグを手に入れていた」その件については、クインはそれで話を終わらせた。「共犯者というのは何なんだ？」

メイソンはまたコーヒーをひと口飲んだ。「当時そういう説もあったというだけの話だ。だが、あり得る話だと思ったみたいだな」

「フレッチャー、そんなことをしていると厄介なことになるぞ。ただし、あんたの言うことにも一理ある。共犯者がいたのかもしれない。おれにはノーランがいちばん怪しく思えるけどな。あれだけの力を握っている黒幕に近づくためなら、何でもしただろうから」

「ドラッグ密売の黒幕はブリンカーだったのか？」

クインは唇をゆがめた。「ああ」

メイソンはコーヒーを飲んで、壁にかかっている写真を見つめた。「もしもレイプの現場に第二の人物がいたとすれば、カメラの扱いがうまいはずだ」

「何だと？」クインはマグカップをそっと置いた。そして険しい目で言った。「自分で撮った写真を壁に飾っているから、おれがレイプの共犯者だと言うつもりか」

「そんなことを言うつもりはない――いまのところは。訊いているだけだ」

「カメラの扱いがうまいやつを容疑者にしたいのか？」クインの声は怒りで引きつっていた。

「それなら、ノーランがぴったりじゃないか」

「どうして」

「不動産の物件リストの写真や動画は誰が撮っていたと思うんだ？　売りこみの仕事はすべてノーランが自分でやっていたんだ。あいつも写真が得意なのさ。あいつのウェブサイトを見てみるといい」クインはうなって、椅子に深く沈みこんだ。「なあ、癇癪《かんしゃく》を起こして悪かったが、そっちだってひとのオフィスに乗りこんできて、レイプの手伝いをしたなんて責めたんだぜ。反感を持たれても仕方ないだろう」

「そうだな」

「でも、おれはレイプの現場なんて撮っていない」

「あの夏、ブリンカーにいちばん近かったのはあんただ。本当にブリンカーがスコアカード強姦魔だと知らなかったのか？」

「ああ、そう言うしかない」クインは首のうしろをもんだ。「でも、あんたの言うとおりだ。ブリンカーをいちばんよく知っていたのはおれだろう。どの程度かわかるか？　ほとんど知らないってことだ。若いやつらがあんなにまわりに集まっていても、ブリンカーは本当は一匹狼だった。だから秘密を守れたんだ」

「おれがあんたたちふたりをハーパー・ランチに残して帰ったあと、ブリンカーはどうした？」

「もちろん、ものすごく腹を立てていたさ。あんなブリンカーを見たのは初めてだった。ブリンカーはにこにこしている陰で、とても冷静な男だった。それなのに、あんたが帰ったあとは、本気で怒っていた。脅すような言葉をいくつも吐いていたよ。あんたをぜったいに、ぜったいに懲らしめてやるってね。あのとき、どのくらい本気なのか、おれにはよくわからなかった。でも、ひどく恐ろしかったのは確かだ」

「おれを殺すと言ったのか？」

クインの口もとが引き締まった。「いや、とりあえずすぐに殺すつもりではなかった。そのまえに苦しめたかったんだよ。辛い思いをさせたかったのさ。恥をかかせて傷つけたがっていた」

「何をするつもりだったんだ？」

クインは立ちあがって窓まで歩き、メイソンに背を向けた。

「あんたに打撃を与えるには、セイラ・シェリダンとルーシーを襲うのがいちばんだと話していたよ。ふたりのあとは、あんたの弟を狙うつもりだった。具体的なことはまだ考えていないようだったが」

「でも、セイラ・シェリダンの名前は挙げたのか？」

「ああ。ブリンカーはセイラが嫌いだったんだろう。何か理由があって、恐れてさえいるようだった」

「理由というのは？」

クインがふり返った。「見当もつかない。当時もわけがわからなかった。だが、目を血走らせて激怒したあの夜、どういうわけかブリンカーは、セイラのせいだと言ったんだ」

「何がセイラのせいだったんだ？」

クインは首をふった。「わからない。なあ、おれは本当にブリンカーが何を言っているのかわからなかったんだ。あいつはすっかり逆上していた。あんたが帰ったあと、おれは自分の車で帰った。そのあと二度とブリンカーには会わなかった。おれはブリンカーの脅しはすべてこけおどしにちがいないと考えた。だが、それから二十四時間後にブリンカーが行方不明になったと知らされた。みんなはドラッグの取引でもめたんだと噂しはじめた。おれもそう信じたかったよ。だが――」

「何だ？」

「ブリンカーはドラッグに関してはひどく慎重だった。あいつが売人と直接取引したとは思えない。ノーランに仲介させていたんだからな。でもあのとき、ノーランはブリンカーに何があったのか知らなかったはずだ。実際、ブリンカーはどうやら死んだらしいという噂が広まったとき、ノーラン・ケリーもほかのやつらと同じようにほっとしていたような印象だった」

「あの夏、あんたとブリンカーは仲間としてはどうだったんだ？　あんたたちには共通するところがあまりなかったように見えたが。父親同士が共同経営者だということを除けば」

クインは唇をゆがめて、おもしろくなさそうな笑みを浮かべた。「最高に皮肉な話を教えてやるよ。うちの親父はブリンカーはおれの手本になると考えていたんだ」

クインのうしろの窓から射しこんでくる陽光が、落ち着かないほど明るくなった。メイソンはそろそろ帰る頃合いだと考えた。それでマグカップを机に置いた。

「コーヒーをごちそうさん」メイソンは立ちあがってドアに向かった。ノブに触れると、とても冷たかった。メイソンは足を止めてクインをふり返った。

「ブリンカーが行方不明になったと知って、あんたは何が起こったと思った？」メイソンは訊いた。

「最初はブリンカーが何かのゲームをしているんだろうと思ったよ」クインは言った。「だが、警察がブリンカーは死亡した可能性が高いと発表したあとは、きっとあんたが殺したんだろうと考えた」

太陽の陽射しは耐えられないほど強烈になっていた。メイソンはサングラスを取りだして

かけた。「警察にそう言ったのか？」

「いや」クインは答えた。「あんたとブリンカーがもめていたとは話したが、それだけだ。

おれに言わせれば、たとえあんたがブリンカーを殺したんだとしても、おれにとっても、ほかのやつらにとっても、ありがたいことだったからな」

メイソンはドアを開けた。ノブはついさっきまでは冷たいだけだったが、いまでは氷でできているような気がしていた。

「もうひとつ教えてやるよ」クインが静かに言った。

メイソンはクインを見た。「何だ？」

「ブリンカーの脅しを聞いて、ひとりにだけ警告した」

慣れ親しんだ感覚がメイソンの全身を貫いた。「セイラ・シェリダンに、ブリンカーがセイラとルーシーとおれの弟を傷つけ、いつかはおれのことも襲うと話していたと伝えたのか」

「あの夜、おれは眠れなかった。午前四時頃にベッドを出て、着がえてから車でリンゴ園に行った。林のなかに車を停めて、あとは歩いてセイラの家に行った。ドアをノックすること

さえしなかった。セイラはおれを待っていたみたいだった——もしかしたら、窓から見ていたのかもしれない。部屋着で裏のポーチに出てきたんだ。おれはブリンカーが脅していたことを伝えた。おれたちは小声で話した。ルーシーを起こしたくないからだと思ったよ」

「あんたの話を聞いて、セイラはどうした？」

「いつものように微笑んだよ。相手のことを見透かして、秘密もすべてわかってしまうような目で。セイラはおれに感謝して、自分がすべて何とかすると言った。それから、このまま家に帰って、自分に話したことは残らず忘れるようにと言った。ブリンカーにはぜったいに知らせない、彼は何をするかわからないからとも。セイラの言うとおりだった」

「奇遇だな。その朝、もう少しあとになってから、おれもセイラと同じ話をしたんだ」

しばらく、沈黙が続いた。オフィスは明るい照明で照らされた舞台のようになった。

「セイラがブリンカーを殺したとは考えなかったのか？」メイソンは訊いた。

「いや」クインは弱々しく笑った。「だって、セイラ・シェリダンだぜ？　彼女が人殺し？　誰よりも戦争に反対していたんだぜ。瞑想とヨガも教えていた。菜食主義がかっこいいと思われるまえから、完全な菜食主義者だった」

「あんたも菜食主義者には気をつけたほうがいい」メイソンは言った。

37

メイソンは廊下に出てドアを閉めた。そしてじっと立ったまま、どうしてこんなに暗いのだろうかと考えた。やっとサングラスをかけているせいだと気がついた。メイソンはサングラスをはずしてシャツのポケットにしまい、試飲室に入っていった。観光客はもういなかった。リティも。

メイソンは外に出た。太陽がぎらぎらと輝き、目が痛いほどだった。手探りでサングラスを取りだしてまたかけ、幅の広い階段をおりて駐車場へ向かった。

運転席に乗りこむと、しばらく身動きせずにすわったまま、木漏れ日が地面で跳ね返る様子をうっとりと眺めた。鮮やかな金色だ。ルーシーと美しい光のなかで愛しあいたい。だが、ここにルーシーはいない。探さなければ。

メイソンは二度エンジンをかけそこねてから、やっと車を駐車場から出した。川沿いの道は覚えていたよりもカーブが多い。無限にまがっているみたいだ。そのとき急にひらめいた。自分が探している答えは、リヴァーロードのはずれにある。このまま運転していけばいい。

ルーシーが待っているのだから。

　視力が急によくなったかのように、世の中すべてが水晶のようにはっきり見えた。木の枝から歩道の白線まで、あらゆるものがまるでガラスでできているかのように、くっきりときれいに見える。色も驚くほど豊かだ。自然にこんなにも多くの色が存在するなんて初めて気がついた。

　バックミラーに映る景色さえ鮮やかだった。大きな黒いＳＵＶがスピードをあげて近づいてくるのが、映画のようにはっきり見える。メイソンは笑った。まがり角を間違えて、映画のなかに入ってしまったんじゃないのか？

　ＳＵＶはもうかなり近くまで寄っている。フロントガラスが黒く塗られているせいで、運転手の顔は見えない。きっとスタントマンなのだ。悪者が善良な男を道路から押しだそうとする映画みたいになってきた。

〝セイラとメアリーが誰かに道路から押しだされたみたいに〟

　だが、あの事故が起きたのはマンザニータ・ロードで、ここはリヴァーロードだ。スタントマンに、ここはマンザニータ・ロードではないと教えてやるべきだろうか。川の上の展望台まで、あともう少し。あと一度だけカーブをまがればいい。

　ＳＵＶがわきを追い越していった。馬鹿なことを。違法だぞ。でもこれは映画なんだ。映画の悪党は馬鹿で違法なことをやって逃げていく。とりあえず、ぎりぎり最後までは。

まあ、いい。悪党が命がけでカーブで追い越しをするなら、勝手にすればいい。でも、自分は映画のなかにいたくない。ルーシーを見つけて、木のあいだから漏れてくる金色に輝く太陽の光のなかで愛しあいたい。ああ、そうだ。道路のはしで答えを見つけないと。

大型のSUVは今度は隣に並んでいる。近い。近すぎる。ほかのものと同じように、脚本が急に水晶のようにはっきり見えた。そうだ。悪党が善良な男を崖から突き落とそうとする見せ場のシーンだ。

だが、ここにいる善良な男はいま演技をする気分じゃない。早くルーシーを見つけたいだけだ。くそっ。スタントマンがじゃまだ。

メイソンはブレーキを強く踏んで、車を停めた。SUVの後輪のフェンダーと、メイソンの車の前方がぶつかり、金属がこすれたかん高い音がした。

スタントマンは脚本の変更を知らなかったらしく、SUVはハンドルを大きく切りすぎて歩道に乗りあげたが、何とか走っていった。そして次の瞬間には、次のカーブの向こうに消えていた。

メイソンは身動きせずにすわったまま、フロントガラスの向こうを見つめていた。アドレナリンが全身を駆けめぐり、一時的に頭がはっきりした。車を待避所に寄せて、エンジンを切った。

ぎらぎらとした太陽と水晶のような世界がまわりで輝いている。メイソンはまた不思議な世界に落ちていった。自分はどこに行くつもりだった？　ああ、ルーシーだ。ルーシーを探しに行く途中だった。だが、どういうわけか、これ以上運転するのはよくない気がした。

メイソンは携帯電話を取りだして、きらきらと輝く画面に見とれ、しばらく見つめていた。誰に電話をするんだった？

ルーシーだ。

メイソンは画面に表示された彼女の名前をていねいに押した。一回目の呼び出し音でルーシーが出た。

「やあ」メイソンは言った。「きみと愛しあいたいけど、おれは死ぬかもしれないから、時間があるかどうかわからない。だから、さようならを言うために電話したんだ」

「メイソン、どうしたの？」

「映画のなかにいたら、スタントマンが道路から突き落とそうとするんだ」

「いやだ。酔っているのね」

「いや。飲んだのはコーヒー一杯だけだ」

「どこにいるの？」

「リヴァーロードだと思う。確かめてみるか」メイソンは周囲を見まわした。「何もかもがチカチカしているが、間違いなくリヴァーロードだ」

「リヴァーロードのどのあたり？」ルーシーの声は緊張していたが、たいそう辛抱強く、まるで子どもに話しかけているようだった。

「展望台だ」メイソンは答えた。「観光客が車を停めて、川の写真を撮る場所があるだろう」

「展望台？　確かね？」

「すごく確かだ」遠くから重いエンジン音が聞こえてきた。「おっと、もう行かないと。スタントマンが戻ってくるから」

「スタントマンって？　ねえ、聞いて。そこを動かないで。わかった？　いまいる場所からぜったいに動かないで。ディークと一緒に向かっているから」

「さようなら、ルーシー」

大型車が近づいてきた。エンジンの音はゆっくりだ。

「車から降りたほうがよさそうだ」

メイソンは電話を切って、手探りでシートベルトをはずした。またアドレナリンが駆けめぐった。ダッシュボードから何とか銃を取りだして、ドアと格闘して外に出た。そして、よろけながら林のほうに歩いた。どうして隠れなければならないのかわからなかったが、直感には逆らわなかった。

頭はぐるぐるまわったが、何とか林にたどり着いた。岩のうしろに身を隠し、両手で銃をしっかり握って待った。近くには金色の陽光に照らされた小さな池があった。メイソンはうっとりして見つめた。

車が待避所をゆっくり通りすぎていく音が聞こえたが、車は停まらなかった。メイソンは運転席のドアを開けたままにしてきたのを思いだした。SUVの運転手はどう思うだろうか。きっと、おれが川に飛びこんだと思うな。からかってやれ。

また大きなエンジン音が聞こえた。怒った獣が獲物を捕まえにきたのだ。だが、SUVは通りすぎていった。

メイソンが岩の上にそっと銃を置いてすわりこみ、ふたたび水晶のような景色の不思議な世界に入ってルーシーのことを考えていると、ちがう車がやってきた。タイヤがきしんだ。ドアが閉まった。

「メイソン？」

ルーシーの声がして、メイソンは立ちあがった。銃を手にして、林を通って、道のほうに歩きはじめた。ガードレールの近くに立ち、辛そうな顔で川を見おろしている彼女の姿が見えた。ひとりじゃない。ディークも一緒だ。

「やあ」メイソンは声をかけた。

その声を聞いて、ルーシーがふり向いた。ディークも。

「メイソン」ルーシーが言った。「よかった。わたしたち、一瞬……いいの、気にしないで」

ルーシーはメイソンに駆けよった。

「いったい何があったんだ?」ディークが待避所の砂利の上を歩きながら訊いた。「銃を渡すんだ。扱える状態じゃないだろう」

「わかっている」メイソンは答えた。「ほかのことは何も考えられないけど。いまはそのほうがいいという気がする」

また頭がぼんやりしてきた。メイソンは銃をディークに渡した。

ルーシーはいま腕のなかにいる。それだけでいい。メイソンは暗闇と戦うのをやめて、深淵のなかに落ちていった。

38

映画の続きか……。

救急救命室の場面

白衣を着た医療チームがいる。ルーシーはベッドの足もとで心配そうに立っている。ディークはそのうしろで、彼女の肩に手をかけている。その顔は険しい。

医師「外傷はなし、脈拍は正常」

医師は患者の腕を観察したあと、ベッドの足もとに移り、ルーシーは道を空ける。医師は患者の爪のあいだを見る。

医師「針の痕はなし」

ルーシー「侮辱しないでください。もちろん、針の痕なんてありません。メイソンはドラッグなんてやっていませんから」

医師「AMSの場合、ドラッグの可能性を疑わなければなりません。検査の結果が出れば、もっとはっきりわかるでしょう」

患者「おれならだいじょうぶだ」

誰も見ない。声が聞こえないのだ。

ルーシー「AMSとは何ですか？」

医師「異常な精神状態のことです。ドラッグを使用した経験がないのは確かですか？」

ディーク「彼女の言うとおりです。夜、ビール二本とワインを少し飲みました。それだけです」

医師（ほかの医療スタッフに向かって）「レントゲン室へ。頭のCTを撮りたい」

患者（今度は少し大きな声で）「おれならだいじょうぶなのに」

全員が患者を見て、ルーシーがほっとしたように微笑む。

ルーシー「だいじょうぶみたい」

患者「そうだ。おれはだいじょうぶだ。家に帰りたい」

医師（患者を険しい目で見て）「奥さんとおじさんがここに運びこんでくれるまえに、飲んだり食べたりしたものを覚えていますか？」

患者（ルーシーを見て、ウインクをして微笑む）「やあ、奥さん」

ルーシーは顔をしかめて警告する。患者はその意味を理解する。ルーシーも救急救命室に入れるように、ディークとふたりで、患者との関係について嘘をついたのだ。

医師（患者に対して厳しい口調で）「ミスター・フレッチャー、ここにくるまえに摂取したものを覚えていますか？」

患者（懸命に考えて）「コーヒーだと思います」

医師「幻覚を見た記憶はありますか？」

患者「映画のなかにいると思っていました」

医師「まだ映画のなかにいますか？」

患者（おそらく正解と不正解があることに気がついて。一か八かの賭けで）「いいえ。映画は終わりました」

医師（患者を信じていない顔で）「それを聞いてよかったですよ。でも、映画をハッピーエンドで終わらせるために、ひと晩ここに泊まっていってください。ミスター・フレッチャー、脈拍が安定していて、神経も正常なようだったら、明日の朝には退院できますからね」

患者「くそっ」

39

「そんな目で見るのはやめてくれ」メイソンは言った。

「そんな目って?」ルーシーは訊き返した。

「おれがいまにも卒倒するんじゃないかって心配している目だ」メイソンはレモネードを少し飲んだ。「気分はいい。病院にいた夜が最悪だった」

ふたりはディークの家の正面のポーチで、ブランコに乗っていた。ルーシーは片足を腿の下にたくしこみ、片足を木の床につけていた。メイソンはルーシーの身体にもたれている。ディークはポーチの手すりに寄りかかり、ジョーは階段のいちばん上で居眠りをしている。

ディークと自分にはとても長い夜だった、とルーシーは思った。病室のベッドの横で、メイソンが眠りに落ちたり目覚めたりする様子をじっと見守って過ごしたのだ。だが、朝には幻覚剤の作用はすっかり消えていた。そのあとソーシャルワーカーがやってきて、メイソンが行っていた可能性がある〝自己投薬〟について助言した。メイソンもルーシーもディークも彼女をにらみつけた。ソーシャルワーカーは妙な顔をして、足早に病室を出ていった。救急救命室の医師は、患者を早く帰しすぎて医療過誤で訴えられる危険性がなくなったと判断するなり、メイソンを退院させた。二ページにわたる指示書を渡されたが、メイソンは小さく丸めて、病院の玄関に行くまでのあいだにあったゴミ箱に放り投げた。

「昨夜はいやな夜だったわ」ルーシーは言った。「最悪なのは病院じゃないの。クイン・コルファクスがあなたを殺そうとしたことよ」

「ああ。確かにあまりいいことじゃなかった」メイソンはグラスのなかでレモネードを回転させながら、考えこんだ。「犯人がクインだと仮定しての話だが」

「クインがコーヒーに薬を入れたんだろう」ディークは言った。「それしか筋が通らない。飲みほさなくて本当によかった」

ルーシーは身震いした。「クイン・コルファクスが冷酷にも、自分の部屋であなたに毒を飲ませようとしたなんて、信じられない」

「ああ。もっと都合のいい場所があっただろうに」メイソンは言った。「やつのことを見直したよ。まるでプロのお手並みだった。まったく予想していなかった。どちらもセイラに対して感謝の念を抱いていることで、おれたちにも絆《きずな》が生まれそうだったんだけどな」

ディークは鼻を鳴らした。「ひとつ確かなことは、毒殺はまえもって準備する必要がないということだ。とっさに思いついたんだろう。おまえがワイナリーにくるとは思っていなかったはずだから。つまり、薬をすぐ手の届く場所に置いているということだ」

「怖いわ」ルーシーは言った。「もうコルファクスのワインはぜったいに飲まない」

「あそこで出されたコーヒーも避けたほうがいい」メイソンも賛成した。

「たぶんオーガニックだな」ディークは言った。「ちゃんと成分を見ておかないと」

「しかし、いったいこの町はどうなっているんだ？」メイソンは言った。

「クイン・コルファクスがおまえを殺そうとしたんじゃないか」ディークは暗く冷たい目で、ポーチの手すりを握りしめた。「おまえに薬を盛って、リヴァーロードでいちばん危険な場所で、車ごと川に転落させようとした。車の事故だけなら助かったかもしれないが、薬のせいで意識を失っていたら、溺《おぼ》れ死んだはずだ。残酷な殺人未遂だ。おれが警察に通報しないのは、証拠がないからだ。で、この先どうする？」

メイソンはレモネードをもうひと口飲んで、グラスを置いた。「いったい何が起こっているのか見極めて、証拠を見つける」

メイソンはブランコから立ちあがった。ルーシーが心配そうに見つめたが、彼はしっかりとした足どりで階段をおり、車の前輪のフェンダーをじっくり見た。ルーシーも立ちあがって、メイソンのもとに行った。ディークも手すりから離れ、ふたりのそばへ行った。ジョーもあとを追っていった。

三人はフェンダーの傷を見つめた。

ルーシーは腕組みをした。「それは、わたしがここまで運転して帰ってきたときにつくった傷ではないということだけは言えるわ」

「あのときの衝撃は少し覚えている」メイソンは記憶をたどっていった。「おれがブレーキを強く踏んだら、ＳＵＶが追い越していった」

「それで助かったんだな」ディークはフェンダーに深く刻まれた傷を近くから見た。「黒い塗料だな。横からぶつかってきた車で覚えていることは？」

「あまりない」メイソンは頭をふった。「あのときは、ひどい幻覚を見ていたから――映画だと思っていたというやつだ。カーチェイスの場面なのかと思ったのを覚えている。大型の車がうしろから近づいてきた。たぶんＳＵＶだ。色は黒。窓は黒く塗られていた。フロントガラスがぎらぎら光っていたな。運転手は見えなかった」

「〝スモークガラスの黒の大型ＳＵＶ〟だと、このあたりの道に停まっている車の半分にあてはまるぞ」ディークは考えながら話した。「そのうちの一台がクイン・コルファクスの車だが。クインの車のフェンダーに傷があればおもしろいな。ワイナリーに行って、車があるかどうか見てくるか」

メイソンはその提案について考えをめぐらせ、一度だけうなずいた。「カーチェイスの場面で使ったのがクインの車なら、たとえ傷がつかなくても、外には置かないだろう。でも、確かめないとわからないからね」

「おれが見てこよう」ディークが買って出た。

「ルーシーの小型車を使って」メイソンは言った。「おじさんのトラックとおれの車は町の全員が知っているから」

「名案だ」ディークはルーシーに目をやった。「借りてもいいかい？」

「ええ」ルーシーは砂利敷きの私道に停めてある小型車まで歩き、前の座席からトートバッグを取った。そしてキーを放ると、ディークはメイソンと同じように、軽々と空中で受け止めた。

ディークは車に向かって歩きはじめた。ジョーも起きあがって、期待のこもった表情をした。

「ジョーを乗せてもいいかい？」ディークは訊いた。

「もちろん」

ディークは車のうしろのドアを開けた。「ジョー、乗れ」

ジョーは階段を駆けおりて、小型車に飛び乗った。

ルーシーとメイソンは車が私道から出ていくのを見送った。

「わたしが何もわかっていない人間だったら、おじさんは楽しそうねと言うところよ」ルーシーは言った。

「ああ。おれもそう感じた」

「ワイナリーの車を調べているところをクインに見つかってしまったら？」

「見つからないよ。ディークおじさんはきちんと心得ているから。少し川沿いを歩かないかい？　頭をすっきりさせて考えたいんだ」

ルーシーは不安になってメイソンの目をのぞきこんだ。「どういう意味？　また頭がぼうっとしてきたの？　何か見えるの？」

「いや、平気だ。瞳孔《どうこう》の大きさを確認するのはよしてくれ。ちょっと散歩しながら考えごとをしたいだけだ」

メイソンはルーシーの手を取って指を組みあわせると、丘の斜面をおりて、川沿いの林へ向かった。

ルーシーはメイソンの手の力強さを感じて、気を楽にするよう自らに言い聞かせた。彼は正常に戻っている。

「おそらく、あなたにきょう起きそうになったことが、セイラおばさんとメアリーに起きたのよね？」しばらくしてから、ルーシーは尋ねた。

メイソンも同じ考えだった。

「たぶん。ただし、セイラたちが薬を飲まされていたとしたら、犯人はふたりが海岸に行くことを知っていただけでなく、ピクニック用のバスケットの中身にも近づけたことになる。そんなことが可能だと思うかい？」

ルーシーは考えてから言った。「ふたりはいつも〈ベッキーズ・ガーデン〉でバスケットを用意してもらっていた。でも、ベッキーにふたりを傷つける理由があるとは思えない」

「ああ。ベッキーがコルファクス社に経済的な興味を抱いていなかったのは間違いない。だが、事故の日にバスケットに近づけた人物がほかにもいたのかもしれない」

「犯人はふたりのあとをずっとつけていて、薬を入れる機会をうかがっていた」ルーシーは言った。

「あるいは、薬は飲ませなかったのかもしれない。犯人はたんにセイラとメアリーの車を崖から転落させただけなのかも。それだってあり得るからね。たいていは映画のなかだが、現実でも可能性はある」メイソンは少し間を置いてから続けた。「ただし現実の場合は、襲うほうの車は運転がかなり巧みな者がドライバーでないと難しい。それに、まえにも言ったが、結果は確実じゃない。狙った相手を殺すには効率が悪い。やっぱり、追いつめられた素人の仕業だ」

「だからといって、プロより危険ではないわけではない」

「ある意味では、プロより危険だ。予測がつかない。おれたちはこの事件でふたつの手がかりを見つけた――金とドラッグだ。そして、これまではドラッグに焦点を当ててきた。もっと金のことをよく調べる必要がありそうだ」

メイソンは足を止めて、ルーシーの手を放した。ルーシーはメイソンの周囲にみなぎる力を感じた。メイソンは携帯電話を取りだして、登録してあった番号に電話をかけた。

「アーロン――ああ、だいじょうぶだ。ディークおじさんから連絡がいったのか？　おじさんが大げさなんだ。そうだ、ドラッグは関係しているが、ここではギャングとも麻薬組織ともやりあっていない。だが、今回の件には金が関わっているんだ。アリスで調べてくれ。コルファクス株式会社という企業の状況について、わかるかぎりのことを知りたい」

ルーシーは川岸まで歩いていった。

うしろではメイソンが弟と話しつづけている。メイソンは早口でコルファクス社の所在地を教えた。

「……そうだ。同族会社だ。だからといって合併について噂があまり立たないわけじゃないだろう。アリスに訊いてくれ。わかった情報を残らずアリスに入力して、何という答えが出るか試してみるんだ。おれはコルファクスで財務上の問題が起こっている気配を探しているんだが。何か手堅い情報が出てきたら、すぐに知らせてくれ。よろしくな」

メイソンは携帯電話を切ってポケットに戻した。そしてルーシーのうしろに立って、両手で彼女の肩を包みこんだ。ルーシーは微笑んで片手をメイソンの手に置いた。彼女はメイソンの期待を感じた。彼は悪者を捕まえるために生まれてきたのであり、心のどこかでは興奮し、覚悟ができているのだ。

「アリスに訊くの？」ルーシーは訊いた。

「アーロンはその言い方が好きなんだ」メイソンは言った。

「何か、当てがあるのね？」

「もしかしたら。セシル・ディロンも、二番目のコルファクス夫人も、クインもジリアンも、利益を出して逃げるためだけに、合併を進めているんじゃないような気がする。コルファクス社について、ウォーナーが知らない何かを、会社を揺るがしかねない何かを知っているから、どうしても合併させたいんじゃないか。逃げだせるうちに、逃げだしたいんだ。もし合併できなかったら、すべてを失ってしまうのかもしれない」

「だから、共同戦線を張っているのね。でも、どうしてウォーナーに言わないのかしら」

「コルファクスはウォーナーの会社であり、帝国だからだろう」

「彼の伝説なのね」

「もしも芯から腐っていると知ったら、ウォーナーはコルファクス社を救って立て直そうとするだろう――何も知らない買い手に売るのではなくて」

「でも、ほかの家族は会社全体を危うくするような真似はしたくない。財産をすべて失ってしまう可能性が大きいから」

「あの家族なら、全員が考えそうな動機だ」

「でも、あなたに薬を盛ったのはクインよ」ルーシーは言った。「そうなると、セイラおばさんとメアリーを殺したいちばんの容疑者はクインになるわ。どちらも同じ罠が使われたんだもの――ドラッグと自動車事故が」

「確かにクインが容疑者のように見えるが、どこかしっくりこない」メイソンはルーシーの肩をつかんで、ふり向かせた。「きのう、映画のなかにいたとき――」

「幻覚を見ていたときね」

「幻覚を見ていたとき、待避所に車を停めて携帯電話を取りだした。何かが起きていることは理解していたから、警察に通報すべきなのはわかっていたが、おれを川に転落させようとしたやつが戻ってきて、仕事をやり遂げるかもしれないとも考えた。それなら、きみに別れの挨拶をしたいと思ったんだ」

ルーシーは両手でメイソンの手を包んだ。「死ぬほど怖かったわ」

メイソンは唇をゆがめた。「そうだな、悪かった。すっかり混乱していて、きみがどう思うかまで気がまわらなかった」片手を彼女のうなじにまわした。「ルーシー、ロッジで過ごした夜はおれにとって生涯でいちばん大切な夜になった。おれに起きたなかで最高の出来事だった」

この言葉のうちいくらかは、死にかけたことで生じた感情に刺激されて出てきたものだろうと、ルーシーはわかっていた。けれど、いまはそれでもかまわなかった。自分もいまは、恐怖と不安とメイソンが生きていると知ったときの強烈な安堵の余波で引き起こされた強い感情と付きあっているところだから。

「ロッジでの夜は、わたしの生涯でもいちばん大切な夜になったわ」ルーシーは言った。

「決して忘れない」

メイソンはルーシーの答えに満足していないようだったが、それ以上は求めなかった。「ルーシー」メイソンは彼女を抱き寄せた。「小さなルーシー。おれの人生に戻ってきてくれた。もう放したくない」

その謎めいた言葉についてルーシーが追究するまえに、メイソンは唇を重ねた。ルーシーは、メイソンはこの二十四時間であまりにもたくさんの経験をしたのだと自らに言い聞かせた。現実がしっかり戻ってきたら、言ったり感じたりしないことを、いまは言ったり感じたりしているのかもしれない。わたし自身も。

でもいまは、熱い欲望や、メイソンの腕に抱かれて経験した激しい情交に身をまかせてはいけないという、筋道の通った理由は考えつかない。

ルーシーはメイソンが火をつけた情熱のありったけを込めて、キスに応えた。彼の唇は熱くて、激しくて、ぞくぞくする。ルーシーは身体をぴったりと引き寄せられ、メイソンの変化に気がついた。

メイソンは顔をあげて、すばやくあたりを見まわした。ルーシーにはふたりきりだとわかっていた。川沿いのこの道でハイキングするひとなどいないが、彼は首をふった。

「ここではよそう」メイソンは言った。「安全じゃない」

メイソンがこの場所では愛しあわないと決めたのは、誰かがたまたま通りかかるのを心配したからではなく、ここが安全ではないからという理由だったと知って、ルーシーは息を呑んだ。

「誰かに見張られているかもしれないと本気で考えているの？」ルーシーは周囲を見まわした。

「クインが弾を込めた銃を持って忍び寄ってくるとは思えないが、危険は冒したくない。きみを抱くときは、足音に耳を澄ますんじゃなくて、セックスに集中したいからね」

「あなたがそういう言い方をするときは――」

「それに、漆《うるし》でかぶれる恐れもある」

ルーシーは笑った。「それは考えなかったわ。あなたの言うとおりね。わたしも林のなかではいや」

メイソンも笑った。男としての期待がこもった得意げな声が、陽光で温められた澄んだ空気のなかに響きわたった。メイソンはルーシーの手をつかみ、林のなかを通って、家へと駆けだした。

40

あと数分でルーシーと愛しあえるのだという高揚した気分は、メイソンの血に火をつけた。ふたりはともに階段を駆けのぼって、メイソンの古びた部屋に入った。ルーシーは少し息が切れていた。瞳は女性らしい神秘と欲望で輝いている。

メイソンはルーシーをベッドであお向けに寝かせると、両手をついて、その上に覆いかぶさった。彼女を見おろして、とりあえずいまは、自分のものだという思いを存分に味わう。ルーシーに求められている。それがどんなドラッグより刺激的だった。

メイソンは片手で彼女のシャツのまえを開いた。ブラジャーは小さくてセクシーな黒のレースだ。メイソンはフロントホックをはずして、かわいらしい胸をあらわにした。

「とてもきれいだ」彼は感嘆して言った。

「ここも」ピンク色の乳首にキスをした。「すごく、熱くなっている」

「あなたのせいよ」ルーシーはメイソンのデニムのシャツのボタンをはずしはじめた。「もしかしたら、シーツが燃えてしまうかも」

「かまうもんか」彼はルーシーのパンツのまえを開いた。「火はもっとほかのところからも燃えだしそうだ」

メイソンは彼女の服を脱がせ、もどかしげに自分も脱いだ。そしてルーシーの上に重なると、腿のあいだに脚を入れて開かせた。興奮したルーシーのにおいで、全身の筋肉が硬くなる。メイソンは片手を彼女の腰に滑らせ、そのまま熱くなった芯まで伸ばした。

うなり声をあげながら、意志の力をふり絞って、いますぐ果ててしまわないように耐えた。それから彼女の肩のやわらかい肌に唇をつけて、そっとかんだ。「おれのために、すぐに濡れてくれるのがたまらない」

メイソンはルーシーを愛撫し、最初の夜のうちに一緒に見つけた、引き金となる部分を探しだした。そして二本の指を入れると、ルーシーが締めつけてきた。メイソンはわざとゆっくり探った。ルーシーが息を吸いこんだ。彼女の爪が肩に食いこむ。

「そこよ」ルーシーがとうとう口に出した。「そこなの」

メイソンはかすれた笑い声をたてた。「覚えが早いな」

メイソンが唇を胸から下へ下へと這わせていくと、ルーシーは喘ぎ、彼の頭をつかんで、髪に手を差し入れた。

「何をしているの？」ルーシーがかん高い声で言った。「ねえ、待って。それは――」

だが、もう遅く、ルーシーはすでに達しはじめていた。メイソンは彼女の下半身を震わせる小さな波を感じながら、彼女の味わいを楽しんだ。ルーシーの鋭い声が響いた。

「メ、メ、メイソン！」

最後まで行き着くと、ルーシーは真っ赤な顔で息を切らして笑いながら倒れこんだ。

「すごかったわ」ルーシーの声と表情から驚きが伝わってきた。「本当にすごかった。あんなこと、いままでは誰にもさせたくなかった。本当はあなたにもしてもらいたいのかどうか、わからなかったのよ」

「とてもおいしかった」メイソンは彼女の肩にキスをした。「すべてが。あのとき、名前を叫んでくれたのがよかった。すごく好きだ」

ルーシーは手のひらでメイソンを押して、少しだけ離した。

「あなたが好きなことを教えて」

好奇心と決意で、ルーシーの目が輝いている。

メイソンはゆっくり笑みを浮かべた。「本当に、きみがしてくれることすべてが、好きなんだ」

「真剣なのよ。どんなことをすればあなたが感じるのか、知りたいの——何が本当に効くのか」

ルーシーがメイソンの胸から下へ手のひらを滑らせて、分身を手に取った。そして軽く握って手を上下させると、メイソンはおかしくなりそうだった。

「効いているよ」メイソンは急に引きつった声で言った。

「すごく効いている」

ルーシーはクスクス笑い、メイソンをあお向けに寝かせると、喉と胸にキスをして、身体を下へずらしていった。そして舌で分身に触れられると、メイソンはもう限界だった。

「もうだめだ。いますぐ、きみのなかに入りたい」

メイソンは彼女の腕をつかんで引っぱりあげると、自分の上にまたがらせた。片手で自らを持ってルーシーのなかに導き、息を止めて、必死にこらえた。

そしてしっとりと熱く、心地いいルーシーの奥深くまで一気に突き進んだ。ルーシーは身体を上下させたがったが、メイソンは尻をつかんで、自分にリズムをあわせさせた。ルーシーが締めつけてきた。とても、きつく。耐えられないほど、きつく。メイソンはもうこれ以上耐えられなかった。

絶頂は一気に押し寄せてきた。メイソンはその波に身をまかせ、そのまま海に運ばれた。

41

自分の人生は、すべて終わりだ。

慎重に立てた計画はすべて崩れ落ちて燃えてしまったと、クインは思った。自分の人生は〝ブリンカーの夏〟と呼ぶようになったあのとき以来、誤った方向に進んでしまったのだ。まるで何年も暗い道を走ってきて、すっかり迷ってしまったかのように。クインは正しい道を見つけようとしながら、何度も間違った方向にまがり、道を誤るたびに、事態が悪化した。ブリンカーが魔術師のように自分の人生に入りこんできたあの夏に、コルファクス社から離れるべきだったのだ。ブリンカーは魅力的で、危険で、無敵だった――メイソン・フレッチャーが立ち向かってくるまでは。

あの夜のブリンカーの怒り方は凄まじかった。メイソン・フレッチャーを罠にかけられなかったことに激怒し、執念深く恐ろしい復讐を誓ったのだ。クインは必ず死人が出ると確信していた。そして結局、死人は出た――ブリンカーだ。

だが、ブリンカーが消えても、自分の人生は変わらなかった。ずっと誤った方向にまがりつづけたのだ。ジリアンのこと以外は。ジリアンだけが正しく選んだ道だったが、その妻さえも失おうとしている。

クインは自分でつくったウォッカのオレンジジジュース割りを飲んで、窓のまえに立った。うつろな目で、優雅に広がったブドウ畑のほうを見つめる。クインはコルファクス社が嫌いなのと同じくらい、ワイナリーが憎かった。いつかは父が築いた帝国を継いで、もっと大きく強力にすると信じていた時代もあった。長年その夢にすがりつき、喜ぶどころか満足することもない父を喜ばせようと、必死にがんばってきたのだ。

とうとう彼の目を開かせたのは両親の離婚だった。父があの売女《ばいた》とすぐに再婚したときに、すべてが明らかになったのだ。父は最初に生まれた息子にコルファクス社を継がせる気はないのだと。父は新しい後継者をつくろうとしたのだ。

あのときがコルファクス社から離れる二度目の機会だった。それなのに、ジリアンに説得されて、会社に残ってしまった。そのあとコルファクス社の合併話が、復讐を果たす生涯最高の機会とともに提示された。合併が成立すれば、コルファクス社は相手の会社に呑みこまれて、事実上は消滅する。自分とジリアンは多額の金を持って、会社を離れられるのだ。

そこで、もう一度クインは会社に残ることを選択した。ジリアンとずっと一緒にいるつもりなら、金が必要だからだ。

重々しい足音が廊下から聞こえてきて、クインは椅子に腰をおろした。そしてウォッカのオレンジジュース割りを飲んで力をつけて待った。

オフィスのドアが勢いよく開いた。ウォーナー・コルファクスが入ってきた。

「いったい、どうなっているんだ？」ウォーナーは問いつめた。「きのうの午後、メイソン・フレッチャーがおまえに会いにきたと聞いたぞ。そして今朝はフレッチャーが自動車事故にあって、病院に運びこまれたと町じゅうが噂している。あの男はここに何をしにきたんだ？」

クインは椅子にゆったりとすわり、机の隅に足を乗せた。そして酒をもうひと口飲んだ。

「偉大で、何でも知っているウォーナー・コルファクスが、いま何が起きているのか、まだわかっていないという意味ですか？　王国で起こっていることは何でも知っていた時代があったのに。気をつけてください、お父さん。あなたはもう衰えたんです」

ウォーナーの顔色が鈍い赤に変わった。「まだ昼の三時だ。どのくらい飲んだ？」

クインはグラスをじっと見つめた。「一杯目ですよ。そろそろ祝ってもいい頃だと思って」

「何を祝うんだ？」

「コルファクス・ワインとの別れです。もう、きょうで辞めます。ほかに何を祝うっていうんです？」

ウォーナーは机に両手をつくと、目をぎらつかせて、身を乗りだした。「いったい、何の話だ？」

クインはグラスを両方の手のひらではさんで転がした。「どこからはじめましょうか？　ルーシー・シェリダンはセイラとメアリーは殺されたと考えていて、それであなたにも、ほかの誰にも持ち株を売るつもりはないんだと、おれが確信しているという事実から話しましょうか？」

「ばかばかしい。ふたりは自動車事故で死んだんだ。そんなことは誰もが知っている」

「ルーシーは信じていません」

ウォーナーは眉をひそめた。「だから、株を売ることをあれほど頑《かたく》なに拒んでいるのか？」

「ええ、たぶん。そして、あの事故に疑いを抱いているのは、おそらくルーシーひとりじゃない。だから、きのうフレッチャーが訪ねてきたんですよ」

「くそっ。あの男はおまえに何を求めたんだ？」

「答えですよ。過去について、とても興味があるようでした。だから、フレッチャーがすでに予想していたことを教えてやりました――十三年まえ、彼がブリンカーを崇拝する陽気な取り巻きたちの仲間に入るのを拒んだせいで、ブリンカーがひどく怒っていたと。それからハーパー・ランチでの最後のパーティの夜、フレッチャーがルーシー・シェリダンを救ったせいで、ブリンカーが腹を立てていたことも話しました」

「彼女を何から救ったんだ？」

「セイラ・シェリダンは正しかったんですよ」クインは言った。「ブリンカーはスコアカード強姦魔だったんでしょう。彼がルーシーを被害者のひとりにしようとしたのは間違いない。あのパーティの午後、フレッチャーはその噂を聞きつけた。それであの夜、現れたんです」

「おまえはブリンカーが強姦魔だと知っていたのか？　それともただの推測か？」

「当時は知りませんでした。だが、いまは確信している。あいつはほかのみんなを利用していたように、おれのことも利用していたけど、友だちなんかじゃなかった。秘密なんか打ち明けなかった。でも、あの夜はフレッチャーに〝ルーシー・シェリダンには二度と近づくな〟と警告されたせいでひどく腹を立てて、少し口を滑らせた。脅しを口にしはじめたんですよ。おれがあいつを残して帰ったときには、口から泡を吹きそうなくらい怒っていた。だから、おれは生涯に一度くらいはいいことをしようと決めて、セイラ・シェリダンにルーシーが危ないと警告しに行った。ところが、ブリンカーは翌朝には消えてしまった。ブリンカーはあれだけ脅し文句を並べていたけど、本当はフレッチャーが怖かったんですよ」

ウォーナーは呆然としていた。「そんなこと、ひと言も言わなかったじゃないか」

「どうして話すんです？」クインは笑った。「あなたは、ブリンカーはおれの最高の手本だと考えていた。覚えているでしょう？　ブリンカーがとても強い男で、いつか金融界で大物と見なされるだろうと言いつづけた。たぶん生きていたら、そうなっていたでしょう」クインはウインクをした。「ここだけの話、おれはずっとブリンカーを片づけたのはフレッチャーだと思っていました。セイラ・シェリダンが殺したなんて、誰が思います？」

「私は何も信じない。おまえは酔っている。全部おまえの作り話だ」

「それなら、あなたが連れてきた高給取りのCEOが、あなたの子づくり専用の奥さんと寝ているることも知りたくないんでしょうね？」

ウォーナーは息子をじっと見た。「口を閉じていろ、酔っ払い」

「やめてください――誰だって知っていることです。彼女が産んだ後継者は、セシル・ディロンのDNAを受け継いでいますよ。まあ、こんな話をしても無駄ですけどね。アシュリーにはどちらにしても妊娠するつもりなんてなかったんですから。彼女はたんに金のために結婚した。まあ、彼女にしてみたら大失敗だったんでしょうが。でも、アシュリーは損害を少なくするだけの頭はあった。合併が成立しないと見ると、宝石とポルシェを持って消えましたからね」

「嘘だ」ウォーナーの顔は怒りで紅潮し、まだらになっている。「そんなのはでたらめに決まっている。すぐに口を閉じないと――」

「どうしますか？」クインはグラスを机に叩きつけるように置いて立ちあがった。「遺言書からおれの名前をはずしますか？　どうぞお好きなように、お父さん。別にかまわない」

「おまえはコルファクス社を辞めたりしない」ウォーナーはもう一度言った。だが、今度は声が震えている。「おまえは私が会社を自由にさせなかったから腹を立てているのだな。しかし、おまえはコルファクス社のトップに立てる器ではなかった。会社を経営するには弱すぎるのだ」

クインは微笑んだ。「なぜだかわかりますか？　お父さんの言うとおりだ。おれにはコルファクス社を引っぱっていけるような根性がない。だから半年まえに、この会社の輝かしい財務に疑問を抱きはじめたときに、それなりの現金を貯めておいてよかった」

「輝かしい財務？　何の話だ？」

「馬鹿なことを言わないでくださいよ、お父さん。その言葉が投資の世界で何を意味するかなんて、わかっているでしょう。嘘みたいにすばらしく見える財務状況は、たいていは嘘だ」

「私の会社について、私が知らないことを知っていると言いたいのか？」

「おれは、セシル・ディロンと、あの男がお父さんに出してくるこの数カ月の信じられないほど見事な数字を怪しんでいると言いたいだけです。それから、このワイナリーの仕事が大嫌いだということも。だから、きょうで辞めます」

ウォーナーは目をしばたたいた。口を開けたが、数秒は言葉が何も出てこなかった。どうやら、息子がいつか自分のもとを去っていくとは思ってもみなかったらしい。

「ジリアンはどうするんだ？」ウォーナーはやっとしわがれた声で言った。「おまえがワインカントリーを出ていくと言ったら、文句を言うんじゃないのか」

「ジリアンは自分の好きにするでしょうが、たぶん一緒にはこないでしょうね。おれは見かけほど馬鹿じゃない。子づくり専用のあなたの牝馬と同じ理由で、彼女がおれのそばにいたのはわかっています。ジリアンは金とこの町での社会的な立場が好きだっただけだ」

ジリアンが自分のもとを去っていくかもしれないと思うと、いまでもクインの胸は引き裂かれた。これまでここに残っていたのは、ジリアンのためだったのだから。彼女にとって、コルファクス家とのつながりがどれほど大切かはよくわかっている。心の底では、それが自分と結婚した第一の理由だとわかっていたのだ。ジリアンを愛してしまったのが、彼にとっての失敗だった。

「私は一切信じないぞ」ウォーナーの声は細く、ささやくようだった。怒りのあまり、声が出ないのだ。「何から何まで嘘ばかりだ」

クインは首をふった。「お好きなように信じてください。もう、おれの問題ではないから。いや、いま考えてみれば、おれの問題だったことなんて一度もないな。ただ、気づくのに何年もかかってしまった」

ウォーナーは背中を向けて部屋から出ていった。

クインはドアが閉まるのを待った。すると、急に激しい怒りと痛みが込みあげてきた。彼は酒が半分残ったグラスを壁に叩きつけた。グラスが粉々に割れて、床に降り注いだ。ウォッカのオレンジジュース割りが、コルファクス家のブドウ畑の写真に飛び散った。

ちょっとした乱暴を働いたおかげで、妙に気持ちが晴れた。クインは〝ブリンカーの夏〟

以来、初めて自分のすべきことがわかった。そろそろ成長して、一人前の男にならなければ。

ジリアンが入口に現れた。割れたグラスと壁を流れる酒をちらりと見た。そのあとクインを見つめる目には、恐れと不安が浮かんでいた。クインは胸が痛んだ。

「何があったの?」ジリアンは訊いた。「途中でお義父さんとすれちがったけど。とても怒っていたわ」

「たったいま会社を辞めた。もうコルファクス・ワイナリーでは働かない。というより、この先はどんな形でも親父の下では働かない」

ジリアンは永遠にも思えるあいだ、じっとクインを見つめていた。「何をするつもり?」

「考えていない」クインは大きく息を吸い、すぐに吐きだした。「ジリアン、おれはすべてを捨てて出ていく――会社も、ワイナリーも、金も捨てて。きみがついてこなくても仕方ない」

ジリアンは部屋のなかに入ってドアを閉めた。「わたしがコルファクスの名前とお金のために結婚したと思っているの?」

クインは肩をすくめた。「わからない」

「本当のことを話すわ」ジリアンは言った。「まず、昔の話から」

42

メイソンがジーンズの黒い革のベルトを締めたとき、携帯電話が鳴った。

「完璧なタイミングだ」メイソンはルーシーに言って、狭い部屋のはしにある小さなテーブルまで歩いた。

ルーシーは黒いレースのブラジャーの上に羽織ったブラウスのボタンをとめているところで、ドレッサーの鏡越しに彼に微笑みかけた。

「そういう格好もいいね」メイソンは身体がまた熱くなってきた。

ルーシーはパンツにブラウスをたくしこんだ。茶目っ気のあるセクシーな目が輝いている。

「服を着ているのがいいの？」ルーシーは訊いた。

「それもいい。だが、激しいセックスのあとの様子がすごく、すごくいい。うっすらとピンク色に染まっていて、やわらかくて、抱きしめたくなる」メイソンはふさわしい言葉を探すのをあきらめた。「どう言ったらいいか、わからないよ」

電話がもう一度鳴った。携帯電話の画面を見ると、また燃えあがりかけていた熱が、すぐさま別の熱さへと変わった。

「アーロン、何かわかったのか？」

「もしかしたら、意味があることかもしれないし」アーロンは答えた。「何でもないことかもしれない」

ルーシーはベッドに腰をおろして靴をはいた。古いスプリングが大きくきしんだ。

「誰かと一緒なの？」アーロンが訊いた。「ディークおじさん？」

「ルーシーだ」メイソンは答え、ふいに寝室で電話を取ったことを意識した。「気にするな。わかったことを教えてくれ」

「予想どおり、ぼくが見つけられた財務の状況はすべて健全だった。少し健全すぎるくらいに。アリスにも訊いてみたが、問題ないという結論が出た。それどころか、実際には良好だと出たんだ。ここ数年の市場が不安定だったことを考えると、驚くほど良好なんだ。だが、ひとつ引っかかることがある——二カ月まえ、コルファクス社の経理担当者が事前の通告なしに解雇された。とつぜん会社にこなくなったんだ。当時新聞や雑誌に飛びかっていた噂だと、どうやら経理担当者は使いこみを見つけたせいでクビになったらしい」

メイソンはルーシーが寝室を忙《せわ》しなく動きまわって、くしゃくしゃになったベッドを整えているのを見つめていた。何てかわいいんだ。彼女がシーツの角をマットレスの下にたくしこむと、古いヘッドボードが壁にぶつかった。

「何の音?」アーロンが訊いた。

「何でもない。ほかには何か見つかったか?」

「こういうのは企業が横領を隠すときによく使う手段だけど、アリスは解雇された経理担当者に赤旗を立てて警告してきた。だから興味が湧いて、もう少し詳しく調べてみたんだ。そうすると、金融業界のさまざまな会社に不満を持つ従業員たちが集まるインターネットのふたつのチャットルームで、いろいろと噂が飛び交っていた」

「どんな噂だ?」

ルーシーはいまもベッドカバーの角をたくしこんでいる。ヘッドボードがまたきしんだ。

「ルーシーは家具か何かを動かしているの?」アーロンがいぶかしんだ。

「アーロン、噂について教えてくれ」

「兄さんたちはどこにいるの?」

「家だ。それより、いまは噂のことだ」

「ああ、そうだね、噂のことだ。チャットルームのメンバーのひとりが、コルファクス社について謎めいた書きこみをしていたんだ。アリスもぼくも、解雇された経理担当者が書きこんだ可能性が高いと踏んでいる。彼は会社の財務状況の矛盾を突いたせいで解雇されたとほのめかしていた」

「続けて」

「彼によると、その問題点を上司に伝えたところ、その件については誰かに調べさせるという答えが返ってきた。だが翌日、経理担当者は予告なしに解雇され、自分が横領を疑われている印象を受けた。黙っていれば、告発はしないと言い含められたらしい。そして自分の車まで警備員に付き添われて帰ったというんだ」

「その経理担当者を見つけられるか？」

「住所はわかっている」

ルーシーがメイソンのまえを通りすぎて、部屋の入口で立ち止まった。「私道に車が入ってきたみたい」小声で言った。「たぶん、ディークだわ」

ルーシーは廊下に出ていった。階段をおりる足音が響いている。

「ルーシーは何だって？」アーロンは訊いた。

「何でもない」メイソンは急いで寝室から出て、階段に向かった。「ディークが一時間ほどまえにコルファクス・ワイナリーに探りを入れにいったんだ。きのう、おれに薬を盛ったやつは、車ごと道から転落させようとした。その車がコルファクス・ワイナリーのものじゃないかと考えたんだ」

「何だって？ ディークおじさんはそんなこと言わなかったよ。だいじょうぶなの？」

「だいじょうぶだ。だが、状況はどんどん複雑になっている。だから、経理担当者に話を聞いてくれないか。彼がコルファクス社の財務状況で何を見つけて、上司に懸念を伝えることになったのかを知りたい」

「話したがらなかったら？」

「それは、おまえが解決すべき問題だ」メイソンは階段をおりていった。「おまえなら何か方法を考えつくだろう。何をしてもだめだったら、買収だ」

「ねえ、いま階段にいるんだろう？」アーロンはやっと謎が解けたかのように満足げな声で言った。「ぼくが電話したとき、兄さんはルーシーと一緒に二階の寝室にいたんだ。二度きしむ音が聞こえたのはベッドだね」

「経理担当者を見つけてこい」

メイソンは電話を切って、すばやく階段をおりた。廊下におりたときには、ルーシーがドアを開けていた。ディークとジョーが外階段をのぼってきた。ジョーは餌と水の皿を確認するために、すぐにキッチンに入っていった。

ディークはじろじろとルーシーを見た。メイソンも彼女をちらりと見て、髪型が変わっていることに気がついた。愛しあうまえは、ざっくりとひねって結《ゆ》っていたのだ。それがいまでは肩におりている。

ディークは眉をあげた。そしてわけ知り顔で口もとに笑みを浮かべた。それでも、髪型の変化を口にしないだけの分別は持ちあわせていた。やがてドアを閉めると、メイソンを見た。

「悪い知らせは、きのうおまえの車にぶつかってきたのは、クインの黒のSUVではなかったということだ」ディークは言った。「あいつの車はワイナリーの裏の関係者用の駐車場に停まっていた。傷ひとつなかった」

「いい知らせもあるのかい？」メイソンは訊いた。

「いい知らせかどうかは見方による。ワイナリーには黒いSUVがずらりと並んでいた——会社の車だ。クインは自分の車ではなくて、会社の車を使ったのかもしれない。車が一台消えていても、誰も気づかない」

「そろそろCEOと話す頃合いだな」メイソンは言った。

ルーシーがテーブルに置いてあったトートバッグをつかんだ。「わたしも行くわ」

メイソンは直感に従った。

「だめだ」

ルーシーはメイソンをにらみつけた。「すべてにおいて〝だめだ〟と言う傾向にあることに気づいている？」

「経験から言うと、どんな状況でも〝だめだ〟と言うのがいちばん安全なんだ」

「ばかばかしい。考えてもみて。わたしはセシル・ディロンが欲しがっているものを持っているのよ——つまり、コルファクス社の株式ね。セシルはかなり必死になっているでしょうから、わたしが同じ部屋にいれば、口が軽くなるはずよ。何か欲しいものがあるとき、ひとは早口になるの」

「いま、きみが話しているみたいに？」メイソンは訊いた。

ルーシーは無言の哀願を込めて、天井を見あげた。

ディークはおもしろがっているようだった。「ルーシーの勝ちだな。それに、一緒にいれば、ふたりとも安全だ」

「そのとおり」ルーシーは勝ち誇った。

「きのう、おれを道から転落させようとしたのはディロンではないだろうから、きみが一緒にきたところで別にかまわないが」

「慇懃《いんぎん》な態度で降伏するところが好きよ」

ルーシーはメイソンのまえに立ってドアから出た。

ジョーがまたもや期待を込めた顔で廊下に出てきた。

「何だ。おまえも一緒に行きたいのか」メイソンは言った。

ジョーはドアのほうに歩いていった。

メイソンはディークを見た。「アーロンが数分まえに電話をかけてきた。コルファクス社に解雇された経理担当者のことで、手がかりをつかんだんだ。合併話が持ちこまれた時期に、何らかの財務的な問題を隠蔽《いんぺい》しようとした動きがあったみたいだ」

「だから、ウォーナー以外の家族は、まだ逃げられるうちに会社を売り飛ばして逃げるつもりだったのか」

「どういうわけか、会社が崩壊する危機にあることを、誰もウォーナー・コルファクスに伝えていないようなんだ」

「伝えるはずないだろう」ディークは言った。「どんな状況になっても、あの男が逃げだすとは思えない。きっと会社を救おうとして必死に戦うさ。二番目の息子に会社を譲るつもりなんだから」

「二番目の息子って？」

ディークは唇をゆがめた。「そのために二番目の奥さんと結婚したんだろう。ウォーナーはいまの跡継ぎに心底がっかりしているから。クインの代わりをつくることを考えても驚かないさ」

「ルーシーも同じことを考えていた。クインも気づいているんだろうな」

「クインは最近飲みすぎかもしれないが、馬鹿だと言う者はいない」

43

　メイソンはコルファクス家のゲストハウスとして使われている小さな地中海風の邸宅《ヴィラ》を見つめた。窓のカーテンは閉まっている。正面には黒のＳＵＶが停まっていた。メイソンの直感と脈拍が同時に走りはじめた。はじめからセシル・ディロンに目をつけるべきだった。

　敷地の周辺には小型のヴィラがさらに三軒あったが、ほかのゲストハウスのまえの私道は空だった。

「カーテンが閉まっているなんて、少し変だと思わない？　ディロンは寝ているのかも」

「午後四時にかい？」メイソンはシートベルトをはずした。「ディロンが昼寝をしている可能性もなくはないが、おそらく何か秘密にしたいことをやっているんだろう」

「二番目のコルファクス夫人とベッドに入っている最中だったら、かなり気まずいわね」

「彼の寝ている相手について話しあいにきたわけじゃない。おれたちに関係があるのは、コルファクス社内で起きていることだけだ」メイソンはそう言ったが、少し考えてから続けた。

「だからといって、二番目の夫人が話題にのぼらないわけじゃない。何だか、アシュリーも財務問題の隠蔽に最初から関わっているような気がしてならない」

ルーシーはシートベルトをはずして、助手席から降りた。ジョーが哀れっぽく鼻を鳴らした。

メイソンはうしろのドアを開けた。「おまえもきてもいいが、行儀よくしていろよ。正面の階段で粗相《そそう》するんじゃないぞ。とりあえず、ディロンとの用事がすむまでは」

ジョーは車から降りて、耳を立てた。メイソンがハーネスにリードをつけるのを辛抱強く待っている。

「ディロンはジョーを家に入れるのを歓迎しないんじゃないかしら」

「ジョーなら外で待っていられる」

ふたりは正面の階段をのぼっていった。メイソンが呼び鈴を鳴らした。応答はない。メイソンは何度かドアをノックした。

ジョーが小さくうなって、視線をドアに向けた。

「どうしたのかしら」ルーシーがささやいた。

メイソンはジョーを見おろした。「さあ」

すばやい足音がなかから聞こえてきた。男だ。メイソンはヴィラの裏に向かった。

「CEOが打ち合わせをしている最中にじゃまをしてしまったようだ」

メイソンはジョーを連れて階段をおりていった。ルーシーも走ってあとを追った。

ふたりはヴィラの角をまがった。メイソンは門を開けるために一瞬だけ足を止めた。裏門が開くと同時に、ふたりと一匹は優雅に整えられた、こぢんまりとした庭に入った。

セシル・ディロンがよろよろと裏のポーチに出てきた。そしてルーシーとメイソンとジョーを見ると、ぴたりと足を止めた。打ちひしがれた顔でじっと見ている。

「わかってくれないだろうが」セシルは言った。「私じゃない。罠なんだ」

「ジョー」メイソンはリードをはずして、セシルのほうを身ぶりで示した。「見張れ」

ジョーはまえに進みでて、セシルのまえで止まった。セシルは恐怖と怒りが入り混じった顔でジョーを見つめた。

「この犬をどけてくれ」セシルは言った。

「そこでじっとしているかぎり、あんたは無事だ」メイソンは言った。「銃を持っているのか？」

「銃は持っていない。本当だ。家のなかにある銃は、私のものではない」

「両手をうしろにまわせ」

セシルは命令に従った。メイソンはうしろのポケットからプラスチックの手錠を取りだした。そしてセシルの手に手錠をかけると、すばやく身体検査をした。

「地面にすわれ」メイソンは言った。

セシルは地面に腰をおろした。ジョーの注意はそれない。メイソンはルーシーを見た。

「警察に通報して、おれと一緒にくるんだ」ルーシーに言った。「必ず、おれから見えるところにいるように。ディロンのそばに置いていきたくないから。ディロンが逃げようとしても、ジョーが対処する」

「わかったわ」ルーシーはトートバッグから携帯電話を取りだした。

メイソンはルーシーがジョーの変化にやけに感心していることに気がついた。

「もとは軍用犬だった」メイソンは言った。

「なるほど」ルーシーは携帯電話に911と打ちこんだ。

「聞いてくれ」セシルが口を開いた。「私じゃない。あいつが私を罠にはめたんだ」

「家のなかには誰がいるんだ?」メイソンは訊いた。

「アシュリー・コルファクスだ」セシルは答えた。「彼はきっとアシュリーをつけて、ここにきて、彼女を撃ったんだ。私は数分まえに帰ってきて、居間でアシュリーを見つけた。銃がそばにあった。触っていない。私ははめられたんだ」

「誰に?」メイソンは訊いた。

「ウォーナー・コルファクスだ。どうやら、アシュリーが私と寝ていたことに気づいたらしい。たぶん、あの馬鹿な女が口を滑らせたんだろう」

メイソンはヴィラに入っていった。ルーシーもあとを追った。

アシュリーはすぐに見つかった。居間の床にうつぶせで倒れていた。背中から血が絶え間なく流れている。

メイソンはアシュリーの身体をそっと返して、あお向けにさせた。銃弾の出口の傷はもっとひどかった。メイソンはシャツを脱いで、傷に押しあてた。

「まだ生きている」メイソンは言った。「９１１のオペレーターに救急車が必要だと伝えてくれ」

44

「警察がウォーナー・コルファクスに話を聞いている」メイソンは言った。「銃は自分のものだと認めているが、自分はぜったいにアシュリーを撃っていないと言っている」

「アシュリーの容態は？」ルーシーは訊いた。

「手術は成功した。大量の出血だったが、おそらく命は取りとめるだろうと医師は言っている。ホイッテカー署長の話では、アシュリーは誰に撃たれたのかわからないそうだ。背中から撃たれたからね。犯人を見ていない。本人はウォーナー・コルファクスだと思いこんでいるらしいが。だが、ホイッテカーによれば、警察はセシル・ディロンにも厳しい目を向けているようだ」

「女性が殺されると、警察が夫か別の深い間柄にある男性をいちばんの容疑者に挙げるのは、誰でも知っていることだわ」

メイソンとディークはルーシーを見た。

「よく警察ドラマを見ているの」ルーシーは説明した。

「今回の場合、ホイッテカーは夫ともうひとりの深い間柄の男を容疑者として挙げたわけだ」ディークは言った。

三人はふたたびディークの家の正面のポーチに集まっていた。ルーシーとメイソンはブランコに。ディークは手すりに寄りかかり、ジョーは任務を解かれて、階段の下で寝そべっている。

「真偽のほどはわからないけれど」ルーシーは言った。「セシルの話は信じられる気がするの」

メイソンとディークはもう一度ルーシーを見たが、今度はひどくまぬけな言葉を聞いたような顔をしていた。

「自分は撃っていないと言ったからかい？」メイソンは尋ねた。「警察内部に伝わる、ちょっとした秘密があるんだ。殺人事件の容疑者は常に無実を訴える」

「わかっているわ」ルーシーは言った。「でも、ちょっと考えてみて。セシルには少なくとも合併が成立するまでは、アシュリーを生かしておきたい重要な理由があるのよ。それに、セシルみたいに利口なひとが、自分の家で殺したりしないと思うの」

「愛人どうしの喧嘩じゃないのか？」ディークが言った。

「セシル・ディロンは、感情的な問題で、数百万ドルの利益が出る合併話を終わらせるタイプじゃないわ」

「おれもきみの意見に傾いてきた」メイソンは言った。「セシルは軽率に動くタイプじゃない。いま自分が暮らしている家で愛人を撃つなんて、軽率どころの話ではないからね。ただの馬鹿だ。ただし……」

「ただし？」ルーシーが促した。

「ただし、罠にはめられたと見せかけて、最後にウォーナー・コルファクスに罪をなすりつけるつもりなら、話は別だ」

メイソンの携帯電話が鳴った。彼は腰につけていた携帯電話をはずし、画面を見て、電話に出た。

「フレッチャーです」

メイソンが電話の相手の話に耳を傾けているあいだ、しばし沈黙が続いた。

「ホイッテカー署長、ありがとうございました」メイソンは言った。「教えてくださったことに感謝します。はい。これで前提が大きく変わってきますから」

メイソンは電話を切って、ルーシーとディークを見た。「ホイッテカー署長からだ。ノーラン・ケリーの解剖結果が出た」

「いやだわ」ルーシーが言った。「あまりにもたくさんの出来事が起きるものだから、ノーランのことを忘れていた。これまでに知らなかったことがわかったの？」

「ああ、ひとつわかったことがある」メイソンは答えた。「火が放たれるまえに、ノーランは射殺されていた」

「そんな……」ルーシーは新しい知らせを何とか理解した。「つまり、すべて変わってくるということ？」

「事件に新たな見方が加わったのは間違いない」メイソンは言った。

「この町ではいったい何が起こっているの？」

「まだわからないが、おれはドラッグの密売ルートを追いつづける。少なくとも謎の一部は過去に原因がある気がするんだ」

「基本に戻って家系図をつくったら、役に立つかもしれないわ」

ディークは鼻を鳴らした。「どこの家族のことを話しているんだい？　コルファクスか？　きみの家族か？　うちの家族か？」

「どれでもないわ」ルーシーは答えた。「わたしが興味を持っているのは、十三年まえの夏にブリンカーが引き寄せたひとたちの集まり」

「どうやってつくるんだ？」メイソンは訊いた。

「わたしにまかせて」ルーシーは言った。「わたしは家系図をつくって生計を立てているの。忘れちゃった？」

45

「協力してくれてありがとう、テレサ」ルーシーはテーブルに何も書かれていない紙を広げて、ペンを取った。「家系図をつくるソフトウェアもあるんだけど、この図は少し毛色がちがうから」

「役に立ててうれしいわ」テレサは言った。「何だかおもしろそうだし」

ふたりは木陰に覆われた町の広場のテーブルにすわっていた。テーブルには、近くのコーヒーショップから買ってきたプラスチックのコップに入ったアイスティーがふたつ置いてある。

「どうして、あの夏にブリンカーがつくった小さなカルト集団に関係していたひとたち全員の相関図をつくりたいの？」テレサが訊いた。

「警察がセイラおばさんとメアリーを殺した犯人を見つけるのに役立つんじゃないかと思って。もしかしたら、ノーラン・ケリーを殺して、セイラおばさんの家に放火した犯人もわかるかもしれないわ」

テレサは大きく息を吸って、ゆっくり吐いた。「今回の件はどんどんおかしな方向に進んでいるわよね。わたしも懸命に知恵を絞って、ノーランはブリンカーや昔のドラッグの密売に関わる証拠を消すために家を燃やそうとしたのかもしれないとは考えたんだけど。でも、誰かがノーランを撃ち殺した理由についてはは、さっぱり思いつかなかったわ」

「ドラッグが関わると、必ず喜んで誰かを殺そうとする人間が出てくると、メイソンが話していたわ。それが商売の一部なんですって」

「でも、そうなるとノーランがまだ密売を続けていたということでしょう」テレサは顔をしかめた。「それが想像できないの。だって、ノーランは普通に見えたのよ。商工会議所の会員にさえなっていたんだから」

「ブリンカーとノーランからはじめましょう」ルーシーは言った。「ブリンカーがまわりに集まってきた子たちに渡していた〝栄養ドリンク〟と称する飲み物に入れていたドラッグは、ノーランが調達していたということについては、全員が同意しているようね。つまり、ノーランはブリンカーと親しかった」

ルーシーは紙の真ん中に四角を書いて、なかにブリンカーの名前を書きこんだ。そして短い線を引いて、その先にもうひとつ四角を書いた。ふたつ目の四角には〝ノーラン〟と書いた。

テレサはその様子をじっと見ていた。「この図ができあがったら、ダンテの『神曲』に出てくる九つの地獄に似てくるかもしれないわね。ブリンカーは接触したひと全員を傷つけるの」

「そして、自分が与えた痛みを味わい尽くすのよ」

「本当にどうかしているわね」

「ええ」

ふたりは一時間、こつこつと作業を続けた。十三年まえにブリンカーの仲間に属していた人物については、何とかふたりでほとんどの名前を思いだせた。そのあいだテレサは携帯電話を二度取りだして、登録してある地元住人のリストを確認しては記憶を甦らせた。ブリンカーと付きあいがあった人々のうち、数人が町を離れていた。ひとりは亡くなっていた。ブリンカーの仲間の名前を挙げ終わると、次は仲間以外の名前を挙げていった。ある時点でルーシーは自分の名前を四角に書き、ジリアンとセイラとメアリーの名前とつなげた。

「これって複雑になるのね？」しばらくして、テレサが言った。「町の全員が、ブリンカーと親しい誰かとつながっていたみたい」

「昔から、地球上の人間は互いに六人の知りあいを介してつながっていると言われているでしょう？」ルーシーは言った。「でも、図には充分な数の名前が挙がったと思うわ。次は余分な名前を消していって、何が残るか見てみましょう」

「どれが余分な名前か、どうやって見分けるの？」

「ドラッグに絞るわ。ノーランは誰かから高価なドラッグを仕入れていた。彼が自宅の地下室で調合していたわけじゃないでしょう」

「そうね。ノーランは化学が得意じゃなかったから」テレサは言った。「ノーランは仲介者だった。ほかの誰かから調達していたのよね。たぶんサンフランシスコの売人ね」

「それが事実だとしたら、ノーランは十三年まえに使っていた売人との関係が続いていたのかもしれないわ」

テレサが顔をしかめて、目をあげた。「どうして、そう思うの？」

ルーシーは口ごもった。メイソンは自分がドラッグを飲まされたことを口外されるのを断固としていやがったのだ。

「セイラおばさんとメアリーは、ぜったいに幻覚剤を飲まされて殺されたと思うからよ」

テレサは最初ぎょっとした顔をしたが、まもなく同情して言った。「ルーシー、事故は起こるものよ」

「わかっているけど、でも事故の被害者の家の暖炉から死体が見つかることは、めったにないでしょう。信じて。この関係にはぜったいに幻覚剤が関わっているの。確信があるのよ」

「わかったわ。そのことについては反論しない。先を続けましょう。ドラッグの線がどこにつながっていくのか確かめないと」

の？」

「どこにもつながらなかったわね」しばらくして、テレサが言った。「ドラッグの線はノーランではじまり、ノーランで終わった。そして彼は死んでしまった。次はどうすればいいの？」

ルーシーは相関図をにらんだ。家系図に対する直感が刺激されていた。答えは、このブリンカーにまつわる相関図のどこかにある。ぜったいにあるはずなのだ。

「次に何をしたらいいのか、手がかりがまったくないの」ルーシーはそう認めて立ちあがり、テーブルに広げた紙を取った。「結局、たいした考えじゃなかったのかもしれないわ。わたしは家系調査員であって、探偵ではないから。メイソンがこの図を見て、わたしが見落としたことに何か気づいてくれればいいけど」

「それがいいわ」テレサも立ちあがって、空のコップを集めた。「メイソンは当時わたしたちより三つ上だったでしょう。また、ちがう知りあいがいるでしょうから」

「そうね。手伝ってくれてありがとう」

「どういたしまして。おもしろい経験だったわ。仕事ではこんな感じのことをしているの？」

「ええ。普段探しているのは、遺産の相続人だけど。これはまたちがう調査だから、たぶんそれであまり収穫がなかったのね」

テレサは腕時計に目をやった。「そろそろ店に戻らないと。夏の午後はいつも忙しいの。

手伝ってくれている子が、わたしの行方を捜しているわ」

ルーシーは微笑んだ。「観光客がそろってワインカントリー・カジュアルを探しにくるから」

「市場としては小さいかもしれないけど、わたしの得意な市場だから。ノーラン・ケリーのドラッグの線で、新たな見方を思いついたら知らせてね」

「ええ、必ず」

テレサは広場を通り抜けて、大通りに消えていった。

ルーシーはしばらく黙ってすわっていた。何か重大なことを見落としているのだ。ぜったいに。

だが、ついにあきらめてトートバッグを持つと、歩いてホテルに戻った。そして自分の部屋にあがって、数分間かけてバスルームで顔を洗った。そして鏡のなかの自分の顔を見て、あのパーティの夜のことを考えた。十三年もまえのことだが、ブリンカーをめぐる相関図を書いたせいで記憶が甦ったのだ。

自分は誤った質問をしたのかもしれない。テレサとはブリンカーの仲間だった人物ばかりを見ていた。でも、もしかしたら、仲間に入りたくても入れなかった子たちについても考えるべきだったのかもしれない。

ブリンカーの最後のパーティの夜、ハーパー・ランチにいた部外者は自分だけではなかった。まわりにはブリンカーの仲間以外の子たちが大勢いた。火に引きつけられる蛾《が》のように。

メイソンは、現場に戻ることが役に立つ場合があると話していた。

ルーシーはトートバッグをつかんで一階に戻った。そして駐車場へ出ると、車に乗りこんでハーパー・ランチ・パークに向かった。

ハーパー・ランチ・パークの中央では、いつものように多くの人々が犬を散歩させたり、走ったり、日光浴をしたりしていた。ルーシーはブリンカーがパーティを開いていた、中心からは離れた川近くの場所に車を停めた。そしてトートバッグから相関図を取りだして、一枚ずつじっくり見て、パーティの夜にいたひとたちを思いだそうとした。

テレサの声が甦ってきた。〝……ノーランは化学が得意じゃなかったから〟

ブリンカーの名前から遠く離れた四角のひとつに記された名前が、蛍光色で書かれているかのように、とつぜん目立ってきた。ルーシーは近くのピクニック用のテーブルに紙を置き、その名前に二重丸をつけた。

〝あなただったのね。あなたはずっとそこにいたのに〟

ルーシーは急いで車に戻り、車の鍵を開けて運転席に乗りこんだ。そして風が入ってくるようにドアを少し開けたまま、携帯電話を取りだして、登録してあるメイソンの名前を見つけた。

助手席のドアがふいに開いた。ベス・クロスビーが乗りこんできた。手に銃を持っている。

「電話を寄こして」ベスは言った。

ルーシーは携帯電話を渡した。ベスはそれを窓の外に放り投げた。

「さあ、景色がいいからリヴァーロードにドライブに行きましょう」ベスは言った。「ドアを閉めて」

ルーシーは、自分がまだブリンカーをめぐる相関図を記した紙を持っていることに気がついた。それでドアを閉めるときに、その紙を手から落とした。紙は地面に落ちて、少しはためいた。きっと風に飛ばされてしまうだろう。でも、いまはこの方法しか考えつかない。

「車を出して」ベスが命令した。

46

「もうわかったんでしょ?」ベスが訊いた。

「ブリンカーのために幻覚剤を調合していたのがあなただったということ?」ルーシーは訊き返した。「ええ。ブリンカーの家系図のなかで、薬が調合できるのはあなただけだった。高校時代、あなたは化学の授業でとても目立っていたそうね。あの年、あなたは町のコミュニティカレッジでワインの醸造士の資格を取るために勉強していた。たぶん、化学の授業をたくさん取ったんでしょう」

「高校時代、わたしは理系オタクだった。とくに化学が大好きだったの。三年生になってからは幻覚剤で遊びはじめた」ベスは顔をしかめた。「ブリンカーの家系図って、何のこと? トリスタン・ブリンカーには父親しかいなかったはずよ」

「十三年まえにブリンカーの周囲にいた人々の名前をすべて挙げて、図にしていったの。それが家系図に似ているから」

「きょうの午後、テレサと一緒にそれを書いていたのね。ふたりが一緒にいるところを見て、不安になったの。でも、テレサが数分まえにお店に帰ったとき、途中でわたしを見ても、何事もなかったかのように挨拶したから、別に問題はないんだと思ったわ。それなのにあなたがホテルから出てきて、車に乗って、公園のあの場所に行ったのを見て、いやな予感がしたの」

「ここにきて、正しい問いかけをして、初めて答えがわかったの。教えて。どうしてブリンカーのために薬を調合したの？　あなたはブリンカーの仲間ではなかったはずよ」

「わたしに近づいてきたのはノーラン・ケリーよ」ベスは言った。「わたしたちは同じ学校に通っていた。ノーランはわたしが特別な薬を調合できることを知っていたし、ブリンカーにいいところを見せたがったから」

「ブリンカーはあなたにいくら支払ったの？」

「ただよ」

「ブリンカーに薬をあげたの？　どうして？　ねえ、まさか。ブリンカーのことが好きだったの？　ブリンカーにふり向いてほしかったの？」

「黙って」ベスは怒って言った。「あなたは全然わからずに話しているのよ。ブリンカーにはわたしが必要だったの。あの年、サマーリヴァーでブリンカーがスターになれたのは、わたしの薬のおかげよ。あの売女たちのビデオを撮れたのも、わたしの薬のおかげなの」

「まさか、レイプの現場を撮影していたのも、あなただなんて言わないでしょうね。そうだとしたら、ひどすぎるわ」

「自業自得なのよ、みんな」ベスは言った。「みんな、わたしみたいな女の子たちをからかっていた人気者グループの女なんだから」

「どれだけあなたのことが必要かわかったら、ブリンカーが好きになってくれると思っていたのね」

「あなたのおばさんに殺されなければ、ブリンカーはわたしを愛していることに気づいたはずなのに」ベスの顔はひどく険しくなっていた。「ブリンカーがいなくなったとき、何かとても恐ろしいことが起きたんだとわかったわ。あのパーティのあと、ブリンカーはわたしに会いにきたのよ」

「何のために？」

「薬よ。特別に強力なやつが欲しいと言っていたわ。すごく強力で、命を脅かすほどの薬が欲しいって。ブリンカーは何度も何度も、メイソン・フレッチャーに関わりのある人間すべてを殺すつもりだと話していた。とても怖かった」

「サマーリヴァーみたいな小さな町で違法なドラッグの過剰摂取で何人も死んだら、捜査が開始されて、いずれはあなたのところにたどり着くとわかっていたからね」

「どうすればいいかわからなかった」当時に抱いた感情が甦ってきたかのように、ベスの話し方がまたたく間に厳しいものから不安そうなものに変わった。「でも、薬を渡さなかったら、もう二度とわたしを求めてくれないんじゃないかと不安だった」

「ブリンカーはあなたを求めてなんかいなかったわ。利用していただけよ」

「やめて。わたしたちのことなんてわかるはずないのに」

「いいえ、わかるわ。それで、最後に会ったとき、あなたはブリンカーに何て言ったの？」

「あなたが欲しがっているような強い薬を調合するには時間がかかるって。本当は、ブリンカーもいったん気持ちが落ち着けば、メイソンに関わるひとたち全員を殺すなんて、いい作戦ではないと気づくことを期待していた」

「ブリンカーは落ち着いた？」

「いいえ。ますます腹を立てていったわ。わたしをひどく罵《ののし》って……叩いた。わたしみたいなブスとやっている暇はないんだと言って出ていった。それが彼と会った最後よ。翌日、ブリンカーがサマーリヴァーを出ていったという噂が町じゅうに広がったの。そして三日後には、ブリンカーはドラックの取引でもめて殺されたという噂が立ちはじめた」

「彼が殺されたっていう噂は誰が広めはじめたんだと思う？」ルーシーは穏やかに訊いた。

「それがどうしたっていうのよ？」

「参考のために。もしかしたら、おばがその噂を広めたんじゃないかと思って」

「セイラ・シェリダンがブリンカーを殺したなんて、とても信じられないわ」ベスはほんの少し畏《おそ》れを感じたような口調で言った。

「わたしも最初はどうしても信じられなかった。でも結局は、本当におばがブリンカーを殺したという結論に達したの。たぶんブリンカーは復讐を果たすために、こっそりサマーリヴァーに戻ってきたんだわ。最初に狙ったのが、セイラおばさんだった。けれど、おばはブリンカーを待ちかまえていた。一種の罠だったのよ。ブリンカーはヨガのことも薪《まき》割りのことも軽く見ていたでしょう。でも、おばは普段から身体を動かしていたから、じつはとても屈強だった」

「この十三年、ブリンカーはドラッグの取引で殺されたと思っていたけど、その間ずっとセイラの家の暖炉にいたのね」

「ところで、あなたがノーラン・ケリーを殺したの？」ルーシーは訊いた。

「ブリンカーの死体が発見された翌日、ノーランが会いにきたの」ベスはふたたび落ち着きを取り戻した。「セイラが死体と一緒にスコアカード強姦魔が見出しになった新聞を入れていたことで、ひどく怖がっていたわ。セイラがビデオテープを見つけていたんじゃないかと不安になったのよ。セイラの家のなかを探したけど、何も見つからなかったから、家ごと燃やす計画を立てた」

「どうしてビデオテープが見つかるのが心配だったの？」

ベスはふふんと笑った。「そのうちの一本に、ノーランが映っているものがあるからよ。自分は大麻やコカインだけじゃなくて、パーティに使う高価なドラッグも手に入れられるって得意げに話しているところを、ブリンカーがこっそり撮影していたってわけ。そのあとブリンカーはノーランにビデオを見せて、もしも警察に知っていることを話したりしたら、このビデオを警察に渡すって脅したのよ」

「ブリンカーはビデオでノーランを脅して、欲しいものを手に入れていたのね」

「そういうこと」

「でも、まだあなたがノーランを殺した理由が理解できないわ」

「わからない？　あなたがブリンカーの死体を見つけたあと、ノーランはものすごく怖がっていた。警察が事件を再捜査したら困るのは、わたしも同じよ。そんなことになったら、ノーランが大麻の密売をしていたことは町の住民の半数が知っているわけだから、きっと事情を訊かれるでしょう。ノーランは弱虫だもの。警察に強く訊かれたら、きっとすぐにしゃべってしまう」

「薬を調合していたあなたのことも」ルーシーは言った。「そこまでわかったら、レイプの現場で撮影していたのもあなただったと、警察も気づくでしょうね」

「たとえ悪い噂で終わったとしても、ワイン醸造士としての経歴に傷がつくわ。長年かかってやっと手に入れたのに、ノーランのせいですべてを台なしにするわけにはいかなかった」

「ブリンカーはあなたのビデオも撮ったの？」

「ええ。レイプのことで笑っているわたしをね」ベスはまた不安そうな口調に戻った。「でも、彼がわたしに対してそれを悪用するはずはないとわかっていたわ。ただの冗談だったのよ」

「なるほど。だけど、そのビデオが存在しているという事実と、わたしがおばの遺品を整理しているときに、そのビデオが見つかるかもしれないという可能性が、家を燃やすのに充分な理由になったのね。ノーランから、おばの家に火をつけるという計画を聞いたのでしょう。それで、あの晩あなたはおばの家に行き、ノーランを殺して、家に火を放った」

「そのとおり」

ルーシーはカーブをまがった。コルファクス・ワイナリーが見えてきた。

「裏へまわって、関係者用の駐車場に車を入れて」ベスは命じた。「あなたの車があっても、誰にも見つからないから」

ルーシーは空っぽの訪問客用の駐車場に目をやった。「観光客は？」

「きょうは経営者の家族の緊急事態で、ワイナリーは休みなの。聞いてない？　おきれいなミセス・コルファクスは集中治療室よ。従業員は全員帰らされたわ」

「アシュリーもあなたが撃ったんでしょう？　ウォーナーの仕業じゃない。あなたよ」

「確実に殺したかったけど、セシルの車が私道に入ってくる音が聞こえたから、あえてもう一発撃たなかったの。銃声が聞こえると思ったし、逃げなければならなかったから」

ルーシーは車をゆっくり走らせて、地中海風のヴィラの裏に停めた。頭のなかでは、かぎられた選択肢について思案していた。スピードを落として建物のどれかに車を激突させることも考えたが、その衝撃で、意図的かどうかは別として、ベスが引き金を引いてしまう可能性は大きい。銃口は六十センチも離れていない場所にある。この距離ではベスが撃ちそこなうことはないだろう。

47

「ルーシーが連れ去られた」

　メイソンはハーパー・ランチ・パークのあまりひと気がない駐車場でディークに電話をかけ、携帯電話を耳に押しあてた。逆の手にはルーシーの壊れた携帯電話と妙な家系図らしきものが書かれた紙を持っている。

「くそっ」彼は小声で言った。

「ルーシーはここにきたが、ホテルには戻っていない。車もない。携帯電話が落ちていた。ディークおじさん、ルーシーは犯人を見つけたんだ。図のなかのベス・クロスビーの名前に丸がついている」

「同感だ」ディークは言った。「だが、あの崖に駆けつけるまえに考えたほうがいい。そいつはどうしてルーシーを捕まえたんだ？　合併話はもうすぐご破算になる。セシルだって知っているはずだ。何もかも、もう終わりなんだ」

「ルーシーは株式の件で拉致《らち》されたんじゃない」メイソンは二重丸がついたベスの名前が記

された四角を見おろした。「これは個人的な問題だったんだ。最初から」

「だが、セシル・ディロンのことが正しいなら——」

「ルーシーを連れ去ったのはセシルじゃないと思う」メイソンは車に乗りこんでエンジンをかけた。「セシルは犯罪者の世界では珍しく、じっくり作戦を練る。その彼が人目がある公園で彼女をさらったとは思えない。ちがう。ベスがルーシーを拉致したんだ。間違いない」

「だが、なぜ？」

「復讐と、焦りと、衝動を抑制する力の欠如だ」

「最悪の組みあわせだな。ふたりはどこに向かったんだろう」

「コルファクス・ワイナリーだ。ベスは復讐心で我を失っている。何かに取り憑かれていて、ひどく動揺しているんだ。ぜったいにワイナリーだ。あそこがベスの世界で——創造物だから。ワイナリーを破壊してから逃げるはずだ。おそらく、ルーシーを人質にして。ホイッテカー署長に連絡して、すべてを伝えてほしい」

メイソンは電話を切って、運転に集中した。ワイナリーに着くのがまにあえば——ぜったいにまにあわせるが——あとは人質を救出するだけだ。だが、誰かワイナリーをよく知っている人物の助けが必要だ。メイソンはもう一本電話をかけた。

クインは二度目の呼び出し音で電話に出た。「フレッチャー？　いまさら何の用だ」

メイソンは詳しく説明した。

48

「ブリンカーがいなくなったあと、あなたは次のひとに移ったのね?」ルーシーは話しつづけることしか思い浮かばなかった。「また愛して崇拝できる、女性を虐げる男を見つけたのよ。ウォーナー・コルファクスを。いったい、何があったの?　彼にも襲われたの?」

「まったくの見当ちがい」ベスは答えた。「ウォーナー・コルファクスを愛してなんかいないわ。契約だけの関係よ。でも、わたしのおかげでコルファクスの名前がワインの世界で伝説になろうとしていたのに、ウォーナーはわたしに何をしてくれたと思う?　裏切ろうとしていたのよ」

「どうして?　醸造士の資格を取って学校を卒業したときに、あなたの望むものは——最高の技術から最新の設備まで——何でもそろえてくれたんでしょう」

「あいつがわたしをクビにするつもりだとわかったのよ。もっと有名な醸造士を連れてくるつもりだと」

「でも、もうそれもないんじゃない?」

「ええ」ベスは微笑んだ。「崩壊するのはウォーナーの会社だけじゃないから。彼の大切なワイナリーもおしまいよ。ウォーナーはわたしが必要だったのに、認めてはいなかった。やっと気づいたの」

「誰が本当のことを教えてくれたの？　待って。当てて見せるわ――セシル・ディロンね。そうでしょう？」

「ウォーナーはわたしをクビにするつもりだと、セシルが気づいたの」

「セシルはたぶん、嘘をついたのよ」

「どうして？」

「あなたの手助けが必要だったからに決まってるじゃない。馬鹿ねえ。あなたはとても頭がいいのに、男のことになると、本当に鈍いのね」

ベスはルーシーをじっと見た。「いったい、何の話？」

「ちょっと考えてみて。セイラおばさんとメアリーを殺すのはセシルの考えだったんじゃない？」

「メアリーだけよ」ベスはすばやく言った。「セシルが殺したかったのはメアリーだけ。クインと組むには、あの株が必要だったから。セシルは合併について投票するとき、メアリーがウォーナーに賛成するのではないかと不安だったの。でも、メアリーはどこに行くのもセイラといつも一緒だった。事故を仕組んだときも選択肢がなかったの」

「ていねいな名前で呼ぶと、それは巻き添え《コラテラルダメージ》というのよ。あなたって本当に鈍いのね。セシル・ディロンが話したことは、最初からすべて嘘よ。セシルはあなたを利用したの。ブリンカーみたいに」

「男って、いったい何なの？」ベスは明らかに困惑していた。「何もかも捧げても、その気持ちを踏みにじるなんて。車を停めて」

ルーシーは車を停めて、ゆっくりシートベルトをはずした。

「これからどうするの？」

「車のキーをちょうだい」

ルーシーは素直に従った。

ベスは助手席のドアを開けて、ルーシーに銃口を向けたまま、うしろ向きで車から降りた。

「あなたも降りて」ベスは命令した。「ゆっくりね」

ルーシーは従った。この日のワイナリーは妙に静まり返っている。本当に誰もいないのだ。

「ふつうは誰かいるものじゃないの？」ルーシーは訊いた。「警備員とか、作業員とか」

ベスはにやりとした。「社長が帰れと命令したから、誰もいないわ」

「ウォーナーが命じたの？」

「頭に銃を突きつけていたからよ」ベスは、発酵タンクや瓶づめ室やそのほかのワインづくりに必要な設備がそろっている大きな建物を、あごで指した。「なかに入るわよ」

ルーシーは入口に向かって歩いた。そしてコンピュータ制御されているロックシステムのまえで立ち止まった。

「暗証番号を教えるから入力して」

ベスは早口で番号を言った。ルーシーは黙って忠実にキーパッドを押した。すると、錠が解除されるくぐもった音がした。先になかに入って、ドアを閉めてしまえば……。

「うしろにさがって」ベスは言った。「わたしがドアを開けるから」

この作戦はあきらめるしかなさそうだ。

ベスはドアの取っ手を握って、片手で開けた。「入って。ゆっくり歩いて、わたしから見える場所にいなさい。わかった?」

「わかったわ」

ルーシーがなかに入ると、洞穴のような構造のなかで一部だけが、頭上の蛍光灯で明るく照らされていた。部屋の反対側は暗いままだ。すべての試みが失敗に終わったら、あそこまで走って逃げて、ベスが動く標的を撃つのが苦手なことを祈るしかない。

電灯の光で、大きなステンレスの発酵タンクと、それにつながっている管が光っている。そして冷たい頭上の光は別のものも照らしていた。床でぴくりともしないウォーナー・コルファクスだ。

「ウォーナーも殺したの?」ルーシーは静かに訊いた。

「死んでないわ――いまのところは」ベスはにっこり笑った。「わたしが自分用に特別に調合した、あのミネラルウォーターを少し飲んだだけ。そのうち目を覚ますわ。大切なワイナリーが崩壊するところを見せたいから。ワイナリーと一緒に炎に包まれて目を覚ますってわけ」

「そのあとは?」

「せっかくこの場にいるんだから、あなたには働いてもらうわ」ベスは空いているほうの手を動かしながら話した。「あの棚からワインの瓶を取ってきて、台車に載っている箱に入れて。箱に入れ終わったら、外まで台車を押していって、ワゴン車のうしろに積むのよ」

「あのワイン全部を運んで、ワゴン車に乗せるの?」

「もちろんよ。わたしはいつもやっているわ。あなたも力がありそうじゃない」

ルーシーはワイン棚のなかの、数本ずつまとめてリザーヴが置いてある場所へ歩いていった。そして一本取りだして、そっとボール紙でつくられた箱のなかに入れた。

「もっと早く」ベスが言った。

タイミングを計ったかのように、ウォーナー・コルファクスがうなった。ベスは顔をしかめて、ウォーナーに目をやった。

これ以上のチャンスはない。ルーシーは棚からワインを二本取りだし、そのうちの一本をベスに投げつけた。ベスはすばやくふり返り、動揺してかん高い声をあげながら、何とか瓶をよけた。瓶は床に落ちて粉々に割れ、深紅のワインがベスのパンツとシャツに飛び散った。

「もう！」ベスが金切り声で言った。「何するの」

一瞬、ベスはひどく動揺した顔で、血のように床に広がっていく高価なワインに視線を向けた。

ルーシーはすでに動きだしていた。もう一本のワインをつかんだまま、自分とベスのあいだに並んでいる、ぴかぴかのスチール製の発酵タンクに向かって、全力で走りだしたのだ。

銃声が響いた。カンッという音が立てつづけに聞こえた。スチールのタンクに弾丸が当たったような音だった。

ルーシーは生まれて初めて、銃の知識が欲しいと思った。ベスの持っている銃で何発の弾が撃てるのか、まったくわからないからだ。でも、この張りつめた状況で、弾の数を数えられる人間なんているだろうか？

ルーシーは肩の高さまで積まれた樽《たる》が並ぶ長い列のうしろに飛びこみ、息を浅く抑えた。ありがたいことに、建物のなかには空調機器の鈍い音が響いている。機械がたてる低い音もする。

「どうして、こんな真似ができるのよ」ベスが叫んだ。「何を落としたか、わかっているの？　思いどおりの味にブレンドするのに、三年もかかったのよ。わたしの人生の三年分なんだから」

床を歩くベスの足音が響いた。ベスは数歩ずつ、慎重にまえへ向かって歩いている。その姿は見えないが、何が起こっているのかは容易に想像がつく。ベスはタンク室のなかで、ルーシーを探しているのだ。

ときどき足音が止まるのは、立ち止まってタンクの下をのぞいているからだろう。タンクと床のあいだには隙間がある。

もうじきベスが角をまがり、ルーシーが隠れている樽の列にやってくる。もはや時間の問題だ。

必要なのは時間だ。時間を稼がなければ。いずれ、自分がいなくなったことに、メイソンが気づく。彼ならきっと見つけてくれる。

暗がりのなかで、事務所か倉庫に続いているらしい半透明のガラスのドアが見えた。あそこなら何とかたどり着いて鍵をかけられそうだが、たいした時間は稼げないかもしれない。すぐにベスが銃で鍵を壊すだろう。

でも、可能性はある。

ルーシーは靴を脱ぎ、空調機器の音がかすかな足音を消してくれることを期待して、試しに二歩だけ歩いてみた。

都合よく、ベスがまた話しはじめた。

「何もかもぶちこわしよ」ベスは泣いていた。「こんなはずじゃなかった。ワインの世界でスターになるはずだったのに」

おしゃべりのおかげで、ルーシーはもう数歩歩けた。あと少しでガラスのドアにたどり着く。

ベスはタンク室の通路を一歩一歩進み、すぐ近くまできている。あの角をまがれば、ガラスのドアが見えてくる。

ルーシーは床に手足をついて、ドアまで這った。そして半ば鍵がかかっていることを覚悟しながら、ドアノブに手を伸ばした。だが、ノブはすんなりまわった。

ルーシーはドアを開けた。なかは暗かったが、中央の部屋にだけ点いている明かりで、たくさんの実験器具らしきものが光っている。

「わたしのワインラボよ」ベスが叫んだ。「入らないで」

ベスが駆けだした。ルーシーはドアを閉め、樽のうしろに戻った。両手でしっかり瓶の首を握る。

ベスはドアに駆けつけて開けた。そして暗がりのなかで銃をめちゃくちゃに撃った。ガラスが割れ、はじけ飛んだ。

銃声が急にやんだと同時に、ルーシーはベスの頭にワインの瓶をふりおろした。

ベスはふり向き、とっさに腕をあげた。多少の衝撃は防げたのだろう。だが、瓶が当たった衝撃と、割れたガラスと、攻撃されたショックで、後ずさった。そして、バランスを崩して、間違いなく最新のものらしい実験器具がのった金属の作業台にぶつかり、ついには倒れこんだ。そして動かなくなった。床には血とワインが混じった液体が広がっている。

ルーシーは何とか呼吸を整えた。心臓がとてつもなく速く打っている。床にたまっている血とワインにたじろいで、片手を扉の側柱についた。

頭のどこかで、小さな声がメイソンに電話をしろと叫んでいる――911ではなくて。優先順位は守らなければならないけれど、頭がまわらない。一度に、ひとつずつ。まずこのワイナリーを出て、助けを呼ぼう。

〝だいじょうぶ。わたしならできる〟

ルーシーのうしろの暗がりで、足音が響いた。

助けはもうきた。急に安堵の気持ちが湧いた。

ルーシーは扉から離れようとした。

「認めよう。こんなことになるとは予測できなかった」セシル・ディロンが言った。「でも、適応力がなければ、優秀なCEOとは言えないからね。このシナリオでもやり遂げてみせるさ」

49

「よくやってくれたよ」セシルはそう言って、ベスを見た。「どちらにしても、彼女は片づけるつもりだったが」

「ベスは死んでいないわ」ルーシーは言った。「いまのところは。まだ出血しているもの」

「もうすぐ死ぬさ。コルファクス・ワイナリーを焼き尽くす火事の犠牲者として」

「損切り（株式用語で、損益が生じている投資商品を見切ること）をして、町を出るにはいい頃合いね。まだ誰も死んでいないから」

「いや、ふたり死んだよ。セイラ・シェリダンとメアリー・コルファクスだ」

「あなたが殺したのね。車が爆発しなかったのを見て、丘の斜面をおりて、石でおばとメアリーを殺したのでしょう」

「マンザニータ・ロードのことはベスから聞いたんだ。ふたりで車に乗っていって、現場を確認した。あの日、ピクニックのバスケットに例のミネラルウォーターを入れたのはベスだが、セイラとメアリーを尾行して、マンザニータ・ロードのあの場所から転落させたのは私だ。ベスだと失敗するかもしれないからね」

「怪物だわ」

「私が斜面をおりたときには、メアリーはすでに死んでいた。セイラも間違いなく死にかけていたが、まだ意識はあった。動けなかったが、あの気味の悪い目で私を見ていた。私が石を持つところを。私がやろうとしていることを知りながら、私のことは何でも見透かしているというような目で、じっと見ているんだ。そして、微笑んだ」

「それなのに、どうしておばを殺せたの?」ルーシーはささやくように言った。

「彼女は言ったんだ。最後に。〝カルマよ〟って。それから、こう続けた。〝だから、次はあなた〟まるで魔女に呪いをかけられたみたいだった。そのあと、すべてがおかしくなった」

「リヴァーロードでメイソンも殺そうとしたのね」

「いや、あれはベスだ」セシルは首をふった。「そして、あの愚かな女は失敗した。ベスの存在は危険だとわかっていたが、どうしても彼女の助けが必要だった」

「ベスが進んで手伝ったのは、コルファクスは新しい醸造士を連れてくるつもりだと、あなたが信じさせたからね」

「それに、私が長らく忘れられていたブリンカーの血縁者だとベスに打ち明けたからでもある。じつはトリスタンは異母弟なんだ。残念ながら、ベスには勝手に動かれてしまったが」

「ベスを利用しておいて、結局は制御しきれなくなって、いまは殺そうとしているのね」

「きみと一緒にね、あいにくだが。これはベスのせいだ。私にはきみを殺すつもりなどなかった。そんなことをしたら、メイソン・フレッチャーの関心を引き寄せてしまう」

「ずいぶん控えめな表現ね」ルーシーは言った。「昔、ここサマーリヴァーにはある格言があったのよ。〝メイソン・フレッチャーには手を出すな〟」

「私もフレッチャーには手を出したくなかったが、こうしてきみが関わってしまった以上、選択の余地はなかった。この状況は私とは何ら関わりがない。すべてベスからはじまり、ベスで終わる。ベスには動機があったし、犯行に及ぶチャンスもあったし、ドラッグと銃も入手できた。これで充分だろう」

「あなたはここに、やり残したことを片づけにきたってわけ？」

「初めて会ったとき、五分もすると、きみは厄介な問題になるだろうと確信した。きみの目を見てわかったんだよ。セイラ・シェリダンと同じ目だ。きみはフレッチャーをこの問題に引きこんできた。いまになって、愛しの亡き異母弟がどうしてメイソンをそんなに嫌ったのかわかったよ」

セシルのうしろに並ぶ発酵タンクを覆っている暗がりのなかで、影が動いた。いや、そんなのは自分の妄想だろうかとルーシーは思った。

〝話を続けさせるのよ。この男にはブリンカーと同じ、性格上の欠点がある。自分がこの部屋でいちばん利口だと思いこんでいるのだから〟

「この事件がすべて家族の問題だということはわかっていたわ」ルーシーは言った。「あなたは自分がブリンカーの血縁者だって、どうしてわかったの？」

「まったくの偶然さ」セシルは微笑んだ。「私は何もない家庭で育った。母はいつも愚痴をこぼしていたよ。妊娠がわかると、恋人はたったの数千ドルで自分を捨てたって。ジェフリー・ブリンカーは堕ろすように命じて、母が従うものだと信じていた。だが、母はその金を麻薬に使ってしまった。私が質問できるくらいの年になった頃には、母はすっかりドラッグ漬けで、言っていることが何も信じられない状態だった。母が死んだあと、私はクローゼットで写真を見つけた。そして家族の歴史に興味を抱いて、インターネットで検索した」

「自分がジェフリー・ブリンカーの息子で、遺言書に何も書かれていなかったことに気づいたのね。それで、さらに深く調べた」

「父がウォーナー・コルファクスに不当な扱いを受けたことを知ったときの驚きときたら」

「あなたが不当に扱われたみたいに。だから復讐を仕掛けたのね」

「簡単に言えばそういうことだ」

影がまた動いた。今度はセシルも気がつき、ふり返ろうとした。

メイソンが輝くタンクのうしろから叫んだ。

「伏せろ、ルーシー！」

ルーシーは反射的にメイソンの命令に従って、樽のうしろへ飛びこんで伏せた。

銃声が部屋に響いた。銃が床に落ちる音がした。

「ちくしょう」セシルが耳障りな声で言った。

洞穴のような部屋に重い足音が響いた。

ルーシーは樽の縁からのぞきこんだ。セシルが肩を押さえながら、正面のドアに向かって逃げていく。

メイソンがタンクの陰から現れた。

「セシルの銃をひろっておいて」メイソンは命じると、セシルを追っていった。

「クイン、きみのほうに行ったぞ」メイソンが叫んだ。

ルーシーは何とか立ちあがった。そして樽の陰から出て、銃のほうに歩きだした。二歩進んだところで、靴をはいていない足に痛みを感じた。立ち止まって見ると、血がついている。

「ああ、もう」

ルーシーは足をあげて、ガラスの破片を抜いた。傷から血が噴きだした。ひどく痛むはずなのにあまり感じず、ただ妙に感覚がないだけだ。

ルーシーは足を引きずって数歩歩き、セシルの銃をひろいあげた。銃を手にしたのは生まれて初めてだ。驚くほど重い。

ワイナリーの反対側で、大きな音と叫び声がした。ルーシーは血の跡をつけながら歩いた。

「メイソン」ルーシーは叫んだ。

「さがってろ」メイソンが命じた。

ルーシーが足を止めると、やっと彼の姿が見えた。こちらに背中を向けて、手には銃を持っている。ルーシーはすぐに状況を理解した。

ウォーナー・コルファクスが立っている。ぼんやりとした顔はしているものの、いま起きていることは理解しているようだった。セシルがけがをした腕をウォーナーの首に巻きつけているのだ。無事なほうの手には、大きなアンティークのコルク抜きを持っている。その尖《とが》った先はウォーナーの喉に向けられていた。ウォーナーの顔が恐怖で凍りついている。

「ディロン、あきらめろ」メイソンが言った。「もう終わったんだ」

「コルファクスのせいなんだ」セシルの声は怒りでかすれていた。「何もかも。コルファクスが父を裏切り、父が私を裏切った」

「彼を殺したところで、何も変わらない」メイソンは言った。

ウォーナーのあごが動いた。「私はジェフリーを裏切っていない。誓ってもいい」

「嘘をつくな」セシルは言った。「あんたは父がまともに考えられなかったことを知っていた。心臓が悪いことを知ったばかりだったし、息子は死んだと宣告されたからだ。それに乗じて、あんたは父の持ち株を安く買い叩いた。私はあらゆる書類を調べたんだ。あんたが死ぬまで、これは終わらない」

セシルはウォーナーの喉に突き刺すために、鉄のコルク抜きを数センチ引きあげた。

「やめろ！」ウォーナーは叫んだ。「やめてくれ、頼む。金ならいくらでも払う」

「あんたの金なんて欲しくない」セシルは言った。「私はあんたが築いたものをすべて壊し、数百万ドルを手にして会社を去るつもりだった。だが、それがうまくいかないなら、あんたに死んでもらうしかない。母さんと父さんの恨みを晴らすには、そのくらいしかできないからな」

そのとき、クインが影のなかに現れた。両手でワインの瓶を持っている。そして、それをセシルの頭に大きくふりおろすと、彼は床に倒れた。

セシルはうめき、倒れたままうなっている。

ウォーナー・コルファクスは必死になって、倒れている男から離れた。そしてセシルをにらみ、状況を呑みこめないクインを見つめた。

クインはかすかに微笑んだ。「CEOを雇うことに関しては、あなたの直感も働かなかったようですね」

サイレンが近づいてきた。一台目が駐車場に入ってきて急ブレーキをかける音がした。

メイソンはもう一度ルーシーに目をやった。そして話しかけようとして、足の裏から流れている血に気がついた。

「血が出ているじゃないか」

「平気よ」ルーシーはすばやくさえぎった。「ガラスを踏んでしまったの。心配いらないわ。

床の血はセシルのものだから」

メイソンはルーシーの手から銃を取って、クインに渡した。

「彼らを見張っていてくれ」

「もうどこにも行かないさ」クインは言った。

「ベスに注意してくれ。実験室の近くで気を失っているが、意識を取り戻すかもしれない」

「了解」

メイソンは自分の銃をズボンの腰にはさむと、ルーシーを抱きあげた。

「本当に平気なのに」

メイソンはルーシーを抱いたまま、ドアから陽光の下に出た。

「医師に診てもらう必要がある」メイソンは警察官の声で言った。

警察官と、消防士と、救急救命士が駐車場のまわりに集まってきた。ディークとジョーが制止された人混みのなかから出てきて、メイソンとルーシーに近づいてくる。

「だいじょうぶなのか？」ディークが訊いた。

「平気よ」ルーシーは答えた。「少し血が出ただけ」

救命士が救急箱を持って駆け寄ってきた。

「どうしました？」男が訊いた。

ルーシーではなく、メイソンを見ている。

「たいしたことありません」ルーシーが答えた。

メイソンは彼女を無視した。

「割れたガラスで切りました」メイソンは救命士に言った。

「救急車に運びましょう」救命士は言った。「見てみましょう」

そのとき、ホイッテカー署長が人混みのなかから現れた。

「なかの状況は？」ホイッテカーが尋ねた。

「制圧しました」メイソンは答えた。「クインが監視しています。すべて彼に訊いてください。ああ、そうだ、医師も必要です。ベス・クロスビーとセシル・ディロンを含む三人がけがをしていて、そのふたりが知人です」

メイソンはホイッテカーをよけ、ルーシーを抱きあげて救急車に運んでいった。

「そんなにひどいけがじゃないのに」ルーシーは言った。「本気よ」

メイソンは無視した。

50

二日後、ディークが言うところの〝報告会〟を開くために、彼の家の正面のポーチに人々が集まった。ルーシーは今回もメイソンと一緒にブランコに乗っていた。メイソンはルーシーの肩に腕をまわし、彼女をわきに引き寄せている。悪くない。もちろん、やや過保護な傾向はあるけれど、男性の性格としてはそう悪くない欠点だ。長い目で見れば。

ルーシーはけがをした足をブランコの板の隅に乗せていた。危機一髪で逃げたわりには、数針縫って、包帯を巻いただけですんだ。

ディークはいつもの場所で、手すりに寄りかかっている。ディークとメイソンは、クインとジリアンのために、キッチンの椅子をふたつ引っぱりだしていた。全員がルーシーのつくったレモネードを飲んでいる。

「たくさんのリザーヴを無駄にしてしまってごめんなさい」ルーシーはあやまった。「棚を見てまわる時間があったら、コルファクスのラベルのなかでも安い銘柄を選んだんだけど」

クインが小さく鼻を鳴らして笑った。「こぼしただけの価値はあったさ。これだけの広告費はかけられないからね。ニュースは北カリフォルニアのワインカントリーじゅうに広まった。ワイン愛好家がワインより愛するのは、そこに隠れたエピソードだから。父のリザーヴも、醸造士も、どちらも急に有名になった。どっちも期待した理由ではないかもしれないけど」

ジリアンは微笑んだ。「リザーヴの市場価格は四倍に跳ねあがったわ。さらに言うと、価格の上昇がほかの銘柄にも広がっていきそうなの。義父は妻とCEOに対する見る目がなかったことを思い知らされたショックが薄れたら、きっと大喜びするでしょうね」

「ここ数日のあいだにサマーリヴァーで起こったことが、昔の出来事のせいだったなんて信じられないな」クインは言った。

ルーシーは爪先でブランコを少し押した。「わたしみたいな仕事をしていると、すぐにそのことに気づくわ」

「おれの稼業でも同じだ」メイソンは言った。「おれのまえの仕事でもそうだった」

ディークもまじめな顔でうなずいた。

クインは眉を吊りあげた。「戦争で戦ったときのこと？」

ディークはストローでレモネードを吸って、うなずいた。「人間を戦争に駆り立てる理由を知りたければ、歴史を見ればいい」

ジリアンはメイソンのほうを向いた。「あの日の午後、クインを信頼してくれたのはなぜ？　どうしてワイナリーに行く途中で、彼に電話をしてくれたの？　クインがあなたに薬を飲ませて、川に落とそうとしたと考えたんじゃなかったの？」

メイソンはクインを見た。「しばらくのあいだ、あんたはおれの容疑者リストのなかのひとりだった。でも、何かが気になったんだ。あの日、あんたはおれがオフィスを訪ねることを知らなかった。もちろん、おれみたいにふらりとやってきて、質問しすぎるやつに使うために、オフィスの手の届くところに幻覚剤を用意しておくことだってあり得る。だけど、おれはあんたに会うまえに、ベスと少し話したんだ。ベスはおれがあんたに会いに行くのを知っていた」

「ベスはあんたがおれに質問をするためにきたと知って、不安になったらしい」クインは言った。「すぐにディロンに電話して、何が起きているのか伝えたと、警察で話したそうだ。おれはいつも客に飲み物を勧めるから、あんたに薬を飲ませる機会があるかもしれないと、ベスは考えた。どうやらディロンはベスが失敗することを恐れて、やめるように説得したらしいが、彼女は無視した。実験室から薬を取ってきて、あんたのあとをつけて試飲室に入ったんだ」

「衝動を抑制する力の欠如だな」

「そしてクインがリティに電話してコーヒーと紅茶を頼むと、その機会に飛びついた」ジリアンが説明した。「リティは観光客の相手で忙しかったから、自分がコーヒーと紅茶をいれると申しでたのよ。でも、オフィスには自分で運んでねと、リティに念を押したってわけ」

「リティのことは疑わなかったのか?」クインが訊いた。

メイソンは首をふった。「それほど、長くは。彼女はコルファクス家と密接なつながりがなかったし、それを言えば、ディロンともサマーリヴァーの町ともあまり関係なかった。リティにとって、試飲室で働くのはたんなるアルバイトだった。だけど、あんたはリティが部屋に入ってくるとトレーを受け取ったし、おれが背中を向けているときに砂糖の袋を開けている音がした」

「だから、おれが見るからに疑わしかったわけか」クインはルーシーを見た。「ベスはどうやってセイラとメアリーに薬を飲ませたんだ?」

「サマーリヴァーの古くからの住民はほとんど知っていると思うけど、ベスもセイラおばさんとメアリーの行動パターンを知っていたの」ルーシーが説明した。「週末に海岸へ行くときはいつも、〈ベッキーズ・ガーデン〉でピクニック用のバスケットを用意してもらうことも。天気がいいと、古くからあるコミューンでお昼を食べるから。あの日、ベスはセイラおばさんがバスケットを受け取りにきたときに、ベッキーの店にいるようにした」

ディークが口を開いた。「小さなリュックサックを背負ったベスが、バスケットを車で運んであげると申しでたことを、ベッキーが覚えていたよ。セイラとメアリーが支払いをしてベッキーとおしゃべりしているあいだに、ベスがバスケットをセイラの車の後部座席に乗せたんだ」

「バスケットにはミネラルウォーターが二本入っていた」メイソンが付け加えた。「それを、ベスがリュックサックに入れて持ってきた水とすりかえたんだ」

「ベスはあらかじめ、水に薬を入れて、ボトルにつめて、ラベルを貼っておいたのね」ルーシーは言った。「昔ブリンカーに特別な栄養ドリンクを渡していたときみたいに。あの日、おばとメアリーはコミューンに寄らない可能性もあったけど、お天気がよかったから、ふたりがいつもと同じことをする確率が高いと踏んだんだわ」

「だが、ふたりのあとをつけて殺したのはセシル・ディロンだ」メイソンは言った。

「ひどい男よ」ルーシーは言った。

メイソンは彼女の肩を抱いている腕に、力を込めた。

「ベスとセシル・ディロンはどうやって知りあったの？」ジリアンが訊いた。

「ディロンはベスがどんな人間か最初から知っていたんだ」メイソンが説明した。「それどころか、ディロンは計画を立てるまえから、関係者のほとんどについて知っていた。調べていたんだ」

「でも、どうやってブリンカーの秘密を知ったの？」

「ディロンは自分には謎めいた状況で行方不明になった異母弟と自分を捨てた裕福な父親がいたと知って、自分が相続して当然の遺産を受け取ることに取り憑かれたの」ルーシーは言った。「そしてブリンカーの年老いたおばを見つけたことで、貴重な情報をつかんだのよ」

「ブリンカーは利口だったから、レイプの現場を撮ったビデオテープやノートを、あの年サマーリヴァーで借りていた家には置いていなかった」メイソンは言った。「定期的にサンフランシスコにいるおばを訪ねたんだ。おばの家の地下室に置いたスーツケースにビデオテープやノートをしまっておいたのさ。それらの品は、セシル・ディロンがそのおばを突き止めるまで、そこに残されていた。ディロンが会ったことのない異父弟について質問をはじめると、おばはディロンに同情して、唯一持っていたブリンカーの遺品を譲った」

「地下室のスーツケースか」クインは言った。「たぶんビデオテープは劣化していただろうが、ノートはそのまま残っていたはずだな」

「ディロンにとって、ビデオテープは何の使い道もなかった」メイソンは言った。「取るに足らない脅迫なんかに興味はなかったから。だが、ノートを読んだことで、復讐計画を立てるのに必要な情報がすべて集まった」

ジリアンの顔に険しく、苦しそうな表情が浮かんだ。「スーツケースの中身はどうなったの?」

「ディロンが警察に語ったところによると、中身はすべて処分したそうだ」メイソンは言った。「いちおう言っておくと、おれはディロンの話したとおりだろうと考えている。ホイッテカー署長も同じ意見だ。警察はディロンのアパートメントとオフィスを捜索したが、何も出てこなかった」

ジリアンは唇をかんだ。目には涙が光っている。「でも、ぜったいに確かだとは言えないわ」

クインは妻の手を取った。「言っただろう。たいした問題じゃない。もし昔のビデオテープが出てきたら、そのときに考えよう」

ジリアンは涙の浮かんだ目で夫を見つめ、彼の手を握った。

クインはメイソンを見た。「おれはディロンを知っている。あいつが脅迫の材料を隠すとすれば、パソコンのなかだ。いつも目の届く場所に置いているから」

「パソコンは弟のアーロンが調べた」メイソンは言った。「ホイッテカーがフレッチャー・コンサルティングにディロンのパソコンの法科学的分析を依頼してきたんだ。有罪になる材料は山ほどあったが、すべてディロンがコルファクス社内で自らつくりあげた財務的な損害を隠蔽するためのものだった」

「ディロンが何か企んでいることはわかっていたんだ」クインは言った。「感じたのさ。でも、その問題について親父に話そうとしても、才能を見抜くことに関しては、自分には優れた直感があると言って聞かなかった。ディロンは有能だと思いこまされていた」

「カリスマ性と魅力で被害者を惑わすことに関しては、ディロンは異父弟とそっくりで、とても巧みだったわ」

「そういう才能を持った血筋なのかも」ルーシーは言った。

メイソンはジリアンを見た。「アーロンはインターネットでもいろいろと調べてみた。だが、古いビデオテープの映像がアップされた形跡はなかった」

「でも、ぜったいではないのよね?」ジリアンは訊いた。

「ああ」クインは言った。「しかし、たいした問題じゃない。脅迫に屈したらだめだ。そんなことをしたら、事件は終わらない。独裁者に屈してはいけないのと同じさ」クインは顔をしかめた。「おれを見るといい。親父の望みどおりの息子だと証明しようと必死になってきたこの長い年月を思うと――」

「その日々はもう終わったわ」ジリアンは言った。

クインはジリアンに笑いかけた。「そう、終わりだ」

ルーシーはクインとジリアンを見た。「この先はどうするの?」

「今朝、オフィスを片づけているときに、父がきたんだ」クインは言った。「まだショックを引きずっているみたいだった」

ジリアンはふふんと笑った。「いちばん大きかったショックは、あの日クインに命を救われたことなのよ」

「ああ確かに、親父さんの命を救ったのはあんただ」メイソンは言った。「おれもディロンを撃とうとしたが、あの古いコルク抜きでウォーナーの喉を突き刺すまえに、ディロンを倒せる確率は低かった。いや、それを言えば、おれはたぶん親父さんを撃っていただろう。あるいは、あんたを。あんたはふたりのすぐうしろにいたから。ディロンは復讐の仕上げをしようと心に決めていた。復讐を誓っている人間が自制心を失ったとき、あの種の妄執は抑えるのが難しい」

クインは肩をすくめた。「親父はあの牝馬と――アシュリーのことだが――離婚して、コルファクス社の再建に専念すると言っていた。おれは健闘を祈った。すると、親父にワイナリーをまかせると頼まれた」

ジリアンはうんざりした顔をした。「義父はクインが断れないし、断るつもりもないことを知ってて言ってきたのよ」

「おれは断った」クインは言った。「親父は激怒したよ。ふたつの会社を抱えることになるからね。ワイナリーに注意を払いながら、会社は再建できないとわかっているんだ。どちらかを選ばざるを得なくなることをわかっている。たぶん、ワイナリーを売るだろう」

「クインとわたしには、自分たちの計画があるの」ジリアンは言った。「ノーラン・ケリーの助言とメアリーおばさんの遺産のおかげで、ここ数年のあいだにこの地域で買った不動産を売るつもりよ。そのお金で広場にあるハーヴェスト・ゴールド・インを買って改築するわ。スパを完備した、本物のワインカントリーにふさわしい宿泊施設にするつもり」

「おれがコルファクスのワインカントリーで覚えたことがあるとすれば、ワインカントリーのイメージとライフスタイルを売りこむことだから」クインは言った。「きっと有名にしてみせるさ」

ルーシーはクインを見た。「ざっと見積もって、おばのリンゴ園はどのくらいの価値がありそう？」

クインは数字を口にした。

「すごい」ルーシーは微笑んだ。「結局、ノーランはわたしを騙してなんかいなかったのね」

「ああ」クインは言った。「ノーランはとてもいい不動産業者だったよ」

「コルファクス社の株の価値はどうなんだ？」ディークが訊いた。

「いまはあまり高くない」クインは言った。「でも、親父は本当に投資がうまいんだ。あの会社を救える人間がいるとしたら、親父しかいない。株は持っていたほうがいいよ」

「ううん」ルーシーは答えた。「株はあなたにあげるわ。あの株のことはあなたにまかせる」

51

三日後、メイソンは週末を海岸で過ごそうと提案した。今回はふたりとも着がえを車にこっそり積んだりはしなかった。その代わりに、トランクにふたつの小さな旅行鞄を入れたのだ。

運転はメイソンがした。今回は中央のハイウェイを使った。どちらも遠まわりして昔コミューンがあった場所や、セイラとメアリーが殺された危険な道路を通ろうとは言わなかった。

今回の旅の目的は、殺人事件の現場を再訪することではないから。ルーシーは思った。〝今回はすべて自分たちのため〟

ルーシーは、自分もメイソンもこの先の進み方を探っているのだとはわかっていた。それなのに車に乗っているあいだ、どちらも互いの関係を話題にすることだけは避けていた。

ふたりを乗せた車がいくつも続いた最後の丘をのぼりきって、ごつごつとした長い海岸線が見えてきたときには、朝霧はもう晴れていた。メイソンは海岸を見おろす崖に車を停めた。ふたりは車を降りて、ウインドブレーカーをはおってサングラスをかけると、海岸までおりることにした。ルーシーは足裏の切り傷のせいでまだおそるおそる歩いていたが、少しメイソンに助けてもらって、何とか海岸までおりた。

太陽の光が水面で反射し、きらきら光っている。ルーシーの髪が清々しい風に乱されている。メイソンが手を伸ばすと、ルーシーはためらうことなく、その手を取った。温かく力強い手が彼女の手を包みこむ。ふたりはしばらく黙ったまま歩きつづけた。荒々しい波が絶え間なく岩に打ちつけていると、会話は必要なかった。

でも、遅かれ早かれ、話しあわなければならないだろう。そう思いながらも、期待どおりの結論が出ないことが怖くて、ルーシーは心のどこかで口火を切るのをいやがっていた。

〝怖いんです〟

心理療法を行う部屋の机にすわっているドクター・プレストンの姿が、頭に浮かんできた。ドクター・プレストンのきちんと整えられた髪型と、無表情で何を考えているのかわからない顔まで見えてくる。

〝ルーシー、何を怖がっているの？〟

「ああ、もう」ルーシーは声に出していた。

「あまり期待できない会話のはじめ方だな」メイソンは警戒するような声で言った。「どうしたんだい？」

「何でもないわ」ルーシーは笑った。「ただ、もう他者との関わり方の問題はないなと気づいただけ」

メイソンはほっとして、ルーシーの手を引っぱって、また歩きはじめた。

「おめでとう」メイソンは言った。「でも、まえからわかっていたよ」

「そう？」

「他者との関わり方の問題を抱えている人間が、命と数百万ドルの価値があったかもしれない株を失う危険を冒してまで、誰もが事故で死んだと信じていた女性ふたりのために、正義を求めたりしないさ。その種のことは、深く関わっていないとできないことだから」

「それは、また別よ」ルーシーは言った。

メイソンはにっこり笑った。「なるほど。続けて。ぶちまけてくれ」

「よく聞いて。これは重大な問題だから。わたしは他者との関わり方の問題なんて、本当は抱えていなかった。わたしの問題は、人生のほとんどで危険を冒さないことだったのよ」

「銃を持った、頭のおかしな殺人犯をワインの瓶で殴った女性がかい？」

「それは危険を避けてきた、いい例ではないわ。あのときはそうせざるを得なかったんだから」

「ああいう場合、身体が凍りついてしまうひともいるけど」

ルーシーは顔をしかめた。「それで、何かいい結果が出る？」

「いや」メイソンは言った。「ただ、危険を冒さないひとは、そういう選択肢を採るかもしれない。とっさに判断することは、誰にでもできることじゃないんだ」

「話がそれているわ」

「何の話だった？」メイソンが訊いた。

「わたしと、わたしの他者との関わりの問題についてよ」

「それなら、これもすべてきみのことだ」

「確かに」ルーシーが足を止め、メイソンも止まらざるを得なかった。「メイソン、よく聞いて。わたしは悟ったの」

　メイソンはにっこり笑った。「悟りを得たひとがみんなそうであるように、きみも世界じゅうに言わずにはいられないんだな」

「世界じゅうなんてどうでもいいけど、間違いなく、あなたには言わずにいられない」

「どうして、おれなんだ？」

「悟りのきっかけを与えてくれたからよ。心理療法士はわたしが他者との問題を抱えていると考えていたけど、本当は、わたしはたんにほかのひとを信じるときに、慎重になりすぎるだけだった」

「慎重になることは機能不全というわけじゃない。生き抜いていくうえで、とても賢い作戦だよ」

「それこそ、わたしが言いたいことなの。ドクター・プレストンのためにも、公正に言うけど、わたしはすごく慎重になることと、他者と関わりが持てないことを混同したほうが簡単だと感じていた気がするの。ドクター・プレストンの名誉のために言うけど、治療の最後のほうでは問題の核心に近づきつつあったのに、重要な発見にたどり着くまえに、わたしが治療に通うのをやめてしまったのよね」

「自分を分析しすぎじゃないか？」

「悟りについて説明しようとしているの」

「なるほど」

「要するに、慎重になりすぎることと、他者との関わり方に問題を抱えていることは、ちがうということよ」

「わかった」メイソンは言った。「それで？」

「つまり、わたしが言いたいのは、いろいろなことがあって、慎重に生きるには、人生は短すぎると気づいたってこと」

「スカイダイビングかバンジージャンプでもするつもり？」

「いいえ。わたしが言いたいのは、十三年まえ、わたしはいつか結婚したい男性の姿を目にしていたということ。そのひとは強くて、がっしりとしていて、わたしはまだ十六歳だったのに、どういうわけか、そのひとはいったん関わると決めたら、地獄を見るような思いをしても、ずっとその思いを大切にしてくれるひとだとわかっていた。その後ずっと意識していたわけではないけれど、ふり返ってみれば、どの男性に対しても、そのひとを基準にして判断してきたのだとわかった。そんなのは、わたしが出会った男性たちにも、わたし自身にも、フェアじゃないわよね。そんな比較をするのは正しくない。それぞれ、みんなちがうんだから。誰もが強さと弱さを持っているんだから。でも、とにかくわたしはずっと男性たちをあなたと比べてきた」

「ちょっと待ってくれ」メイソンは言った。「きみがいわゆる男の基準にしてきたのが、おれだというのか？」

「インターネットの結婚情報サービスの調査票に記入したときに、理想として思い描いていた姿が、あなただったの。もちろん、意思の疎通が下手なところは除いて。コミュニケーション能力が重要だというのは、いつも明記していたことだから」

「この十三年間、おれにずっと恋い焦がれてきたなんて言わないでくれよ。信じないから」

「恋い焦がれてきたわけじゃないわ——正確には。そのあいだ、ほかにもいろいろしてきたもの。ずっと忙しかったし」

メイソンはおもしろがるような顔で訊いた。「何をして？」

「大人になって、大学へ行って、旅行して、新しいひとたちと知りあって、大好きな仕事を見つけて。手短に言えば、自分なりの人生を送ってきたし、とても楽しかったし、それほど楽しくないときだって……興味深い日々だったわ」

「興味深い日々」メイソンはにっこり笑った。「そいつは、楽天家が厄介なことになったときに使う表現かい?」

「わたしが言いたいのは――」

「その相手が見つかったということか?」

「わたしが言いたいのは、わたしがすべきだったのは、人生で本当に望んでいるものを見つけることだったということ」

「それで、見つかったのか?」

「ええ。危険を冒すのが怖かったということが」

「家族が欲しいという意味か」

ルーシーはメイソンの表情を読もうとしたが、サングラスのせいで難しかった。

「どうして、わかったの?」

「わかるさ」メイソンは微笑んだ。「おれは探偵だぜ」

「ええ、そうね」ルーシーは咳ばらいをした。「婚約を破棄したあと、わたしは結婚して家族を持つことに対する問題を、できるだけ慎重に、科学的に解決しようとした」

「インターネットの結婚情報サービスか」

「何人かすてきな男性と会ったわ。高い教育を受けていて、成功しているひとたち。興味深いひとたち。犯罪歴も確認ずみよ」

メイソンはうなずいた。「そのほうがいい」

「わたしが欲しいと思うものを、欲しいと思っているひとたち。つまり、家族ね」

「少し急いでくれないか？　いますぐここで、鬱病になってしまいそうだ」

ルーシーは無視した。「でも、コンピュータのアルゴリズムでは、わたしの条件の多くに、あるいは大部分に当てはまるというのに、どのひともしっくりこなかった」

「いったい何が言いたいんだ？　そろそろ腹が減ったんだけど」

ルーシーはいら立ちに耐えられなくなった。「わたしが何を言いたいと思っているの？　わたしが言いたいのは、これまで結婚情報サービスで相手が見つからなかったのは、あなたが登録していなかったからだということよ」

「おれを探していたのか？」

「あなたじゃなくて」ルーシーは言葉を探した。「ちゃんと意識してたわけじゃなくて。あなたみたいなひとを探していたの。あなたのようなひと」

「おれが、きみが夢見たような男ではないと言いたいのか？　そうだとしたら、男の自尊心をひどく傷つける言葉だ」

もはや、ルーシーは猛烈に腹が立っていた。そこで、メイソンのファスナーを開けたままのウインドブレーカーを両手でつかんだ。「わたしが言っているのは、夢に出てくるような理想の男性を探していたんじゃないってこと。わたしが探していたのは、実在する男のひと。

フレッチャー工具店に行って、あなたと再会するまで気づかなかっただけで」

メイソンは両手でルーシーの頰を包んで、ゆっくり、心臓が止まってしまいそうな笑みを浮かべた。「そうならそうと、どうして最初から言わないんだ？　おれが言葉での意思の疎通が苦手なことは知っているじゃないか」

「黙りなさい、メイソン・フレッチャー。言葉での意思の疎通については、あなたは下手じゃない。自分でちゃんと伝えようと思っているときは」

「いまは問題なんてない。きみがおれを見つけてくれた」

「ええ。完璧よ。とりあえず、いまは」

「短い付きあいにするつもりなのか」メイソンが厳しく平板な口調で問いただした。

「ええ」ルーシーは急に愉快な気分になって微笑んだ。「永遠に続くものなんてないわ。わたしが長い付きあいを望んでいないということを知っておいてほしいの。わたしはセイラおばさんから教えられたことを実践するつもりだから――意識を高く持って、いまこの一瞬に存在する。もう未来を動かそうなんて思わない。やらなければならないことなら、危険だって冒すつもり」

「わかりやすく言ってくれ。きみはおれたちがはじめたことを、簡単に言えば、情事として続けていくと言っているのか」

「ええ、そのとおり。情事よ」

「ちくしょう」メイソンは毒づいた。「きみのせいで、一日が台なしだ」

ルーシーの全身にショックが走った。「わたしのせいで？」

「おれが海岸地域に泊まりに行こうと提案したのは、きみに結婚を申し込むためだった。とりあえず、考えてみるだけでもいいからと」

ルーシーの口が大きく開いたが、言葉は出てこなかった。びっくりした顔で、メイソンを見つめている。息さえできないようだった。

「早すぎるのはわかっている」メイソンは言った。「きみは、その危険を避けてしまうという問題を克服しようとしているんだから。禅の世界にあるように、その瞬間瞬間に存在したいと思っていることもわかった。だが、おれにだって考えがあったんだ。おれはきみを愛している。それは変わらない。つまり、きみが手に入るなら、おれはどんな方法でも採るが、本当に望んでいるのは結婚だ。きみと生涯をともにしたい。きみと子どもをつくりたい」

ルーシーはウインドブレーカーの布地を握った手で、メイソンを揺さぶった。まるで、大きな岩を動かそうとしているみたいに。

「ねえ。どうして、そう言ってくれなかったの？」ルーシーは叫んだ。

「そうだな。きみがずっとしゃべっていたからじゃないか」

ルーシーはにっこり笑って、メイソンの首に抱きついた。「わたしの話は終了よ。いまのところは」

メイソンは指先でルーシーの唇に触れた。「終わらないでくれ、まだ」

「どうして?」

「おれたちのような意思の疎通が下手な人間は、すべて口に出さないとならないからさ」

「いいわ」ルーシーは言った。「ちゃんと口に出します。あなたを愛しているわ。あなたに関わって生きていきます。わたしたち、ふたりに関わって生きていく。いまだけじゃなく、生涯にわたって」

「おれにとっては、結婚という意味だ」

「ええ」ルーシーは言った。「わたしにとっても、結婚という意味よ」

「きみはこの十三年間、自分にふさわしい男を見つけるという危険を冒すために、行動してきたと言った。そのあいだ、おれも何かを探して生きてきた。そして、きみがフレッチャー工具店に入ってきたとき、自分が何を探していたのかわかったんだ」

「何を探していたの、メイソン・フレッチャー?」

メイソンはルーシーの頬骨を指でなぞった。「おれだけの守護天使だ。十三年まえに会っていた。それ以来、ずっと彼女を探していた。いまやっと見つけた。もう放さない。愛しているよ、ルーシー。いまこの瞬間に存在するというのも悪くないが、おれたちはこれから永遠に一緒だ」

「これから永遠に」

メイソンは海面できらきらと輝いている永遠の光のなかで、ルーシーにキスをした。彼女はふたりで愛を誓いあったのだと気づいていた。しばらくしたら、正式に法律上でも誓いあい、結婚式を挙げるだろう。だが、約束はすでに交わし、ぜったいに守られる。

これから永遠に。

訳者あとがき

特殊な能力の持ち主が活躍するアーケイン・ソサエティ・シリーズは見逃せないし、アマンダ・クイック名義のヒストリカルも、ジェイン・キャッスル名義の未来の話も大好き！　でも、久しぶりに現代のフツーの男女の話も読みたいとお考えのみなさま、お待たせいたしました！　われらがジェイン・アン・クレンツから贈り物が届いています。

本書『この恋が運命なら』（原題*River Road*）の舞台は、ワイン生産地として発展しつつある北カリフォルニアの小さな町、サマーリヴァー。ヒロインは探偵社の法学的家系調査員として、行方がわからない遺産相続人の捜索にあたっているルーシー・シェリダンです。

すべてのはじまりは、ルーシーが十六歳だった年の夏休み。まだおしゃれなワインカントリーではなく、眠っているような田舎町だったサマーリヴァーに住んでいたおば、セイラの家に滞在していたルーシーは、父親の財力とカリスマ的な魅力で地元の若者たちを魅了し、カルト教団の教祖のように君臨していたトリスタン・ブリンカーが開いた怪しげなパーティに出席します。けれども三歳年上で、ルーシーがひそかに憧れていたメイソン・フレッチャーに「きみの手に負える集まりじゃない」と会場から連れだされ、翌日にはセイラに追い立てられるようにして家に帰されることに。それ以来、ルーシーがサマーリヴァーを訪れることはありませんでした。

十三年後、セイラが、親友でありアンティーク・ショップの共同経営者であったメアリー・コルファクスとともに車ごと崖から転落して死亡し、ルーシーはセイラの遺産と、メアリーの弟ウォーナーが経営するコルファクス社の株式を相続します。メアリーは株式の相続人としてセイラを指名していましたが、セイラがともに亡くなったことで、その株式もルーシーが相続することになったのです。ルーシーはセイラの家を売却するためにサマーリヴァーを訪れ、メイソンと再会を果たします。

十代の頃、おじの工具店を手伝っていたメイソンは警察官となったあと、その経験を活かして、ワシントンDCで未解決事件の捜査に協力する警備コンサルティング会社を経営していますが、一時的におじの家に帰ってきていたのです。

再会した瞬間から惹かれあう、ルーシーとメイソン。けれども、ふたりはセイラの家の暖炉に隠されていたトリスタンの死体を発見し、過去へと引き戻されます。トリスタンは十三年まえのパーティ直後に行方不明となり、ドラッグの取引でもめて殺害されたのではないかと噂されていました。トリスタンの死体のそばには、当時社会を騒然とさせていた〝スコアカード強姦魔〟について報じた新聞が——。

この新聞は、トリスタンがスコアカード強姦魔だったことを示唆しているの？　セイラはそれに気づいて、トリスタンを殺したの？　ルーシーは十三年たって初めて、自分がセイラとメイソンに守られていたことを知るとともに、セイラとメアリーの死に疑問を抱きます。セイラとメアリーは走り慣れていた道で、崖から転落した。それは本当に〝事故〟だったのだろうか……？

ルーシーはメイソンの力を借りて真相を探りますが、ルーシーが株式を相続したことで、コルファクス家に動揺が走り——。

見ちがえるほど美しくなり、仕事でもキャリアを重ねて自信にあふれた女性に成長したルーシーと、十九歳の頃から「フレッチャーには手を出すな」と周囲に一目を置かれる存在で、その男らしさにいっそう磨きがかかった〝根っからの守護天使〟メイソン。ふたりが再会した瞬間から強く惹かれあうのは当然のように思えますが、それが運命的な結びつきとなったのは、そうした魅力だけが理由ではないかもしれません。

ふたりが離れていた十三年のあいだに、ルーシーは婚約を破棄して、心理療法士に「他者との関わり方に問題がある」と指摘され、メイソンは離婚を経験して、意思の疎通が苦手であることを自覚しています。また、メイソンがサマーリヴァーに戻ってきたのも、たんに休暇を取っただけではないようで――。

そう、ふたりには欠落した部分があり、だからこそジグソーパズルのように、ピタリとはまることができたのかもしれません。

ルーシーとメイソンは互いに心を開き、理解しあって、それぞれの弱さや傷を乗り越えていきます。事件の推移とともに、そうしたふたりの変化も見届けていただければ幸いです。

二〇一四年十一月

ザ・ミステリ・コレクション

この恋《こい》が運命《うんめい》なら

著者　ジェイン・アン・クレンツ
訳者　寺尾《てらお》まち子《こ》

発行所　株式会社 二見書房
東京都千代田区三崎町2-18-11
電話　03(3515)2311［営業］
03(3515)2313［編集］
振替　00170-4-2639

印刷　株式会社 堀内印刷所
製本　株式会社 村上製本所

ISBN978-4-576-14154-1
http://www.futami.co.jp/

許される嘘
ジェイン・アン・クレンツ
中西和美［訳］

人の嘘を見抜く力があるクレアの前に現われた謎めいた男ジェイク。運命の恋人たちを陥れる、謎の連続殺人。全米ベストセラー作家が新たに綴るパラノーマル・ロマンス！

消せない想い
ジェイン・アン・クレンツ
中西和美［訳］

不思議な能力を持つレインのもとに現われたアーケイン・ソサエティの調査員ザック。同じ能力を持ち、やがて惹かれあうふたりは謎の陰謀団と殺人犯に立ち向かっていく…

楽園に響くソプラノ
ジェイン・アン・クレンツ
中西和美［訳］

とある殺人事件の容疑者の調査でハワイに派遣された特殊能力者のグレイス。現地調査員のルーサーとともに事件に挑むが、しだいに思わぬ陰謀が明らかになって…!?

夢を焦がす炎
ジェイン・アン・クレンツ
中西和美［訳］

特殊能力を持つゆえ恋人と長期的な関係を築けずにいた私立探偵のクロエ。そんなある日、危険な光を放つ男が訪れ、彼の祖先が遺したランプを捜すことになるが…

霧に包まれた街
ジェイン・アン・クレンツ
中西和美［訳］

西岸部の田舎町にたどり着いたイザベラは調査会社のアシスタントになる。経営者のファロンとともに調査の仕事を続けるうちに彼に強く惹かれるようになるが…

夢見ることを知った夜
ジェニファー・マクイストン
小林浩子［訳］

未亡人のジョーゼットがある朝目覚めると、隣にハンサムな見知らぬ男性が眠り、指には結婚指輪がはめられていた！スコットランドを舞台にした新シリーズ第一弾！

パッション
リサ・ヴァルデス
坂本あおい［訳］

ロンドンの万博で出会った、未亡人パッションと建築家マーク。抗いがたいほど惹かれあい、互いに名を明かさぬまま熱い関係が始まるが…。官能のヒストリカルロマンス！

ペイシェンス 愛の服従
リサ・ヴァルデス
坂本あおい［訳］

自分の驚くべき出自を知ったマシューと、愛した人に拒絶された過去を持つペイシェンス。互いの傷を癒しあうような関係は燃え上がり…。『パッション』待望の続刊！

黒い悦びに包まれて
アナ・キャンベル
森嶋マリ［訳］

名うての放蕩者であるラネロー侯爵は過去のある出来事の復讐のため、カッサンドラ嬢を誘惑しようとする。が、彼女には手強そうな付添い女性ミス・スミスがついていて…

恋の訪れは魔法のように
キャサリン・コールター
栗木さつき［訳］

放蕩伯爵と美貌を隠すワケアリのおてんば娘。父親同士の約束で結婚させられたふたりが恋の魔法《マジック》にかけられて……待望のヒストリカル三部作、マジック・シリーズ第一弾！

星降る夜のくちづけ
キャサリン・コールター
西尾まゆ子［訳］

婚約者の裏切りにあい、伊達男ながらすっかり女性不信になった伯爵と、天真爛漫なカリブ美人。衝突する彼らが恋の魔法《マジック》にかかる…⁉ マジック・シリーズ第二弾！

月あかりに浮かぶ愛
キャサリン・コールター
栗木さつき［訳］

ヴィクトリアは彼女の体を狙う後見人のもとから逃げ出そうと決心する。その道中、ごろつきに襲われたところを助けてくれた男性は……マジック・シリーズ第三弾！

略奪
キャサリン・コールター＆J・T・エリソン
水川 玲［訳］

元スパイのロンドン警視庁警部とFBIの女性捜査官。謎の殺人事件と〃呪われた宝石〃がふたりの運命を結びつけて――夫婦捜査官S＆Sも活躍する新シリーズ第一弾！

愛は弾丸のように
リサ・マリー・ライス
林 啓恵［訳］
〔プロテクター・シリーズ〕

セキュリティ会社を経営する元シール隊員のサム。そんな彼の事務所の向かいに、絶世の美女ニコールが新たに越してきて……待望の新シリーズ第一弾！

運命は炎のように
リサ・マリー・ライス
林 啓恵［訳］
〔プロテクター・シリーズ〕

ハリーが兄弟と共同経営するセキュリティ会社に、ある日、質素な身なりの美女が訪れる。元勤務先の上司の不正を知り、命を狙われ助けを求めに来たというが……

情熱は嵐のように
リサ・マリー・ライス
林 啓恵［訳］
〔プロテクター・シリーズ〕

元海兵隊員で、現在はセキュリティ会社を営むマイク。ある過去の出来事のせいで常に孤独感を抱える彼の前にひとりの美女が現れる。一目で心を奪われるマイクだったが…

危険な愛の訪れ
ローラ・グリフィン
務台夏子［訳］

元恋人殺害の嫌疑をかけられたコートニーは、刑事ウィルと犯人を探すことに。惹かれあうふたりだったが、黒幕の魔の手が忍び寄り…。2010年度RITA賞受賞作

危険な夜の向こうに
ローラ・グリフィン
米山裕子［訳］

犯罪犯罪専門の似顔絵画家フィオナはある事情で仕事を辞めようとしていたが、ある町の警察署長ジャックが訪れて…。スリリング＆ホットなロマンティック・サスペンス